언젠가는
어린이가 되겠지

언젠가는 어린이가 되겠지

어린이, 소수자, 그리고 아동문학

초판 1쇄 발행 • 2020년 12월 21일
초판 2쇄 발행 • 2021년 6월 22일

지은이 • 김유진
펴낸이 • 강일우
책임편집 • 정편집실·한지영
조판 • 박지현
펴낸곳 • (주)창비
등록 • 1986년 8월 5일 제85호
주소 • 10881 경기도 파주시 회동길 184
전화 • 031-955-3333
팩시밀리 • 영업 031-955-3399 편집 031-955-3400
홈페이지 • www.changbikids.com
전자우편 • enfant@changbi.com

＊이 책은 '2020년 서울문화재단 예술전문서적 발간지원사업' 선정작입니다.

언젠가는
어린이가 되겠지

어린이, 소수자, 그리고 아동문학

김유진 평론집

창비
Changbi Publishers

책머리에

아동문학 작품을 매개로 해서 '어른' 작가와 '어린이' 독자가 서로 동등한 주체로 이어지고 만날 수 있을까? 아동문학을 창작하고 비평하는 입장에서, 이 질문에 말끔히 대답해 주는 아동문학이론을 찾기가 어려웠다. 어른 작가와 어른 독자의 관계를 밝힌 여러 문학이론을 나름 아동문학에 적용해서 분석해 보려고 했으나 그 방법 또한 적절치 않음을 이내 깨닫기도 했다.

어른과 어린이가 동등하게 만나려면 무엇보다 어른이 어린이를 타자화하지 않아야 하는데, 그것이 진정 가능한 일인지 여전히 잘 모르겠다. 혐오와 차별이 가득한 현실에서 어른이 어린이를 타자화하지 않는 게 가능할까? 현대철학이 주체와 대상 사이의 분리와 억압을 그토록 깊이 반성하고 새롭게 사유하는 것은 결국 인간이 타자와 진정 만날 수 없는 존재라는 방증이 아닐까?

수많은 회의가 가로막지만, 그렇다고 해서 아동문학을 통해 어린이와 이어지고 싶고, 만나고 싶어 하는 지향을 버릴 수는 없다. 어린이 독자가 곧 아동문학의 존재 근거이자 이유이므로, 아동문학을 하는 한 그것을 당연히 주어진 과제로 받아들여야 한다. 책 제목에서 '언젠가'라는 표현으로 말하고자 한 것도 바로 그 지향이다. 실현 가능성이 적다고 포기하지 않고, 매번 미끄러질 줄 알면서도 끝끝내 나아감으로써, 언젠가는 어린이의 얼굴을 제대로 마주하겠다고 다짐하는 의지 말이다.

다행히 그 길이 아주 막막하지만은 않다. '페미니즘 리부트' 이후 그 어느 때보다 소수자 논의가 활발하고 심도 있게 진행되는 덕분이다. 이분법적 젠더 경계를 해체하고, 불평등한 젠더 권력을 전복하며, 새로운 체제를 희망하는 페미니즘의 이론과 실천은 어른과 어린이의 권력 관계에도 분명 시사하는 바가 있다. 그저 막연하게 '소수자로서의 어린이'를 아동문학비평의 중심으로 삼겠다는 결심이 '페미니즘 리부트'를 만나고서야 비로소 글로 하나씩 전개될 수 있었다.

이 책의 1부 '아동청소년문학과 여성주의'는 그렇게 쓴 글들이다. 여성주의가 긍정하는 소수자성의 의미와 가치를 아동청소년문학으로 가져오려는 시도를 여기에 담았다. 여성, 장애인, 퀴어 등 방대하게 구성된 소수자 논의를 빌려 와, 어린이 존재를 새롭게 바라보고 싶었다. 이는 아동문학 장에서 끊임없이 사유해 온 '어린이 인식'이라는 과제와 통한다. 그간 '어린이 인식'의 중요성은 동시를 창작하거나 창작 강의를 할 때 더욱 절실히 다가왔는데, '어린이 인식'이야말로 동시 한 편이 태어나는 자리로 보였기 때문이다. 그러니 동시 창작자를 일차 독자로 삼은 2부 '동시, 아동문학 장르론의 실험실'에 모은 글들 또한 1부와 시선의 바탕은 같다. 동시, 동화, 청소년소설 개별 작품에 대한 해설과 서평으로 구성된 3부와 4부는 작품들에 힘입어 '어린이 인식'을 만들어

가는 과정이 됐다.

이 책에 실린 글은 여러 지면의 원고 청탁을 받고 쓴 것인데도, 제각각의 글이 한데 모여 하나의 목소리로 들린다면 그건 오로지 이 한 편, 한 편의 글을 쓰라고 초대해 주신 평론가, 편집자, 작가들 덕분이다. 흩어져 있던 글을 모으고 엮는 과정에서 시선의 균형을 잡아 주고 목소리를 다듬어 주신 편집자님, 학교 안팎에서 배움을 주신 여러 선생님, 재주 많고 용감한 여섯 형제께도 감사드린다. 깊은 감사는 오히려 늦게 찾아온다는 걸 종종 경험하기도 하니, 당시의 감사보다 지금의 감사가 더 깊고, 앞으로 더욱 깊어질 거라 믿는다. 늦게까지 깊이 감사드릴 것이다.

미리 양해 말씀을 전하고도 싶다. 어느 한 작품, 한 작가도 예외를 두지 않고 다른 목적 없이 오직 아동문학의 발전적 논의를 위해 작품을 분석했지만, 간혹 그 비평의 시선을 가혹하거나 부당하다고 여길 수도 있을 듯하다. 평론이라는 이름으로 여기 내놓는 글이 작가들의 도전과 충만의 시간에 누가 되지 않길 바란다. 나 또한 그 시간 속에 함께 있음을 고백한다. 새롭게 제안하는 담론과, 그 담론에 포섭한 작품의 관계에서 비평이 지닐 수 있는 윤리를 앞으로 계속 고민하겠다.

아동문학 작품 속에서 어른과 어린이가 좀 더 자주 만나고 좀 더 가깝게 이어지는 날이 올 수 있을까? 언젠가, 우리가 이다지도 과하게 힘주어 어린이 이야기만 하지 않아도 되는 날이 오면 좋겠다. 그게 가장 마지막 바람일지도 모르겠다.

2020년 12월
김유진

차례

제4부 되돌이표로 부르는 노래

제1부

아동청소년문학과
여성주의

동시와 청소년시의 여성 화자

1. 여성시, 여성동시, 여성청소년시

2015년 즈음의 '페미니즘 리부트' 이후 한국문학의 장에서는 여성주의 문학 연구와 비평이 다시 활발해지고 있다.『문학을 부수는 문학들: 페미니스트 시각으로 읽는 한국 현대문학사』(민음사 2018),『#문학은_위험하다: 지금 여기의 페미니즘과 독자 시대의 한국문학』(민음사 2019)에서 보듯이 여성 연구자들은 문학사와 문학 현장을 여성주의 시선으로 발견하고 재구성하는 공동 작업을 발 빠르게 진행했다. 이는 오늘의 문학 현장과 현실에 적극 대응하고 참여하는 연구자 개인의 태도와 아울러 그간 한국문학의 장에 축적된 여성주의 문학 연구의 토대를 확인하게 한다. 이미 1990년대부터 한국문학에 서구 여성주의 문학이론이 도입되고 여성적 글쓰기나 여성시를 연구하는 작업이 방대하게 이루어져 왔다. 연구와 비평의 장을 넘어 일반 독자에게까지 큰 호응을 얻고 있는 최근 여성주의 문학 연구의 성과는 그러한 연구 토대에서 가능했다고 본다.

이에 비해 아동문학 연구와 비평의 장에서는 여성주의 문학 연구의 토대가 될 만한 사전 연구가 흔치 않으며 '페미니즘 리부트' 이후 변화의 흐름 역시 아직은 두드러져 보이지 않는다. 그중에서도 동화와 그림책에 비해 동시·청소년시 장르에서 여성주의 시각이 견지된 연구와 비평을 찾아보기 어렵다. 이렇듯 아동문학 분야에서 여성주의적 시각의 연구가 미비한 상황에서 당장 그런 성과를 기대하기는 어렵다. 하지만 '페미니즘 리부트' 전후 여성 저자의 작품을 여성주의 문학 연구와 비평 방법론으로 분석하는 작업은 가능해 보인다.

따라서 이 글에서는 '페미니즘 리부트' 이후 발간된 동시집과 청소년시집 중 여성 어린이 화자, 여성 청소년 화자가 시집 전반에 뚜렷이 드러나는 작품을 여성주의 시각으로 분석하고 이들 여성 화자의 의미를 밝혀 보고자 한다. '페미니즘 리부트' 이후에야 동시집과 청소년시집의 전면에 여성 화자가 등장한 데는 분명 사회 전반과 문학 장에서 대두된 여성주의적 인식과 실천이 반영됐을 것으로 여겨지기 때문이다.

이에 앞서 여성 화자를 여성 저자와의 관계에서 언급한 최근의 비평들을 여성주의 문학이론에 비추어 비판적으로 점검하고, 동시 및 청소년시의 여성 화자와 여성 저자의 관계를 검토할 것이다. 여성 저자는 그 속에 여성주의 문학 연구와 비평의 근본 질문과 과제를 담고 있기에 여성주의에 기반한 동시와 청소년시 연구의 시작으로서의 의미 있는 대상이라고 본다. 특히 '여성(어른) 저자—여성(어린이 또는 청소년) 화자'의 장르적 특수성은 동시와 청소년시의 화자 문제에도 새로운 관점을 열어 줄 것으로 기대한다.

2. 여성 저자와 여성 화자

1) 여성 저자＝여성 화자의 '과잉 여성화': 정유경 『까만 밤』『파랑의 여행』 독법의 경우

현대시에서 저자(시인)와 화자가 일치하지 않는다는 사실은 너무나 당연하게 받아들여지는 명제다. 화자에 대한 김준오의 다음 설명을 보자. "'작품 속 시인'은 시인의 경험적 자아가 시적 자아(퍼소나)로 변용 창조된 것이지 시인의 실제의 개성 그 자체는 아니다."[1]

'저자성(authorship)'에 대한 여성주의 비평의 견해도 이와 다르지 않다. 여성주의 비평이라 해서 여성 저자와 작품을 전면 대응시키거나, 저자의 성별을 기준으로 여성주의적인 목적과 지향에 맞춰 작품을 해석하지 않는다. "여성주의 비평가들은 단지 여성 저자를 재발견하는 것이 아니라 그들 또한 특정한 방식으로 저자를 창조"[2]하고, "저자성은 텍스트의 신비를 푸는 마법적인 열쇠라기보다 텍스트의 조직결의 하나"이며, "여성의 글쓰기에서 모든 것은 젠더로 설명할 수 있다는 '과잉 여성화'"와 젠더를 삭제하는 "'과소 여성화'"를 동시에 경계해야 한다고 주장한다.[3]

동시와 청소년시를 통틀어 여성 화자나 여성성의 관점에서 작품세계가 본격 조망된 경우는 정유경의 동시가 거의 유일한 듯하다. 먼저, 정유경 동시집 『까만 밤』(창비 2013)을 '여성적 감성의 세계'로 소개한 이

---

1 김준오 『시론』, 삼지원 2002, 283면.
2 리타 펠스키 『페미니즘 이후의 문학』, 이은경 옮김, 여이연 2010, 107면.
3 같은 책 148면.

안의 글을 살펴보자.

　정유경의 동시를 말하면서 빼놓을 수 없는 것 중 하나는, 그의 동시가 우리 동시에서는 매우 희귀한, 여성(어머니가 아닌, 비혼非婚의 여성)적 감성의 세계를 열어 가고 있다는 점이다. 동시를 쓰는 여성 시인이 적지 않음에도 불구하고 이렇게 여성적 감성의 세계를 노래한 동시가 거의 눈에 띄지 않았던 것은, 어른인 여성 시인과 어린이 화자의 불일치, 생활동시의 범람, 시인 자신의 내면보다는 자기 밖에 존재하는 어린이를 향한 과도한 쏠림 현상 등에 그 원인이 있을 것이다. 그런데 정유경은 그 지점을 여성적 감성과 어조, '사랑'을 매개로 풀어 가고 있다. (…) 앞서 살펴본 대로 정유경 동시의 많은 시편은 어른 시인과 어린이 화자가 일치된 지점에서 발화되고 있기 때문이다. (…)『까만 밤』에 실린 거의 전편이 여성적 감성과 어조를 기조로 작성되었다고 볼 수 있다. 그러므로 어쩌면,『까만 밤』은 우리 동시에서 여성적 감성을 전면화한 첫 동시집으로 기록될지도 모른다.[4]

　이 글에서 보듯 "동시를 쓰는 여성 시인이 적지 않음에도 불구하고" 지금껏 동시에서 여성 화자나 여성성 등이 논의되지 않은 점은 분명 여성주의 비평이 경계한 '과소 여성화'를 방증한다. 동시는 대개 어린이를 어른과의 차별성에만 집중해, 동일 특성을 지닌 집단으로 상정해 온 탓에 나이 외의 지표인 젠더를 저자나 화자 논의에서 외면해 왔다. 어린이 화자의 관습적 사용에 대한 문제 제기와 반론으로 이어진 최근 '어

---

4 이안 「시가 가는 길은 늘 새길: 정유경 동시집『까만 밤』」,『다 같이 돌자 동시 한 바퀴』, 문학동네 2014, 236~38면.

린이 화자 논쟁'(이 책 249면 주석 참조)이 동시의 화자와 관련한 문제의식의 전부였다. 이 글은 어린이 화자 논쟁 이전에 동시의 화자에 집중하고 '여성적 감성의 세계'를 언급했다는 점에서 의미 있다.

그럼에도 좀 더 명확히 밝히고 논증해야 할 지점이 있어 보인다. 이 글은 서평 형식으로 쓰인 것이긴 하지만 거의 처음으로 동시에서 여성성을 언급했고, 이후 정유경의 동시 세계가 줄곧 여성적 감성의 차원에서 논의되어 왔기에 주의 깊게 살펴볼 필요가 있다.

먼저 이 글에서는 '여성적 감성과 어조'에 대한 정의가 동시 몇 편을 제시한 것 이상으로 드러나 있지 않다. "여성(어머니가 아닌, 비혼의 여성)적 감성의 세계"라는 표현에서 드러나듯 이 글은 '여성'을 "어머니가 아닌, 비혼의 여성"으로 규정했는데 이것이 정유경 동시만의 여성적 감성을 특정한 것인지 여성적 감성 자체를 규정한 것인지 명확하지 않다. 둘 중 어느 경우라 하더라도 '어머니인 여성'과 '비혼의 여성'의 감성을 분리시킨 점도 따져 볼 만하다. '어머니인 여성'의 감성은 여성적 감성이라 할 수 없는가? 여성적 감성의 실체는 무엇인가? 여성적 감성을 '어머니인 여성'과 '비혼의 여성'으로 분리하는 이유와 그 효과 및 영향은 무엇인가?

"여성(어머니가 아닌, 비혼의 여성)적 감성의 세계"가 어린이 화자와 관련되는 지점 역시 좀 더 명확한 고찰이 요구된다. 이안의 글에서는 정유경 동시가 여성적 감성을 지니는 이유를 "어른 시인과 어린이 화자가 일치된 지점에서 발화되고 있기 때문"이라고 보는데 그렇다면 이 경우 "여성(어머니가 아닌, 비혼의 여성)적 감성"은 여성 저자("어른 시인")와 어린이 화자 중 어느 쪽에 위치하는가? 이 글이 말하는 여성적 감성이란 곧 어른 시인의 감성이요, 이것이 어린이 화자의 감성과 일치한다고 보는 듯하다. 그렇다면 역으로 이 동시의 어린이 화자 감성은 "여성(어머니가 아닌, 비혼의 여성)적 감성"이라고 할 수 있는 것인가, 이때 어린이 화자에는 여성 어린이와 남성 어린이가 모두 포함되는가, 여성 어린이만 해당하는가?

정유경 동시집 『파랑의 여행』(문학동네 2018)의 해설에서 김륭은 이 문제를 두고 '시인'과 '소녀'를 등치시키는 방식을 택한다. "소녀 정유경" "정유경에게, 즉 시인이기 이전의 소녀에게" "소녀 정유경이 가진 '언어의 힘'과 '마음의 힘'이 함께 닿는 곳, 시인 정유경의 시선이 자리하는 곳이 바로 여기" "시인보다 소녀가 먼저인 정유경의 동시" 등의 표현[5]은 여성 어른 저자와 여성 어린이 화자 사이의 간극을 수사로 메우려는 시도로 읽힌다.

정유경 동시에 대한 이러한 독법은 여성주의 비평에서 경계하는 '과잉 여성화'라 할 수 있다. 이안과 김륭의 글에서 드러나듯이 작품세계의 특성을 '여성적'으로 명명하고, 이를 텍스트에서 세밀하게 분석하지 않은 채 여성 저자와 결부시키는 방식으로는 '여성적'의 의미가 규명되지 않는다. 정유경의 동시에는 여느 여성 시인의 동시와 구별되는 감성과 어조가 분명히 있다. 이를 '여성적'인 것이라고 규정했지만 '여성적'이라는 말이 어떤 의미인지에 대한 언급은 비어 있다. 정유경의 『까만 밤』과 『파랑의 여행』의 화자는 관습적인 어린이 화자와도 분명 다르다. 하지만 이 화자와 여성 저자를 쉽사리 일치시킬 수는 없다. 만약 이것이 가능하다면 '어린이 화자 논쟁'을 비롯한 동시 장르의 화자 연구는 불필요하게 된다. 저자와 화자가 일치하지 않는다는 현대시학의 화자론

---

5 김륭 「이야기가 된 소녀와 두 개의 거울」, 『파랑의 여행』, 문학동네 2018, 92~107면.

을 논외로 두고라도, 숨은 화자든 어린이 화자든 섣사리 저사와 등치된다고 볼 경우 모든 논의거리가 사라진다.

여성주의 비평은 "여성이라는 사실이 그 여성의 전부는 아니"며 "어떤 사람의 자아 — 어떤 사람의 예술 — 는 그 사람의 여성성에 의해 형성되지만 그것에 의해 완전히 결정되는 것은 아니"[6]라고 강조한다. 따라서 여성 저자의 작품을 '여성성'만으로 규정하려는 시도는 온전치 못하다. 더군다나 이분법적 젠더로 구분되는 특성 자체를 거부하는 젠더 의식에 따르면 '여성성'이란 말은 의문을 제기하고 숙고되어야 할 대상이다. 문학 연구와 비평에서 '여성성'은 주어의 자리에 두고 끊임없이 새로운 의미를 서술해 나가야 할 용어이지, 서술어의 자리에 두고 고정된 의미로 쓰여서는 안 될 것이다.

2) 여성 저자≠여성 화자의 '과소 여성화': 장세정 『핫-도그 팔아요』 독법의 경우

정유경의 『까만 밤』과 『파랑의 여행』이 여성성에 대한 규정, 이에 따른 여성 저자와 (여성) 어린이 화자의 관계를 질문하게 하는 텍스트라면, 장세정 동시집 『핫-도그 팔아요』(문학동네 2017)는 저자와 화자의 젠더를 은연중에 일치시켜 온 기존 독법에 당혹감을 느끼게 하는 텍스트다. 이 동시집은 여성 저자의 작품임에도 고정관념이나 편견으로 한정된 여성성이나 여성 어린이 화자의 성향과 상당히 다르게 읽히기 때문이다. 즉 화자의 젠더가 명시되지 않은 경우 여성 저자의 작품에 드러난 화자의 젠더를 어떻게 규정할지에 대해 질문을 불러일으킨다.

---

6 리타 펠스키, 앞의 책 150면.

『핫-도그 팔아요』는 지금껏 평론에서 여성적 감성, 여성 시인, 여성 어린이 화자의 틀로 분석되지 않았으며 동시집에 수록된 해설과 삽화에서도 어린이 화자의 젠더를 여성 혹은 남성으로 확정해서 말하거나 보여 주지는 않았다. 해설을 쓴 김제곤은 이 동시집을 두고 "장세정의 어법은 대개 발랄하며 거침없고 때로는 파격적이라 할 만큼 시원스럽다"[7]고 말하며 화자의 젠더를 특정하지 않는다. 한편 동시집에 수록된 삽화에는 검은색 티셔츠와 흰색 반바지를 입은 노란 단발머리 어린이가 줄곧 등장하는데 이 캐릭터는 여성 어린이로도, 남성 어린이로도 볼 수 있는 이미지다. 지금까지 거의 모든 동시집 삽화에서 저자의 젠더와 어린이 캐릭터의 젠더는 동일했고, 이때 어린이 캐릭터의 젠더 이미지를 통해 저자의 젠더와 화자의 젠더가 자연스럽게 일치됐던 것과 비교해 눈에 띄는 대목이다.

바닷물로 뛰어든다.
물살을 헤치고
앞으로 전진!
뒤로 후퇴!

입 속으로
코 속으로
짠물 부대 쳐들어온다

---

7 김제곤 「발랄한 언어가 안겨 주는 감동과 즐거움」, 장세정 『핫-도그 팔아요』, 문학동네 2017, 108면.

숨을 참고 용쓰다
으아!
물 위로 탈출하는데

"얘가 뭐 해 이불 갖고?"
바닷물 척척 걸어 가는 엄마.

장롱 속에 갇혀 버린
에구구, 내 바닷물

—「이불」전문

우리 동네 산동네
친구 없어 심심타

언덕배기 새집에
아이 한 명 이사 왔대서

나는야 가방 던져 놓고
으다다다 달려갔다

커커컹 크르릉!
문 앞에 버텨 선
큰 개 두 마리

간 떨리고 마음 졸여
날 살려라 도망 왔지만

포기는 없다
기다려라 친구!

─「포기는 없다」전문

두 시에서 확연히 드러나듯 장세정 동시의 문체는 매우 간결하고 직선적이다. 그의 동시들은 대개 씩씩하고 활달하게 놀고 생활하는 아이들 이야기이다. 특히 '척척' '으다다다'를 비롯해 '꿈틀꿈틀' '능청능청' '와글와글' '근질근질' 등의 다양한 의성어·의태어를 활용해 동시집 전체에 생동감을 더한다.

지금까지 우리 동시에서 이러한 특성은 대체로 남성 어린이로 표상되었다. 씩씩하고 활달하고 까불대고 덤벙대는 남성 어린이, 따뜻하고 섬세하고 사려 깊고 서정적인 여성 어린이로 표현되는 이분법적 젠더 구분에서 벗어난 동시는 많지 않았다. 그런데 이 동시집에서는 기존의 상투적인 작법과 독법에 비추어 보자면 남성 어린이 화자로 읽힐 법한 작품을 여성 저자가 구현했기 때문에 화자를 여성 어린이 혹은 남성 어린이 둘 중 하나로 선뜻 특정하지 않게 되고, 삽화의 어린이 캐릭터 역시 젠더 구분 없이 표현될 수 있었던 것으로 보인다. 즉 저자와 화자의 젠더를 일치시켜 온 기존 독법에 따를 경우, 이 동시집의 저자가 남성이었다면 화자 또한 쉽게 남성 어린이로 연결됐겠지만 여성 저자인 탓에 이분법적 젠더 구분을 벗어난 자리에서 화자를 새롭게 바라보게 된다.

이를 두고 전혀 상반된 두 가지 해석이 가능하다. 먼저 긍정적으로 해석하면 저자와 화자의 젠더를 일치시켜 온 관습을 돌아보게 하며, 화자의 젠더가 저자의 젠더로부터 자유로워질 가능성을 열어 준다고 볼 수 있을 것이다. 여성 저자가 남성 어린이 화자를, 남성 저자가 여성 어린이 화자를 선택할 경우 화자가 이분법적 젠더로 구분되지 않을 수 있다. 물론 이는 관습적으로 유형화된 작법과 독법의 남성 어린이 화자, 혹은 여성 어린이 화자 구분을 따를 경우다. 당대 독자의 기대, 가치관, 세계관에 따라 유형화된 화자[8]에서 벗어나지 않고 이를 이용하는 것이다.

부정적으로 해석하면 여성주의 비평이 경계한 '과소 여성화'의 사례로 평가할 수 있다. 여성 저자와 여성 화자의 씩씩함과 활달함이 여성성으로 전유되지 않기 때문이다. 앞에서 인용한 시를 빌려 오자면, 거칠게 이불 놀이 하고, 가방을 던져 놓은 채 친구를 만나러 달려가는 '여성' 어린이 화자의 목소리와 이미지가 이 동시집에서 삭제됐다고 볼 수 있다. 삽화를 통해 젠더 구분 없는 화자로 설정되면서, 여성 어린이 화자가 재현할 수 있었던 새로운 여성성, 즉 기존에는 남성성이라고 여겨 온 특성을 여성 어린이 화자의 고유한 몫으로 지닐 수 있는 기회를 놓쳐 버렸다.

할머니 집
대나무밭에 앉은
하얀 백로들

── 저것들이 똥을 싸 대서

---

8 김준오, 앞의 책 286~87면.

대나무 씨가 마르네
저리 안 가나!

할머니 고무신을 집어 든다
──후어이!
고무신 한 짝 대숲 쪽으로 날면

볼링 핀들
후투투
하늘가로 튕긴다

스트라이크!

──「스트라이크!」전문

여자라고
학교를 안 보내 줬대

어린 고모는
학교 가는 친구들 부러워
사립문 밖에서
마당으로 돌멩이를 던졌대

나 학교 갈래
툭

나만 외톨이

떼굴

아버지 미워

또록

서러워

서러워

돌주먹을 날렸대

조기 조 바윗돌이

50년도 더 자란 돌주먹이야

—「돌주먹」 전문

　『핫-도그 팔아요』에서 남성 어린이 화자가 분명하게 드러난 동시는
「딱지 딱지」("형이라는 딱지")와 「암호」("무심한 영지에게/전송하고픈
내 마음도") 두 편 정도다. 반면 「스트라이크!」에서는 결코 낭만적이거
나 '자연 친화적'이지 않은 할머니가 고무신을 던지며 백로를 내쫓고,
「돌주먹」에서는 고모가 "여자라고" 받은 차별에 "돌주먹"을 날리고 "바
윗돌"로 성장한다. 할머니와 고모야말로 이 동시집 전반에 나타나는 어
린이 화자의 성격과 비슷해 보인다. 이러한데도 이 동시집 전반의 화자
를 여성 어린이로 읽지 못할 이유는 없다.
　정유경과 장세정 동시집에 대한 독해를 비판적으로 살펴본 바, 여성
저자를 여성 화자로 곧장 일치시키는 경우든 일치시키지 않는 경우든
저자와 화자의 젠더 문제는 섬세하고 주의 깊게 다루어져야 함을 알 수

있다. 특히 여성주의 비평에서 이는 긴요한 과제이며 그 과정에서 '과잉 여성화'와 '과소 여성화' 모두 경계되어야 한다. 이것은 단지 '여성주의' 비평의 시선에서 정치적으로 올바른 젠더 의식을 구현하려는 의도 때문만은 아니다. 여성주의 '비평'의 시선에서 여성 저자의 작품이 저자의 젠더 때문에 왜곡되거나 적절히 평가받지 못하는 일을 막기 위해서이기도 하다.

3. 최근 동시의 여성 어린이 화자

1) 여성 어린이 화자의 전면 부상: 김개미 『레고 나라의 여왕』

동시에서 여성 저자가 어린이 화자의 젠더를 여성으로 명확하게 부각시킨 경우는 의외로 많지 않다. 더군다나 동시집 한 권 전체를 관통하는 여성 어린이 화자는 지금껏 거의 없었다. 어린이문학 내에서도 동화집이나 장편동화의 경우 어린이 주인공의 나이와 성별이 명시되는 것은 물론 대상 독자까지도 어느 정도 뚜렷이 상정되는 데 비해 동시집에서 어린이 화자의 나이와 성별 등을 의식적으로 통일하는 경우는 드물었다.

김개미의 『레고 나라의 여왕』(창비 2018)은 이 같은 상황에서 더욱 눈에 띄는 동시집이다. 첫 동시집 『어이없는 놈』(문학동네 2013)을 비롯해 『커다란 빵 생각』(문학동네 2016), 『쉬는 시간에 똥 싸기 싫어』(토토북 2017)는 발랄하고 유쾌한 남성 어린이로, 『레고 나라의 여왕』은 내면을 탐색하는 사춘기 여성 어린이로 화자를 통일했다

『레고 나라의 여왕』은 여성 어린이 화자를 전면에 부각하여 여성 어

린이 화자의 재현 양상과 의미를 살펴보게 하는 텍스트다.

> 명작 동화 속 주인공은
> 마음이 약하고 시간이 많아서
> 엄마가 아프면
> 아무것도 못 하고 울기만 하던데,
> 그런 게 어딨어.
> 그건 다 거짓말이야.
>
> 엄마가 아플 때 난
> 너무나 바빴어.
> 밥을 하고 설거지를 하고
> 빨래를 하고 청소를 하고
> 동생을 씻기고 재우고
> 도무지 울 시간이 없었어.
>
> ─「난 주인공이 아니야」 부분

최근 동시에서 어린이의 일상은 대부분 큰 결핍이나 갈등 없이 안온
하게 그려지는 데 비해 이 동시에서는 아픈 엄마를 대신해 집안일을 하
고 동생을 돌보는 여성 어린이 화자가 등장한다. 화자는 이러한 자신의
현실을 "명작 동화 속 주인공"과 비교하며 분리한다. 고리타분한 분위
기를 풍기는 '명작 동화'라는 명명은, 아름다운 여성 주인공이 자신을
질투하고 두려워하는 이들 때문에 온갖 고난을 겪다가, 구원자로 나타
난 왕자와 결혼하며 해피엔딩을 맞는 서사를 비판적으로 상기시킨다.

이 시의 여성 어린이 화자는 자신이 '명작 동화', 즉 지금까지 보아 온 아동문학 속의 주인공과 다르다는 자기 인식을 명확히 한다.

『레고 나라의 여왕』에 등장하는 여성 어린이 화자는 종종 인형과 레고 등 장난감을 통해 판타지 세계를 상상하는데 이때 판타지는 현실로부터의 도피처나 이상향이라기보다는 현실 세계와 대조를 이루는 세계에 가깝다. 「재투성이 소녀의 인형 놀이」에서 라라로 이름 붙인 막대 인형을 갖고 노는 화자는 "나는 크게 웃지 못하지만/라라는 온몸을 흔들면서 뛰면서 웃어요./나는 말을 잘 못하지만/라라는 하루 종일 떠들어요."라고 말한다. 반대의 내용을 나타내는 연결어미 '-지만'으로 화자와 라라의 현실은 뚜렷하게 대비된다. 이 대비는 다음 연에 이르러 "라라가 사는 집에는/아프지 않은 엄마가 있고/때리지 않는 아빠가 있어요./죽지 않는 할아버지가 있고/사탕이 산더미처럼 있어요."라고 화자의 현실을 처절할 정도로 남김없이 드러내기에 이른다. 즉 이 동시집의 화자의 목소리는 지금까지 동시에 흔히 그려 온 안온한 현실과 전혀 다른 세계에서 살아가는 어린이의 모습을 전한다. 관습적으로 유형화된 여성 어린이 화자에서 벗어나 낭만성에 의존해 현실을 도피하거나 손쉬운 위무에 빠져드는 기색 없이 자신의 현실을 직시하고 증언한다.

한편 이 동시집은 여성 어린이 화자를 통해 새로운 엄마상을 재현하고, 어린이와 엄마의 관계를 정립하는 데에서도 색다른 면모를 보여 준다.

우리 엄마는 점점
아저씨가 되어 간다.
머리가 짧아지고
수염이 나기 시작한다.

밥도 많이 먹고

방귀도 크게 뀐다.

목소리도 두껍고

욕도 잘한다.

벌레도 잘 잡고

가구도 잘 든다.

예쁜 옷은 없고

바지만 많다.

자주 아빠 옷을 입어서

아빠가 둘인 것 같다.

예쁜 엄마가 좋지만

우리 엄마도 괜찮다.

천둥이 칠 때 같이 있으면

하나도 안 무섭다.

— 「우리 엄마」 전문

대개 동시에서 엄마는 어린이와 적대 관계로 그려지거나 모성 이데
올로기로 타자화되어 왔지만[9] 이 시에서 엄마는 여성 혐오나 모성 이데
올로기로 억압되거나 제한된 모습에서 벗어나 있고, 여성 어린이 화자
는 이를 긍정한다. 이러한 긍정은 지금까지 동시에서 구현된 적 없는 어
린이와 엄마의 관계를 탄생시키는 데 이른다.

---

9 김유진 「엄마라는 타인」, 『아동문학평론』 2016년 가을호 257~65면.

나한텐 엄마가 어렸을 때 끼던 장갑이 있어요.

오늘처럼 촉촉하게 비가 오고 혼자인 날

서랍을 열고 장갑을 껴 봐요.

지금보다 더 외롭고 더 혼자인 날,

나는 열두 살짜리 엄마 손을 잡을지도 몰라요.

─「벙어리장갑」 전문

이 시(「벙어리장갑」은 『레고 나라의 여왕』 초판 2쇄 발행 때 제목이 「장갑」으로 수정됨)에서 외로운 어린이는 현재의 어른 엄마가 아닌 과거의 "열두 살짜리 엄마"와 만나며 위로의 희망을 발견한다. 현재 (아마도) 열두 살인 어린이가 과거 열두 살이었던 엄마를 만난다. "지금보다 더 외롭고 더 혼자인 날"은 어린이 화자의 현재 발화행위 이후 도래할 시간이지만 그때 이루어지는 열두 살 엄마와의 만남은 엄마의 과거 시간과의 조우이다. 장갑 속에서 열두 살이었던 엄마의 과거와 열두 살인 나의 현재가 손을 잡는다. 어린이는 현재 어른인 엄마가 아니라 열두 살이었던 엄마에게 위로받는다. 어린이가 어린이의 손을 잡고 위로해 준다.

자기 내면을 말하는 여성 어린이 화자가 엄마를 긍정하는 가운데 여성 어린이는 엄마에게서 공감과 위로의 연대를 발견하고, 어린이와 어른의 관계도 전혀 다른 지평을 열게 되었다. 어른과 어린이가 일방적으로 돌봄과 가르침을 주고받거나 서로 경계하고 대립하는 관계에서 벗어나 상호 동등한 주체로 소통하는 연대의 가능성을 제시한 것이다.

2) 말해지는 '누이'에서 말하는 '언니'로: 김응 『둘이라서 좋아』

김응의 『둘이라서 좋아』(창비 2017)는 부모님 사후에 어린 자매가 단둘이 지내 온 자전적 이야기[10]를 바탕으로 한 동시집이다. 자매 중 언니가 이 동시집의 여성 어린이 화자이다.

엄마 아빠 돌아가신 날

고아라고 손가락질받던 날

동생이 바지에 오줌을 싸고 집으로 온 날

언 손으로 쌀을 씻어 밥을 안치던 날

깜깜한 밤에 동생과 단둘이 있던 날

차디찬 방바닥에서 잠을 자던 날

나는 울지 않았다

나는 언니였다

—「나는 울지 않았다」 전문

이 시는 여성 어린이 화자의 상황을 한눈에 드러내 준다. 화자는 부모

---

10 이 동시집의 자전적 성격은, 동시집 말미에 수록된 저자의 동생이자 동화작가인 김유의 글 「슬픔을 이겨 내는 법」에서 상세하게 드러난다.

님이 돌아가신 후 동생과 단둘이 "차디찬 방"에서 "언 손"으로 "깜깜한 밤"을 헤쳐 가야 한다. 화자 또한 어른의 돌봄이 필요한 어린이지만 '언니'이기 때문에 동생과 똑같은 어린이일 수 없고 '엄마'가 되어야 한다.

근현대 한국 동화에서 가장 전형적이고 빈번하게 등장하는 여성 어린이 주인공인 '꼬마 엄마'와 비슷하다.[11] 동시 장르에서는 대표적으로 이원수와 권정생 동시에 나타난 여성 어린이의 모습이기도 하다. 이들 동시 속 꼬마 엄마들은 남성 저자가 남성 어린이 화자 입장에서 그린 '누이'였기에, 누이인 여성 어린이 당사자의 목소리는 찾아보기 힘들었다. 누이는 가난하고 힘겨웠던 시대상 속에서 가사를 떠맡고 가족의 생계를 책임지기 위해 어릴 때부터 일터에 나가는 모성적 존재로 표상될 뿐, 스스로 목소리를 내는 주체로 등장하지는 못했다.

『둘이라서 좋아』는 꼬마 엄마이자 누이(언니)인 여성 어린이 화자의 목소리가 전면에 뚜렷하게 드러난 동시집이다. 물론 시대상의 변화에 따라 누이가 짊어진 삶의 양상 또한 수십 년 전 누이들과는 달라졌다. 『둘이라서 좋아』 속의 언니는 "먹을 게 없을 때는" 동생과 색종이로 김밥을, 지우개 가루로 국수를 만들어 식당 놀이를 하고 "방바닥이 차가울 때는" 디즈니 애니메이션 겨울 왕국 놀이를 한다(「모든 게 놀이」). 또 학부모 공개수업에 아무도 오지 못하는 동생이 걱정돼 화장실에 다녀오겠다는 핑계를 대고 동생 교실로 달려가기도 한다(「언니가 간다」).

이 동시집이 이러한 화자의 경험과 감정을 그리는 데 그쳤다면 여성 어린이 당사자의 목소리가 전면에 드러난 점 말고는 예의 남성 어린이 화자가 그리던 누이와 비교해 별다르게 읽히지 않았을 것이다. 『둘이라

---

11 김유진 「시대의 소녀들: 몽실이에서 세라까지」, 『창비어린이』 2017년 가을호 82~95면.

서 좋아』의 여성 어린이 화자가 특별한 점은 혈육인 자매 관계에서 시작해 더 너른 '자매애'의 길로 나아갔다는 데 있다. '둘이라서 좋아'라는 제목은 단지 세상 풍파를 함께 헤쳐 가려는 가족 공동체를 위한 다짐이 아니라 여성 간 상호 돌봄과 연대를 위한 외침이다.

> 언니 없을 때 동생은
> 언니처럼 한다
>
> 학교에서 돌아오면
> 강아지 때 데려온
> 진순이랑 놀아 주고
> 하나밖에 없는
> 깜빡이 인형도 업어 준다
>
> 옆집 아기 신발도
> 바로 신겨 주고
> 길 가다 넘어져 우는
> 유치원 아이도
> 달려가 일으켜 준다
>
> 언니 없을 때 동생은
> 언니가 된다
>
> ──「언니처럼」 전문

동생이 언니를 따라 하며 강아지와 놀아 주고 인형을 업어 주는 행동은 언뜻 소꿉장난 같은 모방 놀이로 보이지만 벗겨진 아기 신발을 신겨 주고 넘어진 아이를 일으켜 주는 행동을 통해 약한 존재를 돌보아 온 언니의 태도가 동생에게로 이어졌음을 알 수 있다. 이를 두고 행여 오직 여성에게만 헌신과 희생을 요구하는 가부장제 이데올로기의 위험성을 내포하고 있는 것은 아닌지 의심의 눈초리를 보내려는 이들에게 시인은 두 자매의 이야기를 더 큰 '자매애'로 확장시켜 보여 준다.

굴다리 판잣집
점순이네 집

방도 따로 없고
부엌도 따로 없는

벌레들도 눌러살고
생쥐도 들락거리는데

동네 아이들
누구도 가 보지 못한
점순이네 집

나랑 동생이랑
점순이 따라
놀러 간 집

점순이네도
아빠가 있다

종일 누워
기침을 하는
아픈 아빠가 있다

—「굴다리 점순이네」 전문

자매 분식집에도
언니와 동생이 있다

언니 아줌마는
떡볶이 만들고
동생 아줌마는
김밥 말고

언니 동생 자매지만
잘하는 게 다르다

우리 집에도
언니와 동생이 있다

언니는

김밥 좋아하고

동생은
떡볶이 좋아하고

언니 동생 자매지만
잘 먹는 게 다르다

　　　　　　　　　　　　　　　　—「자매 분식」 전문

　「굴다리 점순이네」에서 점순이 집은 두 자매가 단둘이 살아가는 집
보다 훨씬 열악한 환경으로 묘사된다. 「점순이」라는 시에서 점순이는
글자는커녕 제 나이도 모르고, 동네 아이들에게 거지, 바보라 놀림받는
어린이다. 하지만 자매는 "동네 아이들이 찾지 못한" 점순이의 "웃는
점" "착한 점"을 본다. 동생이 언니를 따라 넘어진 아기를 일으켜 주었
듯 약자로 배척받는 어린이와 함께한다. 또한 자매가 함께 생계노동을
하거나(「자매 분식」) 나이 든 자매가 서로를 "아기처럼" 돌봐주는(「아기 할
머니들」) 광경은 우리 사회의 가부장제나 적자생존 원리에 포섭되지 않
는 여성의 연대와 돌봄을 보여 주며 이를 희망하게 한다.
　김개미의 『레고 나라의 여왕』과 김응의 『둘이라서 좋아』는 모두 여
성 저자가 자신의 내면과 경험을 숨김없이 드러내는 가운데 여성 어린
이 화자를 동시집 전면에 내세웠다. 이로써 여성 연대의 가능성과 새로
운 관계의 모색을 재현하고 상상해 낼 수 있었다. "시인 자신의 내면보
다는 자기 밖에 존재하는 어린이를 향한 과도한 쏠림 현상"[12] 탓에 그간
여성적 감성의 세계를 노래한 동시가 많지 않았다는 견해는 이 지점에

서 타당하다. 어린이 독자라는 바깥 조건이 작품의 경계를 협소하게 만들어 저자가 자신의 내면을 응시하는 것을 방해한다면, 여성주의 비평의 시선으로 평가하기에 뛰어난 문학적 성과를 이루기는 요원할 것이다. 어린이 '독자'만을 좇느라 '저자'의 목소리가 사라진 작품에는 '여성 저자' 또한 없을 것이기 때문이다.

4. 최근 청소년시의 여성 청소년 화자

1) '난 빨강'에 대응하는 새로운 빨강: 김애란 『보란 듯이 걸었다』

2010년 출간된 박성우의 『난 빨강』(창비)은 '청소년시' 장르를 개척한 시집으로서, 현재까지 독보적으로 독자들의 호응을 받으며 청소년시집을 대표하는 스테디셀러로 자리매김했다. 이 청소년시집은 "기성의 가치나 제도가 요구하는 대로 자신을 고분고분 순응시키지 않으려는 존재"[13]인 청소년의 모습을 생생하게 그려 냈다는 호평을 받아 왔다. 하지만 이런 선구적 면모와는 별개로, 십 년이 지난 지금 성인지 감수성을 기준으로 볼 때 여성을 성적 대상화했다 할 수 있는 시들이 적지 않다.

누나의 봉긋한 가슴을
팔꿈치로 툭, 부딪친 적이 있다
말랑말랑한 것 같기도 하고

---

12 이안, 앞의 글 236면.
13 김제곤 「풋풋한 연두, 발랄한 빨강」, 박성우 『난 빨강』, 창비 2010, 114면.

좀 딱딱한 것 같기도 했는데

앞이 캄캄하고 어질어질하게 좋았다

—「버스」 부분

남자애들 거시기가 커지면

몸무게가 늘어날까? 안 늘어날까?

거시기가 엄청 땅땅하게 커지면

당연히 늘어나는 거 아닌가?

—「정말 궁금해」 부분

  이 시집의 해설에서 김제곤은 위 시들을 두고 "청소년에게 인식되는
성(性)은 단지 심각하고 음습한 것만은 아니"며 "그것은 오히려 풋풋하
고 발랄한 분위기로 그려진다. 말을 꺼내기 쑥스럽고 감추고 싶은 청소
년의 속내가 유머러스하고 밝은 색깔의 어조에 실려 자연스럽게 표출
되는 것이다."라고 평가한다.[14] 하지만 "누나의 가슴을 만졌으니 책임져
야 하니까"(「버스」)나 "계집애가 엉큼한 생각이나 한다며"(「정말 궁금해」)
등의 구절에서 나타나듯 이 시들에 드러난 성 인식은 현재 청소년의
그것과 확연한 차이를 보이며 여성을 성적 대상화한 표현 또한 문제적
이다.
  김애란의 청소년시집 『보란 듯이 걸었다』(창비교육 2019)는 제도교육
바깥의 여성 청소년을 재현한 전작 『난 학교 밖 아이』(창비교육 2017)에
이어 학교 밖 여성 청소년의 이야기를 계속 한다. 이 시집에서 김애란은

---

14 같은 글 118~19면.

여성 청소년 화자를 통해 이 시대 젊은 여성이 공유하는 젠더와 섹슈얼리티 의식을 정확하게 탐색하고 생생하게 드러낸다. 그에 더해 가부장제까지 비판하면서 김제곤의 말처럼 "기성의 가치나 제도가 요구하는 대로 자신을 고분고분 순응시키지 않으려는 존재"로서의 청소년이 더이상 『난 빨강』의 남성 청소년에만 국한되지 않는다는 것을 보여 준다.

이 시집의 여성 청소년 화자는 여성이자 청소년으로서 겪는 이중 억압을 전방위에 걸쳐 구체적으로 재현하며 그것에 저항한다. 외양은 물론 걸음걸이 하나까지도 속박하는 친구나 엄마에게 반문하고(「여자답게 걸어라」), 학생 성별에 따라 종목이 분리되는 체육시간과 치마에만 해당되는 복장 규제를 비판하고(「양성 불평등」), 부모가 똑같이 생계노동을 하면서도 엄마 혼자 저녁식사를 준비하는 가사노동의 불평등에 분노한다(「시험 전야」). 생리대 살 돈이 없어 며칠 전부터 대체품을 준비하는 여성 청소년(「그날」)과 성정체성을 알게 된 가족들의 혐오 발언과 위협을 견디는 퀴어 청소년(「있을 곳이 없다」), 그리고 미혼모가 화자로 등장해 여성 청소년에게 가해지는 억압을 드러내기도 한다.

> 아기들이 신발을 신고 아장아장 걸을 때쯤
> 우리는 무엇을 할까
> 누구는 학교로 누구는 직장으로
> 누구는 집으로 돌아가겠지만
> 신발 나란히 벗어 놓을 곳 없는 나는
> 어디로 가야 하나
>
> ─「신발」 부분

언제부턴가 학교도 다니지 않던 언니는
핏덩이만 낳아 놓고
다시 올 수 없는 곳으로 가 버렸다
차비가 들지 않아서 그곳을 선택했을까

아무도 몰랐다
언니가 임신했다는 거
그리고 그곳으로 갈 거라는 거

— 「선화 언니」 부분

어린 내게 무슨 첫사랑이 있다고
그건 엄마의 첫사랑일 거다
얼굴도 모르는 아빠일 거다
속으로 그렇게 생각했다

엄마는 첫눈 내리는 날
아빠가 돌아올 거라 믿었다
해마다 첫눈이 내렸지만
아빠는 돌아오지 않았다

— 「첫눈」 부분

이 시들에서 여성 청소년 화자는 미혼모 자신, 미혼모의 이웃, 미혼모
의 자녀로, 각자 자리에서 미혼모를 바라보고 말하면서도 가정과 사회
로부터 존중받지 못하고 소외된 그들의 임신과 출산 경험을 가슴 아프

게 감각하며 여성으로서 정체성을 공유한다. 앞서 살펴본 『레고 나라의 여왕』과 『둘이라서 좋아』에서는 한 명의 여성 어린이 화자가 동시집 전체를 이끌어 나간 데 반해 『보란 듯이 걸었다』의 여성 청소년 화자는 다수이다. 다수의 여성 청소년 화자는 사회 구석구석에서 발생한 여성 억압 체험을 폭로하고 증언하며, 이 화자들을 통해서 오늘날 여성 청소년의 삶은 마치 조각이불처럼 재현되고 공유된다. 구체적이고 생생한 여성 청소년 화자가 여럿이 모여 비로소 성인이 아닌 청소년, 남성 청소년이 아닌 여성 청소년 화자의 목소리 하나가 탄생한 것이다.

여성 억압에 저항하며 자신을 존중하고 지키려는 주체적인 여성 청소년의 목소리는 가부장제를 거부하고 새로운 사회질서를 모색하는 데까지 나아간다. 「진짜 아빠」에서 부모 이혼 후 친아빠와 살던 여성 청소년은 아빠의 폭력에서 탈출하기 위해 "친아빠가 아닌/새아빠를 선택"한다. "버티고 버티다/엄마 집으로 도망"친 것을 두고 친아빠 대신 친엄마를 선택했다고 하지 않고 "새아빠를 선택"했다고 말하고, "예쁜 얘가 내 딸이라고/사람들한테 자랑"하는 "새아빠가 진짜 내 아빠"라고 증언하면서 혈연가족이 아닌 안전한 돌봄 공동체로서의 가족 이데올로기로 전환했음을 분명히 한다.

김애란의 전작 『난 학교 밖 아이』가 이른바 정상가족 이데올로기에 갇혀 있었던 것에 비하면 이는 큰 변화다. "때리는 아빠 싫어/집 나왔다는 혜영이/아빠한테 머리채 잡혀 끌려갔다 (…) 은수/머리카락 다 뽑혀도 좋으니/머리채 휘어잡고 데려갈/아빠가 있으면 좋겠단다"(「괜스레」)라며 폭력적인 가정이나마 존재하기를 바라고, "아빠가 빠져나간 삼각주 위에서/가시만 비정상적으로 커지는"(「비모란 선인장」) 선인장으로 자신을 인식하며 아버지를 존재 근거로 찾던 여성 청소년 화자들이 폭력마저 수용했던 가부장제 가족에서 벗어나 이제 온전한 여성 주체로 성장한 것이다. 이 대목에서 김개미 동시집 『레고 나라의 여왕』 제3부의 시편들에서 보듯이 부재하는 아버지를 끊임없이 그리워하는 어린이 화자가 다시금 주목된다. 현실에는 그 화자와 비슷한 상황에 놓이거나 비슷한 감정을 겪는 어린이가 실재하며, 그들이 마땅히 위로받아야 한다는 사실과는 별개로, 그러한 목소리가 정상가족 이데올로기를 동시 장르에서 고착화하고 있다는 점은 김애란의 『보란 듯이 걸었다』의 화자와 비교해 비판적으로 돌아볼 필요가 있다.

5. 여성 어린이 화자, 여성 청소년 화자의 의미

이 글에서는 동시와 청소년시의 여성 저자와 여성 화자의 관계를 여성주의 비평이론에 근거해 살펴보고, 최근의 동시와 청소년시에서 여성 어린이 화자, 여성 청소년 화자가 시집 전반에 뚜렷이 드러나는 작품을 분석했다. 여성 어린이 화자, 여성 청소년 화자는 자신의 내면을 고백하고 경험을 재현하면서 지금까지 동시와 청소년시에서 발견하지 못한 새로운 목소리를 들려주었으며 어린이와 어른, 여성과 여성이 서로 공감하고 연대하는 관계로 발전할 가능성을 상상하게 했다.

또한 여성 어린이 화자, 여성 청소년 화자는 동시와 청소년시, 나아가 아동청소년문학의 장르 정체성과 창작 실천에 대한 고민의 핵심에 닿아 있으며 이를 해결할 가능성을 보여 주고 있다. 아동청소년문학이 어린이와 청소년을 어른과 구분되는 단일하고 통일된 정체성으로만 바라보고 그들 일반을 대표하고 아우르는 목소리를 재현하려고 할 때 오히려 그들의 구체적인 현실은 제대로 드러내지 못하는 한계에 빠지고 만다. 그러나 여성 어린이 화자, 여성 청소년 화자인 작품들은, 어른과의 경계와 구별을 통해 어린이·청소년의 목소리를 찾으려 했던 여느 시와 달리 개별 화자의 내면과 경험에 집중하면서 기존 문학관과 문법을 전복하며 새로운 작품을 탄생시킬 수 있었다. 특히 『보란 듯이 걸었다』에 담긴 여성 청소년 다수의 목소리는 동시와 청소년시에서 단일한 목소리로만 어린이와 청소년을 재현하려고 했던 그간의 작업들이 얼마나 그들을 대상화·타자화했는지 드러내 주었다.

여성 화자를 전면에 내세운 동시와 청소년시는 젠더 정치에 있어서는 여성 어린이와 청소년을 가시화한다는 점에서, 아울러 아동청소년문학의 윤리와 미학에 있어서는 좀 더 구체적이고 개별적인 어린이와 청소년의 현실을 재현한다는 점에서 의미가 있다. 앞으로 동시와 청소년시에서 더 많은 여성 어린이와 청소년의 목소리가 발견될 때 아동청소년문학이라는 바탕음은 더 아름답고 풍요로운 배음들로 울릴 것이다.

시대의 소녀들

창비아동문고 속의 '몽실'에서 '세라'까지[1]

1. 소녀들의 이름을 불러 본다

"어머님, 나는 별 하나에 아름다운 말 한마디씩 불러 봅니다. 소학교 때 책상을 같이했던 아이들의 이름과, 패, 경, 옥 이런 이국 소녀들의 이름과 벌써 애기 어머니 된 계집애들의 이름과 (⋯)"

윤동주가 「별 헤는 밤」에서 고향을 그리워하며 소녀들의 이름을 불렀듯 우리 동화 속 소녀들의 이름을 하나씩 떠올려 본다. 노마 친구 영이, 우리 모두의 몽실이, 신여성 명혜 아씨, 린드그렌 소녀 비읍이, 나의 사촌 세라⋯⋯.

윤동주의 호명이 유년의 고향에 대한 그리움을 넘어 식민지 조국을

---

1 이 글은 창비아동문고 간행 40주년을 맞아 계간 『창비어린이』(2017년 가을호)가 마련한 특집('창비아동문고 40주년, 시대와 어린이')의 한 꼭지로 실린 것이다.

상기하듯 우리 동화 속 소녀들의 이름과 삶에 그들이 살던 시대가 무대 배경처럼 일어난다. 우리 동화 속 소녀들은 어떤 시대와 사회에서 태어난 인물들일까. 소녀들은 소년의 경험과는 또 달랐을 시대를 어떻게 헤쳐 왔을까.

2. 꼬마 엄마들

우리 동화에 가장 먼저 등장한 소녀들은 '꼬마 엄마'[2]다. 어머니를 돕거나, 부재하는 어머니를 대신해 집안의 가사와 양육을 떠맡은 소녀들이다. 『너하고 안 놀아』(현덕, 창비 1995)의 영이, 『몽실 언니』(권정생, 창비 1984)의 몽실이가 그렇다.

『너하고 안 놀아』는 1938~1940년 창작된 현덕의 동화를 발굴, 편집한 책으로 노마, 영이, 기동이, 똘똘이 네 아이가 어울려 놀고 생활하는 모습을 담은 동화집이다. 각 단편에는 네 아이가 모두 함께 등장하거나 두셋만 등장하기도 하는데 그럴 땐 노마 대신 영이라 해도, 영이 대신 똘똘이라 해도 이야기가 크게 달라지지 않는다. 부잣집 아이 기동이 혼자 심술 맞게 굴고 나머지 세 아이가 기동이와 갈등을 겪는 것 외에 아이들 캐릭터가 각각 크게 두드러지지는 않는다.

하지만 아이들 중 유일한 소녀인 영이만은 「조그만 어머니」에서 '꼬마 엄마'로 그려진다. "영이는 누나입니다. 어머니가 장사를 나가신 사

---

2 조은·이정옥·조주현 『근대가족의 변모와 여성문제』, 서울대출판부 1997, 49면, 선안나 「『몽실 언니』의 페미니즘적 분석」, 원종찬 엮음 『권정생의 삶과 문학』, 창비 2008, 173면에서 재인용.

이는 영이가 대신 어머니 노릇을 해야 합니다. 대신 조그만 어머니가 되어서 쓸쓸한 얼굴을 하는 어린 동생 아기를 달랩니다."(90면) "파랑 치마 영이는 조그만 어머니입니다."(92면) 기동이를 제외한 세 아이는 고무신 하나 살 수 없을 정도로 가난하지만 생계노동으로 내몰리지는 않는다. 그런데 가정의 돌봄노동은 영이와 같은 어린 나이의 소녀들까지도 자연스레 떠맡아야 할 일로 묘사된다.

가정 내에서 이루어지던 소녀들의 돌봄노동은 1970년대 도시화·산업화가 진행되면서 흔히 '식모'라 불리는 도시의 가정부 자리로 이동한다. 이주홍의 「섬에서 온 아이」(『못나도 울 엄마』, 창비 1977)와 「미옥이」(『사랑하는 악마』, 창비 1983)에는 식모가 되기 위해 상경하거나 식모살이를 하는 소녀들의 애환이 드러난다.

「섬에서 온 아이」에서 열너덧 살 남조는 '쌀밥 먹는 육지'를 꿈꾸며, 친척 집을 방문하는 친구 인자를 따라 무작정 부산으로 향한다. 그러나 길에서 만난 노파에게 속아 식모로 팔려 가고 갖은 구타와 학대를 당하던 중 겨우 탈출해 고향으로 돌아오게 된다. 좀 더 나은 미래를 꿈꾸며 도시로 향했지만 소녀 스스로 삶을 개척하기에 세상은 더없이 위험하고 모진 공간이었다.

궁핍하고 팍팍한 시대 현실에 더해 소녀들의 삶의 무게를 가중시킨 것은 가부장제라는 이중의 굴레다. 「미옥이」에서 열두 살 미옥이 식모로 일한 집이 여섯 번이나 바뀐 건 아버지가 월급을 선불해 가고, 월급 인상 요구가 받아들여지지 않을 경우 다른 집으로 데려다 놓기 때문이다. 주인집 식구들이 아무리 선량해도 자기 집에서 심부름하다 교통사고로 다리까지 절게 된 미옥이 아버지 손에 끌려 다른 집으로 가는 것을 막지는 못한다. 출가 전 소녀는 아버지의 소유물로 거래된다. 아주 어릴 때부터 소녀들에게 부과된 24시간 돌봄노동 영역이 바로 거래의 장이었다. 『몽실 언니』에 나타난 몽실의 삶 역시 계부의 폭력, 생부의 무능과 정서적 학대로 점철되어 있다. 이 작품은 아버지의 폭력으로 상처받은 몽실이 어머니의 모성으로 헌신하는 모습을 보여 주었다.

꼬마 엄마인 소녀들의 지난 삶은 눈물겹다. 그들의 희생이 눈물겨울수록 더욱 정밀한 시대 인식이 필요해 보인다. 몽실의 고통의 원인을 6·25전쟁으로만, 미옥의 설움의 원인을 도시화와 빈곤으로만 돌릴 수는 없다. 당시 시대상으로 뭉뚱그려서는 안 될, 오직 소녀들만이 감당해야 했던 가부장제의 억압과 폭력을 한 올씩 거두어서 살펴봐야 한다.

3. 어린이가 된 소녀들

2000년대에 이르러서야 비로소 어엿한 '어린이'로서 소녀들이 동화에서 자주 눈에 띄기 시작한다. 꼬마 엄마가 아닌 어린이, 희생과 헌신의 모성이 아닌 자아 발견과 탐색의 주체성을 지닌 소녀들이 등장한 것이다.

역사동화 『명혜』(김소연, 창비 2007)에서 일제강점기 양갓집 규수 송명혜는 여학교에 입학하고, 의사가 되기 위해 미국 유학까지 떠난다. 어릴 적부터 명혜는 오빠처럼 아명 대신 제 이름 '명혜'로 불리길 원했다. 봉건과 근대가 공존하던 시기의 한 소녀가 혼사를 강권하는 부모의 의사에 반해 신식 교육을 받으며 자아를 찾아가는 여정에서 비로소 소녀는 개인 주체로 탄생한다. 가부장제가 이미 예정해 놓은 자리와 기능을 거부하고 자신의 삶을 개척하는 소녀의 등장은 새로운 여성의 탄생이자 어린이의 탄생인 것이다.

명혜가 근대 교육을 받으며 자아를 각성했듯 소녀들이 자아를 인식하고 세계를 발견하는 과정은 독서와 학습 등 지적 추구와 연관되는 것으로 그려진다. 『나의 린드그렌 선생님』(유은실, 창비 2005)의 비읍은 아스트리드 린드그렌의 동화를 삶의 중심에 두며 책을 통해 아버지의 부재로 인한 상실감을 극복하고 어머니와의 관계를 회복하는 계기를 찾는다. 비읍은 린드그렌 동화를 끊임없이 자기 삶에 비추어 보는 가운데 삶의 길을 찾아 나가게 된다. 비읍에게 동화작가 린드그렌과, 또 한 명의 린드그렌 팬인 '그러게 언니'는 동화책을 매개로 관계가 맺어진 따뜻하고 충실한 여성 멘토다. 가족관계 너머에서 삶을 지지해 주는 여성들의 공동체가 바로 책을 통해 이루어진다.

『난 원래 공부 못해』(은이정, 창비 2008)의 이진경 또한 공부를 잘하고 책을 좋아하는 소녀다. '똑똑한 이진경'은 친구들과 담임교사까지도 객관화해서 바라볼 수 있는 인지 수준을 지녔다. 이 서사는 명석하고 성숙한 진경을 초점화자로 내세워 초임 교사의 교육 방식을 비판적으로 고찰한다. 진경은 공부를 좋아하지만, 진경이 담임교사의 자각을 이끌어낸 지점은 암기식 학습법이 모든 아이들에게 성공적으로 적용될 수 없고 아이들이 저마다 다른 존재로 교육받아야 한다는 점이라는 데에 더 큰 의미가 있다.

청소년을 독자로 한 페미니즘 입문서 제목이자 최근 널리 쓰이는 '소녀, 설치고 말하고 생각하라'라는 모토의 관점에서 보면 비읍은 생각하는 소녀고 진경은 말하고 생각하는 소녀다. 소녀들의 생각은 독서를 통한 지적 자각에서 비롯한다. 이들은 책 읽는 여성, 자신의 언어와 세계를 찾고 발견하는 여성이다. 이렇듯 동화에서는 독서를 즐기고 인지 발달 수준이 높은 소녀들을 소년의 경우에 비해 더 쉽게 만날 수 있다.

최근 생각하고 말하는 비읍과 진경에서 한발 더 나아가 '설치기까지' 하는 소녀들로는 진형민의 『기호 3번 안석뿡』(창비 2013), 『꼴뚜기』(창비 2013), 『소리 질러, 운동장』(창비 2015)의 인물들이 떠오른다. 재래시장 상권을 죽이는 대형마트에 바퀴벌레를 풀어놓는 '백발마녀'와 야구부에 들고 싶어 하는 '공희주'는 소년 주인공의 조연이지만 자신의 욕망과 그것을 실현하는 방법을 정확히 알고 실천하는 소녀들이다.

많은 경우 소녀들의 욕망은 자본주의적 욕망의 상징이자 욕망의 실현 수단인 돈과 관련한 이야기로 그려지기도 한다. 『너하고 안 놀아』의 영이는 노마와 싸전 가게 놀이를 하고, '놀지 않겠다'는 말로 똘똘이와의 관계에서 우위를 점하며 유리구슬 하나를 얻는다. 『오메 돈 벌자고?』(박효미, 창비 2011)의 가희·나희 자매는 연탄을 아끼려는 엄마가 난방 하는 방을 줄이자 각자 방에서 독립적으로 지내고 싶어 돈을 벌러 나선다. 『꼴뚜기』의 「뛰어 봤자 벼룩」에서 제 몫을 알뜰히 챙기는 김소정이나, 『우리는 돈 벌러 갑니다』(진형민, 창비 2016)에서 축구화를 사고 싶어 하는 박용수를 위해 적극적으로 계획을 세우고 실행하는 오초원 모두 소녀들이다. 『열두 살에 부자가 된 키라』(보도 섀퍼, 을파소 2001)와 같은 어린이 실용서에서조차 경제관념이 명확하고 셈이 밝은 쪽은 주로 소년이 아닌 소녀다.

동화 속 소녀들의 자아 탐색이 지적 능력에 바탕을 두고 그와 연관되어 이루어지는 까닭은 뭘까. 소녀들은 월등히 뛰어난 교육 수준과 지적 능력을 갖추어야만 비로소 자기 목소리를 찾을 수 있는 걸까. 소년들처럼 좌충우돌 온몸으로 세상과 맞부딪친다면 어떨까. 소녀들의 욕망이 유독 돈과 밀접한 까닭이 혹시 생활력 강하고 계산에 밝고 때로 인색한 어머니상을 고스란히 물려받은 탓은 아닐까. 소녀들의 자아 탐색과 욕망 실현은 앞으로 또 어떤 계기와 함께 나타날지 궁금해진다.

4. 소녀들의 현실

소녀들은 다양한 사회 현실에 대응하는 과정을 통해 또 하나의 소녀상으로 자리매김되기도 한다.『후박나무 우리 집』(고은명, 창비 2002)은 초반부에 작중화자인 연하의 관찰자 시선으로 친구들 가정의 부모 직업, 가사 분담, 경제 상황 등을 병렬적으로 제시하며 가정에서의 성평등 문제를 돌아보게 한다. 연하는 성별 구분 없이 평등한 지은이네 가정에 충격을 받고 대가족인 자기 가정의 불평등한 점을 할아버지에게 역설한다. 이 작품은 주제의식에 집중해 알레고리의 성격이 강한 데다 내용 면에서도 여성 문제가 계급 문제로 흡수된 점, 엄마가 가부장 문화에 별다른 문제의식이 없고 결국 할아버지의 결단으로 상황이 변화한 점 등 아쉬운 대목이 적지 않다. 그러나 여성 문제를 소수자 문제로 확장한 시각은 독보적이며 연하가 성평등 의식을 자각하며 부모·조부모와의 관계를 재정립하는 점 또한 눈에 띈다.

가부장제와 아울러 소녀들이 경험하는 또 하나의 고통스러운 현실로 성폭력이 존재한다.『안녕, 그림자』(이은정, 창비 2011)는 여느 현실과 달리 성추행을 당한 소녀가 숨지 않고 스스로 가해자를 폭로하고 고발하는 서사다. 이는 성폭력 피해자 정윤과, 정윤이 가해한 학교폭력 피해자 혜미가 서로 연대함으로써 가능했다. 성폭력 피해자가 된 정윤이 혜미에게 가한 학교폭력을 반성하고, 피해자들의 연대로 성폭력 가해자를 압박하며, 어린이들의 연대로 어른에 맞선 이 이야기는 앞으로 계속될 소녀들의 이야기에 긍정적인 자극이 되리라 본다.

아동 결식은 소녀와 소년을 가리지 않는 우리 시대의 가장 비극적인 현실 중 하나겠지만 동화에서는 유독 굶주린 소녀들이 부각된다. 『소나기밥 공주』(이은정, 창비 2009)와 송미경의 「일 분에 한 번씩 엄마를 기다린다」(『복수의 여신』, 창비 2012)에는 결식과 결핍으로 굶주린 소녀들이 등장한다. 『소나기밥 공주』에서 전 재산이 560원뿐인 안공주가 콩나물 한 봉지를 사 오다 옆집에 배달된 장바구니를 훔치거나, 「일 분에 한 번씩 엄마를 기다린다」에서 일주일에 한 번 엄마가 보내 주는 음식 택배를 기다리는 소녀가 음식을 받아 한꺼번에 먹어 치우는 것은 결식이 부르는 결핍 때문이다. 배고픈 소년보다 배고픈 소녀가 더 인상적으로 드러나는 까닭은 소년보다 소녀가 감정적으로나 신체적으로 섬약한 존재라는 생각 때문일까.

한편, 소녀들은 새로운 사회의 도래를 고대하며 미래 사회의 해악을 감시하고 바로잡는 역할을 하기도 한다. 『씨앗을 지키는 사람들』(안미란, 창비 2001)은 발달된 과학기술 및 자본의 결탁과 생태농업을 대립 항으로 두고 소녀 진희로 하여금 두 가치 중 생명을 살리는 일에 협조하게 한다. SF 동화 속 소녀들은 소박한 에코페미니즘에서처럼 자연, 생명, 생태, 환경, 모성, 대지 등과 관련 깊은 존재로 그려지며 이를 파괴하는 미래 과학기술 사회의 맹목적인 전진을 고발하고 제어하는 파수꾼으로 기능한다. SF적 상상력으로 소비 문명을 비판한 『지도에 없는 마을』(최양선, 창비 2012)에서 사람들을 물건으로 만든 바다마녀의 비밀을 알아 내는 존재 역시 소녀다. 하지만 과학기술과 자연을 대립 항으로 보고 소녀를 자연의 편에 두는 것은 소녀의 여성성을 한정하는 또 하나의 편견일 수 있다.

5. 이름 없는 소녀들을 찾아

『명혜』는 송명혜가 아명이 아닌 제 이름 '명혜'로 불리길 원하는 장면으로 시작한다. 『수평선 학교』(김남중, 창비 2017)의 강삭구는 선장인 아버지가 범선의 핵심부인 '삭구'를 가져다 지어 준 제 이름이 맘에 들지 않아 강여린으로 개명한다. 그는 요트 선수로 바람과 파도의 전문가이며, 허세 부리는 아버지와는 달리 범선 학교를 여는 등 현실 적응력을 지닌 인물로 그려진다. 아버지의 딸로 자랐지만 아버지를 넘어선 딸이 된 것이다.

명혜와 여린은 제 이름을 찾았지만 이름을 찾지 못한 소녀들이 여전히 있다. 「나의 사촌 세라」(김민령 『나의 사촌 세라』, 창비 2012)에서 '세라'는 끝내 등장하지 않는다. 하지만 마지막에 세은이 그 이름을 불러 줌으로써 엄마·아빠 없이 잘 크기 힘들다며 친척들이 양육을 거부하던 골칫덩이 사촌은 하나의 오롯한 존재가 된다.

우리 시대의 영이, 미옥이, 몽실이…… 이 소녀들의 이름을 찾아 불러 주는 것이 오늘날 문학의 일이라면 우리는 어떤 이름을 찾을 수 있으며 어떤 이름을 찾아야 할까. 오늘의 영이, 미옥이, 몽실이는 누굴까. 소녀들이 지닌 이름을 불러 주고, 제 이름을 찾아 주고, 이름조차 갖지 못한 소녀들에게 이름을 붙여 주자. 윤동주는 "별이 아슬히 멀듯"이 "이네들은 너무나 멀리 있"다 말했지만 오늘날 우리의 소녀들은 바로 우리 옆에 있으니.

이제 다시 시작하는 여성 서사

'나다움 어린이책'* 선정작을 중심으로

1. 자아를 발견하는 모험, 자기를 긍정하는 성장

『쿵푸 아니고 똥푸』(차영아, 문학동네 2017)에 실린 단편동화 「라면 한 줄」에서 '라면 한 줄'은 '엄마 딸' 시궁쥐의 이름이다. "세상은 하나의 커다란 쥐덫"(62면)이니 위험을 무릅쓸 필요 없이 라면 한 줄만 먹고 살면 충분하다는 엄마의 세계관은 딸을 이름 속에 가두어 둔다. 하지만 하수구의 다른 쥐들은 삼겹살을 포기하지 못해 '삼겹살집 구역 고양이 목에 방울 걸기'라는 대작전을 세웠고, 목숨을 건 이 임무가 우연히 '라면 한 줄'에게 주어진다. '라면 한 줄'은 고양이를 학대하는 어린이들을 쫓아

---

* '나다움 어린이책'은 2018년 12월부터 여성가족부와 롯데지주가 주관하여 시행 중인 '나다움을 찾는 어린이책 교육문화사업'에서 선정한 국내외 성평등 어린이책 추천 도서다. 이 글에서는 '자기긍정, 다양성, 공존'이라는 핵심 가치를 기준으로 선정된 총 199권의 도서 중 국내 동화를 중심으로 그 특징을 살폈다.

내며 고양이의 목숨을 구하고 삼겹살을 허락받는다. 포식자인 줄만 알았던 외눈박이 고양이 또한 인간에게 괴롭힘당하는 존재란 사실을 깨달은 '라면 한 줄'의 지혜로 약자들의 연대와 공존이 가능하게 된 것이다. 이제 '라면 한 줄'은 시궁쥐의 영웅이 되어 "진짜, 완전, 엄청 대단한 라면 한 줄"(89면)이라는 새로운 이름을 획득한다. '라면 한 줄'로 명명된 삶에 주저앉지 않은 모험이 '진짜, 완전, 엄청 대단한' 자신을 발견하게 했다.

이러한 여성 어린이 주인공의 모험 서사는 최근 어린이문학에서 주요한 여성주의 서사의 갈래다. 모험은 더 이상 남성 어린이만의 것이 아니다. 『우리들의 에그타르트』(김혜정, 웅진주니어 2013)의 어린이들은 처음 맛본 에그타르트에 반해 원조 에그타르트를 먹겠다는 일념으로 마카오행을 결심한 후 인삼밭과 식당에서 아르바이트하며 여비를 모으고 여행 일정을 세운다. 『우리는 돈 벌러 갑니다』(진형민, 창비 2016)의 오초원 또한 친구들과 공병 모으기, 전단지 붙이기 등 아르바이트를 체험하며 미처 몰랐던 세계를 알아 간다. 물론 이 작품들의 모험은 『헌터걸』(김혜정, 사계절 2018), 『댕기머리 탐정 김영서』(정은숙, 뜨인돌어린이 2013)와 같은 장르문학의 모험처럼 악당을 물리치고, 범인을 잡는 짜릿한 결말로 나아가지는 않는다. 에그타르트의 원조는 포르투갈이란 걸 뒤늦게 알게 된 아이들의 마카오행은 좌절되고, 초원이 친구들과 힘들게 번 돈은 슬그머니 새 나가고 만다. 그럼에도 이들의 모험이 원점으로 돌아갔다고 할 수는 없다. 자신의 욕구에 따르며 자기다운 모습을 찾고 만들어 가는 법을 배웠고, 앞으로 닥칠 수많은 삶의 문제를 헤쳐 나가는 데 필요한 첫 시도를 경험했기 때문이다.

어린이의 성장은 엄청난 모험이나 특별한 외부 사건을 통해서만 이루어지지는 않는다. 가족이나 반려동물의 죽음으로 인해, 그리고 가족으로부터의 소외로 인해 고통받고 슬퍼하는 여성 어린이가 위로와 희망을 발견하고 자신과 삶을 긍정하는 과정을 그린 이야기 또한 자아를 찾아가는 여성주의 서사의 하나다. 부모의 독선적이고 왜곡된 양육관에 대항해 자신을 지키기 위해 분투하는『리얼 마래』(황지영, 문학과지성사 2018), 남들 앞에서 큰 소리로 말 못 하는 나영과 보경이 속삭이는 우정에 기대어 자신을 긍정하는『아름다운 것은 자꾸 생각나』(신현이, 문학동네 2018), 한날한시에 가족 전부를 잃은 지수가 평행우주에서 건너온 할머니 과학자와 만나며 스스로 슬픔을 치유하는『우주로 가는 계단』(전수경, 창비 2019), 죽은 반려견 봉자를 애타게 그리워하던 미지가 봉자의 죽음을 받아들이며 다시 세상을 사랑하게 되는「오, 미지의 택배」(『쿵푸 아니고 똥푸』)가 그러하다. 가부장제와 이분법적 젠더 규범에서 벗어나 여성 어린이의 자기 긍정을 돕는 이야기는 앞으로 더욱 적극적으로, 좀 더 세심하게, 꾸준히 창작되어야 할 여성주의 서사다.

2. 약자가 공존하는 새로운 공동체의 이상

어린이문학에서 여성주의 서사는 개인의 모험과 성장에서 나아가 모든 생명을 평등하게 존중하고 돌보며 다른 여성 및 소수자와 연대하는 가운데 기존 제도와 권력을 전복하는 새로운 공동체의 원리를 상상하게 한다. 대표적인 경우로『고양이 조문객』(선안나, 봄봄 2017)을 꼽을 수 있는데, 길고양이를 거두는 할머니라는 익숙한 동화의 소재를 공존과 연대라는 가치로 확장시킨다. 이 책에 수록된 두 편의 단편동화, 1부

「막내 이야기」와 2부 「에옹이 이야기」는 사건의 시간 순서상 2부가 먼저이고 1부가 나중이지만, 플롯은 역순으로 구성되어 2부의 끝이 1부의 시작으로 순환하는 구조를 지닌다. 이러한 구조는 할머니의 죽음을 삶과 연결시켜 되돌아보게 하고, 할머니와 길고양이 사이에 목숨들의 고리를 만든다. 젊은 날에는 홀로 자식을 키우고 생애 마지막 순간까지도 길고양이를 돌보아 온 할머니의 평범한 일생이 곧 장엄한 삶이었음을 할머니의 죽음 앞에 헌사한다. 한편 차에 치여 죽을 뻔한 길고양이 에옹이를 할머니와 함께 구하고 입양하는 인물로 "일찍 고아가 되고 둘이서만 살아 왔던 자매"(61면)가 등장하는 점 또한 이 작품이 약자의 연대를 뚜렷이 지향하고 있음을 보여 준다.

영화의 성평등 지수를 손쉽게 가늠해 볼 수 있는 벡델 테스트(Bechdel test)를 어린이문학에도 도입해야 하지 않을까 싶을 정도로 여전히 동화의 중심인물은 남성 어린이인 경우가 압도적으로 많으며 캐릭터에 성별 고정관념이 여과 없이 반영되는 경우가 허다하다. 『아름다운 것은 자꾸 생각나』『우주로 가는 계단』에서 여성 어린이 주인공의 조력자로 각각 여성 담임교사와 여성 과학자가 등장하는 설정이 유독 돋보일 수밖에 없는 이유다. 게다가 『아름다운 것은 자꾸 생각나』에서 퇴임한 기간제 여성 교사와 여성 교장의 오랜 우정은 직급과 지위에 구애받지 않는 평등한 관계의 모범을 자연스레 제시한다. 한편 『우주로 가는 계단』에서 늘 어려운 과학책을 읽으며 아래층 할머니처럼 과학자가 되길 꿈꾸는 지수, 추리를 좋아해 모든 일상을 탐정의 눈으로 관찰하는 민아 캐릭터는 여성 어린이가 과학과 추리라는 합리적·논리적·이성적 영역에서 스스로를 소외시킬 필요가 없다고 말하는 듯하다.

무리에서 버림받은 어린 암사자 와니니가 세렝게티 초원에서 스스로 생존하고 초원의 왕으로 성장하는 과정을 담은 『푸른 사자 와니니』(이현, 창비 2015)는 동물의 생존 방식과 아울러 인간 사회의 권력 속성과 새로운 공동체 윤리를 고찰한다. 모계사회인 사자 무리에서 와니니는 무리의 대장 마디바처럼 초원에서 제일 강한 암사자가 되길 꿈꾼다. 언젠가 마디바처럼 될 수 있으리라는 희망으로 "암사자로 태어나 참 다행"(29면)이라 여기고, "누가 낳았는지 따지지 않고 같이 젖을 먹이고 같이 돌보"(15면)는 모계 무리에 안정감을 느끼며 자랑스러워한다. 하지만 상처 입은 어린 사자를 무자비하게 무리에서 내쫓는 마디바를 보며 와니니는 오직 강한 생명만 거두는 마디바와는 다른 공동체의 이상을 고민한다. "약해 빠진 아이도 자상하게 돌봐 주고, 경솔한 아이도 너그럽게 감싸 주고, 쓸모없는 아이도 따뜻하게 품어 주고"(155면) 싶어 한다. "강해서 함께하는 게 아니"라 "약하고 부족하니까 서로 도우며 함께하는 거"(187면)라고 여긴다. 어린 암사자를 내세워 여성 어린이 주인공의 독립과 성장을 말하고, 모계사회인 사자 무리의 생태를 통해 여성 연대와 여성 권력으로 구성되는 여성 공동체의 이상을 그리면서도 이 동화는 공동체의 윤리가 약자를 수용하지 않는 한 기존 권력과 다를 바 없음을 조용히 웅변한다.

3. 패러디가 들추고 드러낸 성별 고정관념

『나는 천재가 아니야』(로드리고 무뇨스 아비아, 시공주니어 2019), 『분홍 원피스를 입은 소년』(앤 파인, 비룡소 2014), 『스파이더맨 가방을 멘 아이』(조르지아 베촐리, 머스트비 2016)에서는 축구하는 여동생과 바이올린 연주하는 오빠, 어느 날 아침 일어나 보니 원피스를 입게 된 소년, 스파이더 맨 가방을 고집하는 여성 어린이의 이야기를 만날 수 있다. 이 작품들은 진로, 취미 활동, 운동과 놀이 종목, 독서 취향, 복장, 물품 구매에 이르기까지 일상에서 어린이를 성별 고정관념으로 구분하고 억압하는 지점을 촘촘히 그려낸다. 특히 『분홍 원피스를 입은 소년』은 젠더 스와프(gender swap, 대중문화 콘텐츠 속 캐릭터 성별 교체)와 비슷한 효과를 발휘하며, 성별 고정관념의 실체가 터무니없다는 점을 유머러스한 필치로 낱낱이 밝혀 보인다.

『망나니 공주처럼』(이금이, 사계절 2019)은 공주와 왕자 캐릭터, 그들이 사랑하고 결혼하는 서사 구조를 전복하며 기존의 수많은 공주 이야기를 비판적으로 돌아보게 한다는 점에서 앞서 언급한 작품들과 유사하다. 물론 공주 이야기를 성평등한 시각으로 패러디하는 작업은 외국 그림책과 동화뿐 아니라 공주 이야기의 산실인 디즈니 애니메이션에서조차 이미 시도되어 왔지만 우리 동화에서 이만큼 명쾌하면서도 완성도 높은 이야기로 보여 준 경우는 드물었다. 이 작품에서 공주는 이름부터 '망나니'지만 실은 잘못 전해진 소문 탓일 뿐 솔직하고 소박하고 자립심 강한 인물이다. 이웃 나라 왕자와 만난 공주는 "너 참 귀엽다"며 왕자에게 먼저 마음을 고백하고, 왕자는 "넌 참 멋져"(45면)라고 응답한다. 요리, 바느질, 정원 가꾸기를 즐기던 왕자는 두 왕국을 다 자기 것으로 만들려는 아버지 왕의 흑심을 가볍게 배반하며, 공주와 결혼 후 자기 왕위를 공주에게 넘긴다. 액자식 구성의 이 동화에서 망나니 공주 전설은 액자 속 이야기다. 액자 밖 앵두 공주는 망나니 공주 전설의 진실을 모른 채 "망나니 공주처럼 되지 않으려면"(17~18면)이라는 말에 억압당하며 지내 왔다. 성 밖 친구 자두 덕분에 망나니 공주의 진실을 알게 된 앵

두 공주는 "이야기의 주인공은 우리"(81면)라며 앞으로 자신만의 이야기를 만들어 가려고 한다. 앵두 공주의 다짐은 공주 이야기로 대변되는 여성 어린이에 대한 모든 억압에서 벗어나 자유롭고 거침없이 자신을 발견하라고 어린이 독자에게 건네는 당부이자 주문으로 들린다.

『조막만 한 조막이』(이현, 휴먼어린이 2018)는 우리 옛이야기 '조막이'를 패러디한 동화로 어린이 영웅 조막이를 남성 어린이가 아닌 여성 어린이로 설정한다. 어린이 주인공의 성별이 남성이 아닌 여성이라는 사실은 결말에 이르러서야 밝혀지는데, 이때 조막이를 남성 어린이 주인공으로 상정하고 작품을 읽은 독자들은 자신의 성별 고정관념에 당황하면서, 기존 독법과 문학 관습에 의문을 갖고 되돌아볼 기회를 얻게 된다. 또한 조막이가 마지막에 가서야 여성 어린이로 밝혀짐으로써, 독자가 남성 어린이 영웅의 덕목으로 독해해 온 재기 넘치는 지혜와 담력이 여성 어린이 영웅의 특징으로 전유된다. 이는 옛이야기의 여성 어린이 주인공이 대개 바리데기나 효녀 심청처럼 자신을 버린 부모를 위해 목숨 바쳐 희생하던 것과는 결을 달리한다. 이 작품에서는 도적 떼 두목 남 두령 또한 남성이 아닌 "호랑이 가죽옷을 입은 아줌마"(56면)로 등장한다. 또 소작농으로 수탈당하던 동네 사람들이 마을을 등지고 산골로 들어가 평등한 마을을 건설하는 데는 비탈밭을 일구어 살던 조막이 어머니의 경험이 필수적이듯 "양반 상놈 가리지 않고 온 나라의 아이들이 서당에서 같이 공부하"고 "남자애와 여자애가 나란히 한자리에 앉아서 공부하는 세상"(31면)의 실현은 작품 속 여성 인물들의 출현과 함께 이미 시작됐다.

기억과 증언 너머를 말하는 파수꾼

청소년소설 『거기, 내가 가면 안 돼요?』(전 2권, 이금이, 사계절 2016)와 『푸른 늑대의 파수꾼』(김은진, 창비 2016)은 일제강점기를 살았던 소녀들의 이야기다. 『거기, 내가 가면 안 돼요?』는 김수남 할머니가 다큐멘터리 작가에게 전하는 파란만장한 일생이 액자식 구성으로 펼쳐지는 역사소설이며, 『푸른 늑대의 파수꾼』은 2016년의 남중생 햇귀가 시간 여행을 통해 1940년대의 소녀 현수인을 만나는 판타지다. 액자식 구성과 판타지 형식은 일제강점기를 단지 작품의 시대 배경이 아닌, 오늘날 독자와 연관되는 현재적 의미로 일깨우고 느끼게 하는 데 더욱 효과적이다. 액자 밖 현재 시점의 생존 인물인 김수남 할머니의 기억과 증언으로 일제강점기라는 과거 역사가 한 인간의 삶 속에서 생생하게 드러난다. 과거 역사가 현재를 규정한다는 엄중한 사실이 그 역사를 겪어 내며 현재까지 살아 있는 김수남 할머니를 통해 더욱 선명해지는 것이다. 한편 청소년 주인공이 직접 과거로 들어가 작중 인물의 과거와 만나는 시간 여행 판타지 또한 청소년 독자의 공감을 높이며 역사를 체감하게 하는 문학적 장치가 된다.

두 작품은 이런 형식을 통해 일본군 위안부 문제의 현재성을 강조하고 있다. 일본군 위안부 문제는 『푸른 늑대의 파수꾼』의 주제이며, 『거기, 내가 가면 안 돼요?』의 서사를 결정짓는 핵심 요소 중 하나다. '역사를 바로 알자'는 당위성이나 위안부 문제가 문학적으로 형상화되는 방식 등을 두 작품에 집중해 살펴본다.

1. '순결한' 소녀들을 짓밟는 성폭력, 그다음

『푸른 늑대의 파수꾼』에서 할머니가 된 현수인은 일본군 위안부였던 자신의 과거를 다음과 같이 회상한다.

> "조금만 참고 기다리면 전쟁이 끝나고 고향 집으로 돌아갈 수 있지 않을까 생각했지. 하지만 전쟁은 끝날 기미가 안 보였어. 이제 내 몸은 버렸구나, 시집도 못 가겠구나, 그런 마음이 들어 괴로웠지. 생각해 봐요. 조선은 여인네의 순결을 목숨만큼 중요시하던 나라였다구." (133면)

조직적으로 위안부를 운영한 일본군의 만행과 죄과는 대개 '소녀'들의 '순결'을 짓밟는 성폭력에 초점이 맞추어진다. 우리의 소녀 즉 '처녀'들이 다른 민족의 군인에게 지속적인 윤간을 당해 처녀성을 상실하고 영육이 피폐해져 결혼 생활도 제대로 하지 못하고 일생을 불행하게 살아야 했다는 서사다. 이는 일본군 위안부에 대한 일반적인 시선 중 하나일 텐데 『거기, 내가 가면 안 돼요?』에서도 김수남이 '황군여자위문대'를 기억하는 순간에 이와 비슷한 서사가 활용된다.

> 분이와 대원들은 이제 사랑하는 사람을 만나도 그와 함께한다는 행복보다 고통스러운 기억에 몸부림치게 될 것이다. 일본 군인들이 아이들에게 저지른 짓은 살인이나 마찬가지였다. 그들은 꽃잎 같은 소녀들의 몸을 으스러뜨리고 혼까지 짓이겼다. (2권, 116면)

한 인간이자 여성으로서 위안부들이 실제 겪었을 고통은 감히 함부로 말할 수 없는 일이다. 하지만 이것의 문학적 형상화 방식과 그 정치성·윤리성에 대해서는 따져 보아야 한다. '민족의 순결한 처녀를 유린하는 성폭력'이라는 관념은 위안부 문제의 비극성과 죄악성을 강조하고 독자에게 더 큰 호소력을 발휘할 수 있겠다. 하지만 이 관념이 혹시 민족주의나 순결 이데올로기에 의해 그리고 위안부를 성폭력 피해자만으로 정체화하는 태도에 의해 뒷받침되고, 이와 교묘하게 맞물려 있지는 않은지 묻고 싶다. 실제 위안부가 속아서 혹은 납치되어 끌려간 '순결한 처녀'가 아니라 해도 그들의 고통이나 일본의 역사적 죄과는 조금도 줄어들 수 없기 때문이다.

『거기, 내가 가면 안 돼요?』의 김수남은 '황군여자위문대'로 중국 지린 근처 부대에 도착해 위문대의 실상을 알자마자 혼자 부대에서 탈출했고 일본군의 만행을 피할 수 있었다. 그는 남편 강휘에게 '내가 나쁜 일을 당했으면 어쨌을 것 같냐? 그래도 날 아내로 맞이할 수 있었겠냐'고 묻는다. 수남은 오랜 세월 간절하게 강휘를 사랑했으며, 역경을 거쳐 서로 확신 끝에 반려자가 되었음에도 순결 이데올로기에서 스스로 자유롭지 못했다.

그렇기 때문에 이후 수남은 광복된 조국으로 돌아오기 직전 일본군 세 명에게 윤간당하자 삶의 의지를 순식간에 상실해 버리고 만다. 강휘가 "자신의 꼴을 보기 전에" 도망치듯 떠났으며 "강휘의 손길과 숨결에 꽃이 피고 나비가 날아오르고 향기가 퍼지던 몸은 오욕 덩어리"(2권, 268면)가 되었다 느낀다. 그 모습에서 일곱 살 적의 당찬 수남, 즉 지주 윤형만 자작의 집에 살러 가겠다며 "거기, 내가 가면 안 돼요?"라는 질문을 시작으로 자신의 삶을 개척한 수남은 찾아볼 수 없다. "새로운 세계에 대한 동경과 열망"으로 끊임없이 외국어를 독학하고 교토, 지린, 러시아와 유럽을 거쳐 미국에서 홀로 대학 공부까지 마친 이 놀라운 여성은 단번에 죽음의 상태로 굴러떨어진다. 이렇게 자신을 추스르지 못하는 통에 수남은 자신의 아들과 삶의 이력을 윤채령에게 빼앗겨 버리므로 더욱 문제적이다.

순결주의를 버리고, 성폭력 피해자의 일생을 불행 속에 가두는 시선을 거두고, 우리 '민족'의 '누이'를 유린당했다는 분노를 잠재우고, 이제는 다른 방식으로 위안부 문제를 이야기할 수는 없을까.

2. '나' 대신 '너', '나' 아니면 '너'인 이유

두 작품에서는 매우 공교롭게도 일본군 위안부로 징용당한 소녀가 다른 소녀로 치환되는 상상력이 똑같이 확인된다. 『거기, 내가 가면 안 돼요?』의 김수남은 주인집 윤형만 자작의 딸 윤채령을 대신해 위안부가 된다. 친일 세력인 윤형만의 입지가 아들 윤강휘와 윤채령의 행보로 곤란에 처했고, 윤채령 역시 항일 조직에 가담한 연인에게 자금을 댄 혐의로 형벌을 피할 수 없는 상황이었기 때문이다. 수남은 채령을 대신해 채령 행세를 하며 자신을 일본에 헌납하는 속죄의 제물이 된다. 『푸른 늑대의 파수꾼』에서도 현수인 대신 주인집 후지모토 총독부 세무 감독 국장의 딸 하루코가 미얀마행 군용선을 탄다. 현재 시점의 청소년 주인공 햇귀는 과거 위안부의 기억으로 현재 할머니가 되어서까지 고통받는 현수인을 목격했기에, 시간 여행을 통해 1940년대로 돌아갔을 때, 소녀 현수인이 위안부로 끌려가지 않게 막아 낸다. 대체된 과거 시간에서 다행히 현수인은 위기를 모면하지만 그 몫은 하루코에게 돌아간다. 하루코는 "아버지처럼 명예를 중시하는 분이 어린 소녀들을 잡아다가 집단 위안소에 넘기는 짓 따위 할 리가 없"(262면)다는 사실을 증명하기 위해 현수인으로 행세하며 미얀마행 군용선을 탔고, 결국 바다 위에서 자결한다.

윤채령 대신 김수남, 현수인 대신 하루코에게 위안부의 운명이 돌아가게끔 한 상상력에 어떠한 무의식이 작용했다면, 그건 무엇일까. 『거기, 내가 가면 안 돼요?』에서 두 소녀의 자리가 서로 바뀌는 일은 서사 전개에 가장 핵심적인 장치이기는 하다. 액자 밖에서 할머니 김수남이 왜 자신을 윤채령이라고 주장하는지, 그 까닭을 풀어 나가는 것이 바로 액자 안 서사다. 또 액자 안 서사는 윤 자작네 하녀로 들어가기로 정해진 안 서방네 셋째 딸 대신 수남이 그 자리를 자처하는 장면으로 시작된다. 안 서방네 셋째 딸 대신 수남이 하녀로, 채령 대신 수남이 위안부로, 채령 대신 수남이 유학이 가능한 학력자로, 수남 대신 채령이 미국 교육학 박사로, 친모 수남 대신 고모 채령이 윤진수의 어머니로 대체되고, 뒤바뀐다. 『푸른 늑대의 파수꾼』에서의 현수인과 하루코의 치환 역시 타임슬립 기법을 도입한 작품에서 흔히 볼 수 있는 설정으로 해석할 수도 있다. 시간을 넘나드는 인물 탓에 기존의 사건에 발생하는 균열과 거기서 비롯되는 역사의 변화로 볼 수 있는 것이다.

그럼에도 한 소녀 대신 반드시 다른 한 소녀가 위안부로 가게 되는 두 작품의 공통된 상상력은 그 까닭과 의미를 생각해 보게 한다. 채령 대신 수남이 위안부가 되고 훗날 수남이 이룬 모든 것을 채령이 가로채도록 설정한 것이나, 수인 대신 하루코가 위안부가 되도록 가정한 것 모두 채령과 하루코 집안의 친일 행적에 바탕을 두면서 서사의 설득력을 일부 획득하고 있다. 실제 역사에서 위안부 문제에는 계급 문제 또한 내재되어 있을 것이다. 그렇다고 해서 원래대로 채령이 위안부가 되고, 가정대로 하루코가 위안부가 되는 것은 옳은가. 친일 지배 세력의 자녀가 위안부가 되는 일과 그들에게 수탈당하는 하층민이 위안부가 되는 일은 다른 것일까. 아버지의 죗값이 딸들에게로 돌아가고 그들이 속죄양이 되어야 할 까닭이 대체 무엇일까.

한 소녀를 구하기 위해, 다른 소녀를 밀어 넣는 것은 '의자놀이'를 떠올리게 한다. 서로 먼저 앉으려고 하는 의자가 아니라 서로 피하려고 하는 의자다. 하지만 위안부 자리는 내가 아니면 네가 가야 하는 자리가 아니다. 실제 역사에서는 그러했을지라도 오늘날 그것을 재현하는 문학은 그 의자가 왜 있어야 했는지, 그 의자는 왜 여성에게만 해당하는 것이었는지, 우리 역시 다른 나라의 전쟁에서 똑같은 의자를 만들어 놓은 적은 없는지, 오늘날에는 그 의자가 모두 사라졌는지까지 말해야 하지 않을까. '민족주의'를 넘어 '여성주의' 시선으로 위안부 문제를 다시 바라볼 때 역사적·사회적 맥락이 확장되고 위안부 개인의 고통과 그 원인, 남은 과제 등이 더욱 선명해질 것이다.

위안부로 한평생 고통스러운 삶을 살아야 했던 현수인은 묻는다. "내 인생은 왜 그렇게 되었을까요? 대체 전생에 무슨 죄를 지어서 그런 일을 당했을까요?"(74~75면) 그 물음에 햇귀가 대답한다.

"할머니, 그건 할머니의 잘못이 아니었어요. 미친 늑대들이 날뛰는 시대였잖아요. 그 늑대들의 욕심이 너무 커서, 그래서 할머니가 나쁜 일을 당한 거예요. 할머니는 아무 잘못이 없다고요." (235면)

작품은 상징 차원에서만 머무를 뿐 그 '미친 늑대'가 무엇인지 말하지 않는다. 햇귀는 자신에게 폭력을 행사하는 친구 태후를 똑같은 늑대로 여기지만, '미친 늑대'는 햇귀가 태후에게 맞선 것처럼 개인의 의지와 행동으로 간단히 물리칠 수 있는 존재가 아니었다. 그 '미친 늑대'가 제국주의라면, 전쟁이라는 폭력이라면, 가장 약한 자들부터 죽임을 당하는 상황에서의 여성 폭력이라면, 우리에게는 더 많은 '생각과 말'이 필요하다.

여전히 '미친 늑대'가 배회하고 숨통을 노리는 오늘날, 과거 '미친 늑대'의 시간을 단순히 재현하거나 감정적으로 호소하는 데서 나아가는 또 다른 파수꾼이 나타나야 한다. 그 파수꾼들이야말로 일본군 위안부 여성들의 목소리를 아동청소년문학에 새롭게 담아낼 수 있을 것이다.

소녀의 몸을 구출하는 법

몸이 주목받는 시대다. 어떠한 몸을 가졌는지가 개인의 능력, 잠재력, 지위는 물론이고 품성의 지표로까지 작용한다. 오늘날 몸은 운동, 식이요법, 성형, 미용, 패션으로 조절, 통제, 변형, 관리가 가능한 대상이다. 그러지 않거나 그러지 못할 경우 낙오자로 취급되기 십상이다.

특히 여성의 몸은 소비사회에서 소비의 대상이자 주체다. 아름답고, 때론 벌거벗은 여성의 몸을 어디서나 쉽게 볼 수 있다. 걸그룹의 선정적 안무와 그것을 담아내는 카메라의 시선은 성적 대상화를 넘어 폭력적이기까지 하다. 또한 여성에게 아름다운 몸은 획득해야 할 자산이고 이를 구현하기 위한 다양한 상품의 소비가 요구된다. 여성 청소년 역시 예외적일 수 없다. 화장품, 패션, 성형의 소비층은 점차 십 대 소녀들에게로 확대되고 있다.

이러한 사회문화적 분위기 속에서 청소년소설에 나타난 몸 담론은 어떠한지 살펴볼 필요가 있다. 문학작품 속 담론은 현실을 반영하되 현실의 담론보다도 더 내재적으로 수용자들에게 영향력을 미칠 것이다. 청소년 독자가 청소년소설에서 어떠한 몸 담론을 접하고 있는지 분석해 보아야 할 이유다. 게다가 '몸'은 청소년의 자아정체성과 관련해서도 매우 중요한 주제다.

청소년소설에 뚜렷하게 나타난 몸 담론은 주로 여성 청소년의 외모 인식에 관한 것이다. 장편 『아르주만드 뷰티 살롱』(이진, 비룡소 2014), 『플라스틱 빔보』(신현수, 자음과모음 2015)는 각각 외모콤플렉스, 성형수술을 주제로 하고 있어 외모와 관련된 이슈들을 짚어 보기에 적절하다. 오늘날 우리 사회의 외모 담론을 구체적으로 반영하면서도 이를 재현해 내는 작가들의 시선에는 어떠한 차이가 있는지 살펴보고자 한다.

1. 외모콤플렉스의 심리적 해소: 『아르주만드 뷰티 살롱』

『아르주만드 뷰티 살롱』은 소녀에게 아름다운 외모를 강요하는 온갖 말의 전시장이다. "다른 집 계집애들은 다이어트며 성형이며 목숨을 걸고 가꾼다는데, 너는 왜 이 모양이야? 넋 나간 짐승마냥 밤낮 가리지 않고 먹어 대고. 이러다 나중에 어디 시집이라도 가겠어?"(15면) "여자한테는 외모도 재산이야. 젊을 때부터 부지런히 갈고닦아야 한다고. 그래야 늙어서 엄마처럼 고생 안 한다고 몇 번을 말해야 알아들어, 응?"(50면) "우리 딸도 내가 얼마나 엄하게 다이어트를 시킨다고. 그런 게 다 자기 관리야. 현대 경쟁 사회에서는 외모도 능력이라고."(20면) 이러한 담론을 폭력적으로 주입하는 이들은 남성이 아니라 오히려 같은 여성인 엄마와 교사다. 이들은 '여성'의 외모가 자본주의 사회의 스펙

임을 반성 없이 강조한다.

몸무게가 많이 나가는 세아는 자기 몸에 불만이 없지만 주변의 시선 때문에 괴롭다. 세아는 "날 비참하게 만드는 건 내 몸뚱이가 아니라 내 주변을 이루는 것들이다. 엄마가, 하마 같은 어른들이, 애들이, TV와 인터넷에 떠다니는 아이돌과 얼짱 모델들의 사진들이 나를 비참하게 만든다."(24면)고 한다. 그러면서도 그 시선에서 자유로울 수가 없기에 결국 뷰티 살롱에 등록해 살을 빼고 아름다워지려고 한다. 주중에는 떡볶이집이다가 주말에만 운영되는 '아르주만드 뷰티 살롱'은 어딘지 수상쩍지만 그런 만큼 세아의 어리숙한 바람을 반영한다.

뷰티 수업에는 헤어진 남자친구의 마음을 되돌리기 위해 보다 여성적인 외모로 변화하고 싶은 화영, 성적을 올리기 위해 여드름 징크스를 없애려는 윤지가 함께한다. 실은 허황된 사기극이라고 할 만한 뷰티 수업을 통해 세 소녀의 외모콤플렉스 밑바닥에는 단지 외모 문제가 아닌 인정욕구와 애정욕구가 자리한다는 사실이 밝혀진다. 세아와 윤지는 부모의 인정을, 화영은 남자친구의 애정을 갈구하며 더 나아 보이는 외모를 만들기 위해 애쓴다. 하지만 세아 부모의 들추고 싶지 않은 과거와, 화영 남자친구의 범죄에 가까운 여성 혐오가 드러나면서 이들은 사회가 규정한 아름다움을 추구하려는 노력이 허망하다는 사실을 깨닫는다.

이 작품은 오늘날 소녀들을 억압하는 우리 사회의 외모지상주의를 가감 없이 반영하면서, 타인의 시선으로 불필요하게 고통받는 소녀들을 비춘다. 소녀들은 그 시선 때문에 자신의 몸에 만족하고 몸을 사랑할 기회를 박탈당한 채 사회가 바라고 흡족해하는 방향으로 몸을 맞추어 나간다.

외모콤플렉스를 결국 인정욕구와 애정욕구에 바탕을 둔 심리적인 문제로 다루는 이 작품의 관점은 일면 타당할 수도 있다. 하지만 현실의 소녀들은 외모와 관련해 좀 더 심각하고 절실한 일들을 겪고 있지 않을까. 소녀에게 강요되는 몸 담론이 단순히 심리적 차원에서 무화되고 해소되어서는 안 될 것 같다.

2. 성형수술의 진상과 안티 성형: 『플라스틱 빔보』

미용, 패션, 다이어트 등 몸을 관리하는 여러 행위 중에서 가장 극적인 것은 바로 성형일 것이다. 그러나 성형 역시 소녀에게는 먼 일이 아니다. 『플라스틱 빔보』는 너무나 흔하지만 잘 이야기되지 않는, 표면적인 사건이면서도 수면 아래 숨어 있는 성형의 모든 것을 작품에 풀어놓는다.

주인공 혜규는 평소 미용 성형에 관심 있어 하는 친구들과 함께 성형수술을 준비하는 '플라스틱 빔보'(성형 미인)라는 클럽을 결성한다. 하지만 같은 학교에 다니는 연예인 친구가 몰래 성형수술을 받다가 사망하고, 성형수술비를 마련하기 위해 원조교제를 하던 친구가 자살하는 등 성형과 관련한 비극적인 일들이 발생한다. 성형수술의 부작용과 후유증 등의 위험성을 알게 된 혜규는 마음을 바꾸어 청소년의 미용성형을 반대하는 운동을 시작한다.

이 작품은 성형수술의 역사, 종류, 장단점, 성형외과 업계의 비리 등 성형수술에 관한 기본 지식을 이야기 안에 자연스럽게 제시한다. 청소년 독자가 성형수술에 대해 직접 알고 판단하게 하려는 의도를 담은 것으로 보인다. 특히 성형수술에 대한 우리 사회의 이중 잣대, 즉 성형수술 결과 획득한 아름다운 외모에 대해서는 칭송하면서도 성형수술 자체는 비난하는 태도를 주인공의 입을 빌려 적실하게 드러낸다.

당연히 자연 미남인 줄 알고 좋아했는데 그게 아니었다니, 사기를 당한 듯 실망감과 함께 거부감마저 생겼다.

한편으로는 노댕쌤에 대해 거부감을 갖는 나 자신이 이중인격자 같아 이상하기도 했다.

'노댕쌤이 성형수술 한 걸 싫어하면서 나는 왜 성형수술을 하려는 걸까. 앞뒤가 안 맞잖아.'

노댕쌤이 얼굴에 콤플렉스가 얼마나 많았으면 그렇게 확 뜯어고쳤을까, 하는 동병상련도 느껴졌다. 참말이지 마음이 왜 이렇게 오락가락 갈팡질팡하는지 나 스스로도 헷갈릴 지경이었다. (126면)

이렇듯 이 작품은 성형이라는, 몸과 관련한 가장 극적인 이슈를 정면 돌파하면서 외모를 둘러싼 소녀들의 절실한 심정과 고민을 매우 사실적으로 접근한다. 하지만 이야기의 결말이 결국 '안티 성형운동'으로 귀착되면서 교훈적으로 마무리된 점은 아쉽다.

여성 인물과 남성 인물의 역할 설정도 짚어 보아야 할 듯싶다. '노댕쌤'의 성형수술은 미용성형이 아닌 재건성형으로 밝혀지고, '안티 성형운동'은 같은 반 엄친아 호찬의 제안으로 시작되는 등 성형수술의 악다구니는 소녀만의 일로 제한되고 남성 인물들은 한 발 떨어져 이성적인 태도를 견지하고 있기 때문이다. 『아르주만드 뷰티 살롱』에서 소녀들에게 몸 담론을 주입하고 강제하는 것도 같은 성인 여성인 엄마와 교사다. 여성의 몸에 대해 억압적인 시선을 직접 경험하고 고통받아 온 기성세대 여성이 이후 세대에게 구태의연한 시선과 담론을 강요하는 데 앞장서는 행태를 별다른 반성 없이 그리고 있다. 여기서 우리 사회의 외모 담론을 생산하고 강화하는 근본 기제인 젠더 불평등 문제를 다시금 확인하게 된다.

　지금까지 청소년의 몸을 주제로 하는 사회과학 연구에서는 미디어 등 사회문화 환경에 영향받은 청소년의 외모 인식을 비판적으로 보는 시각이 다분했다. 즉 청소년이 소비사회가 전파하는 외모 담론을 무분별하게 수용하고 몸에 대한 개인의 주체성을 지니지 못했다고 비판해 온 것이다. 하지만 이러한 시각이 혹시 청소년을 성인과 같은 주체로 인정하지 않고 대상화하는 태도에서 비롯되거나, 청소년의 몸은 규율 아래 통제되어야 한다는 교육적인 무의식에서 비롯된 것은 아닐까 반문해 보아야 할 듯싶다. 성인 여성을 대상으로 하는 연구에 비해 청소년의 외모 인식에 대한 연구가 활발히 진행되는 것을 볼 때 그러한 태도에 대한 점검이 더욱 절실해 보인다.

　청소년, 특히 소녀들이 감내하고 있는, 외모와 관련한 여러 잣대와 시선을 분명히 인식하면서도 이들에게 탓을 돌리거나 책임을 지우지 않고 이들의 몸을 자유롭게 할 서사 전략은 어떠해야 할까.

　현대사회가 이미지의 시대, 몸의 시대로 규정되고는 있지만 오늘날 우리 사회의 몸 숭배는 천박하고 지나치다. 소비 대상으로 아름다운 몸이 숭배될수록 소비 주체인 몸은 갈가리 해부된 채 추락한다. 여성을 향한 혐오와 폭력이 날것으로 드러나는 요즈음 여성의 몸은 안전조차 보장받지 못한다. 소녀들의 몸을 성적 대상화하는 시선과 이들의 순결을 강요하는 이중 잣대를 걷어 내고, 억압의 굴레를 벗겨 내어 그들에게 진정 아름다운 몸과 생명력을 느끼게 해 줄 이야기가 더욱 기다려지는 이유다.

현실의 퀴어, 퀴어의 현실

1. 아동청소년문학의 '하나코'

오혜진은 「지금 한국문학장에서 '퀴어한 것'은 무엇인가」(『지극히 문학적인 취향』, 오월의봄 2019)에서 1994년 이상문학상 수상작인 최윤의 「하나코는 없다」를 두고 "강제적 이성애를 기반으로 한 남성 동성사회성을 강렬하게 폭로하는 이 소설의 문제의식은 퀴어문학의 정치적 기획에 충분히 값한다."(390면)고 평가한다. 그는 「하나코는 없다」가 수상 당시 레즈비언 소설이나 퀴어 소설로 독해되지 않았지만 십 년 후 이 작품의 하위텍스트가 여성 동성애일지 모른다는 견해가 처음 제기됐다고 전한다.

이처럼 퀴어적 관점에서 해석될 여지가 있음에도 지금까지 외면되어온 '하나코'가 아동청소년문학에도 있다. 바로 유은실 장편동화 『마지막 이벤트』(바람의아이들 2010; 비룡소 2015)다. 이 동화는 열세 살 영욱이 할아버지의 죽음과 장례 과정을 겪는 이야기로, 그동안 작품 전면에 드러나는 주제인 '죽음'에 해석이 집중되어 왔다. '죽음'이란 소재와 주제가 흔치 않은 우리 동화에서, 어린이 주인공이 사랑하는 가족의 죽음을 슬프고 고통스럽게 체험하며 결국 삶의 비의를 깨닫고 성장하는 과정이 잘 그려졌다고 평가받았다.

그런데 서사의 핵심이자 작품 제목이기도 한 '마지막 이벤트'는 할아버지가 자신의 장례식을 위해 손수 여성용 치마 수의를 준비한 것이었고, 그 대목에서 퀴어 정체성의 함의를 짚어 볼 만한데도 지금까지는 그저 죽음의 무게를 덜어내는 희극적인 설정으로만 해석되어 왔다. 수의 상자에 담긴 유서에 할아버지는 "지난 세월 돌이켜 보면 부끄러움과 후회뿐이다. 다시 태어날 수 있다면 꼭 여자로 태어나서 좋은 엄마가 되고 싶다. 나의 영혼은 여자로 거듭나리라."(148면)라는 말을 남겼고 가족들은 여성용 수의와 유서의 의미가 무엇인지 알아내려고 한다. 그 과정에서 당시는 물론이고 지금 동화에서도 찾아보기 힘든 퀴어 정체성과 관련된 것을 매우 정확하고 상세하게 언급하고 있다.

> "여자로 거듭나리라……. 혹시 이런 말 해도 될지 모르겠지만…… 할아버지가 정체를 밝힌 게 아닐까요?"
>
> 누나가 말했다.
>
> "정체?"
>
> 작은고모가 되물었다.
>
> "저기 성정체…… 그러니까 수의로 커밍아웃을……." (150면)

작품에서 단순히 이성의 복장을 하는 크로스드레싱(cross-dressing)과 게이 정체성을 분명히 구분하지 않아 더 혼란스러운 가운데 가족들은 젊은 시절 가정폭력으로 이혼 통고를 받은 할아버지가 이혼 후 좋아한 여성이 있었는지, 그들과 어떤 관계였는지 등 성정체성과 관련된 것들을 할아버지와 가장 친밀했던 손자 영욱에게 탐문한다. 결말에 이르러서야 여성용 수의를 통해 할아버지에게 전하고자 했던 것이 퀴어 정체성이 아닌 속죄하는 마음이었다는 사실이 밝혀지며 가족들의 혼란은 일단락된다. 이혼 후 일본에서 살던 할머니가 장례식장에 등장해, 할아버지가 생전에 가정폭력을 뉘우치며 "다음 생에서 다시 결혼하자, 내가 여자 해서 다 갚을 테니까 니가 남자 해라, 나는 여자 수의를 입고 간다, 넌 꼭 남자 수의를 입고 와라."(185면)라고 말한 사실을 증언하면서, 할아버지의 성정체성에 대한 의문이 종료되는 것이다.

이 작품에서는 퀴어가 '변태'라는 혐오 표현으로 지칭되기도 하고, 영욱이 "난 우리 할아버지 변태로 몰리는 거 진짜 싫어."(155면)라고 거부하는 등으로 미루어 짐작하건대 퀴어문학의 정치성에 바탕을 두고 창작됐다고 보기는 어렵다. 그러나 작품이 퀴어 정체성의 개념과 용어를 비중 있게 언급하고 있음에도 불구하고 우리 비평계가 이를 외면해 온 사실은 그간 아동청소년문학에서 퀴어문학과 퀴어에 대한 관심이 거의 전무했음을 돌아보게 한다.

2015년 한국 사회의 '페미니즘 리부트' 이후 문학의 장에서 퀴어문학이 조명된 데 이어, 최근 아동청소년문학에서는 그림책 장르에서 가장 앞서 퀴어 주제의 그림책과 그래픽노블이 활발히 번역 출간되면서, 이를 소개하고 비평하는 글 또한 잇따라 발표되고 있다. 몇 안 되는 우리 퀴어 동화와 청소년소설에 대해서도 이제 본격적인 논의를 시작해야 할 때다. 첫 단계로 아동청소년문학에서 퀴어 정체성이 재현된 양상을 우선 살펴본다.

2. 인정받지 못하고, 인정받는 퀴어

우리 아동청소년문학에서 퀴어 서사는 2000년대 중반 이후 동화보다는 주로 청소년소설에서 창작되기 시작했다. 이경화의 『나』(바람의아이들 2006)는 퀴어 남성 청소년을 중심인물로 등장시킨 청소년소설로 퀴어 서사의 가장 앞자리에 있는 작품이다. 「작가의 말」에 명시되어 있듯이 이 작품은 실존 인물인 성소수자 육우당(六友堂)이 2003년 동성애자인권연대 사무실에서 19세 나이에 스스로 목숨을 끊은 사건을 바탕으로 창작됐다.

육우당은 작품의 주인공 정현의 같은 반 친구 상요라는 인물에게 이입된다. 주인공 정현이 퀴어 정체성을 스스로 명확히 인지하면서도 외부로 드러내지는 않는 상태에서 상요는 커밍아웃이라는 과제를 상기시키는 존재다. 정현에게 상요는 아웃팅을 당할 경우 자신에게 가해질 학교의 처벌과 학생들의 폭력을 추체험하게 하는 존재인 한편, 끊임없이 자신의 성정체성을 바라보게 하고 커밍아웃을 고민하게 하는 인물인 것이다. 상요의 죽음 이후 정현은 "나도 게이로 살 거야. 상요야, 내가 내딛는 첫걸음을 지켜봐 줘."(210면)라고 다짐하기에 이른다. 즉 이 서사는 정현이 상요를 거울삼아 자신의 성정체성을 받아들이게 되는 여정을 그리고 있다.

작품의 처음부터 끝까지 줄곧 이어지는 정현의 독백으로 그의 내면은 매우 상세하게 드러난다. 정현이 커밍아웃에 공포를 느끼는 이유는 학교에서의 혐오와 차별, 엄마에게서 배제당하는 불안, 이 두 가지다. 공포의 근거는 상요가 아웃팅 이후 학교와 아버지에게서 당한 극심한 폭력으로 선연히 존재한다. 그래서 정현은 상요의 죽음 이후 심정 변화에도 불구하고 커밍아웃을 여전히 졸업 이후로 유예하려 하는데 이때 엄마가 먼저 다가와 그의 성정체성을 결정적으로 드러낸다. 아들을 상요처럼 잃게 될까 봐 걱정한 나머지 "오랫동안 외면하고 있어서 미안하다."(207면)며 정현이 알리기 전에 그의 성정체성을 받아들인다.

이처럼 『나』는 청소년의 퀴어 정체성이 학교와 가정에서 인정받지 못하고 혐오와 폭력에 노출되는 상황을 드러내면서 그들의 성정체성이 인정받아야 한다고 역설한다. 이 작품에서 퀴어 정체성의 인정은 당사자인 상요와 정현이 차별과 배제에 맞서 투쟁으로 획득한 결과라기보다는 정현의 엄마로 표상되는 어른과 사회가 먼저 나서 주어야 할 과제로 그려진다. 그 바람에 상요는 무력한 피해자상에서 크게 벗어나지 않았으며 정현 역시 커밍아웃의 계기를 엄마에게 박탈당했다고 볼 수 있다.

현실의 퀴어 청소년이 성정체성을 이유로 학교에서 차별받지 않고 가족 구성원에서 배제되지 않는 건 지극히 온당한 일이다. 어떠한 투쟁 없이도 당연히 주어져야 할 인권이다. 그러나 청소년소설이 이러한 현실을 재현할 때 퀴어 청소년의 소수자성을 피해자성과 약자성에 가두고, 사회가 먼저 나서 이들을 동등한 사회 성원으로 인정해야 한다고 말하는 방식에 대해서는 고민할 여지가 있다. 성소수자가 차별받지 않아야 한다는 점은 현실 세계에서 당위적으로 주어져야겠지만 그렇다고 문학의 서사가 당위적으로 흘러서는 곤란하다. 퀴어 정체성에 대한 문제의식을 문학으로 재현함으로써 어린이와 청소년 독자에게 성소수자를 알리고 이해시키려는 서사적 욕망은 자칫 성소수자 인물의 주체성을 없애버리고 타자화함으로써 본래 의도와는 상반되는 효과를 불러일으킬 수 있다. 사회가 청소년 주인공을 인정하는 구도는 지금까지 청소년소설이 억압적 학교 체제에 맞서 가족과 불화하면서 자아정체성을 발견해 온 전복적 면모에 역행한다는 점도 주의 깊게 고찰되어야 할 것이다.

3. 사랑하고, 사랑하지 않는 퀴어

송경아의 『누나가 사랑했든 내가 사랑했든』(창비 2013)은 '퀴어 멜로드라마'라고 부르기에 알맞은 경쾌한 사랑 이야기다. 중학생 때부터 자신의 퀴어 정체성을 정확히 알고 있는 고등학생 성준은 대학 신입생인 누나 예경이 호감을 갖는 선배 희서에게 한눈에 끌린다. 하지만 성준은 희서를 누나의 남자친구로서 종종 만나는 것에 만족하기로 하고 누나를 남자들이 좋아할 만한 '여자'로 만들어 희서의 프러포즈를 받게 하려는 프로젝트에 돌입한다. 평소 패션지를 애독하는 성준은 이른바 '여성적인' 옷, 구두, 가방, 액세서리, 화장, 헤어는 물론이고 "천진하고 다소곳하면서 상냥한"(80면) 태도와 말투에 이르기까지 누나의 모든 것을 변신시킨다.

앞서 살핀 퀴어 청소년소설이 무겁고 진지한 분위기였던 데 반해 경쾌한 멜로드라마 형식으로 만나는 새로운 퀴어 서사에서 또 다른 서사의 가능성과 퀴어 정체성을 발견할 수 있을 법하다. 물론 퀴어 청소년이 이성애자 누나의 연애를 위해 누나를 '여성적'으로 만드는 설정에는 마냥 멜로드라마 문법으로 용인하기 어려운 점이 있기는 하다. '탈코르셋'이 현재 페미니즘 운동의 주요 실천 행위로 대두되는 상황에서 이러한 설정은 정치적 올바름의 한계가 분명할 뿐 아니라 현재의 페미니즘,

퀴어, 레즈비언/게이 정치성이 갈등하는 지점을 드러내기 때문이다.

이 소설에서 눈여겨볼 것은 성준의 사랑이다. 성준은 중학교 2학년 때 친구 동일에게 사랑을 느끼며 자신의 성정체성을 깨닫는다. 동일이 이성애자이며 자기 같은 감정이 없다는 사실을 확인한 성준은 동일을 멀리하며 다짐한다. "게이로 타고났더라도 평생 남자를 좋아하지 않으면, 평생 남자와 연인 관계로 사귀지 않으면 게이가 아닐 것이다. 적어도 다른 사람이 눈치채지는 못할 것이다. 나는 평생 사랑을 하지 않을 것이다."(60면)라고.

성준은 "나도 평범한 이성애자라면 얼마나 좋을까. 그랬다면 지금쯤 풋사랑 풋연애를 몇 번쯤 해 보고, (…) 여자애랑 섹스까지는 모르겠지만 키스 정도는 해 보았을지도"(36면) 모른다고 생각하지만, 동성애자로서 실제 그의 사랑은 성애가 삭제된 채 이성애자 남성을 두 번 짝사랑한 게 전부다. 따라서 성준의 사랑은 서사의 주요 모티프임에도 불구하고 섹슈얼리티가 삭제된 채 멜로드라마 문법 안에서 매우 '안전한' 사랑에 머무르고 만다. 이 멜로드라마의 결말은 예경과 희서의 연애 관계가 깨지고, 성준이 게이이며 희서를 좋아한다는 사실을 눈치챈 예경이 희서에게 고백 '이나' 해 보라고 조언하고, 성준이 예경의 말에 따라 희서에게 고백했다가 욕설까지 들으며 장렬히 깨지는 장면으로 마무리된다. 하지만 성준이 자신의 퀴어 정체성을 결정적으로 깨달았던 계기가 동일에게 향하는 절실한 감정임을 떠올린다면 성준의 사랑이 이렇듯 가볍고 간편하게 처리되어서는 안 될 듯싶다. 청소년에게 사랑이 자신의 존재, 나아가 타자와의 관계를 알아가는 만만찮은 여정이라면 퀴어 청소년에게도 사랑은 소수자로서의 자아정체성과 성정체성을 온몸으로 부딪혀 깨닫는 과정일 텐데 이 멜로드라마에서 퀴어 청소년의 사랑은 실체가 휘발된다.

전삼혜의 『소년소녀 진화론』(문학동네 2015)에 수록된 단편 SF 「창세기」에서도 퀴어 청소년의 사랑은 낭만화되고 이상화된다. 어린 시절부터 우주항공특별교육센터에서 합숙 교육을 받으며 일하는 열일곱 살 리아는 7년간 룸메이트로 동고동락한 세은을 사랑한다. 부모 없는 어린이들을 선발해 외부와 격리한 채 교육하는 센터에서 살아온 리아의 사랑은 가족애와 유사한 동지애("너는 내 입학 때부터 칠 년을 같이 살아온 룸메이트였고, 나의 엄마이자 언니이고 때로는 귀여운 여동생 같은 사람이었지."(99면))이자, 유일하고 배타적인 로맨스("너에게 관심을 보이는 아이들이 매일 아침 아직 잠든 네 모습을 보며 평생 네 곁에 있고 싶다는 생각을 할까? 네가 다른 사람의 말에 상처받아 울 때 대신 울고 싶다는 생각을 할까?"(103면))이다.

이 작품의 서사는 문라이터의 보수 작업 임무를 띠고 홀로 달에 간 리아의 회상으로 진행된다. 우주항공센터를 설립한 기업 '제네시스' 소유의 문라이터는 달 표면 크레이터를 메우고 달에 메시지를 새기는 기계, 즉 지구에 비추는 거대한 광고판이다. 그런데 리아가 달에서 임무를 수행하는 도중에 지구는 운석 충돌로 종말을 맞고 리아 역시 곧 닥쳐올 운명의 시간을 기다린다. 종말과 죽음의 시간에서 과거를 회상하는 리아의 독백은 문라이터의 마지막 문장으로 달 표면에 새겨지는, 뒤늦은 사랑의 고백인 것이다.

그런데 리아의 회상에서는 세은과의 아무런 상호 관계도 찾아볼 수 없으며 리아는 세은이 성인 남성 싱 국장에게 마음을 표현했다 거절당하는 걸 모르는 척 지켜볼 뿐이다. SF 장르의 종말론적·우주적 시공간에서 리아의 사랑은 퀴어 로맨스라기보다는 보편적이고 우주적인 사랑의 형식을 띤다. 시작은 종말로, 종말은 시작으로 맞물려 순환하며 영원성을 획득하는 가운데 리아는 사랑을 영원의 고리 안에 위치시킨다. '제네시스'는 부모 없는 리아의 생활을 마련해 주었고 세은을 사랑하게 했으나 리아를 달에 보냄으로써 세은과 떨어져 영원한 이별을 맞게 했다. 그러나 종말의 순간 리아는 문라이터로 사랑을 새김으로써 새로운 '창세기'를 연다. 작품의 마지막 문장, "너는 나의 세계였으니, 나도 너에게 세계를 줄 거야"(119면)는 로맨스 관계의 익숙한 고백을 넘어서는 선언이다.

하지만 퀴어의 사랑이 지구 위 로맨스가 아닌 우주적 사랑이 될 때 현실의 퀴어 '정체성'과 현실 체제를 비판하는 퀴어의 '정치성'은 사라진다.『누나가 사랑했든 내가 사랑했든』이 멜로로,「창세기」가 SF로 퀴어 청소년의 사랑을 재현하는 과정에서 이성애자와 또 다르게 경험될지 모를 퀴어의 사랑과 존재의 형태는 외면된 듯 보인다. 퀴어 청소년의 사랑은 멜로와 SF 장르의 장치로 소용되었을 뿐인가. 두 작품의 퀴어 청소년은 사랑하는가, 사랑하지 않는가.

4. 현재의, 과거의 퀴어

앞서 살펴본 것처럼 청소년소설에서 퀴어 서사는 퀴어 정체성을 자각한 청소년이 가족, 학교, 연인에게 자신의 성정체성을 드러내지 못한 채 고민하는 내면을 그리면서 그들의 내면과 외부의 갈등을 주로 재현했다. 자아와 외부의 경계에서 고민하는 점은 여느 청소년소설의 인물과 유사해 보이지만 유독 퀴어 서사 주인공만은 외부 현실과 좀처럼 소통하지 못한 채 다소 폐쇄된 모습으로 재현되었다. 이때 퀴어 주인공은 현실에 적극적으로 교섭하거나 저항하기보다는 현실로부터 사회적 인정을 부여받았다. 또 상호 관계가 이뤄질 수 없는 대상을 사랑하고 그에게 마음을 전하지 못하다가, 마지막에 가서야 독백조로 고백하는 경우가 대부분이었다.

9인의 청소년소설집 『다행히 졸업』(장강명 외, 창비 2016)에 수록된 이서영의 「3학년 2반」은 지금까지의 퀴어 서사와는 다르게 동성 간 본격적인 사랑을 통해 퀴어 청소년이 살아가는 현실을 생생하게 이야기한다. '현실의 퀴어'가 아닌 '퀴어의 현실'을 재현했다고 할 수 있다. 이 작품은 작가가 청소년소설 장르로 독자에게 전달하려는 '현실의 퀴어'와, 소설로 구성된 세계에서 작중인물이 스스로 말하는 '퀴어의 현실'에 차이가 있음을 보여 준다.

인터넷 카페의 레즈비언 클럽 멤버인 다예와 영인은 같은 중학교에 다니는데 3학년에 올라가며 한 반이 된다. 온라인의 익명성 탓에 현실의 자아와 온라인상의 자아가 분리되는 것은 당연하지만 그 온라인 세계가 퀴어 클럽일 때는 자아에 또 다른 균열이 중첩될 수밖에 없다. 다예와 영인은 온라인의 '이반'이며 현실의 '2반'이다. 하지만 그들은 "'이반'이며 '2반'"이 되지 못하고 "'이반'이지만 '2반'"인 두 세계 사이의 깊은 균열에서 추락한다.

세이클럽의 한 이반 카페에서 영인이의 사진을 발견한 건 2학년 겨울방학 때였다. 캠으로 뽀얗게 만들어 놓으니, 영인이의 핼쑥한 얼굴은 더 예뻐 보였다. 안양, 15세, 부치. 이름은 강한빈이었다. 짧게 커트 친 머리만으로는 부치라고 여겨지지 않을 것 같았다. 조영인이라는 원래 이름도 충분히 예쁜데.

뭐…… 나도 하월야니까. (181면, 강조는 인용자. 이하 동일)

'2반'의 세계에서 다예와 영인인 둘은 '이반'의 세계에서 한빈과 월야가 된다. 다예가 카페 모임이 있던 신촌 공원에서 영인을 한빈으로 처음 만나며 느끼는 두 세계의 균열, 중첩, 혼란은 초점화자인 다예의 서술에서 고스란히 드러난다.

벤치 여기저기에서 힙합 바지를 입은 칼머리 여자애들이 서로를 쓰다듬는 곳. (…) 나는 아무 말도 못 하고 영인이의 얼굴만 보고 있었다. 학교에서 늘 보던 얼굴, 결국에는 마주쳐 버린. 한빈은 조금 눈치를 보더니 먼저 웃으며 내게 다가왔다.

(…)

훅, 한빈이 고개를 숙이는 바람에 깜짝 놀라 돌아보았다. 영인이의 파랗게 깎인 뒷목이 보였다. 손을 얹고 싶다고 생각하며 뒷목에 난 솜털을 넋을 놓고 바라보았다. 나는 이 애를 좋아하고 있었다. (183~84면)

한빈이, 영인이가, 내게 키스했던 건 모두와 헤어진 그날 저녁이었다. (188면)

다예는 영인을 한빈으로 처음 만나는 날 영인을 좋아해 왔다는 사실을 깨닫는다. 하지만 영인은 '이반'의 세계에서 한빈으로서 월야에게 키스할 수는 있어도 '2반'의 세계에서 다예를 사랑할 의지를 갖지는 못한다. 두 세계의 균열은 결국 관계의 균열을 일으켜 영인이 클럽의 다른 멤버와 사귄다는 사실에 분노한 다예는 유리잔으로 영인의 머리를 내리치고, 학교에서 이 사건을 추궁하자 자신의 성정체성을 부인하고 사건의 전모를 영인의 잘못으로 떠넘긴다.

이처럼 「3학년 2반」은 퀴어 청소년의 현실을 섣불리 도식화하거나 낭만화하지 않고, 남성 퀴어가 아닌 여성 퀴어 청소년의 존재를 부각시키며, 퀴어 청소년의 사랑을 마음이나 감정의 일로 가두지 않고 섹슈얼리티와 함께 바라본다.

그런데 여기서 눈여겨봐야 할 것은 이 서사가 서른 살 다예의 회상으로 마무리된다는 점이다. 해당 사건 이후 다예는 인터넷 카페를 탈퇴했고, 그날 이후 현재까지 계속 자해를 한다고 밝히며 모든 것이 "그 키스 때문"이라고 정리한다. 퀴어 청소년의 현실이 현재 시점이 아닌 과거 회상으로 재현된 이유는 무엇일까. 청소년의 퀴어 정체성은 미래에 이르러서야 분명히 규정될 수 있다는 뜻인가. 청소년소설은 청소년이 실감하는 현재의 퀴어 정체성을 어떠한 방식으로 재현할 수 있을까.

이는 최근 여성 퀴어 서사가 남성 퀴어 서사와 달리 대개 기억으로 구성되며, 청소년기를 퀴어로 정체화하는 과정 중에 있는 것으로 서술하는 양상과 유사하다. 여성 퀴어 소설 『항구의 사랑』(김세희, 민음사 2019)은 청소년기 퀴어 문화사를 스케치하는 형식으로 (비)퀴어의 정체화가 청소년기를 지나 성인기에 걸쳐 이루어지는 과정을 포착했다. SF 단편집 『옆집의 영희 씨』(정소연, 창비 2015)의 수록작 「마산앞바다」에서는 성인 여성 퀴어가 과거를 회상하며 "당시에도 또렷이 알고 있었다. 이유가 무엇이든, 그 애도 나를 좋아하고 있다는 것을"(68면)이라고 청소년기의 퀴어 정체성을 명확하게 말하는데, 서술자가 성인이 되어서도 여전히 퀴어로 자신을 정체화하는 데 반해 성인이 된 '그 애'는 이성애 연애를 하고 있는 것으로 그려진다.

퀴어가 레즈비언/게이 정체성과 달리 성별 이분법의 규범 자체를 부정하고, 나아가 지배담론의 문화 동질화에 저항하는 정치성을 갖는다고 할 때 아동청소년문학의 퀴어 서사 역시 현실의 (비)퀴어 경계 구분에서 벗어나 퀴어한 것 자체를 재현하는 작업에 관심을 가져야 할 듯싶다. 청소년소설이 성장소설과는 다르게 청소년기 자아정체성을 재현하는 지점은 자아를 규정하거나 고정하지 않고 자아를 정체화하는 지금 이 순간을 있는 그대로 바라보는 관점에서 비롯될 것이다. 청소년기 성정체성 역시 자아정체성과 마찬가지로 퀴어 자체, 퀴어 정체화 자체를 재현하고자 할 때 청소년소설의 퀴어 서사는 비로소 '현실의 퀴어'가 아닌 '퀴어의 현실'을 말할 수 있을 듯하다.

최근 어린이청소년 SF에 나타난 여성상

1. 들어가며

2010년대 이후 한국 어린이청소년문학에서는 SF의 창작이 어느 때보다 활발히 이루어지고 있다. 1960~70년대 다양한 장르문학과 아울러 창작되고 번역된 SF 어린이청소년소설은 1980년대 이후 창작이 뜸하다가 2010년대부터 다시 활발히 창작되며 문학적 새로움을 보여 주었다. 2010년대 초반 유수의 어린이청소년문학상을 수상한 작품 중 SF가 대다수를 차지할 정도로 최근 창작된 SF 어린이청소년소설은 나름의 문학적 성취를 보이며 창작 환경에 새로운 자극을 주었다.

이들 SF 어린이청소년소설의 특징 중 하나는 지금 우리 사회의 현실을 미래 세계로 연장하고 이동시켜 디스토피아를 구축한 점이다. 많은 작품들이 특히 어린이·청소년 독자의 현실과 밀접하게 관련된 경쟁적 교육 시스템과 더불어 억압되고 통제된 전체주의 사회상을 재현해 왔다. 사회 현실에 대한 강한 비판과 풍자는 비단 어린이청소년문학만이 아닌 한국 SF문학의 특징으로 분석되기도 한다.[1]

최근의 연구 또한 이러한 지점을 포착한다. 한국 SF 어린이청소년문학 연구 대상은 시기적으로 크게 1960~70년대 작품과 최근의 작품으로 나뉜다. 후자에 대한 연구는 작품 속 디스토피아, 계급사회, 과학기술 발전에 대한 우려와 비판 등이 어린이청소년문학에서 지니는 의미를 중점적으로 살펴보고 있다.

이 글에서는 작품 속 미래상, 사회상, 어린이상을 분석한 선행 연구들과 관점을 달리해 여성주의 시각으로 최근 SF 어린이청소년문학을 살펴보고자 한다. 모성, 여성과 과학기술의 관계, 성과 사랑, 소수자 등 여성주의와 긴밀하게 관련된 SF의 주요 이슈들을 분석해 볼 것이다.

1960년대 이후 영미권에서는 마르크시즘, 페미니즘, 퀴어 이론, 포스트모더니즘, 생태주의, 미래학 등의 이론적 접근으로 심도 있는 SF 연구와 비평이 이루어졌으며 이것으로 SF의 문학적 가능성이 더욱 강조되었다. 그중 페미니즘 시각에서의 접근은, SF가 다양성을 재현하는 자신만의 문학적 특장으로 일상화된 가부장적 구조를 전복하고 젠더에 대한 전통적 가설을 해체하고 재구성한다는 점에서 더욱 의미 있는 연구 방법이 될 수 있다. 이 글에서는 1980년대부터 현재까지 가장 대표적인 페미니즘 과학기술 이론으로 논의되는 도나 해러웨이(Donna J. Haraway)의 사이보그페미니즘, 주디 와츠먼(Judy Wajcman)의 테크노페미니즘

---

1 한국 SF문학의 특징 중 하나는 사회풍자에 대한 높은 관심으로, 특히 2010년대부터 젊은 작가들이 사회문제에 대해 이야기하고 싶은 바를 과학소설의 형식을 이용해 제시하는 작품이 많이 늘고 있다. 박상준 외『한국 창작 SF의 거의 모든 것』, 케포이북스 2016, 208면.

에 비추어 최근의 어린이청소년 SF 작품을 살펴보겠다. 여성주의 관점에서의 작품 분석은 SF가 지닌 다양하고 넓은 문학적 자장과 가능성을 시사해 줄 것으로 기대한다.

2. 엄마상에 반영된 모성과 여성

1) 로봇 엄마의 모성

최근 SF 동화에 나오는 대표적인 엄마상 중 하나는 안드로이드 엄마, 로봇 엄마다. 『엄마 사용법』(김성진, 창비 2012)에서 여덟 살 현수는 유일한 가족인 아빠의 출장으로 혼자 지내야 하자 "생명장난감"의 일종인 엄마를 집에 들이게 된다. "광고 속 엄마는 같이 놀아 주고, 옷도 입혀 주고, 맛있는 간식도 차려 주었"고 "강아지나 공룡은 한 가지만 할 수 있지만, 엄마는 모든 걸 다 해 줄 수 있을 것 같았"(14면)기 때문이다. 즉 현수는 보호자이자 양육자로 기능할 엄마를 원했다.

그런데 '생명장난감' 엄마의 제품 설명서에 나온 엄마의 역할은 현수의 바람에는 미치지 못하는, 집안일만 하는 가사 도우미이다. "엄마는 모든 집에 어울리는 완벽한 제품"(31면)이며 "청소, 빨래, 요리 등 집에서 필요한 모든 힘든 일을 완벽하게 대신 해"(56면)준다고 설명한다. 생명-장난감의 역설적인 조어의 상징과, 조립 실수로 감정을 갖게 된 엄마를 폐기 처분하려는 사냥꾼과 이를 막으려는 현수의 갈등에서 드러나듯 이 작품은 엄마라는 존재의 기능화에 비판적이라고 볼 수 있다.

하지만 현수가 엄마에게 기대하는 바가 단지 가사노동은 아니라 해도 돌봄노동을 바란다는 점에서는 가부장제가 일률적으로 요구하는 모성과 크게 다르지 않다. 현수는 자기가 바라는 엄마상 그대로 안드로이드 엄마가 자신에게 책을 읽어 주고 같이 산책하도록 엄마를 조작해 나간다. 이렇듯 안드로이드 엄마는 모성을 갈구하는 어린이의 욕망으로 대상화된다.

5인의 SF 동화집 『안녕, 베타』(최영희 외, 사계절 2015)에 실린 경린의 「엄마는 차갑다」에서도 어린이가 로봇 엄마에게 원하는 것은 따듯한 모성이다. 로봇 엄마를 따르던 혜수는 충전 도중에는 손대지 말라며 자신을 밀쳐 내는 로봇 엄마에게 거리감을 느끼기 시작한다. 요리하던 로봇 엄마가 사고로 한 팔을 잃는 광경을 본 혜수는 "한쪽 팔이 없는데도 피 한 방울 흘리지 않고 고통스러워하지 않는 모습"에 급기야 구토를 일으킨다.

『엄마 사용법』에서 안드로이드 엄마는 아이가 원하는 대로 조작할 수 있는 존재이며 「엄마는 차갑다」에서 로봇 엄마는 원하는 대로 되지 않을 경우 혐오를 불러일으키는 존재이다. 이처럼 SF 동화의 로봇 엄마는 어린이 독자가 현실에서 완벽하게 충족되지 않는 엄마상과 모성을 작품에서 대리만족하게 하는 기능을 지닌다. 이때 모성은 사랑의 감정에 기반한 살뜰한 돌봄으로 절대화·유일화된다. 어린이문학에서 어린이가 '동심'으로 타자화됐듯 엄마는 '모성'으로 타자화된다. 어린이문학에서 '동심'과 '동심주의'를 반성하며 탄생한 어린이 주체가 이제 어린이의 대척점에 엄마를 두고 타자화시키는 것이다.

한편 『컬러 보이』(손서은, 비룡소 2014)의 엄마는 절대적인 힘으로 아들 상민을 자신의 후계자이자 대리자로 만들려고 하는 강압적인 엄마다. 그런 엄마에게 상민이 갖는 불만 역시 앞의 두 작품에서와 마찬가지로 전형적인 모성의 결여다. 상민은 로봇 할리를 생산하는 공장의 공장장이며 로봇 제조자이자 연구원인 엄마가 "자장가 한번 불러 준 적이 없"고 밥도 같이 먹지 않고 가사노동을 하지 않는 것에 불만스러워한다. 상민의 엄마는 인간이 아닌 "마더 어셈블러", 즉 기계들의 모체라는 사실이 밝혀지지만 상민에게는 전형적인 모성을 지니지 못한 엄마에 대한 불만만 고스란히 남는다. 또 상민은 엄마가 자신을 소유물로 여기며 자기 삶을 좌우하려고 하는 데서 위협을 느끼는데 이러한 강압적인 엄마상은 많은 동화와 소설에서 비판적으로 그려지는 엄마상과 유사하다. 더군다나 이 작품에서 엄마는 단지 학업에 대한 경쟁으로 내모는 정도가 아니라 인간으로서의 존재와 자유의지 자체를 위협하는 상황으로 몰고 가니 어린이가 느끼는 억압과 공포가 더 크다고 할 수 있다.

이렇듯 이 작품들이 그려 내는 엄마상이 리얼리즘 어린이청소년문학 작품들과 다를 바 없거나 오히려 더 문제적인 방식으로 모성을 표방하고 있는데도, 이러한 문제점이 비판적으로 논의되거나 성찰되지 않는 이유는 '로봇 엄마'라는 SF적 설정 때문으로 보인다. 인간과 로봇을 분리한 채 인간 중심적 관점에서 인간(어린이)이 로봇(엄마)을 쉽게 타자화·대상화하는 것이다.

이와 관련해 도나 해러웨이의 「사이보그 선언: 과학, 기술, 그리고 1980년대의 사회주의 페미니즘」을 살펴볼 만하다. 앞의 작품들에서 엄마는 로봇이나 안드로이드지만 인간과 같은 감정을 지니고 있고 더 섬세한 감정을 요구받고 있으며 어린이 주인공이 인식하는 존재적 성격이 인간과 가깝다는 점에서 인간과 기계의 혼합체인 사이보그로까지 확장시켜 볼 수 있다. 사이보그는 미래의 인간 정체성을 모색하는 주요 개념으로 부상했는데 국내외 사이보그론에서 가장 중요한 기점을 제공하는 것이 바로 도나 해러웨이의 「사이보그 선언」이다.

해러웨이는 이 글에서 "기계와 유기물, 기계적인 것과 유기적인 것 사이의 어떤 근본적인 존재론적 구분이란 없다."[2]고 밝히며 페미니즘의 새로운 주체는 이원론을 따르지 않는 사이보그의 특성을 지녀야 한다고 주장한다. 페미니즘에서 본질적·보편적·결정적 개념으로 사용해 온 여성과 여성성이 오히려 전체주의를 강화하고 여성 억압의 기제로 작용한다고 보기 때문이다. 경계 해체와 융합이 특징인 사이보그의 정체성 구성은 본질적 여성 개념을 넘어 유동적 정체성 개념을 수립한다.[3]

앞서 살핀 동화의 로봇 엄마들 역시 인간의 감정과 기계인 육체 사이에서 '분열된 정체성'을 보인다는 점에서 사이보그 정체성을 지닌다. 하지만 로봇 엄마의 '젠더 정체성'은 작품에서 오히려 강화된다.『엄마 사용법』에서 현수는 분열된 정체성을 지닌 안드로이드 엄마를 전통적 모성을 지닌 엄마로 만들어 나간다. 해러웨이의 사이보그페미니즘은 사이보그를 통해 유기체와 기계 사이의 경계 해체, 이원론 해체로 여성 정체성이 새롭게 구축될 가능성을 제시했지만 작품은 반대 방향으로 나아간다. 지난 할리우드 영화 속 사이보그들이 전통적 젠더 역할에 충실한 가운데 남성 사이보그들은 국가나 사회질서를 회복하는 임무를 띠는 데 반해 여성 사이보그들은 공동체의 질서를 위해 제거되고 억압해야 할 대상으로 재현되는 것과 마찬가지다.[4] SF 동화의 로봇 엄마는 모성에 대한 인식과 아울러 미래 과학기술에 대한 통찰에서도 문제적인 지점이 있다.

---

2 도나 해러웨이 「사이보그 선언: 과학, 기술, 그리고 1980년대의 사회주의 페미니즘」, 박진희 「페미니즘과 과학기술」, 한국과학기술학회 강연/강좌자료 2005, 54면에서 재인용.
3 박진희, 같은 글; 장정희『SF 장르의 이해』, 동인 2016, 223~43면.
4 장정희, 같은 책 243면.

2) 과학기술 찬양과 과학기술 비판 양단의 여성

SF 동화에 나타난 엄마상에서는 과학기술 찬양 혹은 과학기술 비판 양단에 위치하는 여성이 확인된다. 여성 인물은 대개 과학기술을 비판하며, 과학기술을 찬양할 경우 부정적 인물로 묘사된다. 『컬러 보이』에서 상민과 대립하는 엄마의 진짜 정체가 기계로 밝혀지기 전, 상민 엄마는 로봇을 만드는 제조자이자 연구자인 기술 애호가로 그려진다. 상민은 전통적인 엄마상과 기술 애호가인 자신의 엄마를 대척 관계로 파악하며 가사와 양육에 무관심한 것을 두고 "로봇에 미친" 엄마라고 비판한다.

2000년대 초에 출간된 『씨앗을 지키는 사람들』(안미란, 창비 2001)의 엄마상에는 기술과학과 여성의 관계를 그리는 기존의 태도가 좀 더 노골적으로 반영되어 있다. 주인공 진희의 엄마 정 박사는 볍씨 품종을 개발하는 과학자이다. 정 박사는 인공 성장호르몬의 위험성을 알면서도 거대 자본의 이익과 시스템이 시키는 대로 일하는데 이를 두고 동료 문 박사는 "당신만큼은 양심이 있을 거라고 생각했어요. 아이 어머니니까요."(42면)라고 질책한다. 정 박사는 이에 대해 "더 비싸더라도 진희에게 안전한 음식을 먹이려고 애쓰는 자신이 아닌가. 임신한 걸 알았을 때 그렇게 좋아하던 커피도 당장 끊지 않았던가. 그런데 지금은 뭐란 말인가." "난 돈을 위해 일하는 과학자밖에 안 되는 것인가."(42면)라고 자책한다. 질책하는 문 박사나 자책하는 정 박사 둘 다 과학자로서의 가치판단과 반성이 아닌 엄마로서의 자각을 이끌어 내는 것이다. 결국 정 박사는 엄마의 정체성에 따라 과학자로서의 자기 임무를 그만두고, 종자의 지적재산권 행사에 반대하는 진희 아빠의 사회적 행동을 뒷받침하는 연구를 수행하고서야 비로소 긍정적 인물로 자리매김된다.

한편 청소년소설 『달 위를 걷는 느낌』(김윤영, 창비 2014)에서 핵융합 과학자이자 달 탐사를 다녀온 우주인 아빠와 아스퍼거증후군이 있는 딸 루나는 과학 지식으로 소통하는 관계인 데 반해 엄마는 과학에 관심이 없는 무지하고 무기력한 인물로 묘사된다. 루나는 과학자 리처드 도킨스의 학설에 관해 아빠와 대화하곤 했는데, 엄마가 도킨스의 이름조차 알지 못하니 말문을 닫는다. 루나가 세상과 소통하는 유일한 창구가 과학인데도 불구하고 엄마는 과학에 무관심하기에 루나는 오직 아빠와 각별한 애정을 쌓아 나간다. 엄마는 과학기술을 잘 알 만큼 지적이지 않기 때문에 루나에게 중요하지 않은 존재로 규정된다.

SF 어린이청소년문학에서는 엄마를 비롯한 여성 인물과 여성성이 대개 과학기술에 비판적이거나 대립하는 것으로 그려진다. 권혁준은 「아동청소년문학에 나타난 SF적 상상력」에서 『싱커』(배미주, 창비 2010), 『몬스터 바이러스 도시』(최양선, 문학동네 2012) 등을 분석하며 이 작품들이 과학–재앙–남성(정치가, 기업가)/자연–구원–여성(어린이, 청소년)의 이분법 구도로 전개된다고 정리한다. 그는 "과학과 인공은 인류에게 재앙을 가져다줄 것이며 그런 세계를 만들어 낸 세력은 기업가, 정치가들이고 그들은 거의 남성"인데 이를 "구원해 줄 주체는 여성과 어린이, 청소년들이며 인류를 구원할 최후의 방법은 자연을 회복하는 것"으로 제시된다는 것이다. 이어 "이와 같은 구도가 여러 작품에서 비슷하게 반복되는 것은 SF를 관습적 장르로 격하시킬 위험성이 있"다고 지적한다.[5]

지금까지 대개 SF 어린이청소년문학이 내보인 과학기술에 대한 비판과 우려는 에코페미니즘과 상통한다. 이들은 기술 자체가 본질적으로

---

5 권혁준 「아동청소년문학에 나타난 SF적인 상상력」, 『창비어린이』 2014년 여름호 31~33면.

가부장적이어서 여성이 착취와 억압을 당할 수밖에 없으며 여성이 기술에 접근한다 해도 가부장적 가치관의 지배라는 구도 안에 머무를 수밖에 없다고 주장해 왔다.[6]

그러나 기술-남성적 특성에 대해 비판적 견해를 지닌 과거 페미니즘과 달리 주디 와츠먼의 테크노페미니즘은 과학기술, 특히 디지털 기술과 여성의 삶, 주체성, 행위들이 긍정적으로 결합될 가능성에 주목한다. 과학기술의 남성성을 비판한 에코페미니즘의 비관론, 과학기술의 여성성을 주장한 사이버페미니즘의 낙관론과 달리 기술과 여성의 긴장관계를 중시하는 것이다. 도나 해러웨이 역시 「사이보그 선언」에서 에코페미니즘이 주장하는 자연과 여성의 동일시를 거부하면서, 과학기술의 잠재력을 이용하고 있는 현재 세계를 철저히 분석하고 여성의 새로운 역할을 모색해야 한다고 주장한 바 있다.[7]

이처럼 과학기술과 여성의 관계를 탐구한 페미니즘 이론은 에코페미니즘에서 사이보그페미니즘과 테크노페미니즘으로까지 변화해 왔다. 이는 이분법을 해체하는 방식으로 여성 정체성 논의를 진행해 온 페미니즘 이론 변화와 관련지어 생각해 볼 수 있다. 아울러 이는 과학기술로 인해 유토피아/디스토피아가 도래할 것이라는 기술결정론을 지양하고 기술이 사회적 맥락과 관련 맺으며 의미와 내용을 구성한다는 사회구성론의 시각[8]에 근거한다.

이러한 페미니즘 기술 이론들은 SF 어린이청소년문학의 엄마상에 기

---

6 장정희, 앞의 책 174면.
7 이지언 「과학기술에서 젠더와 몸 정치의 문제: 도나 해러웨이의 사이보그 페미니즘을 중심으로」, 『한국여성철학』 제17권 2012, 100~109면.
8 박진희, 앞의 글 53면.

술 애호 혹은 기술 비판으로 투영된 여성과 과학기술의 상관관계를 다시 생각하게 한다. 이는 모성 재현 방식에서와 마찬가지로 여성주의 관점뿐 아니라 과학기술 관점에서도 문제적이다. 여성 정체성을 이분법으로 경계 짓고 있으며 과학사와 과학이론의 오랜 논쟁인 기술결정론과 사회구성론 중 오직 기술결정론의 입장만이 고수되고 있기 때문이다.

3. 가부장적 성 인식과 낭만적 사랑에 포위된 여성

1) 미래 사회의 성과 생식에 대한 전통적 상상력

페미니즘 SF문학은 성, 생식, 출산, 사랑에 대해 획기적인 상상력을 보여 주었는데 특히 1970년대에 페미니스트 유토피아 공간을 창조한 작품들은 SF의 가장 큰 성과로도 손꼽힌다.[9] 페미니즘 SF 작가들은 젠더가 사회적 구성물이라는 것을 강조하며 양성평등이 이루어진 가상공간을 창조했다. 젠더에 대한 획기적 탐색을 시작한 어슐러 르 귄(Ursula Le Guin)의 『어둠의 왼손(*The Left Hand of Darkness*)』(1969)에서 게센 행성은 양성을 가진 이들이 거주하는 곳으로 이들은 생식주기에 양성 중 하나를 택해서 생식한다. 고정된 성 범주가 없는 이곳에는 성차별주의 역시 없다. 마지 피어시(Marge Piercy)의 『시간의 경계에 선 여자(*Woman on the Edge of Time*)』(1976)에서 여성들은 출산하지 않으며 남성과 여성 모두 아이에게 젖을 먹인다. 새뮤얼 딜레이니(Samuel R. Delany)의 『트리톤 행성에서의 곤경(*Trouble on Triton*)』(1976)에서는 젠더, 섹스, 성향

---

9 장정희, 앞의 책 179~83면.

을 바꾸기 위한 외과수술과 심리치료를 누구나 자유롭게 받을 수 있다. 아예 남성이 분리된 페미니스트 유토피아를 제시한 조애너 러스(Joanna Russ)의 「상황이 변했을 때(When It Changed)」(1972)에서 여성들은 난자를 혼합해 생식을 이어 간다. 또 옥타비아 버틀러(Octavia E. Butler)의 「블러드차일드(Bloodchild)」(1984)에서 인간 남성은 외계인의 알을 부화시키기 위한 숙주이고, '제노제네시스 3부작'에서는 외계인과 인간이 서로 유전자를 교환하는 생식 동반 관계로 그려진다.

어린이청소년문학은 독자 연령의 특성상 성과 사랑에 대해 낱낱이 말하는 작품이 드물었고 SF에서도 역시 그러했다. 그중 『해방자들』(김남중, 창비 2016)은 최근 SF 청소년소설 중 특별히 성과 생식, 사랑의 미래를 주제로 하고 있어 살펴볼 만하다. 이야기는 SF 장르에서 흔히 볼 수 있는 철저한 계급사회이자 통제사회인 렘막을 배경으로 펼쳐지는데, 유사한 공간 배경의 SF 작품들과 다른 점은 개인의 성과 생식이 통제되는 사회상에 집중하고 있다는 점이다. 렘막의 수도 렘막시티에 사는 사람들은 성욕을 느끼지 못하게끔 의료적 처치를 받으며, 정부로부터 허가받지 못한 성적인 표현과 접근은 중범죄로 취급된다. 생식과 출산 또한 제한되어 출산 자격 검증에서 유전자 검사, 의료 기록 및 전과 조회, 학력 증명, 수입 및 자산 내역 신고 등의 심사를 통과한 부부만 아기를 낳을 수 있고, 모든 아기는 생후 2년간 양육원에서 자란다.

이 작품은 이렇듯 설정상으로는 페미니즘 SF와 마찬가지로 성과 사랑의 주제를 다루며 현실의 젠더와 사회 구성을 해체하는 듯 보이지만 내용에 있어서는 가부장제에 기반한 전통적 성 의식을 강화하는 방향으로 나아간다. 인간의 성욕과 출산을 통제하는 디스토피아에 대항하는 혁명이 사랑으로 확장된 성욕의 인정과 출산 장려로 귀결하기 때문이다. 특히 남성들은 성과 출산의 억압에 항거하고 적극적으로 해방을 쟁취하려는 데 반해 여성들은 서사 전반에서 주체성을 갖지 못한 채 출산하는 몸으로만 재현된다. 즉 이 작품이 SF의 상상력으로 그려 낸 세계 역시 현재의 제도와 관념을 옹호할 뿐 미래에 대한 전망을 보여 주지 못하고 있다. 젠더 구성의 변화와 그로 인한 사회 변화에 대한 탐구는 찾아보기 힘들다.

게다가 성과 사랑을 억압하는 사회에 대항하는 서사는 종종 설득력을 잃고 만다. 성욕 억제 처치를 거부한 대반 할아버지가 "불필요한 성욕을 제거했다고 생각했지만 사실은 꼭 필요한 사랑까지 국가에 내줘 버린"(123면)것이라며 개인의 성욕과 사랑의 해방을 쟁취하기 위해 렌막 군대와의 전투를 불사하는 상황과 이것을 시민 항쟁으로까지 연상시키려는 의도는 지나쳐 보인다. 지니와 소우가 특별한 감정적 교류가 없음에도 둘 모두 렌막의 사람들과 달리 성욕을 지녔다는 이유로 사랑의 관계를 시작하려는 결말 또한 성을 말하려다 사랑까지 억지로 끌고 온 셈이 되어 인과성과 설득력이 떨어진다.

젠더 문제에 집중된 디스토피아 묘사에서 드러나는 성인지 감수성은 더욱 문제적이다. 마치 현실 세계의 성매매 공간을 연상시키는 듯한 클럽 캥거루에서 각 룸에 들어찬 남성들이 아기들에게 안달 내며 예뻐하는 장면이나, 불법 대리모 중개자인 진다이가 소우에게 자신의 수하로 들어올 것을 종용하며 대리모가 될 지니와의 성 경험을 '선물'로 주겠다고 하는 장면 등이 그러하다.

지나 코리아(Gena Corea)는 남성적 과학 담론에서 임신과 출산에 관한 여성의 성이 동물의 암컷과 다를 바 없이 취급되고 있으며 여성의 성은 "재생산 매음굴"(reproductive brothel) 이상의 가치로 인식되지 못한다고 밝힌 바 있다.[10] 물론 페미니즘 SF가 오로지 여성 중심의 유토피아만을 구상하지는 않으며 디스토피아를 통해서도 현실을 비판적으로 재현한다. 마거릿 애트우드(Margaret Atwood)의 『시녀 이야기(*The Handmaid's Tale*)』(1985)는 여성을 가부장적 젠더 개념과 궤를 같이하는 여타 사회적 기능들, 즉 아내, 하녀, 창녀의 역할을 수행하는 존재로 그리는 등 『해방자들』의 설정과 유사한 지점이 있다. 이 작품은 발표 당시 보수적인 사회 분위기에 맞춰 가부장제로 회귀하는 모양새를 보인다고 평가받기도 했지만[11] 그럼에도 불구하고 디스토피아를 비판적으로 통찰하는 시선을 견지한다.

그에 반해 『해방자들』은 성인지 감수성이 부족한 젠더 인식을 비판적 성찰이 가능한 문학적인 장치도 없이 무방비한 상태로 표현하고 있는데, 이는 결코 디스토피아적 상상력으로 용인되거나 정당화될 수 없다. SF 어린이청소년문학에서 디스토피아를 어떠한 방식으로 재현할지에 대한 탐구가 더욱 절실히 요구되는 대목이다.

2) 에코페미니즘의 이분법과 낭만적 사랑

사랑이라는 주제는 최근 SF 청소년소설에서 미래의 존재방식이나 변화 자체로 탐구되기보다는 서로 다른 세계에 살고 있는 두 존재의 만남에 대한 상징으로 이야기된다. '미래'를 주제로 한 7인의 단편집 『내일

---

10 송효림 「포스트휴먼 로맨스와 감성적 진화: 여성 과학소설로 본 테크노사이언스적 사랑의 의미와 욕망」, 『영미문학페미니즘』 제24권 2호 2016, 63면 참조. 지나 코리아의 "재생산 매음굴"이란 표현은 앞에서 지적한 『해방자들』 속 상황이나 묘사들과 놀랍도록 유사하다.
11 장정희, 앞의 책 182면.

의 무게』(김학찬 외, 문학동네 2014)에 실린 전삼혜의 「하늘의 파랑, 바다의 파랑」이 대표적이다. 이 작품에서 지구는 공중도시와 해저도시로 분리되어, 두 도시에 사는 인간들의 신체 특징도 점차 서로 달라진다. 공중도시 최하층 보육원에 사는 열일곱 살 소년 가하는 공중도시 인공위성 관제센터에서 일자리를 얻고 상위 계층으로 진입하기를 꿈꾸었지만 어느 날 해저도시에 사는 소녀 나루를 만나 계획을 변경한다. 최상층으로 올라가면 골밀도가 낮아져 지상으로 내려가기 힘들어지고 나루와 만나지 못하기 때문에 가하는 제일 낮은 계층의 직업인 지상 경비대에 지원한다. 공중도시의 가하가 해저도시의 나루를 처음 만났을 때 "외국인, 혹은 외계인"으로 느낀 이들 사이의 거리는 SF의 상상력으로 구축된 공간적인 거리로 상징된다. 하지만 공중도시 인공위성 관제센터에서 일하고 싶어 했던 가하와 해저도시 심해조사연구원이 되고 싶어 하는 나루의 관계는 가하의 결단으로 공간적인 거리를 좁힘으로써 가까워진다. 두 존재의 거리가 좁혀지고 친밀해지는 사랑의 관계가 SF의 공간에서 더욱 상징적으로 그려진다.

『너의 세계』(최양선, 창비 2014)는 지구에 사는 타냐와 엘리시온 행성에 사는 시오의 사랑을 다룬 작품이다. 과학기술이 고도로 발달한 행성 엘리시온에 사는 생명체인 엘리시안은 지구로부터 물질을 가져와 행성 표면을 지구처럼 조직하고 자신들의 몸을 인간처럼 만든다. 지구와 동일한 환경과 인간의 외양을 유지하기 위해서는 물질을 계속 충전받아야 하기에 인간 유전 물질 소유자인 수장을 비롯해 물, 불, 숲, 공기 등 핵심 물질 소유자들은 최상층의 권력을 갖고 있다. 지구 물질 탐사에 처음으로 나선 열일곱 살 시오는 지구에서 인간의 영혼 물질을 찾고 싶어 한다. 인간의 영혼을 지녀야 엘리시안이 완벽한 인간이 될 수 있다고 믿기 때문이다. 그는 알래스카 샤먼의 딸인 타냐를 사랑하게 되고 타냐를 통해 영혼은 다른 물질들처럼 소유하는 것이 아니라 사랑을 통해 나누는 것임을 깨닫는다.

이 작품에서는 인간의 외양을 지니고 있지만 실은 외계인인 시오와 지구인 타냐가 전혀 다른 생명체임에도 불구하고 서로를 사랑하고 서로의 영혼에 눈뜨는 과정이 숭고하고 아름답게 그려지고 있다. '너의 세계'라는 제목은 표면적으로는 엘리시온과 지구라는 서로 다른 행성을 지칭하지만 함축적으로는 타인의 세계이며, 사랑의 힘으로 비로소 그 세계가 서로 만날 수 있음을 보여 준다. "사랑은 새로운 세계를 알게 해 주"는 것이라는 주제는 서로 다른 행성에 사는 두 존재의 사랑으로 더 부각되고 강조된다. 나아가 그 사랑은 시오가 물질 소유자인 부모에게 물려받은 계급과 생명까지 포기하게 한다. 영혼을 부정하는 엘리시안들과, 엘리시안에게도 영혼이 있는 걸 알면서도 영생과 권력을 위해 이를 독점하려는 수장에 맞서게 하는 것도 바로 사랑이다.

외계인과의 사랑과 성적 결합은 SF에서 낯설지 않은 설정이지만 최근 한국 SF 청소년소설에서 이를 전면에 등장시킨 작품은 『너의 세계』가 거의 유일하다는 점에서 의미가 있다. 비록 외계인 시오가 인간과 똑같은 외양이기는 하나 시오와 타냐의 성적 결합을 에둘러대지 않은 것은 분명 진전된 대목이다. 또 이러한 성적 결합으로 외계인과 지구인의 만남이 일회적으로 끝나지 않을 여지가 생겼다. 하지만 지구인과 외계인의 만남을 이야기하고 있음에도 불구하고 이 작품은 '지구-자연-여성-영혼/외계-기술-남성-육체'의 이분법적 시각으로 구성됐으며 가치의 우위를 전자에 두었다는 점에서 한계를 드러낸다.

이는 도나 해러웨이가 이원론적 구분을 비판하고 극복하려 하며 "나는 여신보다는 차라리 사이보그가 되겠다"[12]고 말한 것과 대조적이다. 해러웨이는 유기체와 기계, 자연과 문화, 동물과 인간의 경계를 없애고 재구성했으며 신도 여신도 죽었다고 강조하면서, 자연으로 돌아가는 '여신주의 페미니즘'에 반대했다. 그에 비해 이 작품의 타냐는 자연과 교감하는 무녀로 설정되어 있다.

SF는 미래의 성과 사랑에 대해 로봇 등 기계와의 사랑과 섹스, 햅틱 테크놀로지(haptic technology)를 통한 사이버섹스, 외계인의 성과 성풍속의 유입[13] 등 매우 실제적이고 구체적인 상상력을 제시한다. 지금껏 성과 사랑을 주제로 한 어린이청소년문학 작품은 다소 보수적으로 매우 제한된 이야기만을 언급해 왔다. SF 어린이청소년문학이 기존 인식을 확장하거나 전복하는 SF의 특징을 살려, 어린이·청소년 독자로 하여금 현재의 젠더 규범을 돌아보고 미래의 성과 사랑에 대한 질문과 해답을 찾아갈 수 있도록 다양한 갈래로 길을 열어 보이기를 기대한다.

4. SF 어린이청소년소설과 소수자 문학의 가능성

『옆집의 영희 씨』(정소연, 창비 2015)는 최근 SF 어린이청소년소설 중 여성 SF 작가로서의 정체성이 가장 두드러진 단편집이다. 작품의 중심인물을 비롯해 거의 대부분의 인물이 여성이며 그들은 모두 남성과 다를 바 없는 평등한 삶을 살아 나간다. 그와 동시에 그들은 장애인, 청소년,

---

12 Donna J. Haraway, *Simians, Cyborgs, and Women: The Reinvention of Nature*, London: Routledge 1991, 181면, 장정희, 같은 책 230면에서 재인용.

13 고장원 『SF의 힘』, 추수밭 2017, 196~215면.

때로는 외계인으로 소수자 정체성을 지닌 존재이기도 하다.

특히 「앨리스와의 티타임」은 평행우주를 탐사하는 직업을 가진 여성 주인공이 앨리스 셸던[14]이라는 여성을 만나는 이야기로, 대표적인 여성 SF 작가인 제임스 팁트리 주니어(James Tiptree Jr.)에 대한 헌사에 가까운 작품이다. 남성 필명으로 작품을 발표하며 사회적·개인적 자아와 작가적 자아를 철저하게 분리시킨 채 젠더 고정관념에 맞선 실존 여성 작가를 등장시킨 점에서 작가 정소연의 젠더 의식을 엿볼 수 있다.

이러한 젠더 의식을 바탕으로 정소연은 「마산앞바다」「처음이 아니기를」「가을바람」 등의 작품을 통해 여성 동성애자 인물의 생각과 감성을 자각적으로 드러낸다. 그중 「마산앞바다」는 SF적 상상력이 발현된 림보라는 공간을 통해 동성애자의 성정체성 고민을 상징적이고 효과적으로 전달한다. 작중의 마산앞바다는 림보라 불리는 공간으로, 죽은 지인의 모습을 볼 수 있는 곳이다. 원래 림보는 가톨릭교회에서 고성소라고 하는 천국과 지옥의 중간 공간, 만화와 영화에서 경계가 모호한 무한 배경을 일컫는 말이다. 이러한 의미로 인해 작품에서 림보는 성정체화의 경계에 있는 주인공 현아의 심리와 상황을 상징하는 공간이 된다. 자신의 성정체성을 드러내기를 거부하려던 현아는 어릴 적 떠나온 마산을 방문한 후, 커밍아웃한 후배 지원의 고백을 수락하고 자신의 성정체성을 받아들인다.

이 작품집이 페미니즘 SF로서 견지하는 소수자에 대한 시선은 동성애자뿐 아니라 장애인 여성 주인공에게로 향한다. 「우주류」에는 어릴

---

14 제임스 팁트리 주니어의 본명이 앨리스 브래들리 셸던(Alice Bradley Sheldon)이다. 이 작품 속 평행우주 세계에서 언급되는 작가 중 조애너 러스(Joanna Russ) 또한 실존 인물로, 유명한 SF 작가이자 레즈비언 작가이다.

적부터 우주인이 되려고 노력해 온 주인공이 등장하는데 스물아홉 살에 이르러 우주인의 꿈을 목전에 두고 교통사고를 당하는 바람에 지체장애인이 된다. 그럼에도 꿈을 버리지 않은 덕분에 수년 후 우주 기지에서 장애인을 모집하자 서른아홉의 나이에 꿈을 이룬다. 이는 물론 장애인을 특정해 채용한 우주 시대의 특별한 기회 때문에 가능했던 일이고 우주라는 SF 공간에서 가능했던 꿈이다. 이 작품이 여느 장애인 성공 서사와 다른 점은 성공이 아닌 소수자 문제에 집중하고 있기 때문이다. 주인공은 "소국의 어린아이" "반도에 묶인 스물세 살 여학생"으로 자신의 인종적·성별적 지위를 인지하면서도 학위를 받고 외국어를 공부하며 꿈을 이룰 기회를 기다린다. 이 작품에서 그리는 미래 사회는 장애인 여성이 자신의 정체성을 억압받지 않고 원하는 일을 할 수 있는 기회의 공간이다.

경계인이라는 점에서 청소년 역시 소수자 문제로 접근된다. 「비거스렁이」에서 자아정체성을 탐색하는 청소년기는 평행우주 속에서 자신의 세계를 찾지 못한 이야기로 상징된다. 주인공 지영은 자신이 "여기에 없는 것 같"고 "붕 떠 있는 것 같은, 금방이라도 발밑이 사라질 것 같은 느낌"이지만 "여기가 내 자리라는 느낌을 받고 싶"고 "제대로 여기에 있고 싶"다고 생각한다. 열여섯 살 지영의 이러한 고민은 일반 청소년소설에서 줄곧 보아 온 청소년의 현실을 넘어 우주적 시각으로 확장되면서 청소년기 정체성의 고민에 대한 색다른 시야를 선사한다.

이 밖에도 이 작품집에서는 타자에 대한 다양한 관심과 고민의 시선을 읽을 수 있다. 옆집의 외계인 이웃(「옆집의 영희 씨」)과 입양한 딸(「입적」), 지구에 사는 친언니를 만나러 가는 지구 출신 화성인(「귀가」), 점점 사이보그가 되어 가는 나와 H와 K의 이야기(「디저트」)는 SF가 늘 다양한 세계의 타자를 소환해 주체와 타자의 관점을 전복하는 장르라는 사실을 상기시킨다.

'지금, 여기'의 세계를 전복하는 SF의 상상력과, 여성을 비롯한 소수자와 약자의 목소리를 경청하는 페미니즘의 세계관 모두를 겸비한 페미니즘 SF는 어린이청소년문학 전반에 시사하는 바가 크다. 어린이와 청소년 역시 어른의 통제로 구성되고 운영되는 '지금, 여기' 우리 사회의 소수자이기 때문이다. 리얼리즘의 문학 양식과 세계관에 기반한 어린이청소년문학과는 또 다른 SF만의 전복과 혁신의 상상력은 어린이청소년문학의 새로운 창작 실험을 가능하게 할 것으로 보인다.

복제인간, 인공지능, 포스트휴먼에 투영된 어린이 SF의 질문들

지난 십 년간 우리 어린이청소년문학에서는 그 어느 때보다 활발하게 SF가 창작됐다. SF는 특히 2010년대 초반 주요 어린이청소년문학상 공모를 휩쓸며 일시에 주목받았다. 이어 2013년 제정된 '한낙원 과학소설상'과 어린이장르문학상인 '스토리킹' 공모는 SF에 대한 관심을 증폭시키며 SF가 꾸준히 창작되고 출간될 수 있는 토대를 마련했다. 하지만 지난 몇 년간 이들 수상작 외에는 눈에 띄지 않다가 2017년 이후 어린이청소년문학상의 수상작에 다시 SF가 등장하기 시작했다.[1]

---

1 2010년 이후 주요 수상작 중 SF는 다음과 같다. '창원아동문학상' 수상작 『로봇의 별』 (전 3권, 이현, 푸른숲주니어 2010), '창비청소년문학상' 수상작 『싱커』(배미주 2010), 『페인트』(이희영 2019), 창비 '좋은 어린이책' 원고 공모 수상작 『지도에 없는 마을』 (최양선 2012), 『엄마 사용법』(김성진 2012), 『우주로 가는 계단』(전수경 2019), '문학동네어린이문학상' 수상작 『열세 번째 아이』(이은용 2012), 『몬스터 바이러스 도시』 (최양선 2012), 『순재와 키완』(오하림 2018), 비룡소 '스토리킹' 수상작 『아토믹스』(서진 2016), 『복제인간 윤봉구』(임은하 2017), 『펑스』(이유리 2018).

2010년대 초반 어린이청소년 SF의 가장 큰 특징은 지금 우리 사회의 현실을 근미래로 연장시켜 디스토피아를 구축한 점이다. 이들 SF는 경쟁적 교육 시스템을 억압되고 통제된 전체주의 사회상으로 확장시켜 재현했다. 당시 어린이청소년 SF에서 미래 사회는 대개 "경제적·사회적 힘의 격차가 극심한 계급사회"[2]로 그려졌으며 디스토피아적 세계관이 전개됐다. 이러한 근미래 디스토피아에는 오늘날 어린이가 살아가는 사회 현실에 대한 비판과 자성이 담겨 있으나 현실을 균열시키고 변화시킬 동력이 발견되지 않고 오히려 어린이의 선택과 가능성의 영역이 한정되어 문제적이었다.[3] 새로운 상상력을 차별되게 선보일 수 있는 SF가 작품 공모를 통해 선정되기는 했으나 SF 장르의 특성만 놓고 봤을 때는 이들 작품이 매우 협소한 지형에 머물렀던 것이다.

그런데 최근 출간된 어린이청소년 SF는 2010년대 초반의 근미래 디스토피아와는 다른 지형을 보여 준다. 복제인간, 인공지능 로봇, 다양한 포스트휴먼 기술 등 미래 과학기술 쪽으로 관심을 돌려 SF와 어린이문학 장르가 공유하는 질문을 탐색한다. 이 글은 어른 독자 대상 SF와도, 일반 어린이문학과도 차별되는 최근 어린이청소년 SF의 지형도를 대략 세 가지로 나누어 살펴본다.

1. 복제인간: 유기 불안에서 나아가지 못한 존재론적 질문

제5회 '스토리킹' 수상작 『복제인간 윤봉구』는 생명과학 기술 최대

---

2 권혁준 「아동청소년문학에 나타난 SF적인 상상력」, 『창비어린이』 2014년 여름호 30면.
3 김유진 「SF가 이야기하는 '어린이'와 그의 '세계'」, 『창비어린이』 2012년 겨울호 181면.

의 윤리적 난제인 복제인간을 어린이 주인공 캐릭터로 등장시킨다. 봉구의 엄마 윤인주 박사는 줄기세포를 연구하던 중 "딱 한 번의 시도"라는 결심으로 복제인간에 도전했고 아들 민구의 체세포핵을 자기 난자에 이식해 복제에 성공, 봉구를 창조했다. 『열세 번째 아이』(이은용, 문학동네 2012)에서 유전자조작으로 탄생한 '맞춤형 아이'가 이미 등장한 바 있지만 어린이 장편 SF에 복제인간을 중심인물로 등장시킨 것은 이 작품이 거의 처음이다.

복제인간은 인간과 유사한 안드로이드 로봇이 상기시키듯 SF에서 인간 존재의 고유성과 주체성의 문제를 질문하게 한다. 아울러 지금껏 인류가 축적해 온 삶과 죽음, 영원과 구원 등 인간의 실존 의식과 문화사의 지반을 일시에 무화시킬 만한 판도라의 상자이기도 하다. 그런데 이와 같은 복제인간의 존재론적·윤리적 과제를 둘러싼 관심과 고민이 이 작품에서는 그다지 발견되지 않는다. 자신이 형의 복제인간이란 사실을 우연히 알게 된 후 봉구는 자기 존재에 극심한 불안과 공포를 느끼는데 이는 존재론적 고민과는 거리가 멀다. 봉구의 불안과 공포, 그에 따른 행동은 복제인간이라는 특수한 상황에서 비롯된 문제가 아니라 어린이 일반의 유기 불안에 가깝다. 이는 전직 기자였던 동네 중국집 '진짜루' 사장이 특종기사 욕심에 봉구를 위협하다 사죄하며 입양아로 자란 자신의 과거를 말하는 장면에서 확연해진다.

"회장님은 날 데려다 키우셨어. 자식이 없으셔서 고아원에서 입양한 아들이다 난. 어릴 때 그 사실을 알게 된 이 아저씨는 버려질까 봐 늘 두려웠어." (…)
"봉구야. 그런데 너를 만나고 같이 지내면서 많은 생각을 했다. 진짜가 뭐고 가짜가 뭐냐. 내가 아버지 진짜 아들이 아니라고 해서, 또 네가 만들어진

아이라고 해서 그게 뭐 어쨌다는 거냐 말이다. 내 아버지는 나를 이만큼 키
우시고 자신의 전부인 이 식당을 나에게 주려 하시고, 너는 엄마에게 넘치는
사랑을 받고 자란 아이라는 걸 딱 보기만 해도 알겠는걸. 진짜란 그런 거 아
닌가 싶다."(154~55면)

입양아였던 사장이 양아버지에게 평생 인정받길 원했다 술회하고,
입양아라는 위치를 봉구의 존재와 연결시키면서 복제인간이라는, 생명
과학 기술의 가장 중대하고 첨예한 윤리 문제는 가족, 사랑, 관계 등의
범범한 문제로 희석된다. 이때 "나 윤봉구는 너희보다 더 진짜라고, 아
무도 날 건드릴 수 없다."라고 외치는 봉구의 마지막 목소리는 그저 여
느 동화가 이야기해 온 자기 긍정의 메시지와 별다를 바 없다.

어린이 독자의 유기 불안에 기대어 복제인간의 비윤리성을 감정적
으로 설득하려는 의도였는지 모르겠으나 봉구의 존재 불안은 공감하기
어려울 뿐 아니라 불필요하게 가학적인 상황으로 봉구를 몰아넣는다.
후속작 『복제인간 윤봉구 2: 버킷리스트』(임은하, 비룡소 2018)에서 복제동
물의 수명이 짧다는 사실을 알게 된 봉구가 또다시 죽음의 공포를 맞닥
뜨리는 설정 역시 이러한 의문을 가중시킨다. 여기서도 죽음의 공포는
"지구에 태어난 모든 인간들은 어차피 죽는 거"라는 진짜루 사장의 조
언으로 다독여지고 "형, 나의 원본. 고마워, 형" 하며 태어난 것 자체에
감사하는 결말로 마무리된다. 복제인간이라는 이슈가 존재론적 성찰로
나아가지 못하고, 죽음에 대한 불안을 과장하다 서둘러 자기 생을 긍정
하는 것으로 끝나고 말았다.

단편 동화집 『마음도 복제가 되나요?』(이병승, 창비 2018)에서도 복제인
간은 충격적인 소재나 서사 전복의 기술로 소용된다. 동명의 단편에서

어린이 주인공은 자기 자신이 복제인간임을 결말에서 알게 되는데, 이러한 반전은 자극적인 서사 기법으로 보인다. 자신이 근무력증 아이를 위해 만들어진 클론임을 알게 되고 나서 부모로 알고 살던 이들 앞에서 도망치는 마지막 장면은 『복제인간 윤봉구』와 마찬가지로 유기와 죽음에의 공포만을 드러낼 뿐이다. "복제인간을 만들어 조금 모자라는 아이를 우수한 아이로 개조하는 일은 이제 불법이 아니다."라는 작중 서술 또한 이 작품이 복제인간의 윤리 문제에 무방비하다는 점을 방증한다.

'유전자조작 아이'를 소재로 한 『열세 번째 아이』에서 감정을 삭제하고 이성만을 강화해 자녀를 창조한 부모의 욕망을 비판하고 어린이의 주체성을 강조한 바 있다. 현재 어린이 SF의 복제인간에 대한 문제의식은 여기서 한발도 나아가지 못한 채, 복제인간을 지나치게 자극적으로만 재현하고 있다.

2. 인공지능 로봇: '어른 만들기' 프로젝트에 깃든 오늘의 '어른 인식'

요즘 어린이청소년 SF에서 대체로 복제인간은 부모의 욕망으로 탄생한 어린이 주인공으로 등장하는 데 비해 인공지능 로봇은 어린이가 만들어 가는 어른 캐릭터로 나타난다. 『엄마 사용법』(김성진, 창비 2012), 『아빠를 주문했다』(서진, 창비 2018), 『담임 선생님은 AI』(이경화, 창비 2018)에서 어린이는 인공지능 로봇인 엄마, 아빠, 담임교사를 자신의 욕망에 따라 구입하고 만들고 성격을 구성해 나간다.

『엄마 사용법』은 어린이가 엄마라는 존재를 스스로 찾고 구하며 어린이 주체로서의 욕망을 드러내고 어린이와 어른의 평등한 관계를 새롭게 탐색한 작품으로 평가받았다. 그러나 어린이 주인공이 로봇 엄마에게 기대한 태도와 행동은 가부장제에서 이루어진 모성상이라는 한계를 동시에 지니기도 했다. 어린이가 자기 욕망에 따라 어른과의 관계를 만들어 간다는 점에서 어린이는 타자화·대상화에서 벗어난 듯 보이지만 이 굴레는 결국 '엄마－여성－모성'에게 반사됐다. 인공지능 로봇의 성별 때문인지 『아빠를 주문했다』에서 아빠 로봇은 대상화되지 않으며, 오히려 어린이 주인공이 엄마에게서 탈출하는 방편이 된다.

반면 인공지능 로봇 여교사가 등장하는 『담임 선생님은 AI』에서는 아이들이나 동료 교사가 로봇 교사에게 가하는 혐오 표현과 대상화가 매우 폭력적으로 드러난다. 작품 도입부에서 교장은 인공지능 로봇인 김영희 교사를 소개하며 "담임 선생님 사용 설명서" 7계명을 제시하는데 그 내용은 "욕이나 비속어를 쓰지 않습니다, 불을 가까이 대지 않습니다, 옷을 벗기지 않습니다, 폭력을 가하지 않습니다."(8면) 등이다. 하지만 이러한 금지의 언어는 오히려 로봇(타자)에 대한 혐오와 차별을 재생산하는 역효과를 지닌다. 작품에서 "아이들은 담임 선생님 사용 설명서를 들여다보았다. 다시 보니, 그건 정말 대단한 설명서였다. 설명서를 만든 사람은 대단한 천재가 분명했다. 아이들이 인공지능 선생님한테 해 보고 싶은 모든 것이 전부 쓰여 있었던 것이다."(12면)라고 밝히듯 부정문의 금지조항에서 부각되는 건 금지한다는 사실이 아닌 금지되는 내용 그 자체다. 혐오와 폭력의 욕망이 가시화된 규칙인 것이다.

더군다나 여성 외형의 로봇 교사에게 가해지는 혐오 발언과 폭력은 현실의 여성에게 가해지는 양상과 유사해 더 문제적이다. 금지조항을 지키지 않는 아이들 때문에 사용 설명서에는 "화장을 시키지 않습니다."와 "머리카락을 포함하여 신체를 조물락대는 행동을 하지 않습니다." 등의 두 조항이 추가된다. 인간 여성에게 가해지는 성폭력 양상이 로봇으로 대상만 바뀌었을 뿐, 아무 반성 없이 재현된 것이다. 로봇(타자)을 향한 혐오와 (성)폭력의 비윤리성도 문제지만, 인간과 똑같은 외양의 로봇에 대한 폭력은 결국 현실 세계로 쉽사리 이어질 것이 분명하다. 교사 로봇을 조롱, 비난, 혐오, 학대의 대상으로 삼고 '인간의 일자리를 뺏는 깡통'으로 취급하던 아이들은 작품 후반부에 가서는 작동 오류로 제 기능을 못하는 교사와 헤어지기 싫어하며 직접 복구에 나선다. 하지만 결말에 이르러 서사가 급변하기에 아이들의 태도 변화로 보여주고자 한 메시지가 의미 있게 전달되지는 않는다.

이 작품에서 어린이와 어른의 역전된 위계는 어린이의 주체성과 욕망을 강조하기보다는 거기에 내재된 폭력을 재생산한다. 여기에는 인공지능 로봇과 과학기술에 대한 몰이해·거부감과 아울러 여성 교사에 대한 혐오가 동시에 자리한다. 작품에는 서사와 직접 관련이 없는 전임 교사 한민아에 대한 아이들의 회상이 틈틈이 삽입되는데 이 교사는 비공개 블로그에 학생들과 학부모에 대한 비난 글을 쓴 것이 해킹으로 공개되면서 쫓겨난 인물이다. 즉 한민아와 김영희 모두 무능하고 자질 없는 교사지만 아이들이 인공지능 로봇 교사 김영희를 '고쳐 쓴다'는 게 작품의 주요 서사다. 교장은 이들 여성 교사에 대해 '어른도 실수를 하며, 실수를 통해 성장하니 어른에게도 성찰할 기회를 주라'고 말하지만 그들의 교사 직무 수행능력 결여나 실수는 지극히 비상식적이고 작위적이기에 어린이와 어른의 새로운 관계에 대해 탐색할 여지를 봉쇄하며 여성 교사에 대한 혐오만 드러낼 뿐이다.

어른에 대한 불신과 배척은 청소년 SF 『페인트』(이희영, 창비 2019)에서도 확인된다. 이 작품에서 국가가 관리하는 양육센터의 어린이·청소년은 열세 살이 되면 입양 부모를 선택한다. 부모가 입양 자녀를 선택하는 게 아니라 자녀가 부모를 선택하는 이 과정에서 어린이·청소년은 주체적인 결정권자가 되어 자신이 원하는 부모의 조건을 탐색하고 기준을 세운다. 그런데 주인공 제누 301은 여느 아이들처럼 완벽한 양육 조건을 제공하며 다정한 사랑을 베풀 부모를 원하지 않는다. 그 대신 능력과 책임감을 갖추지 못한 부모 후보자 하나와 해오름을 두고 "명령이 아닌 질문과 반성을 할 수 있는 부모"이자 "자신들의 부모에게서 받은 상처와 문제들을 반복하지 않으려고 노력"했기에 "부모 준비가 끝난 사람들"(189면)이라고 판단한다. 그가 원하는 "진짜 어른"은 "자신들이 보지 못하는 것을 우리가 볼 수 있다고 믿고, 자신들이 모르는 걸 우리가 알 수 있다고 믿으며, 자신들이 느끼지 못하는 것을 우리가 느낄 수 있다고 인정하는 사람"(112면)이다.

제누 301의 시선은 전근대적이고 가부장적인 부모 자녀 관계를 반성하게 하고 일말의 통쾌함을 선사하기까지 한다. 하지만 부모가 아닌, 한 개인으로서도 성숙해 보이지 않는 하나와 해오름에게 "어른이라고 다 어른스러울 필요 있나요."(109면)라고 말하는 그의 태도는 동등한 관계에서 가능한 관용과 포용이 아닌 냉소에 가깝다. 두 사람이 다른 후보보다 부모로서 가장 적합하다고 여기면서도 결국 그들을 선택하지 않고 혼자 독립하는 길을 택하는 주인공의 결정에는 이 시대 '어른'에 대한 어린 세대의 의식이 투영되어 있는 듯하다. 어른을 신뢰하고 존중하지도, 어른과 평등하고 친밀한 관계를 맺지도 못하고 분리된 채 세대 간의 벽을 다시 공고히 쌓으면서 홀로 성장의 길을 걸어갈 뿐이다.

3. 포스트휴먼 기술: 새로운 여성 서사와 여성 캐릭터 등장

어린이청소년 SF는 어린이청소년문학 고유의 질문과 탐색을 SF 장르에 접목해 풀어놓으려고 한다. 하지만 앞서 살펴보았듯, 그 과정에서 SF의 특장인 상상력, 경이감, 윤리적 고민이 퇴색되거나 굴절되어 SF 장르로서의 매력을 상실할 때도 있다. SF가 아닌 어린이문학의 관점에서 평가한다 하더라도 여느 동화라면 문제시됐을 어린이 혐오, 여성 혐오가 미래 사회에 대한 반어적인 상상의 표현이라는 명목으로 문학의 윤리 바깥에서 무소불위의 힘을 행사한다.

너무나 당연한 이야기지만 어린이청소년 SF의 문학적 완성도는 우선 SF라는 장르 문법에 충실해야만 성취 가능하다. 2010년대 이후 출간된 많은 작품을 상기해 봐도 SF 장르로서 완성도 높은 작품이 좋은 어린이청소년 SF이자 좋은 어린이문학 작품으로 평가받았다. 과학과 합리에 대한 긍정, 미래의 포스트 휴먼에 대한 관심을 보이는 다음 작품들 역시 이러한 공식을 여실히 증명한다.

2018년 창비 '좋은 어린이책' 원고 공모 수상작 『우주로 가는 계단』은 과학을 좋아하는 여성 어린이 주인공 지수가 평행우주에서 온 할머니 과학자와 만나며, 한날한시에 온 가족을 잃은 엄청난 슬픔과 고통을 이겨 내고 과학을 향한 꿈을 자기 삶의 빛으로 품게 되는 이야기다. 천문학과 천체물리학의 기본 이론을 간명하게 엮어 내며 서사에 깊이와 정서를 더하는 서술 방식은, 과학적 논리에 중심을 둔 하드SF 장르를 어린이청소년 SF 안에서 '하드하지 않게' 펼쳐 보일 수 있음을 보여 준다. 정말로 과학에 푹 빠진 지수와 정말로 과학자다워 보이는 할머니 또한 그간 어린이청소년 SF에서 만나 보지 못한 새로운 캐릭터다.

작품이 과학기술에 대해 비판적인 시선을 견지할 때, 지금까지 어린이청소년 SF에서 여성–엄마 과학자는 대개 부정적인 캐릭터로 그려졌다. 윤리 문제를 고민하지 않고 복제인간을 만들거나(『복제인간 윤봉구』) 유전자조작으로 감정 기능은 제거하고 이성 기능만을 강화한 자녀를 창조하는(『열세 번째 아이』) 등 오직 자기 욕망에 따라 어린이를 대상화하는 인물로 등장하곤 했다. 근미래 디스토피아를 그린 작품들이 그러했듯 어린이청소년 SF는 유독 과학과 근대 합리주의 정신에 부정적으로 경도된 시선을 지녀 왔다. 이러한 상황에서 『우주로 가는 계단』 속 어린이 주인공과 그 조력자가 여성이고, 이들 두 여성이 과학이라는 근대 합리주의 산물의 테두리에서 연대하는 설정은 유독 돋보일 수밖에 없다. 이 작품은 과학책을 끼고 살며 아래층 과학자 할머니를 멘토로 삼는 지수와 일상을 탐정의 눈으로 관찰하는 민아라는 캐릭터를 통해, 과학과 추리라는 지성과 합리의 세계에서 여성 어린이를 소외시키지 않고 그들의 성장을 북돋아 준다. 즉 과학과 합리에 대한 긍정이 여성 어린이의 꿈에 대한 응원과 결합하여 SF로도, 어린이문학으로도 새로움과 깊이를 더해 준다.

『내 여자 친구의 다리』(정재은, 창비 2018)와 『원통 안의 소녀』(김초엽, 창비 2019)는 미래 사회의 소수자에 대한 관심을 포스트휴먼 기술과 연결한다. SF 단편집 『내 여자 친구의 다리』에 실린 6편의 동화 중 3편에는 신체장애를 지닌 인물이 등장하는데 지금 현실에서 이들이 겪을 법한 불편과 신체적 한계가 미래 과학기술 사회에서는 새로운 방식으로 극복된다. 휠체어에 앉아 오직 왼손만 자유롭게 쓸 수 있는 다영은 아바타 학교에서 가장 뛰어난 농구 선수이고(「아바타 학교」) 사고로 다리를 절단한 발레리나 지망생 연이는 인조 다리로 적응과 연습을 거듭해 최고 실력을 갖추게 된다(「내 여자 친구의 다리」).

이는 과학기술을 통한 장애 극복 서사나, 과학을 잘 모르는 이들에게 멀게 느껴지는 동시대 과학기술의 문학적 재현에 그치지 않는다. 현실 세계의 개인 정체성을 가상 세계에서 감추고 바꾸는 게 자신을 소외시키는 일이 아닌 새로운 정체성을 찾는 행위일 수 있다고, 발레리나의 비틀린 발가락만이 인간적인 것은 아니며 웨어러블로봇(wearable robot)은 이물질에 불과한 게 아니라고 말하는 이 작품에서 미래 사회와 그 진보의 가능성을 어떻게 읽어 내야 하는가. 이러한 질문은 현재의 장애를 더이상 장애로 여기지 않는 미래 사회를 통해 장애와 비장애를 가르는 현재의 경계를 의문시하고, 나아가 모든 경계와 그 경계들로 위치 지어진 소수자성을 생각하게 한다. 그리고 이를 상상하게 하는 미래 사회의 핵심에는 포스트휴먼 기술을 비롯한 과학기술이 자리하고 있는 것이다.

『원통 안의 소녀』의 주인공 지유 역시 새로운 기술에 대한 이상면역 반응 탓에 원통 안에 갇혀서만 외출할 수 있는, 기술사회에서 소외된 존재다. 소수자인 지유에게 자신과 세계를 가르는 '벽'은 은유가 아닌 물리적 실재로 존재한다. 지유를 원통 안에 갇혀 살게 한 새 기술은 우연한 사고로 발견된 것이었다. "만약 그때 저 사람들이 실수를 안 했다면, 나는 지금 환자가 아니겠지."(22면)라는 지유의 독백은, 지유가 기술사회의 피해자라는 점과 피해자가 되는 일의 우연성을 암시한다.

그러나 지유는 수동적인 피해자에 머무르지 않고, 능동적인 '피해자-되기(devenir)'를 선택한다. 지유는 의료용 클론이지만 '생산 과정 오류'로 뇌가 발달한 복제인간 노아와 함께 세계에 작은 균열을 낸다. '불량 클론'은 "해외로 영영 추방되거나" 인큐베이터에 신체가 결박된 채 "뇌가 가상 세계에 접속된 형태로만 존재"해야 한다는 규정으로 노아는 지유와 마찬가지로 신체가 속박된 상태였다. 이를 알게 된 지유는 미래 기술사회에서 '지워진 존재'인 노아의 탈출을 돕는다. 이상면역 반응 때문에 인간 생체로 감지되지 않는 지유가 그 특성을 이용해 감시망을 뚫고 클론 노아를 탈출시키는 장면은 소수자 정체성 그 자체의 힘으로 거둔 승리를 감동적으로 보여 준다.

SF만의 놀라움과 깨달음을 선사하는 이 작품들을 보며 좋은 어린이청소년 SF를 가능하게 하는 원칙이 무엇인지 다시 한 번 정리해 본다. 우선 SF 장르로서 문학적 완성도에 충실할 것, 어린이청소년문학이 지금껏 쌓아 온 어린이와 청소년 주체 그리고 어린이와 청소년의 소수자성에 대한 철학과 시선을 숙지하고 이를 신중히 여길 것. 어린이청소년문학과 SF라는 두 장르가 결합될 때 너무나 당연하게 요구되지만 갖추기는 쉽지 않은 이 두 원칙이 온전한 높이에서 만난다면 그곳에서는 어린이청소년 SF의 놀라운 우주가 펼쳐질 것이다.

서사와 이야기, 문자와 이미지 사이에서

최근의 유년동화 분석

1. 유년동화 장르와 비평의 한계

최근 유년동화는 사계절 '웃는 코끼리' 시리즈와 창비 '첫 읽기책' 시리즈의 기획으로 새롭게 자리매김된 바가 크다. 청소년소설 장르의 등장과 성장이 그랬던 것처럼 유년동화의 경우도 출판이라는 토대가 뒷받침되어 창작이 지속되고 있다. 최근 조금 잠잠해지긴 했으나 시리즈 시작 당시 성황이었던 한글 조기교육 분위기와 그에 부합하는 출판 자본의 산물로 볼 수도 있겠다. 하지만 취학 전 어린이 독자가 혼자 읽기 시작하는, 그림책이 아닌 읽기 책에 대한 수요의 본질은 지금까지 저학년동화가 그런 수요를 흡족하게 채우지 못할 정도로 풍부하고 다양하지 못한 데서 발생한 '문학적 요청'이라 할 수 있다. 유년동화 시리즈의 탄생은 그 '문학적 요청'에 대한 출판의 응답이라고 본다.

창비 '첫 읽기책' 시리즈가 근대 유년동화 선집과 근대 유년동시 선집을 포함하고 있는 것을 보면, 이 시리즈를 기획한 출판사 측이 지금의 유년동화를 어떻게 정의하는지 알 수 있다.[1] 이는 이 시리즈가 "6~8세 첫 읽기책"이라는 독자 연령의 구분과 아울러 저학년동화의 한 갈래로서 유년동화를 바라보고 있다는 점을 드러낸다.[2] 근대 유년동화 선집의 수록작이 발표 당시의 예상 독자 연령과 오늘날 유년동화의 예상 독자 연령은 분명 다르기 때문이다. 신체 연령이 아닌 인지·문화 수준을 고려해 독자 연령을 구분한 것도 아닐 것이다. 이는 이 선집에 실린 작품들의 저학년동화로서의 특성을 오늘날 유년동화라는 장르가 계승하기를 바라는 것으로 읽힌다.

그러므로 지금의 유년동화는 미취학아동을 예상 독자 연령으로 삼으면서 텍스트 자체의 특성상 저학년동화의 일부에 포함된다고 정의할 수 있다. 두 시리즈의 기획의도에 명시된 독자 연령과 텍스트의 특징 또한 그러하다.

그렇다면 이 글은 유년동화라 '명시된' 동화와 유년동화에 가까운 일부 저학년동화를 분석 대상으로 삼아야 마땅하다. 그리고 유년동화로 명시된 두 시리즈가 취학아동인 8세까지를 대상 독자로 삼고 있으므로 독자 연령이 겹치는 작품들을 함께 검토해야 한다.

하지만 그럴 경우 대상 작품을 자의적으로 구분해야 하는 문제가 생긴다. 두 시리즈에 명시된 8세, 즉 초등학교 1학년을 일차독자로 보는 작품

---

1 '첫 읽기책' 시리즈에 포함된 근대 아동문학 작품집은 총 5권으로, 『시골 쥐의 서울 구경』 『벼알 삼 형제』 『콩 눈은 왜 생겼나』(이상 근대 유년동화 선집), 『밤 한 톨이 땍때굴』(근대 유년동시 선집), 『내가 제일이다』(현덕 동화집)가 있다. 이는 근대 단편동화와 동시 중에서 좀 더 어린 연령의 독자에게 적합한 작품을 엮어 놓은 것으로, 시리즈의 지향과 의도를 짐작하게 한다.
2 '웃는 코끼리' 시리즈는 권장 독자 연령을 7~8세로 명시하고 있다.

들을 분석 대상으로 삼는다면, 권장 연령을 초등 1~2학년이라고 명시한 '문지아이들' 1단계 시리즈 내에서는 1학년 대상 작품과 2학년 대상 작품을 어떻게 구분해야 할까? 권장 연령을 초등 1~3학년이라고 명시한 시리즈나 작품은 또 어떠한가. 독자 연령에 따른 장르 분류가 애초에 얼마나 개념적인 구분에 불과한 것인지는 여기서 굳이 길게 밝힐 필요가 없겠다.

장르를 자의적으로 분류할 경우 더 근본적인 문제는 분류 기준으로 삼은 '유년동화'의 개념이 작품 분석 과정에서 평가 기준으로 다시 적용되는 순환 오류에 빠질 위험이 있다는 점이다. 또 저학년동화 비평이 아닌 유년동화 비평으로 설정한 이 글의 원래 목적과 의도에서 멀어질 우려도 있다. 이 우려는 앞서 유년동화 장르를 정의해 본 바와 같이 유년동화가 예상 독자 연령에 있어서는 미취학 어린이를 포함하고 있기 때문에 저학년동화와 구분되지만, 텍스트 자체의 특성에 있어서는 저학년동화에 포함된다는 장르 자체의 딜레마에서 발생한 것이다.

따라서 이 글은 부득이 분석 대상을 창비와 사계절 두 출판사에서 출간된 유년동화 시리즈로 한정하고 출발할 수밖에 없다. 현재(2018년)까지 두 시리즈로 발간된 책은 총 33권으로, 나름의 어떤 결론을 도출하기에는 작품 수가 충분해 보인다. 두 시리즈가 유년동화의 가장 핵심적인 경계를 뚜렷이 드러내고 있다면, 그 안에서부터 논의를 시작해도 괜찮을 듯싶다.

2. 전복된 교훈, 머무른 편견

두 시리즈로 나온 책 중 상당수는 동물이 등장하는 의인동화로, 먼저 동물 캐릭터 설정과 관련해 생각할 만한 점들이 보인다. 동물 의인동화를 창작하는 과정에서는 어떤 동물을 등장시킬 것인지, 동물 캐릭터의 특징이 실제 동물의 습성과 어떤 지점에서 유사성 또는 차별성을 띠게 할지 신중하게 고려될 것이다. 유사성에 초점을 둘 경우 유아 독자의 이해를 높일 수 있겠지만 '낯설게 하기'나 '기존 인식과 감성의 전복' 등 문학이 지녀야 할 기본 특성을 구현했는지에 대해서는 의문이 들 수 있다. 반면 차별성에 초점을 둘 경우는 왜 굳이 그 동물이어야 하는지, 왜 의인동화 형식이어야 하는지에 대한 서사의 필연성이 제시되어야 한다.

『목기린 씨, 타세요!』(이은정, 창비 2014)는 이 문제를 살펴보기에 적절한 작품이다. 목기린 씨는 소박하고 사랑스러운 이름에서 쉽게 연상되듯 목이 긴 기린이다. 유년동화 캐릭터 이름은 종종 지나치게 띌 정도로 지어져 오히려 캐릭터가 선명하게 느껴지지 않는 경우도 흔한데, 목기린이란 이름은 실제 동물을 단번에 연상시키면서 친근감을 준다. 목기린 씨가 목이 길어 마을버스에 타지 못하는 문제가 발생하면서 이야기가 시작되므로 목기린이란 이름은 서사를 관통하는 내내 이 문제적인 상황을 상징하기도 한다.

무엇보다 목기린 캐릭터가 돋보이는 점은 그가 작고 연약한 동물이 아닌 몸집이 큰 기린이라는 사실이다. 소수자와 함께 살아가는 방법을 모색하는 이 작품은 소수자를 상징하는 캐릭터로 반드시 누군가의 도움이 필요한 약자 대신 엇비슷한 대열에서 불쑥 튀어나온 존재를 내세웠다. 소수자성은 소수자의 존재적 특징이나 약점 그 자체에서 발생하기보다는 당대 사회가 이들을 사회의 주류로부터 배제함으로써 규정된다는 점을 생각하게 만드는 대목이다. 그 덕분에 목기린 캐릭터는 실제 동물과의 유사성을 적절히 이용하는 동시에 주제를 뒷받침하는 차별성도 획득했다. 이 작품이 명확한 교훈을 주제로 삼고 있음에도 불구하고 동물우화가 자칫 범하기 쉬운 평면적이고 도식적인 서사를 넘어 유연하고 풍부한 서사로 거듭난 이유는 기린이라는 동물을 캐릭터로 선택한 데 있다. 물론 여기서 목기린이란 캐릭터는 대단한 상상력이나 창작 기술에서 나왔다기보다는 소수자 문제라는 주제의식에서 탄생했다는 점을 눈여겨보게 된다.

동물 캐릭터를 설정하는 작업은 단지 창작 기술상의 문제라기보다는 미취학어린이 독자를 어떻게 이해하고 작품을 창작할 것인가 하는 문제와 관련되어 있다. 유년동화는 독자에게 쉽게 수용되리라 예상되는 '뻔함'과 문학으로서의 '뻔하지 않음' 사이의 팽팽한 긴장과 고민 속에서 창작될 터다. 하지만 유년동화는 유아 독자의 인지 수준과 눈높이를 맞춘다는 이유로 '뻔함'의 유혹에 빠질 위험이 크다. 가령 토끼는 총명하고 다람쥐는 귀엽다고 설정하는 것은 쉬운 방법일뿐더러, 그래야만 유아 독자가 이해할 수 있다고 여겨지기 십상이다. 씩씩한 남자와 지혜로운 여자 주인공은 대상 연령의 독자들이 쉽게 받아들일 것으로 여기는 반면, 섬세한 남자와 덤벙거리는 여자 주인공은 독자들이 그러지 못할까 봐 불안해진다. 하지만 이렇듯 '뻔함'의 형식으로 구현되는 유년동화라면 문학과는 먼 텍스트에 불과하다.

작품이 표방하는 교훈적 가치가 제아무리 시대에 걸맞게 변화했다 해도 그렇다. 두 시리즈에 속한 33권의 책을 읽으며 가장 눈에 띈 점은 대부분의 작품이 순응주의·교훈주의에서 벗어났다는 것이다. 이들은 과거의 아동문학이 표방했고 현재에도 어린이를 억압하는 교훈적 가치를 전복하고 있다. 그러나 이러한 주제를 말하기 위해 전형적인 동물 캐릭터에 기대어 서사를 전개하는 방식은 아쉽다.

강정연의 '꼬마 다람쥐 두리' 시리즈(사계절 2011)는 다람쥐 가족과 친구들을 의인화한 전형적인 유년동화로, 오늘날 유년 독자에게 흔히 내면화시킬 만한 교훈적 가치들을 비튼다. 꼬마 다람쥐 두리의 엄마인 '깜박이 아줌마'는 아이가 편안하게 의지할 만큼 꼼꼼하거나 면밀한 성격이 못 된다. 중요한 약속이나 물건을 놓아 둔 자리를 늘 잊어버리고, 일하는 모양새도 엉성하고, 대답도 대충대충 한다. 하지만 냄새만으로도 위험에 빠진 두리를 찾아내는 능력 때문에 일상을 주도면밀하게 관리하지 못하는 '깜박이 아줌마'의 캐릭터는 긍정적으로 자리매김된다. 심부름을 싫어하는 다람쥐 보보의 마음이 뜻밖의 방법으로 다독여지고, '정상 가족' 이데올로기에 갇혀 새아빠를 바라던 미미의 소망이 엄마와 단둘이 사는 현재에 만족하는 방향으로 변화하는 서사 또한 과거의 아동문학이 추구하던 교훈과는 다르다. 비록 교훈적인 주제를 완전히 벗어나지는 못했지만 순응적인 유아로 훈육하고 통제하던 과거의 방식에서 분명 한발 나아갔다.

그럼에도 불구하고 남성 캐릭터 두리와 보보는 똑똑하며 용기 있는 인물로 그려진 반면, 여성 캐릭터 미미와 미미 엄마는 온 집 안을 리본으로 장식하는 인물로 설정하는 등 성별 고정관념이 드러난 점은 아쉽다. 매체를 불문하고 유년기 어린이를 대상으로 하는 작품들에서 여전히 남성 캐릭터는 장난꾸러기에 천방지축이지만 진취적인 주인공으로 그려진다. 여성 캐릭터는 상냥하고 섬세하고 관계 지향적인 보조인물로 등장하는 경우가 많다. 이러한 설정은 성차별적인 편견을 강화할 우려가 있는 자리에 머무르게 한다는 점에서 문제적이다.

기존의 교훈적 가치를 전복하는 주제를 표방하고 있음에도 불구하고 '뻔한' 캐릭터, 나아가 '뻔한' 형식에 기대고 있는 양상은 의인동화

뿐 아니라 어린이의 현실을 좀 더 직접적으로 탐색하고 있는 유년동화에서도 비슷하게 나타난다. 오주영의 『거인이 제일 좋아하는 맛』(사계절 2015)과 『수학왕 바코』(사계절 2017), 류호선의 『언제나 칭찬』(사계절 2017)은 과거 아동문학이 되풀이해 온 교훈적 가치에서 벗어난 작품이다. 착한 교사와 착해져야 할 어린이 대신 나쁜 교사와 나쁜 교사를 변화시키는 어린이가 등장한다. 수학 공부나 칭찬 숙제를 비틀어 학업과 칭찬에 대해 반성적인 질문을 제시하고 기존의 순응적 가치를 뒤엎으려 한다.

여기서 살펴보고 싶은 점은 기존의 교훈과 가치를 전복하기 위해 작가가 도입한, 현실을 반영하는 서술 방식이다. 특히 오주영의 두 작품은 전복하려는 현실을 최대한 과장하고 일그러뜨린 뒤 판타지 공간으로 이동하여 문제적 현실을 해결하는 구조인데, 판타지 이전의 문제적 현실에 대한 묘사를 좀 더 비판적으로 따져 볼 필요가 있다. 나쁜 교사가 지닌 마음과 태도(『거인이 제일 좋아하는 맛』)는 심각한 어린이 혐오이며 수학 못하는 친구를 놀리는 어린이의 집요한 괴롭힘과 비아냥(『수학왕 바코』)은 폭력적이다. 결말에서 전복되는 현실과 작품에서 지향하는 교훈적 가치가 아무리 의의가 있다 해도 혐오와 폭력의 노출을 극대화하여 효과를 높이려는 방식은 재고되어야 한다.

인물상이나 인물 구도에 내재된 성차별적인 시선 또한 반성적으로 고찰할 필요가 있다. 관계 회피 성향인 데다가 어린이를 혐오하는 여자 교사와 수더분한 성격에 어린이를 사랑하는 남자 교사의 대립 구도(『거인이 제일 좋아하는 맛』), 어린이를 이해하고 수용하는 할머니와 어린이를 윽박지르는 엄마, 이를 말리는 아빠의 삼각 구도(『언제나 칭찬』) 등이 대표적이다.

유년동화는 문자 중심의 독서를 시작하는 어린이의 인지 수준을 이해하고 고려하는 동시에 문학 본연의 가치를 지향하며 어린이 독자에게 마냥 매이거나 머무르지 않아야 한다. 아기자기한 숲속 마을에서 일어나는 고만고만한 사건과 갈등을 보여 주고 흐뭇한 화해로 마무리하는 많은 의인동화는 유년동화의 독자가 어린이라는 핑계에 묶여 버린 결과다. 이는 결국 아동문학과 아동문학 독자에 대한 얄팍한 시선과 관점에 닿아 있다. 고학년동화에서는 이미 반성되고 변화한 창작자의 시선이, 그보다 어린 연령의 독자들을 대상으로 하는 유년동화에서는 여전히 남아 있는 것이다. 어린이 독자에 대한 고려가 늘 최종 과제인 아동문학에서 어른과 가장 먼 어린이, 어린이 중에서도 가장 어린 독자를 향해야 할 유년동화가 그 과제를 끝까지 무겁게 짊어지고 있다.

3. 서사를 지나, 문자를 넘어

유년동화 시리즈를 읽으며 의아했던 점은 높은 연령의 어린이 독자를 대상으로 하는 작품에 비해 오히려 가독성이 떨어지는 작품이 종종 보인다는 사실이다. 일일이 사례를 들어 언급하기 어렵지만 한 문장 안에서 혹은 문장과 문장의 연결에 공백이 많아 이해가 어렵다든가, 서사 진행이 느리고 단순해서 지루하다든가, 짧은 분량에 담기에는 서사가 복잡하고 구조가 체계적이지 못하다든가 하는 이유로 읽기 힘든 작품이 꽤 있었다.

"할미가 마지막으로 칭찬하고 방에 들어가마. 나이가 들면 일찍 졸리거든. 우리 손주가 할머니를 위하는 마음을 참말로 참말로 칭찬하마. 할머니는 우리 손주 덕분에 이렇게 매일매일 웃는다, 웃어! 웃으면 복이 온다고 했으니 할미는 손주 덕분에 오래 살면 그게 다 우리 토리 덕분이지!"(『언제나 칭찬』 58~59면)

이와 같은 서술이 결말 부분에 등장하는 점을 감안해도 별다른 정보도 없는 구태의연한 표현들이 연이어 눈에 띈다. 요즘 할머니들답지 않게 오래된 사투리를 써 실감이 떨어질뿐더러 일상적인 말투와도 거리가 멀다. 대사이지만 할머니라는 이미지 속의 구어체일 뿐이다. "나이가 들면 일찍 졸리거든."과 같은 설명은 어린이 독자의 인지 수준을 지나치게 배려한 잉여다. 상당수 유년동화에서 이러한 잉여와 공백이 뒤섞여 나타난다.

'첫 읽기책' 시리즈가 "명쾌한 구성으로 쉽게 이해할 수 있는 책, 우리말의 아름다움을 느낄 수 있는 문장", '웃는 코끼리' 시리즈가 "정확하고 풍부한 우리말 감각"이라는 기획의도를 강조했듯 유년동화의 언어는 특히 세심하게 고려되어야 한다. 문해력이 부족한 독자가 읽기에 과연 어떤 문장이 적합할지에 대하여 많은 고민이 필요하다. 별다른 의식 없이 의성어·의태어를 남발하는 경향은 문장 흐름을 끊고 가독성을 떨어뜨리기 십상이다. 고학년동화에서는 거의 사용하지 않는, 가독성과 흡인력이 떨어지는 '-습니다'체를 왜 유년동화에서는 그토록 자주 사용하는지도 다시 생각해 볼 일이다.

유년동화의 언어와 구조에 전통적으로 자주 쓰이는 것은 옛이야기와 같이 반복되는 형식이다. 유은실의 『나도 편식할 거야』(사계절 2011)는 이러한 형식을 안정적으로 보여 준다.

된장찌개는 맛있다. 밥에다 비벼 먹으면 최고다.

"우리 정이 복스럽게도 먹는다."

나는 날마다 칭찬받는다.

"예쁜 우리 딸, 아무거나 잘 먹는 우리 딸."

나는 날마다 사랑받는다.

아무거나 잘 먹어서 사랑받는다. (7면)

이 작품의 첫머리는 주인공 정이가 식욕이 왕성할 뿐 아니라 몸도 마음도 건강하고 긍정적인 어린이라는 사실을 잘 보여 준다. 치킨이나 짜장면처럼 많은 어린이들이 좋아하는 메뉴가 아니라 된장찌개처럼 평범한 반찬도 너무 맛있어하며 밥에다 쓱쓱 비벼 먹을 줄도 알고, 그게 최고라며 단순하고 명확하게 말하는 정이의 성격이 단번에 다가온다. 정이는 "복스럽게" 먹는다며 칭찬받고 "예쁜 우리 딸"이라고 사랑받는 자신의 모습을 매우 만족스러워한다. 하지만 "아무거나 잘 먹어서 사랑받는다."라고 재확인한 마지막 문장이 묘한 의문과 긴장을 남기는데, 바로 이 '밥과 사랑'의 관계가 향후 이어질 서사의 중심이 된다. 행과 연을 나누면 한 편의 동시라고 할 수 있을 정도로 정밀하게 조직되고 반복되는 문장들은 도입부에서 인물의 성격과 서사의 실마리를 충분히 드러낸다.

정이의 '밥 예찬'은 서사 내내 반복된다. "학교는 좋다. 밥이 맛있다. 유치원 때보다 식판이 크다. 더 많이 먹을 수 있다. 받아쓰기만 빼고 다 좋다."(20면), "감자탕은 맛있다. 뼈다귀에 붙은 살이 아주 맛있다. 우거지를 밥에 얹어 먹으면 최고다."(21면), "오늘은 보리밥이랑 뭇국이 나왔다. 보리밥은 맛있다. 뭇국에 말아 먹으면 최고다."(29면) 등과 같이 유머러스하게 반복되는 정이의 '밥 예찬' 문장과 구조는 정이 캐릭터를 줄

곧 각인시키며, 새로운 사건을 자연스럽게 예고한다.

위기철의 『초록고양이』(사계절 2016) 역시 꽃담이가 사라진 엄마를 찾아내고, 엄마가 사라진 꽃담이를 찾아내는 구조를 두 번 반복하며 옛이야기와 유사한 분위기와 효과를 이끌어 낸다. 어린이 독자들은 '초록고양이와의 내기'라는 반복되고 변주되는 서사 구조 속에서 이전 서사를 되새기고 이후 서사를 예측한다. 그리고 그 가운데 유사성과 의외성을 발견하며 자연스럽게 작품의 서사 구조를 알아 나간다. 나아가 꽃담이와 엄마가 그들의 사랑을 질투하고 방해한 초록고양이를 응징하지 않고 받아들이는 결말을 마주하고는 지금까지 따라온 서사가 종래에는 전혀 다른 지평으로 확장되고 전복되는 광경을 확인한다.

한편, 수지 모건스턴(Susie Morgenstern)의 『나랑 화장실 갈 사람?』과 『케첩 좋아, 토마토 싫어』『신기한 인터넷』(이상 사계절 2012)에는 기승전결의 서사 구조를 지니지 않은 에피소드도 보인다. 이 작품들은 정형화된 서사 구조가 없음에도 유년기의 일상, 경험, 감정, 인식을 섬세하게 포착했기에 얼마든지 유년동화로서 의의를 지닌다. 그 덕분에 「신기한 인터넷」(『신기한 인터넷』)에서 인터넷 검색을 통해 새로운 정보를 알아 가다 마지막으로 자기 이름을 검색할 때 깨달음을 얻거나, 「그거!」(『케첩 좋아, 토마토 싫어』)에서 대명사 한 단어로 의사소통 실험을 하는 등 유년 독자와 호흡할 수 있는 상상 혹은 인식 실험에 발상을 둔 이야기가 가능한 것이다.

이 작품들이 기승전결을 뚜렷이 갖춘 서사에서 과감히 탈피했듯 '서사'보다는 '이야기' 자체에 집중한다면 오히려 유년동화만의 새로운 서사 형식을 발견할 수도 있을 듯하다. 때때로 유년동화에 고학년동화나 소설의 서사 구조를 욱여넣느라 구조가 필요 이상으로 복잡하게 뒤틀리거나, 반대로 명확한 서사 구조가 없어 이야기의 앞길이 전혀 가늠되지 않은 채로 지루하게 흘러가기도 한다. 『거인이 제일 좋아하는 맛』과 『수학왕 바코』에서 판타지 세계로 들어가기 전 현실 세계의 과장과 억지, 『언제나 칭찬』과 『새콤달콤 비밀 약속』(김미애, 사계절 2014)과 『큰일 한 생쥐』(정범종, 창비 2016)에서의 명쾌하지 않은 구성 등 서사 구조의 잉여와 공백은 형식적이고 기술적인 '서사' 자체의 완성도를 높이는 숙련에 앞서 유년동화의 '이야기' 자체에 대한 고민을 한층 더 깊이 하는 것으로 해결될 수 있을 것이다. 작품이 포착한 현실 세계가 왜 그리 극악한 아수라인지, 판타지 세계에서 전혀 부족할 것 없어 보이는 동물 캐릭터가 어떠한 지향과 목적을 지니고 움직이는지 파악하기 힘든 유년동화가 종종 보인다. 간절한 '이야기'에 적합한 '서사'를 찾아낼 일이지, 서사의 공식대로 이야기를 만들어서는 안 될 것이다.

'서사'와 '이야기' 사이에서의 탐색과 아울러 앞으로 유년동화에서는 '문자'와 '이미지' 사이에서의 탐색 또한 더 실험적으로 이루어져서 미처 상상하지 못한 새로운 문학, 새로운 텍스트를 만나게 되길 바란다. 유년동화는 이미지(그림책) 중심에서 문자(읽기책) 중심으로 넘어가는 과도기에 놓인 아동문학 장르다. 그런데 과도기라고 해서 이전 단계가 무의미해지거나 되돌아갈 필요가 없어지는 건 아니다. 구텐베르크 활자 시대가 저물고 뉴미디어 시대를 살아가는 어린이에게 이제 이미지는 단지 문자 이전 단계로 끝나지 않는다.

'추리 천재 엉덩이 탐정' 시리즈(트롤, 아이세움 2016~)의 인기를 두고 상업 출판물로 도외시하거나 비판하기만 할 것이 아니라 문자와 이미지가 새롭게 결합하는 텍스트를 문학의 장에서도 모색하는 계기로 삼을 수도 있을 것이다. 동시와 카툰이 결합한 최승호의 카툰 동시집 『치타는 짜장면을 배달한다』(문학동네 2016)와 『얼룩말의 생존 법칙』(문학동네 2018), 고학년동화의 일러스트 일부를 만화로 각색한 김혜정의 『헌터걸』(사계절 2018) 등과 같이 유년동화에서도 문자와 이미지가 획기적으로 결합하는 방식을 보고 싶다. 유년동화는 그림책 바로 다음 단계의 읽기책이라는 장르적 특성 덕분에 이미 높은 가능성을 지니고 있다. '피터 래빗'이나 '곰돌이 푸' 시리즈가 유년문학의 고전으로 자리매김할 수 있었던 이유 중 하나는 아름다운 텍스트와 뛰어난 일러스트가 어우러졌기 때문일 것이다.

유년동화에서 이미지의 자리는 현란하게 공간만 차지하는 방식이 아니라 더욱 새로운 방식으로 확보되어야 한다. 『목기린 씨, 타세요!』의 결말에서 목기린 씨가 마을버스를 타게 되는 장면을 글이 아닌 일러스트로 드러내거나, 『구름송이 토끼야, 놀자!』(백은석·유혜린, 창비 2018)에서 토끼 남매가 무지개를 타고 내려오는 장면의 문장을 무지개 모양으로 배열하거나, 『진짜 괴물』(김미애, 문학과지성사 2018)에서 여러 통의 편지를 이미지로 보여 주는 방식 등 새롭게 이미지를 배치하려는 시도가 더욱 실험적인 텍스트와 더불어 기다려진다. 물론 최근 유년동화들이 부쩍 이미지의 비중을 늘리면서 그림책의 외양을 지향하는 것에 대해서 의문을 제기할 수도 있다. 책의 크기, 종이 종류, 제책과 인쇄 방식이라는 물성 역시 텍스트가 지닌 특성의 일부이기에 앞으로는 이러한 물성을 바탕으로 유년동화만의 독립적 물성을 만들어 갈 필요가 있다. 그림책과 다르고 저학년동화와도 다른 유년동화가 작가와 화가, 편집자와 디자이너의 긴밀한 협업으로 새롭게 태어나길 기대한다.

어린이 영웅을 찾아서

영웅이란 뭘까. 할리우드 영화에서처럼 악당과 화려하게 싸우고 이겨 정의를 실현하는 각종 '○○맨'들일까. 아니면 서사시나 신화에서처럼 공동체의 운명과 과업을 홀로 짊어지고 싸우는 고독한 인물일까. 무엇이든 간에 영웅은 평범하지 않은 초인적인 존재이며, 어린이가 그러한 영웅의 놀라운 힘과 활약을 흠모하고 스스로 영웅이 되고 싶어 하는 것도 분명하다. 어린이문학에서 영웅은 어떻게 그려지고 있는가.

1. 소중한 사람은 내가 지킨다

정란희의 『아빠는 슈퍼맨 나는 슈퍼보이』(시공주니어 2012)와 그 후속작 『슈퍼보이가 되는 법』(시공주니어 2015)은 특별할 것 없는 우리 삶에서 '슈퍼맨'이란 과연 누구인지를 묻는다. 『아빠는 슈퍼맨 나는 슈퍼보이』

에서 자동차 영업을 하는 명수 아빠는 슈퍼맨 복장을 한 채 전단지를 뿌리고, 늘 가족보다 고객의 일을 우선으로 처리하느라 바쁘다. 명수와의 캐치볼 약속을 지키지 못하는 건 예사고 명수 엄마가 동생을 출산할 때 아내의 병실 대신 고객 아내의 병실로 뛰어가기까지 한다. 명수는 그런 아빠를 못마땅해하지만 마지막에 가서는 결국 이해하고 받아들인다. 아빠가 가족을 위해 애쓰는 슈퍼맨이라 생각하기 때문이다.

가족의 생계를 위해 고군분투하는 아빠의 힘겨운 노력은 분명 가족에게 인정받아야 할 일이다. 하지만 이러한 모습을 어린이문학으로 그려 낼 경우, 아이러니하게도 가정경제를 유지하려면 정작 가정생활을 포기해야 하는 우리 사회에 대한 성찰 역시 필요할 듯싶다. IMF 이후 집집마다 울려 퍼지던 "아빠, 힘내세요."라는 아이들의 노랫소리에 묻혀 경제위기가 도래하고 가정이 고통받아야 했던 이유가 잊혀지거나 은폐되는 것을 우려했던 것에 비추어 본다면, 사회구조적 모순을 감내하고 오직 가족의 일용할 양식을 얻기 위해 소시민으로 살아가는 삶의 태도를 동화가 나서서 영웅이라 치켜세우는 모습은 석연찮다. 게다가 이 작품에서는 가족의 일상에 참여하지 못하는 명수 아빠의 삶이 끝내 변화하지 않으며, 결국 명수도 동생을 지키는 '슈퍼보이'가 되겠다며 아빠의 삶을 내면화하기 때문이다.

반면 『슈퍼보이가 되는 법』에서는 명수가 '슈퍼보이'가 되는 과정을 재개발로 이사 가는 다래와의 우정을 통해 보여 줌으로써 평범한 '영웅'의 이야기가 좀 더 진중하게 다가온다. 슈퍼보이가 되고 싶은 명수는 슈퍼 영웅들의 비밀을 정리해 나간다. 예를 들어 자신만의 특별한 이름, 특별한 옷, 특별한 능력을 가지고 있다든지 하는 것 말이다. 명수가 찾아낸 슈퍼 영웅의 가장 큰 특징은 '약하고 도움이 필요한 사람들을 위해 싸운다'는 점이다. 아울러 "악당과 영웅을 구분 짓는 건 얼마나 힘이 센가가 아니라, 다른 사람을 얼마나 많이 사랑하느냐" 하는 점이라는 것도 알게 된다. 현실에서는 비록 명수의 힘으로 재개발을 막지 못하지만 도움이 필요한 다래와 함께하는 친구가 되는 것으로 명수는 '슈퍼보이'가 된다.

2. 자아의 성장과 영웅 되기

정란희의 두 작품이 가족과 친구를 위하는 삶의 주인공을 '영웅'으로 그려 내는 데 반해 최영희의 『슈퍼 깜장봉지』(푸른숲주니어 2014)는 '과다호흡증후군'이라는 신체적·심리적 어려움을 겪는 아로의 성장기를 '영웅 되기'로 서사화한다.

아빠가 돌아가신 후 '과다호흡증후군'이 생긴 아로는 호흡이 곤란한 때를 대비해 늘 검정 비닐봉지를 지니고 다녀 '깜장봉지'라는 별명을 얻는다. 그러던 어느 날 아로는 학교 창고에서 자신이 악당을 물리치고 평화를 지킬 '슈퍼 영웅'이 되리라는 예언의 소리를 듣고 자신을 '슈퍼 깜장봉지'라고 여긴다. 그러나 사실 그 목소리는 예언의 소리가 아니라 친구 다은이 뮤지컬 대사를 연습하던 소리였다. 하지만 아로는 자신을 영웅이라 여기는 가운데 친구들과 새로운 관계를 맺으며 마음의 병을 고친다. 목소리의 진실을 알고 나서 자신을 '슈퍼 깜장봉지'가 아닌 그냥 '깜장봉지'로 받아들이지만 실은 그 과정에서 자신의 어려움을 극복한 영웅이 된 것이다.

3. 부조리한 현실에 저항하는 영웅

최나미의 『학교 영웅 전설』(웅진주니어 2011)은 가족, 친구를 위해 나서거나 개인의 성장을 이루는 사람을 영웅으로 보는 순응적인 관점에서 나아가 부당한 일에 저항할 줄 아는 사람을 영웅으로 새롭게 정의한다.

의찬을 비롯한 강구, 우빈, 동윤 등 네 명의 6학년 아이들은 동네에 전해 오는 소문에 따라 전설 속 영웅이 자신들 앞에 나타날 것을 기대하던 중 정의롭고 남자다운 옆 반 담임 마범식 선생님을 영웅처럼 추종한다. 하지만 마범식 선생님이 학생의 인권과 자유를 침해하는 학교의 방침에 동의하고 이를 강요하는 것을 보며 그가 영웅이 아니라는 사실을 깨닫게 된다. 아이들은 자신들이 옹립한 영웅이 무너지는 과정을 통해 자신들 스스로 현실을 개척하고 타파하는 영웅이 되어야 한다는 사실을 깨닫는다.

난세에 세상을 구할 영웅은, 전설 속에서 태어나는 게 아니라 현실에서 만들어지는 거라고, 내가 한때 영웅이라고 믿었던 선생님은 말했다. 알에서 깨어나는 것만큼 고통을 겪고 일어서야 진정한 영웅이 되는 거라고.

그리고 보면 선생님이 한 말이 다 틀린 건 아닌가 보다. 우리가 지금껏 진심으로 믿었던 것을 부정하는 건, 꽤나 고통스러운 일이었다. 그러나 그 덕분에 우리는 똑똑히 알게 되었다. 새로운 전설은 지금 이 자리에서 시작되는 거라고. (213면)

영웅이 결국 세상과 대결하는 존재라고 한다면 이 작품의 영웅에 대한 해석은 의미 있어 보인다. 자기 주변의 가족이나 친구 등 소중한 사람들을 위해 애쓰고 그들과 함께하는 소시민적 영웅을 넘어 좀 더 넓은 사회 현실의 지평에서 영웅의 의미를 생각하게 하기 때문이다.

4. 여성 영웅의 탄생

강정연의 『진짜 영웅이 되는 법』(푸른숲주니어 2015)은 마치 거미로 변신하는 스파이더맨처럼 개구리로 변신하는 어린이 영웅이 등장하는 판타지라는 점에서 할리우드 영화의 영웅 서사와 가장 유사하다. 황금알을 몸속에 지니게 되어, 다른 이를 돕거나 악당을 물리쳐야 하는 순간에 개구리로 변신하는 랄라의 모습은 흥미롭다. 개구리처럼 건물 8층 높이까지 점프하고, 벽을 기어오르고, 손끝에서 사람을 잠재우는 독을 내뿜고, 긴 혀로 사물을 단번에 낚아채는 등의 능력은 스스로 평범한 존재임을 잘 알면서도 때로 초인적인 존재이길 원하는 우리의 욕망을 충족시키기에 충분하다.

여느 영웅 서사들이 그러하듯 어린이문학의 영웅 서사 역시 지극히 남성중심적인 데 반해 이 작품은 쌍둥이 남매 룰루와 랄라 중 여동생 랄라가 영웅의 운명을 타고났다고 설정한 점도 주목할 만하다. 앞서 살펴본 『아빠는 슈퍼맨 나는 슈퍼보이』에서 가족의 생계와 보호에 대한 책임은 오직 아빠에게만 주어져 아들에게로 이어지고 『슈퍼보이가 되는 법』에서도 '슈퍼보이'의 역할은 여자친구를 지키는 것으로 한정된다. 『슈퍼 깜장봉지』 또한 영웅과 악당 역할은 남자 어린이들의 몫으로 남겨 놓고 여자 어린이 다은은 다소 평면적 인물로 그린다. 『학교 영웅 전설』에서도 영웅의 정의는 남자 아이들과 남자 선생님 사이에서 공유되는 '남자다움'에 국한된다. 물론 그 '남자다움'이 작품의 결말에 이르러 반성되고 부인되지만 기존의 관습을 깰 뿐, 젠더적 관점에서의 고민은 잘 드러나 보이지 않는다.

이에 반해 『진짜 영웅이 되는 법』에서는 오빠 랄라가 아무리 할아버지와 아버지를 이은 4대 '개굴맨'이 되고 싶어 해도 그 자격은 운명을 타고난 여동생 랄라에게만 주어진다. 영웅의 운명을 타고난 여자 어린이 이야기라는 사실만으로도 앞으로 시리즈로 계속 출간될 것으로 예상되는 이 이야기에 대한 기대가 생긴다. 『몽실 언니』로 대표되는 많은 어린이문학 작품의 여성 주인공이 인고와 희생의 덕목을 영웅적인 여성성으로 드러내는 데 반해 활달하고 거침없는 랄라는 새로운 성격을 지닌 여성 영웅의 탄생을 고대하게 한다. '개굴맨'이었던 할아버지나 아빠처럼 가족을 떠나지 않을 것이고, 다른 사람들에게만 영웅이고 가족에게는 슬픔이 되는 '개굴맨'은 되지 않을 거라며 랄라가 자신을 '개구랄라'로 새롭게 명명하는 것을 볼 때 충분히 그럴 수 있을 것 같다.

하지만 영웅의 탄생을 운명적인 일로 강조하고 앞날도 운명에 따라 이미 정해진 일로 설정한 것이 어린이 독자에게 긍정적 의미로 다가갈 수 있는지는 좀 더 고민해 보아야 할 듯싶다. 랄라에게 주어진 영웅의 운명이, 불의를 보고 참지 못한 랄라의 선택과 행동으로 완성되었다 해도 말이다.

어린이문학에서 영웅은 다양한 모습으로 나타난다. 그런데 그 모습들이 아직 진짜 영웅처럼 멋지거나 대단해 보이지는 않는다. 어린이문학에서 정말 영웅 같은 영웅을 만날 수는 없을까? 어린이 독자가 탄복해 마지않을 특별한 능력을 지니고, 사랑하는 사람들을 위해 싸우거나 세상의 불의에 맞서 싸우는 영웅 말이다. 각자가 자기 자리에서 작은 영웅으로 살아야 하겠지만 부조리한 세상을 시원스레 뒤엎어 버리는 힘을 지닌 영웅 또한 보고 싶다. 힘세고 용맹하고 지혜로운 '어린이 영웅'들이 활약한 옛이야기 세계의 한 조각을 지금 어린이문학에서도 만나 보고 싶다.

제 2 부

동시, 아동청소년문학 장르론의 실험실

언젠가는 어린이가 되겠지

'해묵은 동시' 이후의 '어린이 인식'

1. 미완의 '해묵은 동시' 담론과 '어린이 인식'의 과제

지난 십여 년간 가장 주요한 동시 담론을 생산하며 창작 흐름에까지 큰 영향을 미친 평론은 단연 김이구의 「해묵은 동시를 던져 버리자: 동시를 살리는 길」[1](이하 「해묵은 동시」)이다. 이 평론에서 가장 주목받은 부분은 동시단의 "4무(無) 현상", 즉 시적 모험, 자기 작품을 보는 눈, 비평다운 비평, 타자와의 소통이 없다는 점을 비판한 대목이었다. 성인시를 쓰는 최승호, 신현림, 안도현 등 "제3세력" "외부 세력"이 창작한 동시가, "기존 동시단이 뿌리 깊게 갖고 있는 어린이 인식과 자기도 모르게 재생산하는 낡은 감각의 동시를 시원하게 배반"하고 있다고 평가한 점

---

1 『창비어린이』 2007년 여름호; 김이구 『해묵은 동시를 던져 버리자』, 창비 2014. 이 글에 인용한 김이구 평론은 대부분 평론집 『해묵은 동시를 던져 버리자』에 수록되어 있으나 발표 시기를 파악하기 위해 첫 발표 지면을 병기한다.

또한 주목됐다.

이후 평론집 『해묵은 동시를 던져 버리자』 머리말에서 스스로 "선동적인" 글이라고 밝혔듯, 이 평론은 그의 여느 평론과 조금 다른 결을 지닌다.[2] 직설을 넘어 노골적이기까지 한 '4무 현상'의 규정과 '제3세력' '외부 세력'이라는 다소 배타적이고 위협적인 명명이 기존 동시단에 적잖은 반발을 불러일으킬 것을 예상하면서도, 동시의 관습을 더 이상 두고 볼 수 없다는 결의를 단단히 새기며 쓴 글로 보인다. 이후 동시는 그의 평론 「오늘의 동시, 어디까지 왔나」(『창비어린이』 2012년 가을호)와 「동시의 생태계, 동시의 희망」(『창비어린이』 2014년 봄호)에서 진단되었듯, 새로운 감각의 작품을 선보였고 이를 줄곧 갱신하는 중이다. 2007년부터 현재(2020년)에 이르는 동시는 가히 '해묵은 동시 이후의 동시'라 이름 붙일 만하다.

그런데 이 평론이 문제를 제기한 관습적인 창작 풍토란 '뿌리 깊은 어린이 인식'과 '낡은 감각' 두 방면이었음에도 불구하고, '낡은 감각' 타파에 논의가 집중되고 실제 창작 실험이 이루어졌을 뿐 '어린이 인식'에는 별다른 진전이 없었다. '제3세력' '외부 세력'으로 지칭된 성인 시인들의 동시 창작은 이후에도 대개 새로운 감각과 언어 형식 면에서 진전을 이루었다. 또한 이안, 김륭, 유강희 등 성인시를 썼던 시인들은 이러한 성취를 긍정적으로 평가하는 일에 적극 나서며 담론을 더욱 확산시켰다.

그러나 김이구는 「해묵은 동시」에서부터 꾸준히 어린이 인식을 언급해 왔으며, 이후의 평론에서도 이에 대해 피력했다. "어떤 경우라도

---

2 김유진 「해묵은 비평을 던져 버리다」, 『시와 동화』 2015년 봄호 참조.

좋은 작품은 당대 어린이 현실과 어린이의 본질을 통찰한 바탕에서 성립"[3]된다고 했으며, "기존 어린이관과의 단절 및 변화" "어린이의 개성의 발견"[4]을 바랐다. 또 성인시인들이 "동시에 대한 동경과 일정한 창작 역량을 보여 주는 것을 넘어서서 어린이 현실과 어린이 독자에 밀착한 진정한 동시의 주체로 뿌리내리"[5]기를 희망하는 등 거듭 어린이 인식을 강조했다. 평론집 『해묵은 동시를 던져 버리자』 출간 이후에 쓴 글에서도 "「해묵은 동시를 던져 버리자」(2007)에서 '동시단의 4무'를 이야기했고 이에 대한 공감이 많았지만, 거기에서 말한 내용들 중에서 낡은 어린이 인식을 갱신하자는 과제가 더 근본적인 핵심"[6]이라는 점을 분명히 밝히고 있다.

이렇듯 김이구가 어린이 인식을 동시 평론의 근간으로 삼고, 「해묵은 동시」의 핵심 또한 어린이 인식의 갱신에 있다고 밝힌 건 매우 당연한 일이다. '어린이상(像)' '어린이관(觀)'이라는 말로 표현하기도 하는 어린이 인식, 즉 어린이 존재를 어떻게 규정하느냐 하는 것은 아동문학의 창작 토대이자 비평 잣대를 이루는 것이기도 하다. 각자가 준거로 삼는 어린이 인식은 동일하지 않으며 서로 다른 어린이 인식으로 아동문학을 창작하고 비평하게 되니, 사실 아동문학비평에서는 어린이 인식을 논하는 일이 핵심이라고 할 수 있다.

3 김이구 「동시의 화자 문제와 동시의 미학: 이지호 '어린이 화자 동시 비판'을 읽고」(한국아동청소년문학학회 2012년 겨울 학술대회 토론문), 『해묵은 동시를 던져 버리자』 178면.
4 김이구 「동시의 생태계, 동시의 희망」(『창비어린이』 2014년 봄호), 같은 책 126면.
5 김이구 「오늘의 동시, 어디까지 왔나」(『창비어린이』 2012년 가을호), 같은 책 155면.
6 김이구 「오늘의 우리 동시를 말한다: 난해함, 일상성, 동심주의의 문제」, 『창비어린이』 2015년 겨울호 131면.

하지만 앞서 말했듯「해묵은 동시」이후 담론에서 '낡은 감각 타파'가 열렬히 주목받은 데 비해 '어린이 인식 갱신'이라는 관점은 외면돼 왔다. 새로운 감각의 동시들이 재현하는 어린이 인식을 정밀하게 분석하는 작업도 미비했다. 김이구는 성인시인들이 창작한 동시의 어린이 인식과 관련해 다음과 같이 평가한 바 있다. "어린이의 현실과 어린이의 마음을 읽어 내려는 시도가 의도에 머물러 충분히 숙성되지 못하였거나 어린이와 동시에 대한 인식이 기본 바탕에서는 동심주의, 교훈주의 동시의 그것과 멀지 않은 지점에 있어서 그 다채로움에 비해 당대 어린이 현실에 육박해 들어가는 박진감은 약한 경우가 많다."[7] 그러나 이러한 평가는「해묵은 동시」가 뒤흔들어 놓은 판을 다시 섬세하게 고르고 다져 새로운 창작 경향을 비판적으로 평가하고, 향후 담론을 함께 모색할 정도의 동력이 되지는 못했다.

「해묵은 동시」는 2010년대 동시 담론과 창작 흐름에 커다란 파문을 일으켰으나 이 글에서 제안했던 일부만 담론으로 확장되어 오히려 불균형한 상황이 초래되거나 어쩌면 핵심이 오해된 미완의 텍스트일지 모른다. 이 글에서 '버리지 못한 낡은 어린이 인식' '어린이는 어린이가 아니다'라는 두 개의 소제목 아래 낡은 어린이 인식의 전환을 주장했음에도, 이후 담론은 즉자적인 해석과 반응이 가능한 '4무 현상'만을 중심으로 재편됐다. 새로운 창작 담론이나 실천을 함께 모색해 나가지 못한 채, 기존 동시단은 전통이 낡은 관습인 양 송두리째 부정됐다고 여기며 '외부 세력'의 작품 경향에 방어적 태도를 취했고, '외부 세력'은 동시 창작 이유나 작품 완성도의 잣대를 기존 동시의 낡은 관습과 대비해 찾

---

7 김이구「오늘의 동시, 어디까지 왔나」155면.

으려 했다. '해묵은 동시' 이후의 담론에서 가장 많이 반복되고 강조됐던 '동시도 시'라는 명제는 '어린이 인식'과 무관한 문학성의 구호였다.

이런 구도 속에서 어린이 인식이라는 애초의 핵심적인 문제 제기는 거의 진전되지 못했다. 이는 2000년대 이후 아동문학 담론이 공유했던 어린이 인식 논의에 역행했다는 점에서 무엇보다 문제적이다. "2000년대 이후의 아동문학비평은 이른바 '아동의 발견' 담론의 효과로 인해 '현실 속의 어린이'에 대한 보편성 신화가 깨어진 바탕에서 형성"되었으며, "아동의 현실을 발견하는 시선에 대한 성찰적 자의식이 동반"되던 상황이었다.[8] 지난 십 년간 동시의 장이 과연 이 토대 위에서 어린이 현실과 관련한 진전된 고민, 의미 있는 창작 실천이 이루었는지 돌이켜본다면 선뜻 답하기 힘들다.

2. '난해성' 프레임이 지닌 '어린이 인식' 고찰의 한계

평론 「해묵은 동시」가 과제로 제시한 어린이 인식의 갱신이 이루어지지 않았다고 보는 가장 큰 이유는, 이후 논의된 어린이 관련 담론이 '난해성' 프레임으로 전개되면서 과거의 논의를 반복하는 데 그쳤다고 평가하기 때문이다.

「해묵은 동시」 직후 담론은 대개 '동시'를 '동(어린이)'과 '시(문학성)'로 구분하고, 이를 대립항으로 규정하는 이분법 구도로 자리 잡았다. 즉 '성인시인의 동시 = 작가의 문학성을 중시하는 동시 = 경계를 넘는 동

---

8 조은숙 「아동문학의 독자를 생각한다」, 『창비어린이』 2010년 겨울호 39면.

시 = 어려운(난해한) 동시'와, '동시인의 동시 = 문학성보다는 어린이 독자의 수용을 중시하는 동시 = 경계 안의 동시 = 쉬운 동시'의 범박한 구도로 포착됐다.[9]

이 구도는 성인시인과 동시인으로 대별되는 작가군 구분만 제외한다면 2000년대 중반 제기된 '동화의 소설화' 경향의 논쟁점과 유사하다. "새로운 경향의 작품에 대해 몇몇 논자들은 이들 작품이 문학적 표현의 폭은 커진 대신 아동 독자에 대한 고려는 부족한 것이 아닌가 하고 미심쩍은 시선으로 바라보았"[10]다고 정리됐듯, 아동문학 담론에서 '어린이'와 '문학성'은 종종 대립항으로 규정되어 왔다. 동시대 담론뿐 아니라 문학사에서도 마찬가지여서 이 구도는 1960~70년대 '본격동시' 관련 논쟁과도 흡사하다.[11]

이 구도에 갇혀 어린이 인식의 갱신 과제는 새로운 논의로 나아가지 못하고 1960~70년대의 '본격동시' 담론의 난해성 논쟁을 되풀이한다. 김제곤의 평론 「황금시대는 도래했는가」(『창비어린이』 2015년 여름호)와 「시의 자리, 동시의 자리」(『어린이와 문학』 2015년 10월호)는 난해성·동심주의·일상성의 세 가지 잣대로 새로운 경향을 보이는 작품의 문학적 성취에 대한 문제를 제기했다.[12] 이 문제 제기는 이후 그가 "난해함을 가진

---

9 김유진 「주먹이 빛과 향기가 되기까지」, 『동시마중』 2013년 3·4월호 참조.

10 조은숙, 앞의 글 38면.

11 난해성과 동심주의라는 논점뿐만 아니라 아동문학인 이오덕이 어린이 독자를, 시인 박경용이 문학성을 중시했던 논쟁 외부 구도까지 유사하다. 김유진 「'본격동시' 담론 연구」, 인하대학교 박사학위 논문(2015) 참조.

12 이 글은 김이구의 「오늘의 우리 동시를 말한다」(『창비어린이』 2015년 겨울호), 유강희의 「'동시의 시대' 어떻게 열어갈 것인가」(『동시마중』 2016년 1·2월호), 이재복의 「최근 동시 논쟁을 읽고」(『어린이와 문학』 2016년 8월호)로 이어졌고, 다시 김제곤이 「변하는 것과 변하지 않는 것」(『창비어린이』 2016년 겨울호)으로 답했다.

몇몇 작품의 출현 자체를 문제 삼으려는 것이 아니었다. 변화나 차이를 모토로 하여 그러한 작품들만을 동시의 새로운 전범으로 치켜세우며 점차 그것을 특권화하려는 경향이 굳어져 가는 것에 대한 경계이며 우려였다."[13]라고 분명히 밝혔듯, 작품 평가 기준에 대한 기울어진 담론의 무게중심을 잡아 주었다는 점에서 의의가 크다.

그러나 과거 '본격동시' 논쟁이 그러했듯 난해성과 동심주의라는 논점은 각자가 지닌 어린이 인식의 차이를 확인시킬 뿐이었다. 어린이 독자가 이해할 수 있는지 없는지, 대다수 어린이 독자가 이해할 수 있게 창작해야 하는지 아닌지, 순수성을 훼손당하지 않은 어린이를 사랑스럽게 바라보는 동심주의 시선인지 아닌지의 대립은 다른 지평으로 나아가는 논의가 되지 못했다. 또한 이때 어린이는 '보편'의 어린이로 상정될 수밖에 없다는 점에서 '현실 속 어린이'의 보편성 신화를 무너뜨린 2000년대 아동문학 담론과도 어긋난다. 게다가 난해성이라는 논점은 근본적으로 텍스트 안팎 전반에 관련되는 '어린이' 인식이라기보다는 텍스트 밖의 '어린이 독자' 인식으로 제한되기 십상이고, 독자 반응 연구의 한계가 그러하듯 문학 외적 현상을 제외하고는 의미 있는 결론을 도출하기 어렵다.

한편 동심주의는 1970년대 후반 이오덕 동시 평론의 주요 개념으로 재등장한 이후 현실주의 아동문학평론에서 작품을 평가하는 주요한 잣대가 되었지만, 개념 자체가 이미 비판적 평가를 내재하고 있으므로 열린 논의의 가능성을 차단하는 경향이 있다.[14] 이 때문인지 김제곤은 최

---

13 김제곤 「변하는 것과 변하지 않는 것」, 『창비어린이』 2016년 겨울호 131면.
14 김유진 「최근 동시 창작과 평론의 쟁점과 전망: 동시의 '어린이 인식'을 중심으로」, 한국아동청소년문학학회 2018년 겨울 학술대회(2018. 2. 3) 발표문 참조.

근 평론 「오늘의 동시에 대한 단상」에서 "난해함이라는 프레임으로 오늘의 동시를 비추어 보는 것은 이제 얼마간 상투적인 일이 되지 않았나 싶"다며 "새로운 시인들의 말법이 일탈인가 확장인가 하는 이분법은 오늘의 동시의 모습을 진단하는 데 더 이상 유효한 잣대가 될 수 없다."[15]라고 시선 변화를 보였다.

난해성이라는 프레임은 앞서 말했듯 열린 논의에 유용하지 않을뿐더러 '동시'가 '동(어린이)'과 '시(문학성)'라는, 즉 구분되고 서로 상충되기도 하는 두 속성을 지닌 것으로 보고 작품을 평가하는 시선이라는 점에서 근본적인 한계가 있다. "'동'과 '시'의 접점"[16] "동시: 童과 詩의 변증법"[17] 등 단어의 두 음절을 떼어 놓고 장르 성격을 해석하는 수사와 "어떤 동시는 동시이면서 시로 **올라가고** 어떤 시는 시이면서 동시로 **내려온다.**"[18]와 같은 대구법을 살펴보자. 이들 표현에는 '어린이'와 '문학성'이 각각 고정되고 분리되는 속성이며, 시에서는 전면 허용되는 고도의 문학성이 동시에서는 완전히 가능하지 않기에 두 속성 사이에서 절묘한 균형을 찾아야 한다는 전제가 반영된 듯하다.

하지만 어린이와 문학성은 고정불변의 속성이 아니며 서로 간의 균형이나 조율, 절충이나 타협이 요구되는 속성도 아니다. 어린이다움은 대개 어른다움과 대비되는 속성으로 정의됐지만, 이때 어린이는 식민화·타자화·대상화된다고 비판받아 왔다. 현재 한국문학계는 '페미니즘 리부트' 이후 문학성의 구성 원리나 작동 기제를 반성적으로 사유하

---

15 김제곤 「오늘의 동시에 대한 단상」, 『어린이책이야기』 2019년 여름호 44면.
16 같은 글 57면.
17 『어린이책이야기』 2019년 여름호 특집 제목.
18 이안 『다 같이 돌자 동시 한 바퀴』, 문학동네 2014, 115면. 강조는 인용자.

며 과연 문학성이 무엇인지에 대한 근본 질문부터 다시 시작하고 있다. 문학성 자체가 새로 구성되는 상황에서 동시가 '동'과 '시'의 결합이며 '시＝문학성'이라는 견해는 더욱 무용해진다. '동시'의 '시'는 '시'가 아니라 다만 '동시'로 해석되고 사유되어야 한다. 어른이 어린이를, 남성이 여성을, 비장애인이 장애인을 규정하며 자기와는 다른 존재를 소외시켜 온 방식으로 문학이 아동문학을 규정해서는 안 된다. 어른이 어린이를 식민화·타자화·대상화하는 시선을 누구보다 깊고 철저하게 반성해 온 아동문학이, 문학이라는 기준으로 스스로 소외시키는 일은 이제 의문에 부쳐야 한다.

물론 관점에 따라 난해성이라는 프레임을 버리지 않거나, 어린이와 문학성 간의 긴장을 아동문학 장르의 본질적 특성으로 여길 수도 있겠다. 그렇다 하더라도 동시 장르의 난해성 논쟁은 동화 장르와 비교할 때 다른 양상으로 전개되어 왔다는 점을 살펴볼 필요가 있다.

앞서 인용했듯 '동화의 소설화' 경향에서도 '어린이 독자'와 '문학적 표현'은 대립되는 속성으로 논쟁되었다. 그러나 이 논쟁에서 쟁점이 됐던 이현, 유은실, 김남중, 박관희의 작품은 단지 소설의 양식만을 구사한 게 아니었다. 현실 속 어린이 인식으로 새로운 문학 형식이 필연적으로 발생한 것이었다. 이에 비해 동시단에서 난해성 논쟁에 해당한 작품은 1960~70년대 본격동시 담론에서도, 2010년대 담론에서도 어린이 인식이 소거된 언어 형식만의 문제로 지적되었다. 게다가 난해성은 시 텍스트의 모호성에 대한 평가를 의도적으로 유보하려고 할 때 도피처로 사용되며 혼란을 가중시키기도 했다. '모호성'을 '난해성'으로 혼용해 온 것이다.

난해성 프레임을 폐기할 경우 어떤 방식으로 동시의 어린이 인식을 논의할 수 있을지는 앞으로 고민해야 할 과제다. 하지만 난해성 프레임을 폐기한다고 해서 어린이 인식의 강조까지 폐기될 리는 없다. 다만 난해하다는 비판을 오히려 문학성의 근거인 양 방패막이 삼아 온 논리가 더 이상 존속되지 않을 것이다. 프레임이 문제였다면 프레임을 버리면 그뿐, 만약 다양한 창작 실험을 무작정 상찬하거나 작품에 나타난 어린이 인식을 과도하게 해석한다면 지난 십여 년 간의 논의를 되풀이하는 일이자 여전히 프레임에 갇히는 형국이 될 것이다. 거듭 말하지만 어린이와 문학성은 둘 중 하나를 선택하고 하나를 양보해야 하는, 고정되고 상반된 두 속성이 아니다.

3. 다양한 '모델 독자'와 '어린이 인식'의 발견

동시가 어린이 인식을 갱신하는 길 중 하나는 어린이 '모델 독자'[19]를 다양화하는 텍스트 전략을 통해 가능하지 않을까 전망한다. 움베르토 에코(Umberto Eco)의 기호학에서 '모델 독자'는, 작가가 "텍스트 실현에 협력할 수 있고, 또한 자신이 생성적으로 움직였듯이 해석적으로 움직일 수 있"[20]다고 예상한 독자상이다. 이는 볼프강 이저(Wolfgang Iser)의 '내포 독자', 즉 "텍스트 읽기에 적합한 이상적 독자"[21] 개념과 유사하나 좀 더 능동성을 띤다. 에코는 모든 텍스트가 "단일 의미성의 한계와 함께 해석되기 원할지라도 독자에게 해석적 주도권을 주고자"[22] 하

---

19 김민령은 「새로운 이야기 방식과 독자의 자리」(『창비어린이』 2010년 가을호)에서 아동문학 텍스트에 적절한 어린이 독자 개념으로 '모델 독자'를 제안한 바 있다.
20 움베르토 에코 『이야기 속의 독자』, 김운찬 옮김, 열린책들 2009, 87면.
21 페터 지마 『비판적 문학 이론과 미학』, 김태환 옮김, 문학과지성사 2000, 54면.

며 "고유의 실현 조건으로서 독자의 협력을 요구"[23]한다고 말한다. 이렇듯 텍스트가 고정된 의미를 독자에게 일방적으로 전달하는 게 아니라 텍스트 구조와 독자의 상호 관계에서 의미가 발생한다는 관점은 어린이 독자의 능동적 개입을 말하기에 적절하다. 물론 에코는 모델 독자 개념으로 서사 텍스트만 분석했으나 텍스트 이론은 장르를 포괄한다.

어린이 모델 독자의 다양화는 일찍이 김이구가 '동시를 읽는 어린이'와 '동시 독자로서의 어린이'를 구별한 견해와 비교하며 의미를 분명히 할 수 있겠다. 김이구는 "동시는 어린이면 누구나 읽을 수 있는 글이지만, 어린이라면 누구나 다 감응하고 이해할 수 있는 장르는 아니"라며 즉각적·즉자적 감흥을 넘어 시에 깊이 반응하고 시를 해석하는 어린이 독자를 말한 바 있다. 그리고 시인들이 '모든 어린이'와 '동시 독자인 어린이' 중 어떤 독자를 목표로 창작하는지 묻고는 "'모든 어린이 독자'에게 다가가는 동시는 실제로는 존재하지 않는다. 있다면 실패한 동시"라고까지 단언했다.[24] 이는 동시의 모델 독자를 모든 어린이로 상정한 동시 창작 관습과 동시관을 돌아보게 한다는 점에서 모델 독자의 다양화와 기본 견해를 같이한다. 이어 김이구는 "이원수의 동시, 정지용의 동시, (…) 남호섭의 동시는 '아무개 동시의 독자 어린이'를 산출했는가?"라고 반문하며 "김륭의 시는 '김륭 동시의 독자'를 이끌어 낼 수 있을 것"이라 하고, 이를 위해 진전된 시 교육이 필요하다고 말한다.[25] 하

22 움베르토 에코, 앞의 책 83면.
23 같은 책 84~86면.
24 김이구 「'동시 독자' 어린이를 기다리는 시: '파란 대문 신발 가게'의 신선한 충격」 (『동시마중』 2010년 9·10월호), 『해묵은 동시를 던져 버리자』 23~24면.
25 같은 글 25면.

지만 모델 독자의 '다양화'는 그 같은 모델 독자의 '고급화'가 아니라는 점에서 초점이 다르다.

다시 동화와 비교해 풀어 보자면 어린이 모델 독자의 다양화는, '동화의 소설화' 경향으로 이름 붙여진 문제작들과 유사한, 고학년 어린이 독자 대상의 동시를 창작하자는 의미가 아니다. 동'시'에서 '시'의 기준을 성인시에 두고, 성인시처럼 세련되고 복잡한 언어 형식이나 장르 파괴적인 주제의식을 표방하는 동시를 창작하는 지향을 지칭하지도 않는다. 동화의 경우에 한글을 읽기 시작한 유년의 어린이가 지닌 깊은 마음을 담아내고 위로하는 『꼬마 너구리 요요』(이반디, 창비 2018)와, 새로운 공동체와 권력의 이상을 탐구하는 『푸른 사자 와니니』(이현, 창비 2015)가 함께 있듯, 동시에서도 가장 먼저 초대하고 싶은 어린이 한 사람 한 사람을 저마다의 모델 독자로 삼는 다양한 작품을 만나고 싶다는 뜻이다. 다양한 연령·성별·계층·지역·문화·감수성에 기반한 어린이의 목소리에 귀 기울일 때 어린이를 가두고 왜곡해 온 관념과 체제를 부술 수 있다고 보기 때문이다.

감추어진 어린이의 목소리를 찾아낼 때 비로소 '어린이 대 문학성'의 이분법 구도에 또 다른 비평의 잣대가 추가될 수 있을 것이다. 동시가 저마다 초대하는 '모델 독자' 어린이들이 어떠하고, 바로 그 어린이들을 초대하는 목소리가 과연 그 어린이들에게 얼마나 가닿았는지가 어린이 인식 갱신과 (아동)문학적 완성도의 잣대로 부상된다. '김륭 동시의 독자'를 이끌어 내는 준비와 과정에 "김륭의 '실험성' 또는 '상투성 거부'는 어떤 내용과 기법과 결합하는가"[26] 하는 질문이 있어야 한다

───────

26 같은 곳.

고 김이구가 말했듯, 지금처럼 김륭의 동시가 난해성으로 외면받거나 텅 빈 의미의 문학성으로만 비평되지 않을 전제가 갖추어진다. 최승호의 '말놀이 동시'나 유강희의 '손바닥 동시'가 고도로 정제된 언어 실험을 하면서도 단지 짧고 쉬워 보인다는 이유로 저학년 대상 동시로 한정되고 활동 수업으로 소용되지 않을 인식의 전환점이 여기에 있다.

이제까지 동시와 다른 모델 독자를 예상하며 새로운 텍스트 전략을 표명한 동시는 그러나 아직 고정관념을 겨우 헤치며 한 걸음씩 움직여 나가는 듯 보인다. 김개미의 『레고 나라의 여왕』(창비 2018)은 시인 자신이 밝혔듯[27] 근래 들어 가장 분명한 모델 독자상을 세우고 '여자 어린이'라는 새로운 어린이 인식을 드러낸 텍스트다. 하지만 이를 두고 '동시라고 하기에는' 우울하고 어두워서 어린이 독자에게 전하지 않겠다는 어른 독자의 반응을 종종 접한다. 시인이 텍스트 해석에 협력하길 기다리며 모처럼 새롭게 부른 어린이 모델 독자가 어른 독자에 의해 가려져 버린 셈이다. 동화에서는 오히려 고평받는 사상과 감정의 폭과 깊이를 동시에서는 '어두워서, 어려워서, 어른스러워서'라는 이유로 거부하면서 밝고 쉽고 재밌고 귀엽고 사랑스러운 작품만 찾는 상황은, 어른 독자가 동시 장르에 대해 지닌 뿌리 깊은 고정관념을 드러내 준다.

특히 교육 현장의 이 같은 고정관념은 어린이에게 시 텍스트를 주는 목적과 지향을 돌아보게 하며 다음과 같은 문제의식을 상기시킨다. "시

---

27 "앞의 세 권이 남자아이, 그중에서도 발랄하고 유쾌한 아이로 설정해 그 아이의 입을 빌려 말했다면, 『레고 나라의 여왕』은 철들기 시작하는 여자아이로 정하고 시작했어요. 외부 환경에 반응하는 것을 넘어 자기 내면을 탐색하는 아이, 조금은 성숙한 아이, 사춘기를 지나는 아이로요."(「작가의 서랍: 김개미 시인과의 만남」, 『어린이와 문학』 2019년 가을호 12~13면)

교육이 시 텍스트에 대한 정서를 환기하기보다는 학습자 개인의 정서를 환기하여 그에 대한 반응을 촉진하는 방향으로 진행"되어 왔고, 이것이 "학습자가 시를 충분히 음미하면서 해석하고 감상하도록 유도하기보다는, 시적 체험을 자신의 경험이나 평범한 삶의 문제로 쉽게 환원하여 단순화하는 문제점을 낳았다."[28] 이러한 시 교육의 문제는 여전히 동시가 보편의 어린이상을 재현하려 하고 보편의 어린이 독자를 상정하는 창작 경향과 맞물린다. 이미 고정화된 보편의 어린이 인식을 답습하며 보편의 어린이 독자와 손쉬운 동일화를 지향하는 동시는 텍스트를 해석할 여지가 많지 않다.

따라서 다양한 어린이 모델 독자를 텍스트 전략으로 하는 동시가 창작돼야 한다는 전망은 동시가 구체적인 현실의 어린이를 발견하고, 어린이 독자가 그 텍스트를 해석하도록 움직이게 하는 데까지 이른다. 에코가 제안한 개념 역시 이를 의미한다. "고유의 모델 독자를 예상한다는 것은 단지 그가 존재하기 '바란다'는 의미일 뿐만 아니라, 그를 교육하도록 텍스트를 움직인다는 것을 의미한다. 텍스트는 능력에 의존할뿐만 아니라 능력을 창출하는 데 기여한다."[29] 어린이 독자를 발견하는데서 나아가 어린이 독자의 능력을 창출하는 텍스트 전략, 바로 여기에 집중할 때 지금껏 기대어 온 '문학성' 대신 '아동문학성'을 말할 수 있을 듯하다.

---

28 이향근 『시 교육과 감성의 힘』, 청동거울 2015, 14~15면.
29 움베르토 에코, 앞의 책 88면.

동물권, 미래의 동시를 엿보는 자리

1. 동시의 동물 그리고 동물권

나의 꿈은 사육사

포악한 사자를

여러 마리 기르는 것

전봇대만 한 기린과

눈 맞추고 얘기하는 것

사과 같은 원숭이 똥꼬를

수박같이 키워 주는 것

토끼 여섯 마리쯤 뚝딱 먹어 치우는

비단구렁이를 목에 감고 노는 것

나의 꿈은 사육사

얼룩말 똥 정도는 맨손으로 집는 것

— 김개미 「나의 꿈」 전문(『어이없는 놈』, 문학동네 2013)

평소 즐겨 읽고 여러 자리에서 종종 이야기해 온 동시다. 사자나 비단구렁이처럼 무서운 동물도 거침없이 대하고 얼룩말 똥 정도는 아무렇지도 않게 만질 수 있을 거라니, 동물을 잘 키우며 동물과 잘 놀겠다는 어린이 화자의 꿈이 유쾌하고 명쾌하다. 동물을 두고 마치 지금 제 옆에 있는 동무처럼 말하는 대목에서는 독자까지 동물에 한 발짝 더 친밀히 다가간 기분이 든다.

그런데 어린이가 사육사로 일하고 싶어 하는 동물원이라는 공간의 기원이나 존재 방식까지 생각해 본다면 이 시를 마냥 즐겁게 감상할 수만은 없다. 동물원이 지구의 다양한 동물종을 단번에 대면할 수 있는 거의 유일한 공간이고, 그곳에서 직접 만나 봄으로써 동물을 더 잘 알고 좋아할 수도 있겠지만, 사실 동물원은 지극히 인간 중심적으로 동물을 소외시키는 장소이기 때문이다. 다음 시는 그러한 동물원의 속성에 의문을 갖는다.

동물원 호랑이
벌떡 일어서서
왔다갔다왔다갔다

조그만 우리에 갇혀
달리지도 못하고
왔다갔다왔다갔다

사람들에 둘러싸여

왔다갔다 호랑이가 되었다.

— 이영애 「왔다갔다 호랑이」 전문(『스마트폰이 심장을 갖는다면』,
열린어린이 2018)

최상위 포식자가 우리에 갇혀 이상행동을 보이고 자기 본능과 존재를 잃어 가는 게 동물원의 현실이라고 할 때 사육사가 되고 싶은 어린이의 꿈은 어디로 흘러 반짝일 수 있을까.

문학작품을, 게다가 어린이문학을, 동화도 아닌 동시를, 현실의 프리즘에 일일이 비춰 읽고 감상해서는 안 된다고 반박할지 모르겠다. 하지만 동시의 가치와 미학이 어린이 독자에게 찬란한 상상을, 어른 독자에게 흐뭇한 미소를 불러일으키는 게 전부가 아니라고 본다면 동물 앞에서 이제라도 고민해 봐야 한다. 지금까지 동시가 이야기해 온 상상 세계의 '동물'이 아닌 현실 세계의 '동물권'의 재현 방식에 대해서 말이다.

동시에서 동물은 대개 시적 자아와 분리되지 않거나 시적 자아를 대변하는 존재로 그려졌다. 자아와 세계의 안온한 합일을 추구해 온 우리 동시의 오랜 흐름에서 보아도 그러했고, 상상과 환상이 호평받는 최근 상황에서 보더라도 그러했다. 동물은 인간, 생명, 자연 사이의 일치와 교감을 드러내는 상징이었고, 현실 세계와 유리된 환상 세계에서 가장 빈번히 등장하는 시적 대상이자 시적 자아였다. 어린이와 동물이 친연관계에 있다는 고정관념은 동시에 동물이 이러한 경향으로 등장하는 것을 당연하게 받아들이게 했다.

그러나 현재 동물권이나 동물복지 철학은 인간과 동물의 진전된 관계가 인간과 동물의 현실 위치를 냉철히 살피며 개별 동물의 존재를 진정 이해하는 데서 시작한다고 강조한다. 그렇다면 많은 동시가 인간과 동물의 관계를 재현해 보인 바와 같이 어떠한 분열도 없는 합일과 어떠한 균열도 없는 공감은 최종 지향일 수 있을지언정 지금처럼 별다른 고민 없이 반복되는 출발선으로는 곤란할 것이다.

아동문학 내에서도 동화의 경우, 이미 예전부터 인간과 동물의 관계가 실은 매우 분열적·균열적이라는 인식을 공유하며 둘의 관계를 다양하게 재현해 왔다.[1] 동시의 경우는 동화에 비해 동물권을 이야기한 작품이 많지 않다. 그중 대표적으로 손꼽을 만한 작품들은, 뒤에서 제시하겠지만, 현실 세계의 동물과 인간의 관계를 동물권이라는 이슈에 집중해 서정 장르로 재현하고 있다. 이는 나아가 동시에서 현실의 첨예한 이슈나 타자와의 만남을 재현하는 방식에 대해 돌아보게 한다. 현실에 관심을 둔다는 점은 리얼리즘 문학론에 바탕을 둔 이른바 현실주의 동시의 미학과 가능성까지 살펴볼 수 있는 지점이다.

2. 계몽성과 낭만성을 오가며 재현되는 현실

아버지, 한창 자랄 때는
고기를 먹어야 키가 큰대요.

아니다.
풀만 먹는 기린도 키가 크다.

---

1 박숙경 「동물과 인간이 같은 방향을 볼 때까지: 1990년대 이후 아동문학은 어떻게 동물을 보았는가」, 『창비어린이』 2018년 여름호 72~86면 참조.

아버지, 한창 자랄 때는

고기를 먹어야 힘이 세대요.

아니다.

풀만 먹는 소도 힘이 세다.

　　　　—서정홍 「그게 아닌데」 전문(『주인공이 무어, 따로 있나』 문학동네 2014)

　인간의 육식에 대한 탐닉과 반생명적 축산업에 대한 비판은 동시가 동물권과 관련해 가장 많이 다루어 온 주제이다. 서정홍은 『주인공이 무어, 따로 있나』 머리말에서 "우리 둘레에 살아가는 이웃"뿐 아니라 "우리 곁에 살아가는 나무와 풀과 새와 벌레 들도 모두가 '주인공'"이라 생각한다고 했는데 이는 동물권에 대한 기본 인식을 보여 주는 것이다. 농부 시인으로 한결같이 농촌 현실과 생명 존중 사상을 말한 그의 동시가 육식에 대한 비판으로 나아간 것은 어찌 보면 자연스러운 일이다.

　키가 크고 힘이 세지기 위해 고기를 먹어야 한다는 아이의 주장에 대해 시적 자아가 투영된 아버지는 풀만 먹는 기린도 키가 크고, 풀만 먹는 소도 힘이 세다고 반박한다. 하지만 아버지의 반박은 논리상으로는 맞지 않는데 이렇게 답한 까닭이 문득 궁금해진다. 짧은 문답이 대구와 반복을 이루는 이 시에서 아버지의 눙치는 반박이 실은 고기반찬을 자주 사 주지 못하는 형편에 대한 핑계에 가까울 뿐, 육식에 대한 비판을 힘주어 말하려던 의도는 없었던 게 아니었나 싶은 모호함이 남는다.

　초원에 사는 사람들은

어미 말의 아기입니다.
망아지가 먹을 젖을
사람이 먹고 삽니다.

사막에 사는 사람들은
어미 낙타의 아기입니다.
새끼 낙타가 먹을 젖을
사람이 먹고 삽니다.

도시에 사는 사람들은
어미 젖소의 아기입니다.
송아지가 먹을 젖을
사람이 먹고 삽니다.

사람은 모두
동물들의 아기입니다.

　　　　　　　— 김은영 「사람은 모두」 전문(『삐딱삐딱 5교시 삐뚤빼뚤 내 글씨』,

　　　　　　　　　　　　　　　　　　　　　　　　　　　　문학동네 2014)

　언뜻 보기엔 목가적인 분위기의 이 작품 역시 실은 축산업을 비판하고 있다. 1, 2연에서는 초원과 사막이라는 척박한 자연 환경에서 동물에게 의존해야 생명을 유지할 수 있는 인간 신체의 나약함을 '젖 먹는 아기'라는 상상으로 표현한다. 여기에 '-ㅂ니다'체를 활용하여 생명을 의탁하는 존재로서의 정중함과 공손함을 단정하게 드러낸다. 그런데 3연의 도시는 1, 2연의 초원·사막과는 다른 생존 환경이다. 유목민이 동물을 가축으로 기르는 일은 생존을 위한 최소한의 필요악이겠지만 도시 문명의 축산은 최대치를 제한하지 않는 인간의 탐욕과 착취로 이어진다. 1, 2, 3연은 대구와 반복으로 형식상 동일하지만 내용상 1, 2연과 3연 사이에 엄청난 간극이 있으며 바로 여기서 시의 주제의식이 생겨난다. 그리고 4연에서 앞선 진술을 종합해 반복하며 1, 2, 3연을 추상화하는 "사람은 모두/동물들의 아기입니다"에 이르러서는 1, 2연의 목가적 낭만성과 3연의 반성 없는 탐욕이 이질적으로 충돌한다. 단정하고 아름다운 한 문장 안에서의 의미가, 동물에게 존재를 의탁하는 인간이 스스로를 낮추는 언어(1, 2연)에서 동물을 착취하는 인간의 탐욕을 역설하는 언어(3연)로 변화하며 흐른다.

그런데 1, 2연과 3연 사이의 간극, 4연 안의 의미 충돌이 독자에게 수신될 수 있을지 확신하기 힘들다. 특히 첫 연부터 이후 두세 연이 동일한 문장 형식으로 반복, 열거, 점층되다가 마지막 연에 이르러 주제가 드러나는 구조는 현실주의 동시의 가장 익숙한 모델이어서 더욱 그렇다. 기존 문법에 기대어 읽는다면 시인의 주제의식은 초원·사막·도시에서 일어나는 동물 착취를 보다 근본적인 시각으로 동일하게 비판하는 데 있다. 자연 파괴의 시작을 근대 산업혁명이 아닌 신석기 농업혁명으로 보듯 말이다. 작가의 주제의식은 무엇이었을까. 이 시는 기존 독법에 연연하지 말고 읽어야 할까, 아니면 기존 독법대로 읽어야 할까.

서정홍의 「그게 아닌데」와 김은영의 「사람은 모두」는 명확한 주제의식 아래 창작된 만큼 여느 작품과 달리 해석의 모호함, 중의성, 오독 가능성이 차단되어야 함에도 그렇지 않다. 서정홍 동시에 종종 등장하는 아버지와 자녀의 문답 구조, 현실주의 동시의 정형화된 구조가 모호함의 원인으로 작용했다. 어린이 독자의 이해와 감상을 중시하여 단순한 문장과 구조를 지향해 온 현실주의 동시의 정형화된 스타일은, 사유의 폭이 넓고 복잡다단한 동물권 관련 주제를 담아내기에 적절하지 않다.

물론 두 시는 비판적인 주제의식을 선언적·일방적으로 전달하지 않으며 특히 서정성·낭만성을 지닌 김은영의 「사람은 모두」는 현실주의 동시에서 정형화된 '주지시' 문법을 탈피했다는 점에서 의미가 있다. 그의 『삐딱삐딱 5교시 삐뚤빼뚤 내 글씨』에 실린 「고기를 먹다가」("고기를 담은 접시에/붉은 피가 묻어 있다.//살아 있는 동물만/피를 흘리는 줄 알았는데//(…)//고기가 피를 흘리며/또 한 번 죽는다.")와 「인간 사자들」("등산복 입은 사람들이/우리를 보며 입맛을 다셨다.//이야,/한 우다./고놈 참 맛있겠다.")의 매우 객관적이고 직설적인 언어와는 다른 형식이다. 하지만 현실주의 동시에서 지금껏 공고했던 계몽의 형식을 탈피하려는 시도는 주제를 명확히 전달하기에 어려움이 있어 보인다. 이처럼 동시에서 현실을 비판하는 것은 계몽성에 치우쳐 있거나 계몽성과 낭만성 사이에 애매하게 걸쳐 있는 것이 보통이다.

3. 언술 방식 변화와 시선 전환으로 성취된 미학

현실 비판이라는 주제의식을 동시로 구현하는 작업은 대개 이러한 난관을 지니지만 그 가운데서도 언술 방식 변화와 시선 전환으로 동물권이라는 주제를 동시의 미학으로 드러낸 작품을 찾아볼 수 있다.

전철에서 잿빛 토끼 아줌마와

나란히 앉았다

아줌마는 긴 두 귀를 자꾸 쫑긋거렸다

사냥꾼이 나타날까 걱정하는 것 같았다

(…)

신호등 앞에서

검은 물소 아저씨를 보았다

초록불이 켜지자

북북거리며 건너갔다

사냥꾼이 나타날까 걱정하는 것 같았다

　　　— 이상교 「털가죽 옷」 부분(『예쁘다고 말해 줘』, 문학동네 2014)

　　이 시에는 '전철'과 '신호등'이 존재하는 현실 세계에 '잿빛 토끼 아줌마'와 '검은 물소 아저씨'가 오가는 상상 세계가 겹쳐 있다. 본문만으로는 주제를 파악하기 어렵지만 '털가죽 옷'이라는 제목으로 미루어 가죽과 모피 착용을 비판한다는 사실을 알 수 있다. 이 시에 구현된 상징과 풍자의 기법은 현실을 직설적으로 비판한 여느 시보다 더 명확하고 강력하게 주제를 드러낸다. 토끼털과 물소 가죽을 두르고 걸치며 토끼와 물소가 되었다는 흥미로운 상상은 사냥꾼과의 만남으로 귀결될 때, 즉 내가 죽인 죄로 인해 자신도 죽임을 당할까 불안에 떨게 될 때 최악의 악몽이 된다. 전래동화와 같은 상상 세계에서 '눈에는 눈, 이에는 이'의 형법을 체험하게 하는 악몽은 죄악의 실상을 몸서리치며 알게 하기에 충분하다.

다음 시는 평생 축사에서 살다 다른 장소로 이동하는 순간 도망가는 소의 모습을 상세히 그려 낸다. 시에 명시되지는 않았으나 아마도 도축장으로 가야 할 소라면 죽음 직전에야 풀을 먹어 보는 상황이 사형수의 마지막 만찬인 양 아득하다.

　축사 앞에 낯선 트럭이 멈춰 섰다.
　시멘트 바닥 쇠기둥에 묶여 살던 소는
　트럭에 올라가지 않으려고 한사코 버텼다.
　소 장수가 고삐를 바투 잡으려는 순간
　소가 뒷걸음질을 쳤고
　소 장수는 줄을 놓쳤다.

　그 순간 소는 냅다 달렸다.
　시멘트 길을 지나
　밭두렁 길로 내달렸다.
　입에서 하얀 거품이 나왔다.
　늙은 주인이 뒤쫓아 달려왔지만
　이내 지쳐 손짓만 할 뿐이었다.
　소는 더 이상 달아나지 않았다.

　코를 벌름벌름
　소는 향긋한 냄새를 맡았다.
　풀밭 한가운데였다.
　긴 혓바닥으로

싱그러운 풀잎을 휘감고

맷돌 돌리듯 이빨로 잘근잘근 씹었다.

태어나서 처음으로 뜯어 먹는 풀이었다.

지그시 눈을 감았다.

주인이 다가와

고삐에 묶인 줄을 잡았다.

소는 푸른 들판을 바라보다가

뚜벅뚜벅 주인을 따라갔다.

──김은영 「난생처음 풀을 먹은 소」 전문(『삐딱삐딱 5교시 삐뚤빼뚤 내 글씨』)

　탈주하는 소와 그 소를 쫓는 주인의 모습에 대한, 그리고 "긴 혓바닥
으로/싱그러운 풀잎을 휘감고/맷돌 돌리듯 이빨로 잘근잘근 씹었다"는
소의 풀 뜯어 먹는 모습에 대한 섬세한 관찰은 "지그시 눈을 감"고 처음
이자 마지막으로 찰나의 자유를 누리는 소의 시간으로 모아진다. 하지
만 결국 묵묵히 주인을 따라가는 소의 걸음을 보면 제 수명을 누리지 못
하고 언젠가는 목숨을 앗기게 될 존재에 대한 슬픔, 미안함, 죄책감이
무겁게 따라온다. 장영복의 연작동시 『고양이 걸 씨』(국민서관 2014)가 고
양이를 입양하고 떠나보내는 과정을 상세하게 담아 낼 수 있었던 것처
럼 동시가 동물권을 말하려면 이처럼 평소보다 조금 더 긴 호흡도 필요
해 보인다. 자세히 들여다보고, 시적 간결함에 대한 강박 없이 찬찬히
묘사하고 천천히 진술할 때 비로소 동물권에 대한 인식의 전환을 어린
이 독자에게 제대로 전달하고 공감을 이끌어 내는 일이 가능할 듯싶다.
　동물권과 관련된 이슈를 좀 더 새로운 미학으로 보여 주는 작품은 이

같은 언술 방식의 변화와 아울러 무엇보다 시선의 전환을 이루어 낸 작품들이다. 여기에는 여전히 인간 주체의 입장에서 동물을 대상화하고 동물을 보호해야 한다고 주장하는 시선이 아니라 인간과 동물의 관계 자체를 질문하며 동물의 시선과 목소리를 받아 적어 보려는, 불가능하지만 의미 있는 노력이 담겨 있다.

처마 밑에 매달아 놓은 곶감을
새들이 쪼아 먹는 바람에
할머니는 진지만 잡수시면
밖에 나가 새를 쫓습니다.

(…)

삼식이 아재가 찾아와
죽은 새 한 마리
처마 밑에 걸어 두면
새들이 안 온다기에

할머니와 나는
죽은 새 한 마리
처마 밑에 걸어 두었습니다.

원, 세상에 이런 일이!
동네방네 새들이 모두 날아와

죽은 새 곁을 빙빙 돌며
야단법석을 떱니다.

새들도 문상을?
팔십 평생 이런 일은 처음 본다며
할머니는 놀란 가슴을 쓸어내립니다.

할머니와 나는 죽은 새를
얼른 땅에 묻어 주었습니다.

— 서정홍 「새들도 문상을」 부분(『주인공이 무어, 따로 있나』)

공들여 말린 곶감을 쪼아 먹는 새들은 분명 그 순간 인간에게 해로운 존재이기에 할머니는 새와 싸운다. 자연의 실상은 콩을 심으며 한 알은 벌레가 먹고, 한 알은 새가 먹고, 한 알은 내가 먹자는 평화로운 세상이 아니라 단 한 알을 두고 서로 뺏고 뺏기는 투쟁의 현장일지 모른다. 그 싸움에서 이기기 위해 할머니는 죽은 새를 내걸지만 그것이 공정하거나 옳은 방식이 아니라는 걸 뒤늦게 알게 된다. "죽은 새 곁을 빙빙 돌며/야단법석을" 떠는 동료 새들의 행위를 '문상'이라고 여기는 일 또한 인간의 시선이지만, 같은 인간이라면 차마 못 할 짓을 동물에게 했다는 사실을 뉘우치며 비로소 동물의 시선에 다가간다.

괜찮지?
고양이 목에 줄을 맸다.

괜찮지?

고양이를 책상 다리에 묶어 놓았다.

괜찮지?

물그릇과 밥그릇

그 사이를 오고 갈 수 있으니까.

괜찮지?

고양이한테 물어보지 않고

괜찮지? 정말 괜찮지?

나한테 물어보았다.

　　　　　　── 김미혜 「안 괜찮아, 야옹」 전문(『안 괜찮아, 야옹』, 창비 2015)

　이 시에는 고양이의 목소리는 없고, 인간의 목소리만 있다. "괜찮지?"
를 고양이에게 되풀이해 묻는 이유는 고양이가 괜찮지 않다는 걸 알기
때문이다. 자책감과 죄책감에서 벗어나려는 행위다. '안 괜찮아, 야옹'
이라는 대답을 겨우 들을 수 있는 것은 시의 본문이 아닌 제목에서 드러
나듯 인간은 고양이의 말을 듣지 못한다. 그러기에 '괜찮냐'는 질문을
저토록 공허하게 반복하는지 모른다. 이 시는 인간의 언어만 가득하고
고양이의 언어는 없는 현실 세계를 시에 드러난 언어 자체의 유무로 재
현한다.

　고양이의 목소리가 직접 등장하는 시도 있다. 이상교의 「부르지 마」
(『찰방찰방 밤을 건너』, 문학동네 2019)에는 "나비야, 나비야/부르지 마." "먹

을 거 줄 것도/없으면서/아니면서/부르지 마."라고 말하는 고양이의 당당한 목소리가 있다. 다음 시에서도 할머니를 바라보는 고양이의 목소리가 들린다. '할머니는 내가 예쁘대, 나도 할머니가 예뻐'라는 대등한 목소리는 비로소 인간과 동물이 소통하는 관계로 들어서고 있음을 보여 준다.

할머니는
이 세상에서
나, 고양이가 제일 예쁘단다.

귀때기
눈알딱지
코빼기
주댕이
다 예쁘단다.

나, 고양이도 이 세상에서
할머니가 제일 예쁘다.

사료랑 물이랑 담아 주려
종종걸음 치는
할머니 손모가지, 발모가지
다 예쁘다.

— 이상교 「다 예쁘다!」 전문(『찰방찰방 밤을 건너』)

4. 현실주의 동시의 여전한 가치

동물권에 대해 말하는 동시를 찾아보며 새삼 발견한 사실은 상상, 실험, 파격의 가치로 최근 주목받는 새로운 경향의 동시에 비해 이른바 현실주의 동시가 동물권 이슈를 뚜렷하고 꾸준하게 재현해 왔다는 점이다. 어린이의 현실에 천착해 이를 재현하는 데 집중하는 현실주의 동시가 어린이와 밀접한 동물권에 대해서도 관심을 두는 것은 어찌 보면 당연한 일이다. 1990년대 중반부터 현재까지 동물권을 다루어 온 동시들을 살펴보면 현실주의 동시가 기존의 문학론을 견지하면서도 시대 흐름에 따라 끊임없이 창작을 갱신해 온 사실을 발견할 수 있을 것이다. 그럼에도 최근 비평에서는 이러한 의의를 밝히지 못한 부분이 있다. 동물과 생명을 말한다는 이유로 동물권 주제를 종래의 대상화된 자연 친화 및 생명 사상과 동일시하면서, 이 주제가 오늘날 시사하는 바를 조명하지 않았다. 이 주제의 작품들이 꾸준히 갱신해 보인 형식 미학의 변화에도 무심했다.

일찍이 김미혜의 『아기 까치의 우산』(창비 2005)은 소박한 형식으로 동물권 이슈를 재현한 바 있다. "은빛 물고기/작은 물고기//까만 눈 달달 떠는데/파닥파닥 몸부림치는데//핏방울같이 튄/뻘건 고추장 닦아 가며/아빠가 빙어를 먹어요"(「뽀뽀 안 할 거예요」), "발 냄새 콜콜 나서/나는 못 먹겠다"(「돼지 족발」)에서 볼 수 있듯 어른의 탐식에 대한 어린이의 거부감을 드러내는 방식으로 동물권을 말한 바 있다. 그리고 『안 괜찮아, 야옹』(창비 2015)에 이르러 「누가 코끼리를 울게 했을까」 「멍텅구리」 「맛있게 드셨습니까?」 「아기 두꺼비」 등의 시편을 통해 동물원, 모피,

푸아그라, 로드킬에 이르기까지 확장된 주제의식을 보여 준다. 「멍텅구리」「맛있게 드셨습니까?」는 너구리 가죽을 산 채로 벗기고, 푸아그라 재료로 거위가 사육되는 현장의 잔인함을 드러내고, 생명의 아름다움을 노래하던 시인이 스타일 변화까지 이루어 낸 점을 보여 준다.

김은영 역시 『빼앗긴 이름 한 글자』(창비 1994), 『김치를 싫어하는 아이들아』(창비 2001), 『삐딱삐딱 5교시 삐뚤빼뚤 내 글씨』(문학동네 2014) 등을 통해 20여 년에 걸쳐 갱신을 거듭해 왔다. 1990년대 중반 출간된 『빼앗긴 이름 한 글자』에서는 어린이에게 객관적인 사실을 통해 동물권을 알린다. "기름에 튀긴 양념 통닭 맛있지/어떻게 기르는지 아니/조금도 못 움직이게/철창 속에 가두어서/모래밭 한 번 못 휘젓고/싱그러운 풀잎 한 번 못 뜯어 먹고/수입 사료 먹으면서 살만 찐 닭이야"(「빼앗긴 이름 한 글자」). 그러나 이후 『김치를 싫어하는 아이들아』에서는 "방문을 열면/닭들이 나란히 서서/나를 지켜본다//(…)//혹시/모이 줄까 하고//그런데/모이 안 주고/달걀만 꺼내 올 때/닭들에게 미안해"(「닭들에게 미안해」)라며 동물과 교감하고 동물에게 빚지는 미안함을 노래하는 방식으로 변화했으며, 최근에 이르러서는 더욱 차별되는 스타일을 선보인다. 다음 시에서 풍자 기법으로 형식은 가볍고 친근해졌고, 비판은 더욱 세밀해졌다.

아파트에 사는 여우들은
닭을 매우 사랑합니다.

닭 다리만 좋아하는 여우
닭 날개만 골라먹는 여우

닭 한 마리 통째로 좋아하는 여우.

출출할 때마다
통닭집으로 전화를 겁니다.

207동 703호
날개만 튀겨 주세요.
504동 201호
다리만 양념으로 해 주세요.
아저씨, 통닭 한 마리
빨리 와 주세요.

통닭집 아저씨
날마다 여우 아파트로 배달을 갑니다.
　　　　　─ 김은영 「여우 아파트」 전문(『삐딱삐딱 5교시 삐뚤빼뚤 내 글씨』)

　김이구는 "우리 동시의 특질이 근대의 자기 분열과 모순을 날카롭게
감지하고 넘어서기 위한 몸부림에 지나치게 둔감"하다며 "전통적인 자
연 송가나 보편적인 삶의 양상을 노래하는 것, 삶을 대상화한 근대 부정
의 비판의식에서 한걸음 나아가, 근대의 구성물인 자신의 삶 자체를 문
제적으로 인식"할 필요가 있다고 말한 바 있다.[2] 이는 당시 우리 동시에
대한 가장 근원적이고 전반적인 비평적 견해로, 지금도 여전히 유효하

<hr/>

2　김이구 「우리 동시와 근대 의식」, 『어린이문학을 보는 시각』, 창비 2005, 13~27면 참조.

다. 동물권에 대한 고민은 그가 요청한 '근대 의식'이 될 수 있으며 이를 넘어서는 '탈근대 의식'의 문학적 전망까지 가능한 주제로 보인다. 동물권이 인간과 동물의 관계를 반성하며 결국 타자와의 소통과 공존을 모색한다는 점에서 이를 재현하는 일은 어린이, 어른, 동물, 그 어떤 타자도 대상화하지 않는 내일의 동시를 실험하는 장이 될 것으로 보인다.

아이의 눈물이고 거울인

동시의 말하기 방식

　지난 겨울(2015년 말~2016년 초)에 아동문학 잡지에 실린 동시들을 두루 읽었다. 『동시마중』『시와 동화』『아동문예』『아동문학세상』『아동문학평론』『어린이문학』『어린이와 문학』『어린이책이야기』『열린아동문학』『창비어린이』등에 발표된 신작 동시는 어림잡아 300편이 훌쩍 넘었다. 이 글에서는 제외했지만『오늘의 동시문학』과, 일반문학 잡지『월간문학』『작가들』『시선』등에 실린 동시들까지 더하면 계절마다 400여 편의 동시가 문예지를 통해 발표되는 셈이다. 이렇게 많은 신작 동시를 한꺼번에 꼼꼼하게 읽어 본 건 처음이다.

　많은 시인의 신작을 집중적으로 읽다 보니 지금껏 기회 닿는 대로 꾸준히 동시집과 문예지를 읽을 때와는 또 다른 눈이 생기는 듯하다. 한 해 출간된 동시집을 추려 읽고 정리했던 그간의 작업과도 달랐다. 갓 발표된 신작만을 모아 읽어 보니 오늘날 우리 동시가 도달한 문학적 성취도, 소재와 주제와 형식의 범주, 장르에 대한 시인들의 자의식, 구태와 평균과 새로움의 지형 등이 좀 더 확연히 두드러져 보였다고 할까.

시인들이 설렘으로, 때론 도전과 실험으로, 어쩌면 머뭇거림과 검증받고 싶은 마음으로 내놓았을 작품들을 한 편, 한 편 정성껏 읽으며 오늘날 우리 동시의 좌표를 한 칸씩 그려 나가고 싶다. 그 좌표가 여러 갈래의 새 이정표를 찾아가는 길에 저 멀리 흐릿한 불빛으로라도 깜박일 수 있길 바라는 마음으로.

1. 말하기의 방식들

작품 수가 워낙 많다 보니 무궁화, 거미줄, 김밥, 꽃, 할머니 등 소재가 겹치는 작품이 꽤 되었다. 겨울방학을 소재로 한 작품도 두 편 있었는데 비슷한 주제를 다르게 말하는 방식이 눈에 띄었다.

스스로 정한 숙제 잊지 말고

건강하게 잘 지내다

개학식 날 만나자.

별일 있으면 안 된다.

선생님 보고 싶다고 징징 울지 말고

핸드폰으로 지금 찍어 놓아라.

눈이 오면 눈밭에서 뒹굴고

자기 닮은 눈사람 만들어 꼭 사진 찍어라.

세상에 나 같은 사람 또 하나 있다는 것도 괜찮단다.

방 안에서 문제집만 푸는 녀석들 가만 안 두겠어.

얼음길에서 미끄럼도 타고

고드름 칼싸움도 해라.

겨울밤 하늘은 맑고 깨끗해서 별자리 보기에 최고다.

별자리가 너희를 기다리고 있다.

너희 눈동자가 초롱초롱한지

대결하는 것도 잊지 마라.

이상 지금부터 시작이다.

겨울방학 실시!

　　　　　── 김영 「겨울방학 하는 날」 전문(『어린이와 문학』 2015년 12월호)

선생님, 숙제는 없어요?

── 숙제는 따로 없어요!

선생님, 일기는 몇 번 써야 해요?

── 일기는 쓰지 마세요!

선생님, 그럼 방학 때 뭐 해요?

── 해 떴다고 일어나지 말고 계속 자면 돼요!

선생님, 그럼 개학은 언제 해요?

── 실컷 자고, 봄에 만나기로 해요.

　　　　　── 박성우 「반달곰, 겨울방학식」 전문(『동시마중』 2016년 1·2월호)

두 편 모두 공부나 숙제에서 해방되는 겨울방학을 노래한다. 「겨울방학 하는 날」은 눈과 얼음 놀이, 별자리 보기 등 겨울 놀이를 구체적으로 열거하며 당장이라도 놀아야 할 것 같은 마음을 불러일으킨다. 반달곰을 의인화해 아이들에 빗댄 「반달곰, 겨울방학식」 또한 겨울잠을 자는 반달곰처럼 어린이들이 아무 걱정이나 부담 없이 푹 쉬어도 되는 방학을 소망한다. 선행학습과 영어특강으로 방학에 더 바쁜 요즘 어린이의 현실을 안쓰러워하는 시인의 마음이 공통적으로 담겨 있다.

그런데 이를 말하는 방식은 두 동시가 서로 다르다. 「겨울방학 하는 날」은 방학식 날 교사가 공지사항을 일방적으로 전달하는 형식이다. "찍어 놓아라" "찍어라" "해라" "잊지 마라" 등으로 반복되는 명령형 종결어미는 방학을 맞은 어린이의 자유를 노래하는 주제와 정반대인 위압감을 드러낸다. "방 안에서 문제집만 푸는 녀석들 가만 안 두겠어"라든지 "이상 지금부터 시작이다. 겨울방학 실시!" 같은 구절에 이르면 학교가 아닌 군대의 언어 문화가 연상될 정도다.

이렇듯 강한 어조는 어린이의 현실을 깊이 안타까워하고 변화를 간절히 바라는 마음을 반어적으로 드러내는 것일 수 있겠다. '아무리 외쳐 보아야 어린이는 결코 이렇게 마음껏 놀지 못하지 않느냐'는 항변인 셈이다. 하지만 어린이가 놀지 못하는 건 어른의 잘못이지 어린이의 잘못이 아니기에, 어린이에게 신나게 놀기를 강제하고 공부를 하면 가만두지 않겠다고 말할 수는 없다.

「반달곰, 겨울방학식」은 이러한 현실의 난제를 풀기 위해 의인화 방식으로 접근했다. 숙제도 없고 일기도 쓰지 말고 실컷 잠만 자라는 선생님의 '숙제'는 현실의 어린이에게는 얼토당토않은 주문이겠다. 하지만 겨울잠을 자는 반달곰에게는 가능하고, 그래야만 하는 '숙제'이다. 즉 이 작품은 반달곰의 겨울잠을 어린이 독자에게 친근한 겨울방학으로 비유하는 데서 나아가 어린이가 어떠한 삶을 누려야 하는지에 대한 질문으로 향하고 있다. 그러나 유머러스하고 반어적인 재현에 그칠 뿐 오늘날 어린이가 살아 내는 혹독한 현실에 대해 치밀한 반성과 전망을 드러내고 있지는 않다.

2. 아이에게 말 걸기의 어려움

동시에서 말하기의 방식은 매우 까다롭고 어려운 문제다. 어른 시인이 어린이를 일차독자로 삼는 동시의 장르적 특성은 화자나 어조와 관련해 끊임없는 고민을 요구한다. 화자가 말하는 방식이나 어린이 화자 뒤에 숨은 시인의 태도에 따라 작품의 분위기가 확연히 달라지기 때문이다.

꽁다리가 더 맛있어.
삐져나온,
공부 않고 말썽 피우고 싶은 마음.

소시지의 환호성
시금치와 계란말이의 자유
밥 이불을 걷어찬 오이의 용기
그렇게 끄트머리에 든 희망들

둘둘 말리면서도

기어이 도망쳐 나온 것들의 노래,

딱 우리들 맛이야.

—성명진 「김밥 꽁다리」 전문(『어린이와 문학』 2016년 1월호)

학교 제도와 규율로부터 탈주하려는 아이들의 마음을 김밥 꽁다리에
빗댄 이 시는 제목만큼이나 소박하고 재미있다. 김밥은 동시에서 친숙
한 소재로, 지금껏 꽤 많은 비유와 이미지들로 만나 왔다. 그럼에도 '소
시지-환호성' '시금치와 계란말이-자유' '오이-용기' 등으로 동시에
서는 자주 사용하지 않는 개념어들을 김밥 재료들과 연결해 탈주를 향
한 사유를 표현한 점이 무척 신선하다.

그런데 탈주와 자유의 분위기가 아쉽게도 마지막 행에 이르면 화자
의 문제에 걸려 반감된다. 마지막 행 이전까지는 이 시의 화자가 명확하
게 어린이로 읽히지 않는다. 개념어들의 사용도 그렇거니와 "공부 않고
말썽 피우고 싶은 마음"이나 "그렇게 끄트머리에 든 희망들" 등의 구절
은 어린이의 자기 인식이라기보다는 어른 시인들이 흔히 규정해 온 어
린이 인식으로 여겨지기 때문이다.

그래서 마지막 행의 "딱 우리들 맛이야"는 어린이 화자의 목소리로
들리기보다는 어른 시인이 '딱 너희들 맛이야'라고 말하는 것처럼 느껴
진다. '딱 너희들 같다고 내가 말해 줄게'라고 말하는 시인의 목소리가
노출된 채로 시에 종지부를 찍은 듯 보인다. 마지막 행에서 "우리들"이
라는 시어로 갑자기 화자가 어린이임을 드러내는 바람에 그 뒤에 숨은
어른 시인에게로 오히려 시선이 향하는 것이다.

이렇듯 동시가 어떠한 방식으로 어린이의 감정과 생각을 말할 것이
냐는 매우 섬세하게 고려되어야 할 문제다. 어린이 화자 논쟁을 떠올려

보면 언뜻 어린이 화자 탓일까 싶기도 하지만 어린이 화자를 사용하지 않는다 해서 문제가 해결되지는 않는다. 어린이 독자에게 말 걸기는 화자나 어조뿐 아니라 형식과 내용 전반을 아우르는 일이다.

오르다가
오르다가

앞서가는 사람 보고
털썩 주저앉고 싶을 때

뒤를
한번 돌아봐

꼴찌가 아니야
네가
일등이잖아

　　　　　　　　　 — 이옥근 「등산길」 전문(『어린이와 문학』 2015년 12월호)

　시의 제목은 '등산길'이지만 결국 이 시가 말하고자 하는 건 멀리는 인생길, 가까이는 학업 경쟁에서 어린이들이 지녔으면 하는 태도다. 어린이의 지친 삶을 위로하고 격려하며 삶의 지혜를 전하려는 뜻은 온당하나 다소 평면적인 진술이 되었다. 게다가 시에서 이유가 명확히 드러나진 않지만 뒤를 돌아보면 "꼴찌가 아니"고 "일등"이라는 또 다른 가치 평가는 평가 기준을 달리 두는 것일 뿐 경쟁과 비교의 대열 자체를 파괴하지는 못한다.

어린이 현실에 관심을 기울이며 어린이 편에 서려는 시들이 주제에
대한 탐구와 아울러 어린이 독자에게 말하는 방식에 대해서도 좀 더 다
양한 실험을 하길 바란다. 그러려면 우선 교훈적이고 지시적이고 선언
적인 틀에서 벗어나야 할 듯싶다. 흔히 교훈주의는 동화의 병폐로, 동심
주의는 동시의 병폐로 지적되는데, 오늘날 동시는 여전히 동심주의와
교훈주의 모두에서 자유롭지 못하다.

3. 나를 받아 적은 말이 아이에게로

울음을 그칠 수가 없어요

한참을 울다 보면 눈물이

볼을 핥아 주거든요

괜찮아, 괜찮아,

아무도 달래 주지 않는

볼을 가만가만

쓰다듬어 주거든요

아무도 달려오질 않아

속이 상하고

아무도 달래 주질 않아

심통이 나지만

괜찮아, 괜찮아,

혼자 우는 아이를 달래 주는 건

눈물밖에 없거든요

—손택수「혼자 우는 아이」전문(『동시마중』2016년 1·2월호)

이 시에는 지금껏 동시가 흔히 그려 온, 어른에게 야단맞았다거나, 친구와 싸웠다거나, 억울한 일을 당했다거나, 공부나 다른 경쟁에서 졌다거나 하는, 눈물을 보인 이유가 나타나 있지 않다. 그런 이유로 우는 경우야 흔하다. 동시가 말해 온 그러한 이유들이 안타깝게도 동시의 본심과는 다르게 어린이의 눈물을 흔하게 만들어 버렸다. 이 시에서는 이유를 알 수 없는 어린이의 울음이 오히려 눈물 자체를 들여다보게 한다.

시인은 어린이의 눈물을 보고 안절부절못하거나 조바심치지 않는다. 얼른 닦아 주려 하지도 않는다. 우는 이유를 물어보거나, 그 이유를 없애 주거나, 울 필요 없는 일이라고 단정하거나, 다음번에 울지 않으려면 어떡해야 한다고 가르치지도 않는다.

이 시에서 혼자 우는 아이를 달래는 건 어른의 배려, 친구의 우정, 아이의 결심이나 각오가 아니라 아이의 눈물이다. 내가 나를 달랜다. "한참을 울다 보면 눈물이" "쓰다듬어 주고" "달래 주"기에 "울음을 그칠 수가 없"는 것이다. 나의 눈물이 나를 위로하고 정화한다. 눈물이 마르도록 울어 본 사람은 나의 슬픔이 나의 슬픔을 위로할 때가 있다는 걸 안다.

생떼를 쓰는 것 같아 보이는 어린이든, 존재의 슬픔에 겨워하는 어른 시인이든 누구에게나 눈물은 같다. 그래서 이 시는 어린이와 함께 울어 주는 시가 된다. 혼자 우는 아이 옆에서 아이를 위해 어른 시인이 울어 주는 것이 아니라 너도 울고 나도 우는 존재이기 때문에 같이 울 수 있는 것이다. 혼자 흘린 나의 눈물을 혼자 우는 너에게 보여 준다. 바로 여기에서 어른 시인과 어린이 독자는 온전히 만난다.

    내가 바보 같은 날
    거울을 보았어

    내가 울었더니 거울 속
    아이도 울었어

    내가 눈물 닦았더니
    아이도 닦았어

    내가 머리 쓰다듬었더니
    아이도 쓰다듬었어

    아이가 웃을까 말까
    망설이기에
    내가 먼저 씩 웃어 주었어
                — 김금래 「거울 속 아이」 전문(『창비어린이』 2016년 봄호)

이 시 역시 우는 아이를 위로하는 것은 아이 자신이다. 거울의 이미지에 바탕을 둔 1연에서 4연까지의 평이한 서술은 마지막 연에 이르러 놀라운 전환을 이룬다. 깊은 슬픔이 내면의 나를 만나게 하고 나를 위로하고 회복시킨다.

내가 울었더니 거울 속 아이도 울고, 내가 머리를 쓰다듬었더니 아이도 쓰다듬는다. 이때 '나'는 보는 주체이고 '아이'는 보이는 대상이다. 하지만 마지막 연에서 '나'를 보며 웃을까 말까 망설이는 '아이'는 더 이상 대상이 아닌 주체가 된다. 망설이는 '아이'와 먼저 웃어 주는 '나'는 서로 다른 주체로 만난다.

어른이 쓴 동시가 어린이 독자에게 '거울 속 아이'가 되어 주면 좋겠다. 나와 똑같이 울고 웃는 아이, 어느 순간 나에게 말 걸어오는 아이, 그래서 바보같이 울던 내가 먼저 웃게 만드는 아이⋯⋯. 그렇게 동시라는 텍스트가 어린이 독자와 깊이 만나길 바란다.

'혼자 우는 아이'가 담겨 있을 때 비로소 동시는 '거울 속 아이'가 될 것 같다.

낯익은 새로움, 낯선 낡음

동시의 실험

1. 신춘문예와 문학 제도

　계간『시와 동화』2016년 봄호에는 2016년 신춘문예 동시 당선작과 함께 당선자들의 신작 시 한 편이 실렸다. 그 권위와 위상이 아무리 예전 같지 않다 해도 등단을 꿈꾸는 이들에게 신춘문예는 여전히 의미 있는 관문이다. 신춘문예 특집 지면을 마주하는 마음 역시 새로운 시인의 등장만으로 반갑고 설레야 할 테다. 그런데 그 면면을 살펴보면 의문스럽고 우려되는 점들이 있다.

　먼저『시와 동화』에 정리된 바를 보면 동화 장르를 공모하는 신춘문예의 주관 신문사는 16군데인 데 반해 동시는 6군데에 불과하다. 이는 소설을 공모하면서 시를 공모하지 않는 것과 마찬가지다. 동시는 왜 동화와 나란히 신춘문예의 공모 장르가 되지 못했거나 점차 배제되었을까. 응모자가 여전히 많은 걸 보면 장르에 진입하려는 이가 적거나 장르가 사장되는 추세이기 때문은 아닐 듯싶다.

신춘문예 응모 분야에서 동시 장르가 소외되어 간다는 사실이 합당하지 않다는 생각은 들지만, 솔직히 마냥 아쉽지는 않다. 오랫동안 신인 발굴 제도의 일부가 되어 온 신춘문예는 최근 변화하는 문학 환경 속에서 그간의 공과에 대한 평가를 바탕으로 의미 있는 변화를 요청받고 있다. 신춘문예가 아니더라도 등단 방법은 다양하고, 의례적인 등단 절차를 거치지 않았다 해도 작품이 좋으면 책으로 출간되고 독자와 만날 기회가 예전보다 열려 있다고 보기에 더욱 신춘문예에 미련을 둘 필요가 없을 것 같다.

그럼에도 신춘문예가 존재하는 한 이 제도의 취지와 이점을 살려 새로운 시인을 발굴하려는 노력은 필요할 텐데, 그것이 제대로 운영되고 있다고 보기는 어렵다. 신춘문예를 비롯한 각종 문예공모와 문학상 심사에서 가장 치밀하고 신중하게 고려되어야 할 것은 무엇보다도 심사위원 위촉에 관한 문제이다. 공모 주체가 어떤 이들을 위촉할지, 심사위원 간 합의는 어떠한 방식으로 이루어 낼지, 심사위원의 위촉 연한과 재위촉 여부를 어떻게 규정할 것인지 등에 대해 온당하게 대처하지 못한다면 심사제도의 편향성을 극복하기 어렵다.

2016년 신춘문예 심사위원을 살펴보면 각종 문예공모 심사에서 동시 분야가 지닌 고질적인 문제들이 드러난다. 심사위원의 전문성이 의문스럽거나 심사위원이 사실상 한 명인 경우가 대표적이다. 『한국일보』 신춘문예의 동시 부문 심사위원 두 명 중 한 명은 그림책 작가였는데, 전문성이 떨어져 고개를 갸웃거리게 만든다. 한편 아동문학 부문의 창작기금 수혜자 심사의 경우, 동화작가가 동시를 심사한다는 것도 온당치 못하고, 동시 관련 심사위원 한 사람의 의견에 전적으로 의존해야 하는 것도 심사의 수월성과 공정성을 담보하기 어렵다고 본다.

다른 장르의 작가나 관련자가 오히려 좀 더 열린 시각으로 동시를 평가할 수 있지 않겠느냐고 반문할 수도 있다. 그렇다면 소설가가 시를, 시인이 소설을, 동시인이 성인시나 시조를 심사한다고 상정해 보자. 이러한 운영 방식은 심사제도 자체의 한계를 보완하고 다양성을 보장하기보다는 전문성을 저하시킬 우려가 있다. 심사라는 게 고작 한두 명의 심사위원의 평가에 전적으로 좌지우지되는 상황이라면 심사위원은 해당 분야의 장르 전통을 아우르는 식견과 함께 오늘의 창작 현실에 뒤처지지 않는 감각을 지녀야 하고, 장르의 미래에 대한 전망도 갖고 있어야 마땅하다.

2. 신춘문예 당선 동시들

모내기 하는 날은
세상에서 제일 큰
밥상보를 만드는 날입니다

황새가
이리저리
훨훨 날아다니며
치수를 잽니다

아빠는

이앙기로
탈탈탈탈
초록 천을 펼칩니다

엄마는
못짐을 들고
논둑을 따라
시침질이 한창입니다

때마침 내리는 비가
은침으로 박음질을 끝내면
들판은 세상에서
가장 큰 밥상보입니다

한여름 땡볕을 견디고
가을 햇살이 익을 무렵
저 큰 밥상보를 가만히 들추면
푸짐한 밥상이
들판 가득 차려지겠지요

—— 김종훈 「모내기」 전문(『경상일보』 신춘문예 당선작)

「모내기」는 이번 신춘문예 동시 당선작 가운데 가장 눈에 띄는 작품으로, 농사일이라는 평이한 소재를 커다란 풍경화로 시원스레 펼쳐 놓은 점이 돋보인다.

물론 벼가 누렇게 무르익은 추수 무렵의 논을 두고 '밥상'이라 부르는 것이 그다지 새롭지 않다고 볼 수도 있겠다. 키 작은 모를 '밥상보'에, 다 자란 벼를 '밥상'에 대응한 비유도 엄밀히 따져 물을 지점이 있다. 벼의 모양과 성격이 시간의 흐름에 따라 변화했다고 해도 '밥상보'와 '밥상'처럼 물리적으로 전혀 다른 두 대상으로 확연히 나눌 수 있는지, 비유가 과연 적절한지에 대해 의문을 가져 볼 만하다. 또 마지막 연의 "한여름 땡볕을 견디고/가을 햇살이 익을 무렵/저 큰 밥상보를 가만히 들추면"(강조는 인용자)이란 표현은 모내기 후 계속되어야 할 수고로운 농사일을 도외시한 듯하여 낭만성으로 해석될 여지가 있다.

하지만 모내기를 '밥상보'를 만드는 바느질로 상상하면서 황새, 아빠, 엄마, 비의 행위를 각각 천을 재단하고 바느질하는 과정에 적절히 대응시켜 매우 선명하고 신선한 이미지를 만들어 냈다. 모내기라는 농사일을 인간의 노동과 아울러 동물과 자연까지 어우러지는 일로 그려 낸 것 또한 시원한 이미지만큼이나 상상의 폭을 확장시킨다.

이 동시는 능란한 언어와 구성으로 '모내기'를 '바느질'에 비유하며 농사가 곧 밥을 만드는 일이라는 주제를 안정감 있게 그린다. 그런데 이러한 주제의식이 언어나 비유에 비해서는 새롭지 않아 보인다. 신춘문예 당선작이라는 기대감 탓이기도 하겠지만 다른 당선작들 또한 새로 등단한 시인만의 개성적인 시선을 보여 준다고 환영하기에는 다소 미흡하게 여겨진다.

친구랑 둘이 남아 벌 청소 한다
하늘을 나는 대걸레

배는 점점 고파 오고
대걸레 휘휘 돌리니
아하,
대걸레가 몽땅 짜장면이다
꿀꺽, 침 삼키고 바라보니
세 그릇쯤 된다
색종이로 오이 송송
단무지 한 쪽

후루룩 쩝쩝
하하하
일기 안 쓴 예찬이 한 그릇
나 한 그릇
에라, 모르겠다
선생님도 드리자.

에궁에궁
신기한 짜장면, 배는 안 부르고

예끼
선생님이 주신 짜장면값
꿀밤 한 알
미소 한 접시.

— 박미림 「숙제 안 한 날」 전문(『조선일보』 신춘문예 당선작)

이 동시에는 '아하' '꿀꺽' '후루룩 쩝쩝' '하하하' '에라' '에궁에궁' '예끼'와 같은 의성어가 신중한 고려 없이 지나치게 사용되면서 언어의 자연스러운 흐름과 리듬이 끊기는 현상이 있다. "꿀밤 한 알/미소 한 접시"라는 마지막 연의 마무리 또한 상투적이다. 그럼에도 벌 청소를 하는 와중에 대걸레를 보고 짜장면을 연상하고, 청소를 놀이로 삼는 어린이 화자의 자유분방함과 활달함이 생생하고 흥겹게 전달된다.

우리 할머니 집 세탁기는
덜커덩덜커덩
참 요란스럽게도 일한다

명절 때마다
할머니 집 수리 기사가 되는
우리 아빠
두리번두리번
세탁기 한쪽 받칠 만한 걸 찾는다

─쪼매만 있어 봐라잉

창고에 다녀온 할머니 손에는
내 손바닥만 한 장판 한 조각

─콧구멍에 낀 대추씨도 다 쓸 데가 있제잉

한 번 접고 두 번 접어

세탁기 밑에 끼어 넣었더니

수평이 딱 맞는다

세탁기에 낀 장판 조각

콧구멍에 낀 대추씨

　　　　　—— 안안미 「콧구멍에 낀 대추씨」 전문(『한국일보』 신춘문예 당선작)

　이 작품에서는 자칫 장황하거나 어수선할 수도 있는 시적 정황이 매우 안정적이고 자연스럽게 서술되어 있다. 시의 자연스러운 전개에 따라 "손바닥만 한 장판 조각"을 "콧구멍에 낀 대추씨"로 표현한 할머니의 재미있는 말법이 마지막에 선명히 부각된다. 하지만 아주 작은 물건이라도 다 쓸모가 있다는 주제는 그다지 새롭지 않다.

　「숙제 안 한 날」과 「콧구멍에 낀 대추씨」 두 작품 모두 유머를 기반으로 즐겁고 경쾌하게 안온한 일상 세계를 그린다. 그런데 모름지기 한 편의 시가 담고 있어야 할 주제의식이 빈약하거나 상투적이다.

　요즈음 동시에서는 뻔한 교훈과 무거운 주제의식에서 탈피한, 이전보다 가볍고 유머러스한 시선과 태도가 엿보인다. 하지만 시인이라는 이름으로 세상에 내어 놓는 한 편, 한 편의 시에서 언어의 무게가 좀 더 숙고되었으면 한다. 아울러 시라는 문학 형식에 맞갖은 세련과 안정만큼이나 파격과 실험 또한 기다리게 된다. 세련된 낯익음보다는 조금 어설퍼도 괜찮은 낯섦을 만나고 싶다.

3. 오래된 동시의 미래

이번 봄, 각종 문예지에 실린 동시 중에서 신춘문예로 갓 등단한 신인의 작품만큼이나 눈길을 끄는 작품들이 있었다.

사람끼리 만나면
반갑게 웃으며
손을 잡는다.

강아지끼리 만나면
마주 서서
꼬리 치며
입을 맞춘다.

강아지와 사람이 만나면
꼬리 치며 안기고
손 벌려 안아 주고

만남이란
참 기쁘다
참 행복해.

— 엄기원 「만남 2」 전문(『시선』 2016년 봄호)

감자꽃 피던 날
텃밭에 앉아
앞날을 생각했다.

'수녀님이 될 테야.'

종신서원 하던 날
성당에 앉아
옛날을 생각했다.

'감자꽃처럼 순했었지.'

— 황베드로 「생각」 전문(『아동문학세상』 2016년 봄호)

　1963년 『한국일보』 신춘문예로 등단한 엄기원 시인이나 1970년에 첫 시집을 낸 황베드로 시인 모두 과거 유수의 문학상을 여럿 수상한 원로 시인이다. 수십 년간 동시를 창작해 온 노년의 두 시인은 힘을 뺀 채로 평이하고 순박하게 시적 진술을 하고 있다. 두 작품에서는 미학적 완성도나 정제된 세련미를 추구하려는 욕심을 찾아볼 수 없다. 제목부터가 '만남' '생각'으로 단순명료하다.

　「만남 2」의 마지막 연 "만남이란/참 기쁘다/참 행복해."라는 진술은 어찌 보면 좀 더 시적으로 형상화해야 하지 않았을까 생각할 수도 있을 만큼 단순하고도 직설적이다. 이 작품이 원로 시인이 아니라 신인의 것이었다면 평가를 달리하지 않았을까 싶기도 하다. 하지만 1연에서 3연까지 사람과 사람이, 강아지와 강아지가, 사람과 강아지가 반갑게 만나는 장면을 묘사한 후 이를 마무리하는 4연에 이르면 시인의 정직한 진술에 담긴 기쁨과 행복이 독자에게도 있는 그대로 전해지는 듯하다.

「생각」 또한 과거를 회상하는 시인의 마음을 꾸밈없이 진술하고 있다. 시인은 과거의 두 시점을 회상한다. 첫 번째 시점은 수녀가 되겠다고 결심한 어린 시절의 어느 날이고, 두 번째 시점은 평생토록 수녀로 살겠다고 신 앞에 약속한 날이다. '종신서원'은 수녀원에 들어가 일정 기간 수련을 거친 후 최종적으로 수녀가 되는 서약을 말하므로 이 시에는 시인의 일생이 담겨 있는 셈이다.

이 짧은 시 한 편은 동시에서 금기시하는 시의 형식, 즉 어른 화자와 과거 회상 진술을 무람없이 활용하여 평생 수녀로 살아온 시인의 시간을 돌아본다. 현재 시점의 화자는 과거의 두 시점을 회상하는데, 이때 가까운 과거 시점에서는 먼 과거 시점을 회상한다. 여기서 '먼 과거(어린 시절)—가까운 과거(종신서원)—현재'로 이어지는 세 시점은 일직선의 시간이 아니라 마치 동심원이나 마트료시카 인형처럼 현재가 과거를 여러 겹으로 품고 있는 모양새로 드러난다. 어린 시절은 "앞날을 생각"하며 종신서원과 현재를 있게 한 과거이기에 직선상 한 좌표 이상의 의미를 지닌다.

아마도 시인은 삶과 죽음이라는 실재 앞에서 자신의 삶 전부를 이 한 편의 시에 담았는지도 모르겠다. 여기에 어린이 독자를 특별히 배려하는 태도나 장치는 없지만 어린이 독자의 현재 또한 이 시 화자의 '어린 시절'과 같은 의미를 지닐 것이기에 동시로서 그 의미가 충만해 보인다.

    술래인데
    열도 세기 전에

자꾸만 뒤돌아보아서
미안해

열까지 세면
네가 정말 없어질까 봐
나 혼자 마당에 남게 될까 봐
미안해, 다섯만 세고 돌아봐서.

— 구경분 「술래잡기」 전문(『아동문학세상』 2016년 봄호)

어느 날 염소는
제 머리에 멋지고 단단한 뿔이 돋아난 걸 알고
마구 설레었습니다.

그날 오후
무리에서 몰래 벗어나
뿔을 앞세우고
숲 깊은 곳으로 나아갔습니다.

— 성명진 「당당하게」 전문(『동시마중』 2016년 3·4월호)

위 두 작품 또한 별다른 형식 실험이나 장치 없이 평이한 진술로 이루어져 있으면서도 독자에 따라 여러 함의를 발견할 수 있는 시이다. 「술래잡기」는 어린이들이 실제로 놀이하는 모양새와 심리를 묘사하면서도 상실에 대한 인간의 근원적인 두려움까지 떠올리기에 충분하다. 「당당하게」에서는 '무소의 뿔처럼 혼자서' 제 길을 걸어가는 존재들을 격려하는, 나직하면서도 힘 있는 응원의 목소리가 들린다. 어느 날 자신의 머리에 단단한 뿔이 돋아난 걸 알고 마구 설레다가 이윽고 무리에서 몰래 벗어나 숲 깊은 곳으로 홀로 당당하게 나아가는 염소의 용기 있는 도전에 응원을 보내고 있다.

신춘문예 당선작보다 오히려 원로 시인들의 신작이 새로워 보이는 건 왜일까. 그것은 어느 한 편이 미학적으로 우월하기 때문은 아닐 것이다. 문학을 포함한 예술의 속성은 '낯설게 하기'에 있을 테지만 낯섦은 곧 낯익음이 되어 버린다. 낯섦으로 호평받는 동시대의 작품 경향만을 따른다면 그것은 이내 전혀 새롭지 않게 된다. 오히려 이미 낯익다고 사장되었던 예전 작품보다 더 구태의연할 수 있다. 동시대의 작품 경향에 휩쓸리지 않고 시인 자신만의 목소리를 찾는 것, 그것만이 문학적 장치로서가 아닌 문학 본연의 속성으로서의 '낯설게 하기'에 다가가는 일일 것 같다.

엄마라는 타인

동시의 성인지 감수성

영화 「4등」(2015)에는 수영을 좋아해 수영 선수가 되고 싶어 하는 어린이와, 그를 힘껏 뒷바라지하는 엄마가 나온다. 아이가 수영대회에서 늘 4등을 면치 못하자 엄마는 "뭐가 되려고 그러냐, 인생을 꾸리꾸리하게 살 거냐"며 실력을 향상시켜 줄 코치를 구한다. 새 코치가 아이 온몸에 시커먼 멍을 만들어 놓는 걸 알면서도 엄마는 모르는 척 눈을 감는다. 맞으면서까지 1등을 하고 싶지 않으니 수영을 그만두겠다는 아이에게 엄마는 열심히 한 건 아이보다 자신이니까 그런 선택을 할 자격이 없다고도 한다. 또한 아이 아빠에게는 아이가 "맞는 것보다 4등을 하는 게 더 두렵다"고 말한다.

절에 찾아가 두 아들과 남편에 대한 소원을 비는 엄마에게 자기 자신을 위한 소원은 없었다. 개인의 삶은 없고 오직 엄마로서의 역할만 남아 자녀의 성취를 자신의 것으로 동일시하며 아이의 삶을 닦달하는 모습은 오늘날 많은 엄마들의 어둡고 슬픈 자화상일지 모른다. 하지만 그 얼굴을 들추어내는 영화의 시선은 도식적이고, 섬세하지 못하다. 아이의 삶과 자신의 삶을 분리하지 못하는 엄마의 태도는 마땅히 반성해야겠지만 구타를 외면하면서까지 아이를 훈련시킨다는 설정은 설득력이 떨어져 영화의 의도에 대한 공감을 방해한다. 코치에게 보너스를 건네면서 더 이상 아이를 때리지 말라고 못 박아 두거나, 현실에 적극 개입하여 문제를 해결하는 역할은 아빠의 몫이다. 엄마는 그저 아이에게 자신의 욕망을 투사하는 존재로만 비쳐질 뿐이다.

지금껏 동화가 그려 온 많은 엄마의 모습 또한 이와 크게 다르지 않았다. 성공이라는 목표 아래 학업 성취를 다그치고 일거수일투족을 간섭하는 엄마들을 숱하게 보아 왔다. 그렇다면 동시에 나타난 엄마상은 어떠한가.

1. 부재하는 '모성'에 대한 갈구

거짓말 안 하기로
정직하게 살기로
돌아가신 엄마랑 약속했는데

"엄마 안 보고 싶니?"

외할머니가 물어볼 때면
나도 어쩔 수 없어.

"네."

—송명원 「엄마 안 보고 싶어요!」(『어린이와 문학』 2016년 8월호)

배고프다 하모 밥 차려 주제,

꿍쳐 둔 돈 몽땅 빼 주제,

신발이고 옷은 다 메이커제, 부족한 게 뭐꼬?

이제 정신 차리고

공부해라는 말이

뭐가 못마땅해서

어디로 토까이 맹키로 토꼈다가

꼬내기 맹키로 살짝이

들어오면 어야노?

니마저 없아모 어째 살겠노?

이 할미는 속 타 죽겠다마! 이불만 뒤집어쓰지 말고

말 좀 해 봐라.

간이라도 빼 주꾸마!

니사 엄마만 없다 뿐이지,

뭐가 부족하노?

—박해정 「뭐가 부족하노?」 전문(『어린이책 이야기』 2016년 여름호)

두 시에는 아이의 엄마가 부재한다. 「엄마 안 보고 싶어요!」에서 엄마
는 돌아가셨다. 「뭐가 부족하노?」에서는 "니사 엄마만 없다 뿐이지,/뭐
가 부족하노?"라는 할머니의 타박이 엄마 잃은 아이에게는 쉽게 할 수
없는 말인 듯해 엄마와 떨어져 사는 상황인가 싶지만 "니마저 없아모

어째 살겠노?"라는 말로 짐작하자면 엄마의 부재가 한시적이지만은 않아 보인다.

어린이에게 엄마는 누구보다 소중한 존재이기에 엄마의 부재는 어린이가 겪는 현실적인 어려움 가운데 상당히 큰 경우일 테다. 그래서 시 속 어린이들은 돌아가신 엄마가 보고 싶어도 차마 말 못 하고, 엄마 대신 할머니가 살뜰히 보살펴 주어도 허한 마음을 숨기질 못한다. "엄마만 없다 뿐이지,/뭐가 부족하노?"라는 할머니의 하소연은 어린이의 마음을 대변해 주는 반어적 의미를 지닌다. 온갖 보살핌을 받아도 엄마가 없으면 다 소용없다는, 거꾸로 설령 다른 보살핌이 없다 해도 엄마만 있으면 된다는 말이다.

그런데 궁금해진다. 어린이 독자들은 과연 이 시를 어떻게 읽을까. 만약 이 작품들의 창작 의도가 엄마 잃은 어린이들을 위로하는 데 있다면, 그 의도대로 될 수 있을까. 부재하는 엄마에 대한 그리움이라는 감정은 오늘날 어린이 독자에게 얼마만큼 공감을 불러일으킬 수 있을까. 아동문학이 엄마의 부재를 말할 때 그것은 어떤 의미를 지니는가.

왜 우냐고 묻지 마세요.
가엽게 여기지도 마세요.
나 혼자 울게 그냥 두세요.
가던 길이나 어서 가세요.

나를 도와주려고 다가오지만
할아버지도 무섭고 싫어요.

엄마가 그랬어요.

모르는 사람이 말 걸 땐

더 조심해야 한다고

엄마를 놓치지 않았다면

이렇게 길 잃고

어쩔 줄 몰라 울진 않겠죠.

나는 지금 울어야 해요.

울지도 못하면 할 게 없어요.

울다 지쳐 잠들어도 괜찮아요.

엄마가 올 때까지

마냥 울고 있을래요.

— 안학수 「혼자 우는 아이」(『어린이와 문학』 2016년 8월호)

　이 시에서 화자인 어린아이는 엄마를 잃고 미아가 된 상황이다. 길에
서 엄마를 잃고 울 정도라면 나이가 꽤 어린아이일 텐데 어린이 화자의
어조는 훨씬 성숙하게 여겨진다. 미아가 된 어린이가 엄마를 기다리며
마냥 울고 있는 자신의 상황을 전지적으로 인식하고 서술하고 있기 때
문이다. 예상되는 화자의 연령과 어조의 불일치가 어린이 화자와 어른
시인의 관념 사이의 어긋남으로 보이지는 않는다. 이러한 불일치는 미
아가 발생한, 표면적인 시적 정황의 이면을 상상하게 한다. 길에서 "울
다 지쳐 잠들어도 괜찮"고 "엄마가 올 때까지/마냥 울고 있을"거라는

마무리는 미아가 된 어린이의 절망과 체념 어린 과장으로 들리기보다는 시적 정황을 확장시키고 중의적인 의미를 이끌어 내는 듯 보인다. 길에서 엄마 손을 놓치고 우는 어린아이를 망연히 바라만 봐야 하는 시적 주체의 난감함은 나이 들어 돌아가신 어머니를 그리워하는 어른의 심정과 서로 전이되고 있지 않나 싶다.

부재하는 엄마를 그리워하는 마음은 아동문학이 태동된 시기부터 오래도록 이어져 온 주제다. 여기서 엄마의 '모성'은 '동심'만큼이나 신성화·낭만화되는 경우가 적지 않다. '동심'과 마찬가지로 '모성'은 잃어버린 낙원으로 상정된다. 부재하는 '모성'은 삶을 온전하게 충족시켜줄 구원이자 염원인 양 표현된다. 엄마가 없으니 다른 모든 보살핌이 무용하다고 상정하는 것이나 잃어버린 엄마를 기다리며 마냥 울고 싶어하는 것 모두 이러한 '모성' 관념의 울타리에 갇혀 있는 듯하다.

2. 동시에 나타난 현실의 엄마들

반면 현실의 엄마들은 이상화된 '모성'과는 거리가 먼 인물로 그려지기 십상이다.

오빠한테
쥐방울만 한 게 까분다고 하질 않나

내가 뭔 말만 하면
콩알만 한 게 대든다며

머리를 쥐어박고

사촌 동생 돌잔치 때도
빈 접시가 쌓이도록 먹고
글쎄, 먹은 게 없대

용돈 좀 올려 달랬더니
아빠 월급 쥐꼬리만 하니까
꿈도 꾸지 말래

집 안이 코딱지만 해
답답해서 못 살겠다며 나갔어
쿵!
쿵!
마당이 꺼질지도 몰라

　　　　　　—송명원 「거인 엄마」 전문(『어린이와 문학』 2016년 8월호)

　이 시는 엄마를 쥐방울, 콩알, 빈 접시, 쥐꼬리, 코딱지 등의 작은 사물
들과 대비하며 '거인'에 비유한다. 이때 거인은 마고할미 등 여러 신화
속 여성신이나 그들 존재 자체가 지닌 원시적이고 생명력 넘치는 이미
지와는 전혀 다른 부정적인 의미를 지닌다. 아이들의 인격을 무시하고,
현재의 삶의 조건에 만족하지 않으며, 집안 행사 때 식탐까지 부리는 이
기적이고 탐욕스럽고 사나운 모습이기 때문이다. 이 시에서 엄마는 철
저히 부정된다. '거인'이라는 비유적 표현은 엄마를 희화화할 뿐이다.

이렇듯 엄마를 부정적으로 그려 낸 모습을 동시에서는 쉽게 찾아볼 수 있다.

> 옆집 시인 아저씨
>
> 내 동생 보면
>
> 손뼉을 딱 치며
>
> "니 말이 시다."
>
> "니가 바로 시인이다."
>
> 그런데 왜
>
> 엄마는 동생한테 시를 외우라 하나?
>
> —— 이화주 「엄마는 왜?」 전문(『시와 동화』 2016년 여름호)

시인 '아저씨'는 어린이의 말에서 시를 발견하고, 어린이를 시인으로 인정한다. 어린아이를 키우거나 가까이서 지켜본 이라면 쉽게 공감할 만한 경험이다. 그런데 정작 엄마는 시를 교육의 방편으로만 여기며 화자보다도 어린 동생에게 시를 외우라고 강요한다. 시에 대한 '옆집 시인 아저씨'와 '엄마'의 상반된 입장을 통해 학습만을 중요시하는 엄마의 태도가 부각되고 비판된다.

이렇듯 영화 「4등」의 엄마들이 동시에도 숱하게 등장한다. 공부를 강요하는 엄마와 이를 싫어하는 아이들 사이의 갈등을 다룬 동시나, 아이에게 투영된 엄마의 그릇된 욕망을 꼬집는 동시들이 관습적으로 창작되는 까닭은 아마도 동시가 어린이의 편에 서서 그들의 억울한 심정을 대변해 주어야 한다는 생각 때문인 듯싶다.

억압당한 어린이의 목소리를 복원하려는 시도는 소중하다. 그러나 이제는 엄마와 아이가 공부로 갈등을 겪는 상황이 오직 엄마 개인의 히스테리 때문인 양 단편적이고 도식적으로 비난하는 데서 나아가야 하지 않을까. 이 문제를 학벌사회, 가부장제 등 좀 더 넓은 사회적인 관점에서 바라볼 수도 있겠다. 자동기술처럼 엄마에게 악역을 맡기고 엄마와 아이의 관계를 고정적인 권력 관계로 묘사해 온 창작 관행이 어린이에게 말을 걸고 어린이의 목소리를 복원하는 데 과연 얼마나 유용했는지 돌이켜 볼 때다. 동시에 숱하게 보여 온 '엄마'에 대한 재현 방식은 지금까지의 창작 관행에서 한 발 더 새로워질 수 있는 가능성을 탐구하는 시험대가 될 것이다.

엄마는 호미를 잡았다 하면
산밭에 풀을 모조리 뽑아서
밭두둑에 덮는다

엄마 발자국 소리만 들어도
산밭에 풀은 발발
떨 것이다, 이제 죽었구나 싶어서
—— 서정홍 「여름날」 전문(『어린이문학』 2016년 여름호)

저 싹이 자라면서
속을 파 먹어 양파는 홀쭉해진 것이다

누가 파 먹었을까
엄마 가슴에도

홀쭉해진 양파가 두 개

　　　　　— 곽해룡 「홀쭉해진 양파」 부분(『시와 동화』 2016년 여름호)

「여름날」은 생활력이 강하고 억척스러운 엄마를, 「홀쭉해진 양파」는 자녀를 위해 희생하는 엄마를 그린다. 둘 다 그간 동시에서 익숙하게 보아 온 이미지다. 전통적인 농촌 정서에 바탕을 둔 엄마상이다.

일 나가 늦은 밤에 돌아오는

아빠 엄마 어깨 위에도

커다란 곰 세 마리 살고 있대요

누구나 어깨 위에

곰 세 마리 올려놓고 산대요

　　　　　— 김자미 「곰 세 마리」 부분(『어린이와 문학』 2016년 7월호)

회사를 다니시는

우리 엄마

(…)

햇볕 쬘

시간조차 없어

주말이면

베란다에 서 계시는 엄마

　　　　　— 최종녀 「비타민 D」 부분(『열린아동문학』 2016년 여름호)

앞의 시들에서는 워킹맘의 고단함을 그린 점이 주목된다. "콧노래 부르며 밥상을 차리는 어머니"와 "나를 덥석 안아 주고 일터에 가는 아버지"(서정홍 「고맙습니다」, 『어린이문학』 2016년 여름호)에서 보듯 부모의 역할을 집안일과 바깥일로 분리해 온 오랜 관습과 비교할 때 이 시들은 성평등 관점에서도 진일보했다. 하지만 일하는 엄마의 고단함을 객관적으로 관찰하는 데서 더 나아가지는 못한다.

> 매니큐어 한 병 사서
> 잠든 엄마 손톱에 발랐더니
> 쓸데없는 짓 했다고
> 야단치던 엄마
>
> 숙제하다 슬쩍 봤더니
> 일하던 엄마
> 팔을 쭉 뻗어
> 하늘에 대 보네요
> 흔들어 보네요.
> ── 김연주 「빨간 손톱」 전문(『시와 동화』 2016년 여름호)

빨간 매니큐어를 가만히 바라보는 엄마의 모습에선 지난 시간 미루어 온 여유나 아름다움과 잠시 만나는 순간이 반짝인다. '엄마'라는 이름에 묻혀 버린 개인성이 소박하게나마 발현되는 지점이 포착되어 있다. '빨간 매니큐어'는 어떤 경우 고정화된 '여성성'이겠지만 이 시의 엄마에게는 '모성'의 해방을 의미할 수 있다.

> 내가 늦잠 자면
> 엄마는 셋까지 세지
>
> 하나
> 둘
> 둘 바아안!
>
> 엄마 숫자엔
> 바아안이 있지
> (…)
> 반에 바아아아안도 있지
> ── 김금래 「엄마 숫자」 부분(『어린이문학』 2016년 여름호)

아이를 깨워야 하는 엄마로서의 의무와 아이를 실컷 재우고 싶은 엄마로서의 마음 사이에서 "바아안"과 "반에 바아아아안"이란 숫자가 탄생한다. 엄마는 마냥 다그치지 않고, 마냥 내버려두지도 않는다. 단숨에 '셋'을 세며 아이가 스스로 일어날 기회를 박탈하는 대신, 셈을 늘리며 아이를 배려하고 기다린다. 엄마의 '바아안'에는 깨어 일어나지 못하는 아이를 바라보며 당기는 고무줄 같은 탄성이 있다. 엄마가 '바아안'을, '반에 바아아아안'을 외치는 그 순간 아이와 엄마는 새로운 숫자가 만들어 낸 시간의 생생한 긴장 속에서 함께 소통한다.

3. 어린이와 어른의 새로운 관계 찾기

이 집은
지금까지 내가 본 집 중에서
제일 작은 집
우리 반에서 제일 가난한 은지네 집도
이보다는 클 거야

해마다 몸집이 작아지는 내 곰 인형도
이 집에 있으니 커 보여
이 집에 이사 오려고 새로 산 조그만 냉장고도
좀 큰 게 아닌가 싶어

책이 방 하나를 차지하니
엄마랑 나한테 남은 건
방 하나뿐이야
그래도 신나
여긴 진짜 우리 집이니까

좁은 집이라고 할 일이 없는 건 아니야
잘 안 입는 옷을 골라 버려야지
책 위에 책을 꽂아야지
신발장엔 주먹 하나 안 들어가게 신발을 집어넣고

장식장엔 그릇 탑을 쌓아

가난한 살림도 자꾸 들면 허리가 아파
엄마가 짜장면 그릇을 밖에 내놓고
내 옆에 누워
먼지 굴속에서
눈을 감고 생각해

내일
엄마랑 나는 다시 태어날 거야
이 집에 꼭 맞는
작고 단단한 인형으로

—— 김개미 「인형의 집」 전문(『어린이와 문학』 2016년 8월호)

이사는 동시에서 흔한 소재지만 「인형의 집」이라는 제목과 어울리는
섬세하고 동화적인 묘사를 통해 평범치 않은 시를 길어 올렸다. "새로
산 조그만 냉장고도/좀 큰 게 아닌가 싶어"나 "좁은 집이라고 할 일이 없
는 건 아니야"라는 구절에서는 어린이 화자보다는 어른의 시선이 아슬
아슬하게 느껴지기도 하지만, 어린이 화자의 독백이 속도감 있게 전개
되며 이사하는 날의 이미지를 완성하고 있기에 시의 전체적인 분위기
를 크게 해치지는 않는다. 이사를 제재로 한 대부분의 동시가 익숙했던
것들과의 결별에 대한 상념을 노래한 것을 떠올린다면 오히려 새집에
서의 흥분과 기대야말로 어린이 정서의 새로운 발견이라고 볼 수 있다.
무엇보다 이 시에서 눈에 띄는 건 어린이와 엄마의 관계, 어린이가 세

상을 바라보는 방식이다. 어린이 화자는 엄마에게 종속되어 있거나 마냥 의지하고 있지 않다. 낯선 새집에서 첫 밤을 보내며 아이가 엄마 곁으로 파고드는 게 아니라 허리가 아픈 엄마가 아이 옆에 와서 눕는다. '나'는 혼자서가 아니고 엄마와 더불어 작은 집에 꼭 맞는 인형이 될 거라고 다짐한다. 이 시에서 어린이는 어른의 등 뒤에서 목을 빼꼼히 내밀고 현실의 일부만을 바라보지 않는다. 엄마와 나란히 이삿짐을 풀며 온몸으로 새집을 탐색하고 새로운 세계에 적응하며 살아갈 방향을 스스로 찾아 나간다.

이 시의 화자와 같은 어린이, 그리고 이러한 부모-자녀 관계가 다수의 현실을 대변할 수는 없을 것이다. 하지만 대다수 어린이 화자가 느끼고 생각할 법한 현실에 대해 지나치게 보수적이고 관습적으로 규정해 온 지점을 넘어서자 어린이의 세계가 확장되고 미학적으로도 새로워졌다. 이러한 확장이야말로 어린이와 엄마의 뻔한 대립 구도 속에서 엄마를 비판해 온 수많은 동시보다 의미 있는 모색으로 다가온다.

상혁이 엄마
상혁이 아빠
상혁이 고모
상혁이 이모
상혁이 삼촌
상혁이 할아버지
상혁이 담임선생님

다 내가 만들었다

나?

상혁이

— 윤제림 「내가 만든 어른들」 전문(『동시마중』 2016년 7·8월호)

엄마·아빠에게서 태어난 상혁이는 당연히 엄마·아빠 이후의 존재다. 하지만 시간의 선후가 존재나 관계의 전부를 규정하지는 않는다. 상혁이의 탄생과 상혁이와의 만남으로 엄마·아빠·친지를 비롯한 주변 인물들의 존재는 재규정된다. 상혁이로 인해 상혁이 엄마라는 존재가 탄생한 것이다. 엄마가 있어 아이가 있고, 아이가 엄마로부터 종속되고 규정되는 것이 아니다. 엄마와 아이는 서로를 규정하고 서로를 존재하게 한다. 그것이야말로 주체와 주체의 만남이다. 오늘날 동시가 '모성'과 엄마상에 대해 보여 주는 구태의연한 상상력은 바로 이 지점에서 새로운 길을 찾을 수 있을 것이다.

웹툰보다 재미있는 동시

동시의 상상력

1. 달라진 문학 환경, 새로워져야 할 상상력

열 권이 넘는 청소년소설과 동화를 써 온 어느 유명작가가 '웹툰보다 재미있는 작품을 쓰고 싶다'는 소망을 밝힌 바 있다. 이 말은 작가 개인의 포부를 넘어 오늘날 문학 환경에 대한 그의 현실 인식이 담긴 것이기에 이에 대해 생각해 볼 필요가 있다.

이 작가는 자기 작품이 웹툰과 동등하게 경쟁하는 환경에 놓여 있다는 사실을 인정하고 출발한다. 더 이상 문학이라는 요새 안에서 편안하고 안전하게 지낼 수 없다는 걸 안다. 그 현실에 어떻게 대응할지는 좀 더 생각해 봐야겠지만 작가의 현실 인식에는 동의할 만하다. 아동문학 작가들이 출판과 독서 환경이 좋지 않다고, 국가의 교육정책이 잘못되었다고, 부모들이 책을 사 주지 않고 아이들이 책을 읽지 않는다고 비판해 봐야 크게 달라질 건 없어 보인다. 제도나 정책 변화로 독서문화 환경을 어느 정도 개선할 수 있고 아동문학 환경이 때로 좋아질 수는 있겠지만 우리가 알던 문학의 시대는 더 이상 돌아오지 않을 것 같다. '근대문학의 종언'이니 하는 대단한 명제는 필요하지도 않을 만큼 이제 문학은 예전의 지위를 누리던 그 문학이 아니다.

그런 와중에 일반문학 중에서도 시 장르에서 요즈음 새로운 문학 환경을 모색해 나가는 시도들이 눈에 띈다. 시집 전문 서점이 생기고, SNS를 통해 신인 시인이 창작시를 발표해 인기를 끌고, 기성 시인이 시 낭독회, 랜선 북토크 등 형식과 매체를 달리해 가며 다양한 경로로 독자와 만나는 등 출판 환경이 변화되고 있다.

이러한 새로운 문학 환경의 모색은 어쩌면 가장 손쉬운 일일지 모른다. 문제는 문학 그 자체다. 앞서 말한 청소년소설 작가는 변화와 위기에 대한 해결책으로 '재미있는' 작품을 쓰겠다고 했다. 그런데 문학은 애초에 웹툰이나 영화, 다른 뉴미디어 장르에 비해 화려하거나 쉽게 눈길을 끌만한 예술 형식이 아니다. 그렇다면 문학의 독자가 웹툰보다 더 재미를 느낄 만한 지점은 무엇일까. 문학이라는 예술형식 안에서 가능한 그 재미는 종래의 문학과 어떠한 동질성과 차별성을 가지게 될까.

오늘날 동시는 자본과 미디어 환경을 얼마나 인식하고 새로운 모색을 하고 있는지 되돌아보게 된다. 그나마 교과서에 수록되어 어린이 독자에게 교육적인 기능으로 명맥을 유지해 오던 요새가 점차 허물어져 가고 있다고 보기에 다음의 질문들은 더 다급해진다. 동시라는 장르가 과연 하나의 독립적인 예술 장르로 다른 장르와 나란히 문화예술의 한 지점을 꽃피울 요량이 있을까. 성인시나 동화와 차별되는 저만의 예술성을 지니고 있을까. SNS상에서 화제가 된 시를 엮어 내 베스트셀러에 오른 『서울 시』(하상욱, 중앙북스 2013)나 『읽어보시집』(최대호, 넥서스BOOKS

2015) 등과 매우 유사하게 동시에서 구현하고 있는 언어형식들은 대중성에 대한 동시의 자각인가, 나태한 영합인가.

다음에 언급할 작품들은 특정 발표시기와 발표지면의 테두리 안에 있기는 하지만 변화하는 문학 환경에서 이전 동시에서는 볼 수 없던 새로운 상상력을 완성도 있게 선보인 것으로 평가할 만하다. 다만 그 새로움이 동시 장르 안에서 벌써 전형화된 것은 아닌지, 그 상상력의 의미는 무엇인지 따질 필요가 있어 보인다.

2. 언어의 상상력

최승호 시인의 『말놀이 동시집』(비룡소 2005) 이후 말놀이를 비롯한 언어 실험은 이제 동시에서 쉽게 찾아볼 수 있게 되었다. 2000년대 중반 이후 지금까지 거의 십 년 동안 동시 장르에서 가장 넓게, 눈에 띄게 감지되는 변화가 바로 언어 실험이다.

밥도 하루쯤 푹 쉬고 싶대
쉬지 않고 매일매일
똑같이 먹히는 건 피곤하대
그래서 하루쯤 쉬라고 했지

그랬더니
발은 안 씻어
냄새 폴폴 나고

이를 안 닦아

누런 하품만 하고

딱딱한 얼굴로 말도 안 해

너무 팍 쉬어 버렸어

우린 하루 종일 쫄쫄 굶었지

　　　　　　──우미옥 「쉰 밥」 전문(『창비어린이』 2016년 겨울호)

비금도 바위를

긁어

씻어

말려

보내온 김을

엄마는

들기름과 소금에

재운다

새 이불 덮어 주듯

자장자장

노곳노곳

재운다

가슴에 품은 파도 소리

우럭과 홍합, 거북손과 놀던 시간들

그리운 비금도

그만 잊으라고

서로의 등에 가슴을 대고

가만가만 잠들라고

늦은 저녁

엄마는

하나하나

다독다독

조근조근

밀물처럼

김을 재우신다

     —강기원「김을 재우다」전문(『동시마중』2016년 5·6월호)

「쉰 밥」과 「김을 재우다」는 동음이의어 '쉬다'와 '재우다'가 각각 시 전체를 이끌어 가는 시상이라는 점에서 공통된다. 「쉰 밥」의 어조가 유머러스한 반면 「김을 재우다」는 잔잔해서 언뜻 두 시의 분위기는 많이 달라 보이지만 동음이의어로 시를 구성한 점에서 발상은 같다. 동음이의어에 의지하는 경우 도식적이기 십상인데 두 편 모두 뛰어난 언어 감각으로 시를 설득력 있고 자연스럽게 조직해 냈다.

그런데도 질문할 만한 점들이 보인다. 「쉰 밥」에서 "매일매일/똑같이 먹히는 건 피곤"했던 밥이 의식적이고 능동적으로 쉰다는 정황이 시적 상상으로 충분히 공감할 만한 것인가. 단 하루 휴식을 취하고 나니 존재 가치가 사라져 버린 정황은 어떠한가. 「김을 재우다」의 어조는 매우 고요하고 사색적인데, 김을 '재우는' 행위의 끝은 결국 포식이라고 할 때 시적 주체의 어조와 행위, 그리고 동음이의어 '재우는'이 각기 내포하는 두 행위 사이에 균열이 느껴지지 않는가. 나아가 두 시의 시적 대상이 모두 음식이라는 점이 시사하는 바는 뭘까. 시적 주체로부터 저 멀리 떨어져 완벽하게 객체화할 수 있는 대상이기에 동음이의어의 시상 전개가 자연스럽게 가능했던 것은 아닐까. 이상의 질문들을 조금이라도 수긍할 수 있다면 그것은 결국 동음이의어를 시상으로 취할 경우 지닐 수밖에 없는 한계라고 생각해도 될까.

음치는
고춧가루 팍팍 뿌린 콩나물이랑 같이 볶으세요

박치는
박자 맞춰 탁탁 탁탁탁 두들겨 삶아 주세요

길치는
지도표 소금 살살 뿌려 두리번거리며 구우세요

방향치는
동서남북 네 방향으로 껍질 벗겨 튀기세요

몸속에 박힌 '못'은 꼭 제거하고 요리하세요
그냥 먹으면

나처럼

노래 '못' 부르고

길 '못' 찾아 헤맬지 몰라요

―우미옥 「'_치' 요리법」(『어린이책이야기』 2016년 가을호)

이 시에서는 단음절 '치'로 끝나는 여러 단어를 열거하면서, 각 단어에서 연상되는 요리법을 적절하게 소개한다. 그 연결이 빈틈없이 재치 있다. 그리고 마지막 두 연의 진술은 재치 있는 요리법을 탄생시킨 화자의 심정이 무엇이었는지를 알게 한다. 앞의 시들처럼 이 작품도 언어 자체에서 발견한 시상으로 한 편의 시를 구성했다는 점에서 과거 십 년간 쉽게 찾아볼 수 없었던 새로운 상상력을 펼쳐 보였다고 할 수 있다.

하지만 이러한 상상력은 지금에 이르러서는 이미 전형화된 것 같다. 시는 다른 문학 장르에 비해 가장 실험적이고 새로운 언어형식을 집중적으로 탐구하는 장르이다. 그런데 재료만 다를 뿐 실험의 방식과 과정, 결과가 똑같다면 실험의 가치는 그만큼 감소할 테다. 「쉰 밥」과 「김을 재우다」는 각기 다른 실험 재료로 우수한 결과를 만들어 냈지만 실험 방식은 동일했다. 여느 말놀이 동시의 실험 방식이 대부분 그러했다. 동시가 실험해야 할 새로운 언어, 동시가 보여 줘야 할 새로운 언어적 상상력을 발견하기 위해서 지금까지의 말놀이 방식을 이제 넘어서야 할 때가 되어 보인다.

3. 형식의 상상력

　지난 십 년간 시적 형식에서도 새로운 상상력이 대두됐다. 시의 연과 행에 구애받지 않고 문자나 기호를 시각 이미지로 조직하는 형태시(구상시)가 대표적이다. 동시에서는 최근 들어 널리 쓰이는 형식이지만 현대시에서 형태시는 이미 기욤 아폴리네르(Guillaume Appollinaire)가 『칼리그람(*Calligrammes*)』(1918)의 여러 시편에서 시도한 실험적 형식이다. 현대시에서 형태시는 문자를 시각화할 뿐 아니라 문자의 배열까지 흩뜨려 놓기도 하는데 신민규의 「숨은 글씨 찾기」(『동시마중』 2011년 1·2월호)도 그러한 형태시의 시도라고 볼 수 있다. 신민규는 동시의 형식 실험을 가장 파격적이고 집중적으로 해 온 시인으로, 최근 발표한 작품에서도 새로운 시도를 선보였다.

　5학년 6반 여신 공주희, 학교에서 똥 싸다?

　예쁜 외모로 여신이라 불리는 공주희 양이 학교에서 똥을 쌌다는 의혹이 불거졌다.
　수업시간에 화장실 가서 20분 만에 돌아온 게 화근이었다.
　이에 5학년 6반 친구들은 '여신이 똥을 싸다니 실망이다' '주희도 사람이니 똥 쌀 수 있다' '짝사랑했는데 잊어야겠다' 등의 반응을 보였다.
　한편 공주희 양은 손 씻느라 시간이 지체되었다고 해명했다.

　훈민정음과 방정식의 분홍빛 만남

국어샘 한민정(32)과 수학샘 박정식(32)의 열애설이 전해졌다.

(…)

추천 정보

- 한 달 동안 '이것' 먹었더니 키가 10cm 자라 충격!
- 전교 1등의 기적의 암기법 대공개!
- 둘리 문방구 모든 지우개 200원 초대박 할인!
- 한 달 만에 친구 10명? 왕따 안 당하는 비법 충격 공개!

　　　　　　　　— 신민규 「어린일보」 부분(『어린이와 문학』 2016년 10월호)

이 작품은 대개 연과 행으로 구성되는, 시의 형식에서 탈피해 인터넷 신문기사 형식을 빌려 내용에 소제목을 달고 광고까지 붙여 놓았다. 이는 1980년대 황지우의 '해체시'를 떠올리게 한다. 당시 황지우는 「어린일보」처럼 신문기사, 공고문, 시사만화, 사진, 각종 타이포그래피 등을 적절히 조직하여 시의 새로운 형식 실험을 보여 준 바 있다. 이러한 시적 형식의 전방위적 실험을 통해 문학 형식을 파괴하고 현실에 대한 비판과 풍자를 미학적으로 적절하게 드러냈다.

그렇다면 「어린일보」의 형식적 새로움이 지닌 의미는 무엇일까. 예쁜 여자아이를 놀리고 괴롭히며, 선생님들의 연애를 알리는 두 개의 기사와 광고만으로 시인의 의도를 알기는 힘들다. 인터넷 환경에 익숙한 어린이 독자에게 시라는 장르의 형식이 현실과 동떨어진 채로 고정되어 있지 않다는 점을 환기시킬 수는 있겠다. 그러나 그 이상으로 이러한 형식 파괴의 지향점에 대한 자문과, 그 질문을 탐구하는 과정으로서 일회성을 넘어 지속되는 창작 시도가 있어야 할 듯싶다. 현재로서 이러한 형식적 상상력은 성인시와 다른, 동시만의 것으로 보기에도 미흡하다. 성인시에서 이미 시도된 형식 실험을 수십 년이 지난 오늘날의 동시에서 왜 똑같이 되풀이했으며 그 의미는 무엇인지에 대한 대답이 필요할 것이다.

4. 시상의 상상력

띄어쓰기
실수하면
아버지를
가둘 수도
있는 곳

— 김미희 「가방」 전문(『어린이와 문학』 2016년 11월호)

악어가 옷을 벗고 있었어
이빨에서 꼬리까지
지퍼를 쫙 열고

(뾰족한 발톱에 걸려
잠깐 뒤뚱거리긴 했지만 말이야)

가방은 얼른 악어가죽을 입고

지퍼를 쭉, 올리고는
시침 뚝!

아무것도 모른 채
아빠는 발톱을 깎았지
톡, 톡, 톡

발톱을 몰래 주워 먹은 악어는 아빠가 됐어 그러고는
시침 뚝!
가방을 들고 회사에 갔어

부장님한테 불려 가 혼이 난 악어는
이빨을 감추고
발톱을 뒤로 숨겼어
악어 체면에 엉엉 울 순 없잖아

아빠가 된 악어와 악어가 된 아빠가
날마다 번갈아 가죽을 벗고 입었지

쉿, 지금이 바로
아빠가방에들어갈 시간이야
　　　──임수현 「아빠가방에들어가신다」 전문(『창비어린이』 2016년 겨울호)

두 작품의 발상은 동일하다. 「가방」은 발상을 국어사전처럼 간략하게

정의하는 서술 양식을, 「아빠가방에들어가신다」는 발상을 판타지로 확
장시키는 양식을 택했다. 줄곧 말로 전해지던 우스개를 동시로 표현할
수 있었던 것 역시 지난 십여 년 간의 변화된 환경 때문이었을 테다.

그런데 이 발상은 송미경 동화집 『어떤 아이가』(시공주니어 2013)에 실
린 단편동화 「아버지 가방에서 나오신다」에서 이미 훌륭하게 차용된
바 있다. 물론 송미경의 동화와 이 두 동시는 발상만 같을 뿐 다른 성격
의 작품들이다. 특히 「아빠가방에들어가신다」는 동화의 판타지와는 또
다른 판타지를 창조했다.

여기서 조심스레 질문하고 싶은 점은 동시의 시상과 동화의 발상이
동일한 경우 동시는 동화에 비적할 만한 예술성을 견지하느냐 하는 것
이다. 자칫하면 동화가 그려 내는 판타지 세계의 발상 단계에 머무르거
나 에피소드 하나에 불과할 수도 있지 않을까. 그런 염려 앞에서 동시
「아빠가방에들어가신다」에 나타난 '가방→악어' '악어→아빠'의 변
신 과정이 한눈에 명확히 포착되지 않는다든지, 발톱과 관련한 변신 모
티프 삽입이 미학적으로 효용이 있는지 등은 부분적인 지적에 불과할
것이다. 「아빠가방에들어가신다」와 함께 『창비어린이』 신인문학상(제
8회)을 수상한 다음 작품 역시 판타지 세계를 구현한 방식이 비슷하다.

늦은 밤 학원 갔다 돌아와

현관문 열어 보니

물에 둥둥 떠다니는 소파

저기 텔레비전도 떠다니고 있어

나는 욕조를 잡아타고

열심히 노를 저었지

텔레비전도
소파도 겨우겨우 건져 올렸어
퉁퉁 불은 라면이 있길래
면발을 던져
뻐끔뻐끔 금붕어도 건져 올렸어

'금붕어야, 내가 잘 지켜 줄게, 걱정 마.'

근데
엄마는 왜 빨리 안 오는 거야
　　　　　── 임수현 「누가 나 좀 도와줘」 전문(『창비어린이』 2016년 겨울호)

　전 세계에 대홍수 설화가 분포하듯 홍수는 인류의 원형상징 중 하나로 오랜 기간 문학이 이야기해 온 것이다. 아동문학에서 언뜻 떠오르는 작품만 해도 채인선 동화 「우리 모두 다른 사람이 되었어요」(『전봇대 아저씨』, 창비 1997), 정수민 동화 「언제나 웃게 해 주는 약」(『언제나 웃게 해 주는 약』, 문학과지성사 2016), 서현 그림책 『눈물바다』(사계절 2009) 등이 있다. 채인선의 동화는 동시대의 동화에서 판타지를 새롭게 등장시켰다는 점, 정수민의 동화는 요즘 아이들의 현실을 아이러니로 구현했다는 점, 서현의 그림책은 아이의 슬픔을 때로 비통하게 때로 아기자기하게 시각적으로 형상화했다는 점에서 의미가 있다.
　「누가 나 좀 도와줘」는 기존 동시에 비해서 좀 더 말끔하고 세련된 언어로 판타지 세계를 그리고 있으나, 먼저 발표된 동화, 그림책과 비교할 때 이들과 차별되거나 이를 넘어서는 새로운 상상력을 찾아볼 수 없다. 발상 자체도 새롭지 않을뿐더러 동시 장르의 문학성·예술성을 구현하는 데도 미흡하다.

동시 한 편이 동시 장르 안에서 역사성과 동시대성의 잣대만으로 평가되는 시대는 저물어 가는 듯 보인다. 다른 장르에서 이미 수십 년 전 시도하고, 보편화되고, 폐기된 상상력을 동시 장르에서 처음 구현했을 때, 시인의 시도는 바람직하게 볼 수 있겠지만 작품까지 덩달아 높이 평가할 수는 없다. 달라진 문학 환경은 각 장르의 역사를 고려할 만한 깊은 시선도, 넓은 품도 허용하지 않을 것 같다. 그렇다고 해서 독자가 동시 장르에 기대하는 편견에만 부합한다면 동시의 문학성은 더욱 쉽게 잃어버리게 될 테다.

시가 예술가들에게 영감을 주고 오랜 시간에 걸쳐 감수성과 세계를 바꾸었던 것처럼 동시 역시 그러하길 바랄 수는 없을까. 동시가 고유의 독자층을 두텁게 확보하고, 나아가 동화작가나 그림책 작가들의 상상력을 자극할 수 있다면 독자뿐 아니라 동화작가나 평론가가 지금처럼 거침없이 '동시를 잘 읽지 않는다' '동시를 잘 모른다'고 말하는 일은 없을 것이다. 달라진 문학 환경이 동시의 언어, 형식, 발상에서 새로운 상상력을 찾아 나가는 계기가 되길 기대한다.

격하게 사랑하고 분노하기

동시의 감각

2016년 겨울에 불타오른 촛불의 분노로 새봄을 꿈꿀 수 있게 되었다. 수많은 촛불을 밝힌 분노가 모두 깊은 사랑에 바탕을 둔 것이라 믿고 싶다. 그래야만 정말로 새봄을 맞을 수 있을 테니까. 모처럼 사랑의 기운이 일렁이는 봄이다.

1. 너무 예쁜 사랑

2016년 말부터 2017년 초까지 각종 아동문학 잡지에 발표된 동시를 모아 살폈다. 이번 계절에는 어린이가 누군가를 좋아하는 마음을 이야기하는 동시가 여러 편 눈에 띄었다. 봄에 다시 읽어도 좋을, 산뜻한 동시들이다.

나, 너 좋아해, 수아가 점심시간에 내 가슴에 콕 심은 말 저 멀리 수아 머리카락만 보여도 꼼질꼼질 가슴에서 싹을 틔워 꿈틀꿈틀 덩굴로 번지는 말 축구하다가 불쑥 축구장을 넘어 학교 운동장을 덮어 버린 덩굴에 발이 걸려 넘어졌다.

좋아해, 좋아해, 좋아해 덩굴로 번지던 수아 말이 운동장에서 되감겨 혼자 굴러가는 축구공에 되감겨 내 가슴에서 뱅글뱅글 돌고 있다.

── 박덕희 「발 뻗는 말」 전문 (『아동문학평론』 2016년 겨울호)

나를 좋아한다는 상대의 고백이 내 맘을 맴돌아 그 고백에 꼼짝없이 사로잡히고 마는 순간이 '덩굴'의 이미지로 표현된다. "좋아해"라는 고백이, 무성하게 뻗어 나가는 덩굴처럼 내 마음과 존재를 휘감는다. "좋아해"라는 문장이, 줄기차게 동그라미를 그리는 덩굴처럼 무한히 반복 재생된다. 고백은 늘 얼마나 당혹스럽고도 놀라운가. 게다가 생애 첫 고백이란.

속에서 뭐가 나올지 모르는
땅을 파헤치는 두더지처럼
나는 그 애 마음속에
굴을 팠지 내 마음대로
다닐 수 있는 길을 내느라
밤을 꼬박 샌 적도 있지

그 애가 누구냐고?

학교 운동장을 다 파헤쳐 봐라

그 애 그림자라도 나오나

하지만 열심히 파다 보면

세상에 있는 모든 두더지를

만날 순 있을 거야

　　— 김륭 「모든 첫사랑은 두더지와 함께」 전문(『동시마중』 2017년 3·4월호)

　밤을 꼬박 새우며 좋아하는 아이의 마음속에 길을 냈지만 두더지는 그 첫사랑 상대의 마음속에 자리하지는 못한 듯하다. "그 애 그림자라도 나오나"라는 말은 '그 애가 누구냐'고 묻는 호기심에 대한 대답만은 아니다. "열심히 파다 보면/세상에 있는 모든 두더지를/만날 순 있을 거"라 말하고 있으니까. 화자는 사랑을 찾는 두더지들과, 두더지들이 찾는 사랑의 실체를 이제 알아 가고 있을 뿐이다.

　사실 사랑은 서로 사랑하는 이들 사이의 가장 충만한 순간조차 서로의 일이 아닌 혼자만의 일일지도 모른다. 영원히 그 애 그림자조차 만나지 못하는 것이 인간 본연의 슬픔일지도 모른다. 아무리 그렇다 해도 이 시는 사랑을 다소 멀리 두고, 너무 점잖게 가다듬어 말한다. 어른들의 시가 그 어떤 이야기보다도 뜨겁고 절절하게 가장 직설적인 언어로 사랑을 말하는 것과 대조되는 대목이다. 둘 중 어느 쪽이 사랑을 말하기에 자연스러운 시의 언어에 가깝다고 할 수 있을까.

　찌르르르

　통했다 통했어

　향미가 내 손을 잡는 순간

전기가 통했다

머리카락 끝까지 찌릿찌릿했다

다음 과학 시험에

전기가 통하는 도체를 아는 대로 쓰라면

쇠붙이, 금, 구리를 쓰고 하나 더 쓸 거다

"나"

— 오은영 「통했다: 도체」 전문(『어린이책이야기』 2016년 겨울호)

이 시에서 어린이 화자는 다른 아이를 좋아하는 감정을 '찌르르르'하는 감각으로 경험한다. 많은 감정 중에서도 사랑은 감각과 매우 밀접한 감정일 테다. 그런데 여기서 어린이 화자는 마치 온몸이 감전이라도 된 듯 찌릿찌릿한 감각을 '도체'라는 과학 용어로 개념화한다. 이 작품과 나란히 발표된 다른 시의 제목이 '다 그래: 표면장력'이니 아마도 과학을 소재로 함께 기획한 동시일 거라 짐작된다. 하지만 온몸을 휘감는 짜릿하고 놀라운 감각이 '전기-도체'로 연상되는 과정은 감각의 강렬한 경험을 다소 차가운 과학적 실험으로 만들어 버린다.

분명 어린이들도 누군가를 간절하게 좋아하는 감정을 느낄 것이다. 그 감정을 몸으로 감각하고, 그 감각으로 다시 감정의 색깔과 깊이를 알고, 사랑의 철학을 깨칠 수도 있을 것이다. 그럼에도 사랑의 감정, 감각, 철학 등 명확히 인지하거나 명명하기 어려운 사랑의 첫 경험들을 섬세하게 언어화한 동시는 웬일인지 잘 떠오르지 않는다.

연애, 사랑, 성은 중학생이 주 독자인 청소년 시에서는 매우 사실적이고 때로 적나라하게 표현된다. 그것이 그들 삶의 가장 주요한 주제라도 되는 것처럼 다뤄진다. 하지만 불과 한두 살 어린 초등학생 독자들에게는 사랑이 금기시되거나 모르는 척 무시되고 있다.

아기자기하고 예쁘기만 한 동시 속 사랑은 실제 어린이의 사랑이라기보다는 어른이 바라보고 규정하는 어린이의 사랑에 가까워 보인다. 어린이들 역시 가벼운 설렘과 떨림 외에도 다채로운 사랑의 감정들 — 욕망, 충동, 질투, 자기 비하, 두려움, 절망, 불안, 수치심 — 을 느끼지 않을까. 어린이들은 존재와 가까이 맞닿은 사랑이라는 감정에서조차 소외되고 있지는 않은가.

누군가를 좋아하는 어린이의 감정을 이야기하는 동시가 꾸준히 창작되는 것은 어린이의 다양한 감정에 귀 기울인다는 방증일 테니 반갑다. 하지만 지금껏 대부분의 동시가 그랬듯 그 감정을 알콩달콩 소꿉놀이처럼 귀엽고 예쁘게만 그린다면 또다시 어린이를 억압하고 속박하는 시선이 될지 모른다.

2. 너무 가벼운 분노

동시에서는 사랑하는 어린이만큼 분노하는 어린이도 찾기 힘들다. 감정 중 가장 격한 성질을 지닌 것이 사랑과 분노라 할 때 어린이에게는 어떠한 격한 감정도 허용되지 않는 듯하다. 잘 교육된 어린이는 항상 예의 바르고, 밝고, 명랑하고, 사랑스러워야 하니까.

분노는 욕망이 좌절될 때 일어나는 감정이다. 어린이들도 욕망의 좌절을 경험하는 것이 당연한데, 특히 어린이의 욕망은 상당 부분 어른에 의해 좌절될 것이다. 하지만 동시에 나타난 어린이의 분노는 왠지 유리 상자 안에서 울리는 어리광 섞인 투정쯤으로 보인다. 어린이의 그 분노는 어른에게 전혀 위협적이지 않다. 어린이가 가정과 학교를 비롯한 모든 일상에서 어른의 보호, 관리, 규율에 의해 욕망의 좌절과 억압을 경험하는 정도는 어느 연령대와 비교해도 결코 가볍지 않을 텐데도 말이다.

시는 물론 감정을 거침없이 토로하고 배설하는 도구가 아니라 미학적 형식을 통해 이를 표현하는 예술이다. 그런데 동시가 지금껏 발견한 '분노의 형식'은 어린이의 진짜 분노를 드러내기에는 미흡하고 한정되고 구태의연해 보인다.

박해정의 「말 없는 가족」(『어린이와 문학』 2016년 12월호)은 첫 행 "인사 똑바로 하라고 했지?"로 시작해 14행까지 줄곧 '-했지?'로 끝나는 잔소리를 나열한 뒤 마지막 15행에서 "그렇게 말 했어, 안 했어?"로 마무리한다. 제목에서 암시하듯 이러한 형식은 어른 화자에 의해 일방적으로 소거된 어린이의 목소리에 귀 기울이자는 의도로 쓰였겠지만 그런 의도와는 다르게 오히려 어린이의 목소리를 은폐시키고 있지 않은지 생각해 보아야 할 것 같다. 어른 화자의 무자비한 목소리를 재생하는 무의식과 효과는 어른 시인의 자기반성이나 어른 독자들을 향한 일갈에 가깝게 여겨진다. 어린이 독자에게 언어의 힘이 부여되지도 않았고 어린이 독자를 진정 위무할 것으로 보이지도 않는다. 여전히 우리 귀에는 어른 화자의 목소리가 쟁쟁하게 울리고, 이를 단지 반성적으로 '사고'할 뿐 어린이의 목소리를 듣는 데까지 나아가지 못한 듯하다. 시인 스스로 그 절절한 목소리에 귀 기울인다면 그것이 곧 어린이의 언어이자 시의 언어로 거침없이 터져 나오지 않을까.

끄는 엄마와

끌려가는 나의

관계식이

깨졌다

벗어!

싫은데요!

나는 모자를 쓴다, 숨는다.

— 조하연 「모자」 전문(『동시마중』 2017년 3·4월호)

퍽

팍

쿵

떡

힘들다

아프다

온몸이

멍이다

도대체 우린

뭐가 되려고

이럴까?

송편?인절미?

백설기?

시루떡?

아무거나

아무거나

상관없으니까

그만 좀 눌러

그만 좀 때려

그만 좀 뒤집어

제발

그만 좀 우릴

그만 좀 찍어 눌러!

— 함기석 「투덜거리는 반죽: 어린이 없는 어린이나라 떡집에서」 전문

(『동시마중』 2017년 1·2월호)

　「모자」에는 복장을 제 마음대로 하려는 어린이의 강력한 의지가 나타나 있다. 신체의 자유는 주체성에 있어 가장 근원적인 지점이다. 모자를 쓰든 벗든 본인 의지대로 하겠다는 주장은 실상 어린이 자신과 엄마와의 관계, 권력 문제로 확장된다. 그것을 '모자'라는 동음이의어에 담고자 한 듯 보이나 언어유희의 성질과 시의 주제의식이 다소 어긋나는 듯 여겨진다.

「투덜거리는 반죽」은 어린이에게 가해지는 억압과 이에 대한 어린이의 반발을 풍자적으로 보여 준다. 그러나 어린이가 자신들을 떡집의 반죽으로 상상하는 어법은 어떤 여유나 웃음이 들어설 여지가 없이 절박하다. 짧은 문장으로 끊어지는 행이 단말마의 비명처럼 들리기 때문이다. 제목은 '투덜거리는 반죽'이지만 실은 '절규하는 반죽'이다. "그만 좀 눌러" "그만 좀 때려" "그만 좀 찍어 눌러!"라는 외침은 어린이가 느끼는 모든 종류의 억압이 신체에 대한 억압만큼 직접적이고 폭력적이라는 사실을 공감하게 한다.

> 주먹만 한 게 무어 외롭냐고
> 어른들은 말하지만
> 나도 가끔은 외롭다.
>
> 학교고 학원이고 다 가기 싫고
> 괜히 고함을 지르고 싶고
> 하는 일마다 귀찮아지고
> 갑자기 집을 뛰쳐나가고 싶다.
>
> 나도 모르게 외로워지면
> 혼자 걷는다.
> 이 골목 저 골목 한참 걷다 보면
> 우리 집이 보이고
> 식구들 생각이 난다.
>
> ─ 서정홍 「혼자 걷는다」 전문(『어린이와 문학』 2016년 12월호)

1연에서 어린이 화자는 자신이 '외롭다'고 말하지만 2연에서 읽을 수 있는 어린이 화자의 감정은 '분노'에 가깝다. 해소할 수 없는 분노가 외로움, 절망, 불안 등의 감정을 부른 듯 보인다. 어린이 화자가 할 수 있는 것이라고는 동네를 혼자 걸으며 감정을 해소하고 다시 집으로 돌아가는 일뿐이다. 하지만 평이하고 담담한 서술로 어린이의 절실한 감정을 드러내는 이 한 편의 시는 오늘날 동시에서 외면되고 있는 '어린이'가 무엇이며 그 '어린이'가 왜 여전히 중요한지를 강조하기에 충분하다.

3. 사랑과 분노의 방향

나는 망태할배가 될 거야
떼쓰면 새장에 가두는
안 자면 올빼미로 만드는
거짓말하면 입을 꿰매는
망태할배가 될 거야
자기 태블릿 PC 아니라고 발뺌하면
거미줄에 가둬 버릴 거야
돈도 능력이라고 떠들면
말을 빼앗아 달팽이로 만들 거야
팔짱 끼고 있는 손모가지로
반성문 백 장 쓰게 할 거야
제 머리도 못 틀어 올리는 할머니

똥은 제 손으로 닦으라고 할 거야

말 안 듣는 어른 잡아가

개밥을 줄 거야

돼지죽을 줄 거야

내가 이러려고

이 땅 어린이를 했나

— 김미혜 「내가 이러려고」 전문(『어린이와 문학』 2016년 12월호)

이 계절에 발표된 동시 중 가장 격한 분노를 직접적으로 드러낸 시다. 시인이 함께 발표한 「똥개의 최후」도 그러했고 최근 정치 상황을 비판하고 풍자하는 동시에는 그 어느 때보다 감정들이 강렬하게 표출되어 있다.

그 격한 분노가 새봄을 부르고 있다는 걸 안다. 하지만 그 분노는 외부만이 아니라 내 안의 적에게도 늘 향해야 할 것이다. 어린이문학을 하거나 동시를 쓸 때 내 안의 적은 어린이에게 부당한 권력을 행사하는 어른이다. 권력자의 자리에서 어린이를 내려다보며 그들을 위한다는 거짓된 명목 아래 실은 어린이를 소외시키고 억압하고 있지는 않은지 돌아보고 또 돌아볼 일이다.

착하지 않음의 윤리와 미학

동시의 윤리

1. 착한 동시

할머니가 좋아하시는,

할머니를 닮아 아빠가 좋아하는,

아빠를 닮아 내가 좋아하는

음식, 잡채가 되려고

양파 당근 시금치 표고버섯 석이버섯 소고기

칫칫칫 뜨거운 프라이팬에 들어갔다 나왔어.

철사처럼 질기고 뻣뻣한 당면

펄펄 끓는 물에 들어갔다 나왔어.

야들야들

따끈따끈

오색이 어우러져

잡채가 되어

하얀 접시에 상큼 올라앉아,

맛있다.

맛있어.

맛있어요.

인사는 엄마에게 하라, 하네.

맛있는 잡채는

말도 예쁘게 해.

　　── 유희윤「잡채는 말도 예쁘게 해」전문(『어린이와 문학』2017년 4월호)

귀가 돋네

앙상한 가지에

쫑긋 쫑긋

잎사귀가 돋네

"참 잘했어요"

칭찬 듣고 싶어

봄 나무는 온통

귀, 귀, 귀뿐이네

— 김금래 「봄 나무」 전문(『어린이책 이야기』 2017년 봄호)

동시는 말도 참 예쁘게 한다. 짧은 시 한 편에 기분이 금세 화사해진다. 성인시와는 다른 동시만의 끌림과 울림이 있다면 이런 것 아닐까. 이런 끌림과 울림 때문에 사람들은 시가 아닌 동시를 읽거나 쓸 것 같다.

그런데 가끔은 동시가 너무 착하기만 하다는 생각이 든다. 누군가 음식을 만들어 주는 건 고마운 행위다. 하지만 「잡채는 말도 예쁘게 해」에서 굳이 잡채가(아니 동시가) 음식을 해 준 사람에게 맛있다고 인사하라고 아이에게 가르쳐야 하는지, 그걸 "말도 예쁘게" 한다며 칭찬해야 하는지 싶다. 또 아빠에게서 나로 이어지는 입맛을 맞추기 위해 손이 많이 가는 잡채를 만드는 엄마의 노동에 대해서는 맛있다는 인사만 하면 되는지. 기울어진 운동장의 기울어진 쪽에 있는 사람들에게 건네는 고맙다는 인사는 진정 착함이 아니다. '내'가 잡채를 좋아하는 것은 "아빠를 닮아" 유전적으로 그렇게 되었다기보다는 할머니와 엄마의 수고로운 노동으로 잡채를 즐기게 된 덕분이겠지. 작품에서 정작 엄마가 잡채를 좋아하는지 안 좋아하는지는 언급조차 되지 않는다. 엄마는 요리 행위로만 나타날 뿐 존재감이 없다.

「봄 나무」에서도 봄이 되어 나무에 돋은 잎사귀의 모양새, 그리고 잎사'귀'와 사람 '귀'의 동음이의어에서 착안한 발상은 참신하나 "참 잘했어요"라는 칭찬을 듣기 위해서라는 서술이 감동을 반감시킨다. 어린이의 성장에 적절한 방식의 칭찬이 필요하다지만 어린이 독자들의 감정이 이입될 만한 새 잎사귀가 칭찬을 듣기 위해 돋았다고 말하는 것은 문제가 다르다. 게다가 '참 잘했어요'라는 문구는 어린이 개개인의 노력과 성취를 존중하고 격려하기보다 학교의 규율에 복종하는 태도를 칭찬하는 용도로 사용되어 왔기에 더 신중히 고려되어야 할 표현이다.(요즈음은 학교에서조차 '참 잘했어요'가 아닌 '넌 할 수 있어' '넌 멋져' 같은 도장을 찍어 준다. 이 또한 신자유주의 경쟁과 자기개발 교육이념의 반영이라는 비판이 따르지만 말이다.)

동시에서 '동심주의'보다도 훨씬 광범위하게 보이는 고질적인 병폐인 '착함'이 앞의 두 시에서처럼 동시대 가장 완성도 있는 작품에서조차 발견된다. 동시에서의 '착함'은 '몰락'에 바탕하고자 하는 성인시와 달리 동시가 어린이 독자의 '성장'에 대한 사명을 놓지 못하는 데서 발생하는 듯 보인다. 하지만 그 '착함'은 윤리적으로나 미학적으로나 그다지 바람직하지 않게 여겨질 때가 많다.

2. 착하지 않음의 윤리

국수 삶을 때
물이 끓어 넘치려 하면
찬물 한 그릇 재빨리 붓지

그래야 국수가 쫄깃해진대

그래서였나?
수영대회마다 1등 하고
내가 우쭐우쭐 넘치려 하면

엄마는

"자랑하지 마, 뽐내지 마."

차가운 말물 쏟아부었나 봐.

　　　　　　　　— 오한나 「찬물 한 그릇」 전문(『열린아동문학』 2017년 봄호)

　이 시의 어조를 반어로 해석하고 싶다. 1등을 한 어린이에게 자랑하지 말고 뽐내지 말라는 엄마의 "차가운 말물"은 국수를 쫄깃하게 하는 찬물 한 그릇과는 달리 아이의 성취감에 찬물을 끼얹는 말이니까. 그런데 이 시에는 그러한 반어를 확인시켜 주는 명확한 장치가 없다. 우리처럼 겸양을 자기 수련의 과정으로 강조하는 문화에서는 이 시가 반어적으로 해석될 여지가 적다. 게다가 지금까지 우리 동시가 보여 온 것이 '착함'이라면 이러한 작품 속 엄마의 언어적·정서적 폭력을 교훈으로 내세울 가능성이 충분하기 때문에 더욱 우려가 된다.

　형, 이리 와 봐.

　물이 가득 찬 컵에

　조심조심 물을 더 부어 봤는데

　볼록 솟기만 하고

　넘치지 않아.

　물이 서로서로

　꼭 껴안고 있나 봐,

　아무도 밀어내지 않고.

나는 학교서

짝짓기 놀이했을 때

친구들을 밖으로 밀어냈는데,

나 살려고.

너뿐만이 아냐

우리 다 그래.

— 오은영 「다 그래」 전문(『어린이책 이야기』 2016년 겨울호)

마지막 연의 반전이 이 시를 착하지 않게 한다. 자연 세계와 인간 세계는 다를 수밖에 없고 표면장력과 짝짓기 놀이를 대등하게 비교할 수 없음에도 어린이 화자는 자신의 행위를 반성한다. 여기까지는 착한 동시다. 하지만 "너뿐만이 아냐/우리 다 그래."라는 형의 대답은 자신의 행위를 반성하는 어린이의 착함이 과연 윤리적으로 옳은 판단인지 묻는다.

우리 모두 다 그렇다는 말은 다수의 행동이나 기준대로 살아가도 된다는 자기변명이 아니다. 짝짓기 놀이로 상징되는 생존 게임에서는 항상 자기 자신의 생존이 우선되는 지극히 당연한 본능을 인정하는 것이다. 물론 인간은 그 본능을 넘어 자기희생적이고 이타적인 존재가 될 수 있고, 또 되어야 하겠지만.

지금까지 착한 동시들은 본능을 외면했고 규율을 강조했다. 동시가 대면해 온 인간 본능은 지극히 유아적인 치기와 미성숙이 대부분이었을 뿐, 진정 부끄럽고 복잡다단한 내면과 맞서는 경우는 찾아보기 힘들었다. 하지만 성숙한 윤리와 자기반성은 본능과 본모습을 정확히 자각하는 데서 시작될 것이다. 문학이 마냥 착한 것도 우습거니와 피상적이고 규율적인 의미의 착함을 굳이 말해야 할 까닭도 전혀 없다.

나비야, 나비야
부르지 마.

팔랑팔랑
노랑나비
배추흰나비
네발나비
모시나비
호랑나비 아냐.
부르지 마.

나비야, 나비야
부르지 마.

방글방글
채송화
백일홍
봉숭아
맨드라미
분꽃 아니면서
부르지 마.

나비야, 나비야
부르지 마.

먹을 거 줄 것도
없으면서
아니면서
부르지 마.

나비야, 나비야
부르지 마.

　　　　　　— 이상교 「부르지 마」 전문(『어린이와 문학』 2017년 2월호)

자신을 '나비'라 부르지 말라고 하는 이 시의 화자는 아마도 고양이
겠다. 개와 같이 인간과 오래 함께해 온 동물이지만 성격이 독립적이고
도도한 고양이는 충분히 이렇게 말할 수 있을 듯하다. '나는 팔랑팔랑
여린 날개로 날아다니는 나비가 아니다, 혹 내가 나비라 하더라도 네가
꿀을 담은 꽃이 아니라면 필요 없다, 꿀이 아닌 다른 먹을 것이라도 주
지 않을 거면 관둬라.'

　먹을 거라도 주면 모를까 괜히 자기 이름도 아닌 걸 부르지 말라고 말
하는 이 고양이는 좀 쌀쌀맞고 못됐다. 사람들이 예쁘다고 불러 주면 고
맙게 예쁨받고 예쁜 짓도 좀 하면 될 텐데 결코 그럴 의사가 없다. 하지
만 인간의 입장에서 보기에 착하지 않은 고양이의 태도가 있는 대로 그
려진 이 시는 특별한 감상을 전한다.

많은 어린이들은 여전히 착한 어린이가 되어 어른들에게 예쁨받을 것을 다양한 경로와 방법으로 훈련받고 주입받는다. 그 착함은 사회가 어린이에게 강제하는 규율과 규칙이지 주체의 자유의지가 행사되는 윤리와 도덕이 아니다. 어린이는 고양이로 태어났어도 강아지로 살도록 강요받는다. 네 장의 여린 날개를 가진 나비가 아니라 그 옛날에는 야생에서 살던 고양이임에도 '나비'라 불리며 살아야 한다. 어른이 되기 전까지는.

제 목숨을 유지하려면 먹을 것 하나는 필요한 '빌어먹는 존재'라 하더라도 고양이는 주체로서의 당당한 의지로 자신을 '나비라 부르지 말라'고 선언한다. 동시에서의 부정적 표현이 실제로 부정을 의미하는 경우는 많지 않다. 긍정을 위한 단계이거나 유아적이고 자기중심적인 고집이거나 사회 현실을 향한 분노가 대부분이었다. 나태하고 허위적인 성격의 착함을 파괴하는 부정의 윤리가 동시에서는 더 이야기되어야 한다.

3. 착하지 않음의 미학

피아노는 옆집의
강아지와 닮았다

누나가 만지면
예쁜 소릴 내는데

내 손이 만져 줄 때면

피아노가 짖는다

— 금혜정 「피아노」 전문(『동시마중』 2017년 3·4월호)

이 시는 이 계절을 통틀어 가장 눈에 띄는 작품이었다. 무엇이 새로움을 불러일으켰을까. 같은 지면에 이 시와 나란히 발표된 다른 한 편의 시 말고 이 시인의 또 다른 작품을 본 기억은 없다. 따라서 이 시들만으로 시인의 작품세계 전반을 가늠할 수는 없겠지만 이 시는 시인의 확고한 자기 세계를 의식적으로 재현한 작품 같지는 않다. 기존 동시의 문법을 잘 알고 이를 뛰어넘어 자기 세계를 구축한 작품이라기보다는 기존 문법을 숙지하지 않은 데서 발생한 특이성을 지닌 작품으로 보인다.

우선 새로운 점은 연주하는 사람에 따라 같은 피아노 한 대에서 나는 소리가 전혀 달라지는 현상을 강아지와의 관계로 연결한 발상이다. 여기에서 발생한 마지막 행 '피아노'와 '짖는다'의 연결은 동시에서 쉽게 찾아볼 수 없는 언어의 조합과 운용이다. 동시의 언어 운용은 지극히 얌전해서 은유와 환유의 징검다리 보폭이 매우 좁다. 보폭이 짧아야 어린이도 의미의 강을 건널 수 있다는 오랜 생각에서다. 보폭을 조금 길게 하는 실험 정신은 어린이의 걸음이 따라올 수 없다고 여겨 반대에 부딪힌다.

이 시는 징검돌의 폭을 넓히지는 않았다. 다만 지금까지 동시라는 개울에서는 잘 쓰이지 않던 새로운 모양과 색깔의 징검돌을 갖고 왔다. 누나한테는 강아지도 잘 따르고 누나는 피아노도 잘 치는데 나한테는 강아지가 짖기만 하고 나는 피아노도 잘 치지 못한다. 피아노 소리까지 그냥 개가 짖어 대는 수준으로 들린다. 그런데도 어린이 화자는 이 사실을 반성하거나 부끄러워하거나 억울해하는 기색이 없다. 누나처럼 더 많이 연습해서 피아노를 잘 쳐야겠다는 식의 착하고 성실한 어린이의 희망도 품지 않는다. 그저 있는 그대로 자신의 현재 상태를 정확하게 감각하고 인지할 뿐이다. 착한 어린이, 더 나은 어린이가 되어야 한다는 희망이 없었기에 이 작품은 마지막 행에서 자신의 감각을 솔직하고 당당하게 내보일 수 있었고 그것이 새로운 미학을 탄생시켰다.

나는 달을 갖고 있어요
손톱 위 떠 있는 열 개의 달
그 달은 한번도 보름달이 되어 보지 못했죠

달이 부풀어 오르면 잘라 냈어요
작고 마른 달들
키워 볼 수 없는 내 꿈 같았죠

머리 위 달이 둥글어요
내가 잘라 낸 조각들 모아 붙이면
저런 둥근 달이 될까요

손톱 위
새 달이 하얗게 자라고 있어요

— 김물 「손톱달」 전문(『열린아동문학』 2017년 봄호)

문학의 빛은 햇빛보다는 달빛과 별빛에 가깝지 않을까. 성인시는 차오르는 보름달보다는 이지러지는 그믐달의 형태를 강박적으로 억지로라도 취해 왔다. 하지만 동시는 '동시도 시'라고 외치면서도 온 세상을 빛내는 태양과 먼 산 비추는 보름달의 밝음만을 좇았다. '착한 시'라고 바꾸어 말해도 될 법한 시들이다.

규율에는 주체성이 필요하지 않다. 그저 규율 자체에 복종하기만 하면 된다. 동시가 말해 온 착함은 실은 규율이다. 어린이가 주체일 때 비로소 윤리와 도덕이 가능하다. 윤리와 미학을 담보시키는 착한 동시가 끊임없이 생산되는 건 여전히 어린이를 주체로 바라보지 못하기 때문일 것이다.

태도가 관계다

동시의 시선

지난 '어린이 화자 논쟁'*에서 어린이 화자를 쓰지 말아야 한다거나, 그 반론으로 화자를 일률적으로 규정할 필요가 없지 않느냐 하는 논쟁의 기반은 어떤 화자가 어린이 독자에게 더 잘 다가갈 수 있느냐에 있었다. 상반되는 두 견해, 즉 '섣불리 어린이인 척하는 어린이 화자는 어린이 독자에게 외면당할 우려가 있다'는 견해와 '어린이 화자도 적절히

---

* 어린이 화자 논쟁은 이지호의 평론 「동시를 버려야 동시가 산다」(『동시마중』 2010년 9·10월호)로 시작되어 정유경의 「정말 어린이 화자 동시가 문제인가」(『동시마중』 2012년 3·4월호)와 김권호의 「'어린이 화자' 논쟁이 나아갈 길」(『창비어린이』 2012년 가을호)의 반론으로 이어졌으며 이지호의 「비평, 하려면 제대로 할 일이다」(『시와 동화』 2012년 겨울호)로 재반론되었다. 이지호의 「동시를 버려야 동시가 산다」는 연구논문 「어린이 화자 동시 비판」(『아동청소년문학연구』 11호, 2012; 『동시와 어린이시』, 열린어린이 2017)으로 수정되어, 2012년 1월 27~28일 한국아동청소년문학학회 겨울 학술대회에서 이 논문과, 토론문인 김이구의 「동시의 화자 문제와 동시의 미학: 이지호 '어린이 화자 동시 비판'을 읽고」(『해묵은 동시를 던져 버리자』, 창비 2014)가 발표되었다.

사용하면 어린이 독자가 더 깊이 공감할 수 있다'는 견해는 모두 동시의 화자가 어떠해야 어린이 독자의 반응을 자연스럽게 불러일으킬 수 있는가를 자기주장의 근거로 삼고 있는 점에서는 동일하다.

여기서 상대적으로 간과되는 점은 논란이 되는 어린이 화자가 작품 안에서 어떠한 어조와 태도를 취하는지 섬세하게 해석하는 일이다. 어린이 화자로 동시를 '써도 된다, 쓰면 안 된다'로 단정 지을 것이 아니라 어린이 화자가 작품에서 말하는 바를 귀여겨들어야 한다. 바로 그 자리에서 어린이 화자의 의미가 밝혀질 것으로 보기 때문이다. 작가가 다른 화자가 아닌 어린이 화자를 선택함으로써 더욱 단명(單明)하게 드러난 어린이상을 살펴보는 일이 어린이 화자 논쟁의 핵심이 되어야 하며 이것은 결국 동시에 대해 더욱 확장되고 유연한 통찰을 줄 수 있을 것이다. 어린이 화자 동시를 중심으로 동시의 어린이상을 살펴본다.

1. '어린이는 모른다'와 '어린이는 다 안다'

나는 작은 차보다 큰 차가 좋다
승용차는 몇 사람 못 타지만
유치원 차는 더 많이 탄다
버스는 아주 많이 탄다
그래서
나는 이담에 커서
승용차를 안 사고
버스를 사야겠다

그래 가지고

무진장 많은 사람들을 태워 줘야지

아~

그럴 필요가 없구나

버스 운전수가 되면 되지

난 좀 바보 같다

　　　　— 김창완 「난 바보 같다 좀」 전문(『동시마중』 2017년 7·8월호)

　마지막 행 '난 좀 바보 같다'가 명시하듯 이 시에서는 어린이 화자가 스스로를 어리석다고 여긴다. 그런데 큰 차가 좋으면 버스 운전사가 되어도 괜찮은데 버스를 사야겠다고 생각한 것에 대해서는 왜 '바보 같다'고 했을까. 크고 값비싼 물건을 소유하고 싶어 하는 인간의 탐욕을 비판한다고 해석할 여지도 있겠다. 하지만 아이가 큰 차를 좋아하고 원하는 진짜 이유는 큰 차를 그저 가지고 싶기 때문이 아니라 많은 사람이 탈 수 있고 많은 사람을 태워 주고 싶기 때문이다. 따라서 그러한 해석이 작가가 말하려고 했던 핵심은 아닐 것이다.

　먼저 이 시에서 주목할 것은 어린이가 종종 보이는 사고의 오류를 어린이 화자를 빌려 직접적으로 바보 같다고 나타낸 점이다. 일상의 크고 작은 사고 과정에서 원인과 결과를 혼동하거나 선택의 전제 조건을 잠시 잊는다거나 하는 것은 비단 어린이뿐 아니라 어른들도 흔히 저지르는 오류다. 이를 두고 이 시에서 유독 '바보 같다'고 지적한 이유는 뭘까.

　'바보'라는 단어에 실린 긍정적/부정적 가치 판단을 배제한다고 하더라도, 이 시는 사고의 오류를 어린이의 특징으로 부각시켜 어른과 구별 짓는다. 아마도 어린이를 바라보는 상당수 어른의 시선일 텐데 이는

과연 정당한가. 나아가 이러한 어린이상이 구현된 동시는 어린이 독자
에게 무슨 의미를 지니고, 어떠한 영향을 미칠까.

> 솔몬이가 말했다.
> 아빠가 다시 해병대 가려고
> 머리 빡빡 밀었다고.
>
> 아이들이 우르르
> 솔몬이 누나
> 예진이에게 달려갔다
>
> "누나 아빠가 또 해병대 가?"
>
> 아무 말 안 하고 돌아서며
> 예진이는 눈물 닦았다.
>
> "구조 조정 결사반대"
> 현수막 펼치고
> 아빠가 머리 빡빡 밀은 것.
>
> 솔몬이만 모른다.
> ── 전병호 「또 해병대 가?」 전문(『어린이와 문학』 2017년 6월호)

이 시에서 보듯 단순한 사고의 오류나 지식의 부족을 어린이다운 순

진무구함으로 유머러스하게 그리는 것은 동시에서 이미 하나의 스타일로 자리 잡았다. 이 시는 특히 구조 조정을 반대하는 삭발 투쟁을 해병대 입대로 착각한 어린이의 무지를 통해 냉혹한 현실을 대조적으로 조명한다. 신자유주의 경제질서의 엄혹함이 어린이의 순진무구함과 대비된다. 아무것도 모르는 철없는 남동생과 "돌아서며" 눈물짓는 철든 누나의 상반된 모습이 대비를 더욱 극대화한다.

그런데 "솔몬이만 모른다."는 마지막 행은 '어린이는 모른다'는 형식과 태도에 대해 질문하게 한다. 첫 번째 질문은 사실관계에 대한 것으로, 빡빡 민 머리에서 해병대를 떠올릴 수 있는 어린이는 아빠가 삭발 투쟁을 할 때까지 정말로 아무것도 모를 수가 있을까 하는 점이다.

그보다 더 중요하다 싶은 두 번째 질문은 '어린이는 모른다'는 장치를 통해 현실을 얼마나 핍진하게 드러내고 있는가 하는 점이다. 아무것도 모르는 어린이상을 상정할 때 구체적이고 중층적인 현실과 이러한 현실을 받아들이는 어린이의 모습은 그릴 수 없다. 이 시의 경우, 아빠가 온몸으로 노동쟁의에 임한다는 사실 하나만 드러낼 수 있는 것이다. "솔몬이만 모른다."는 마지막 행은 그래서 이러한 현실을 잘 모를 것이 뻔한 어린이 독자에게 이를 알리겠다는 작가의 목소리처럼 들린다. 많은 동시가 하나의 스타일로 삼아 온 '어린이는 모른다'는 태도가 위험해 보이는 이유다.

동시의 '어린이는 모른다'는 형식은 과연 어린이라는 존재를 존중하는가. 작가들이 작품에서 어린이의 실수와 무지를 유머러스한 뉘앙스로 칭송하며 이것이야말로 어른과 구분되는 어린이상이라고 규정하는 태도는 충분히 숙고할 만한 문젯거리다. 어린이문학 작가라면 어린이를 사랑하는 마음과 어린이 같은 눈으로 어린이상을 발견하고 표상했

다고 자부하는 데 대해, 그리고 그것에 내재한 자신의 태도와 어린이의
관계에 대해 늘 되돌아보아야 한다고 보기 때문이다.

> 나무 위를 오르락내리락
> 달아나고 쫓아가고
> 풀밭에서 엎치락뒤치락
> 쫓아가고 달아나고
>
> 놀고 있는 고양이 두 마리는
> 틀림없는 아기 고양이
>
> 아기 고양이는 놀면서 크지요
>
> 새 잡으러 갈 때만 뛰는 고양이는
> 어른 고양이
> 고양이한테 쫓길 때만 뛰는 고양이는
> 틀림없는 어른 고양이
>
> 어른 고양이는 언제 놀아요?
> ── 김미혜 「아기 고양이는 놀면서 크고」 전문(『어린이와 문학』 2017년 7월호)

'어린이는 모른다'는 태도와 정반대로 '어린이는 다 안다'는 태도 역
시 동시가 만들어 낸 하나의 스타일이다. 어린이와 어른을 비교하며, 어
린이의 인지와 행동 양식을 우위에 두고 어른을 비판한다. 이 시에서

'어린이는 놀면서 크는 게 중요하다, 어린이는 날마다 노는데 왜 어른들은 놀지 않느냐, 목표를 이루기 위해 앞만 보며 달리지 말고 기쁘게 놀며 살아라' 등의 메시지를 전하며 어른을 각성시키는 화자는 어린이 독자를 대변하는 목소리가 된다. 어른이 규정하고 통제하는 사회에서 제 목소리를 내지 못한 어린이가 화자를 통해 비로소 자신의 생각을 말한다.

그럼에도 '어린이는 다 안다'는 태도는 '어린이는 모른다'는 태도와 서로 맞닿아 있는 듯하다. 두 태도 모두 어린이의 생각과 감정을 판단하고 평가하며 어른과 구별되는 잣대로 제시한다. 그것을 발견하고 표현하는 작업이 어른들의 문학과는 다른 어린이문학만의 일일 텐데 그 작업으로 지금껏 쌓인 결과물들은 지나치게 단정적이고 자신 있어 보인다. 어린이라는 존재가 이러이러하다고 명확하게 제시한 어른들의 동시에서 어린이가 움직거리며 놀 틈은 매우 좁다. 어린이에 대한 규정과 선언이 가장 중요한 작업으로 전면에 제시되니 시라는 문학 장르가 지닌, 세계에 대한 구체적인 인식과 섬세한 감정의 결은 찾기 힘들어진다. 어른과 구별짓는 방식으로 어린이의 모습을 단정적으로만 그려 온 동시가 이제 어린이에 대해 조금씩 머뭇거려 보면 어떨까.

2. 관계의 변환

'어린이는 모른다'와 '어린이는 다 안다'는 태도에는 어른 작가가 어린이라는 존재를 어떻게 생각하고 대하는지가 드러나 있다. 동시가 지난 십여 년간 형식의 새로움과 세련됨을 추구한 것에서 더 나아가 정말

로 달라지려면 어른 작가의 어린이 인식, 즉 어른과 어린이의 관계가 달
라져야 한다.

엄마가 너랑 놀아 주라고 하니까
이제부터 이 천사 같은 언니가
너랑 놀아 줄 테다!

자, 나는 3살짜리 아기야.
어서 나를 이불 속에 눕히고
우유병을 줘.
너는 엄마니까 내가 잠들어도
깨우지 말고 집안일을 하도록 해.

자, 지금은 관절염 걸린 할머니야.
어서 빨리 내 다리를 주무르고
등을 두드려.
아파서 꼼짝도 못 하니
물도 떠다 주고 밥도 먹여 줘.

자, 이번엔 손님이야.
친절하게 인사를 하고
차를 내와.
제일 좋은 자리에 나를 앉혀서
마음껏 텔레비전을 보게 해.

자, 다음에는 아빠야.

내 방은 회사고.

그러니까 내가 방에 가서 안 나와도

나한테 오면 안 돼.

회사는 아이들이 오는 데가 아니야.

자, 자, 자, 자…….

또 뭘 할까?

그래, 엄마가 좋겠다.

내가 엄마니까 저 곰돌이가 나야.

그러니까 이젠 저 곰돌이랑 놀아!

　　　　　— 김개미 「동생과 놀아 주기」 전문(『어린이와 문학』 2017년 7월호)

나한텐 엄마가 어렸을 때 끼던 장갑이 있어요.

오늘처럼 촉촉하게 비가 오고 혼자인 날

서랍을 열고 장갑을 껴 봐요.

지금보다 더 외롭고 더 혼자인 어느 날,

나는 열두 살짜리 엄마 손을 잡을지도 몰라요.

　　　　　— 김개미 「벙어리장갑」 전문(『어린이와 문학』 2017년 7월호)

　김개미의 동시가 발상의 참신함이나 표현의 세련됨을 넘어 더욱 의미 있는 지점은 어른과 어린이의 관계를 단선적으로 규정하지 않는다는 데 있다. 「동생과 놀아 주기」에서 '언니'는 어린이인 동시에 더 작은 어린이인 동생을 돌보아야 할 꼬마 어른이 된다. 그런데 이 꼬마 어른은 진짜 어른은 아니어서 억지웃음을 지으며 놀아 주는 법 없이 고약하기만 하다. 이 어린이 화자는 역할극을 벌이는데 동생은 엄마로 고정해 두고 본인은 여러 역할을 바꾸어 가며 동생에게 계속 엄마로서의 노동을 강제한다. '나도 동생과 똑같은 어린이인데 왜 나는 엄마를 대신해 동생을 돌보아야 하는지'에 대한 불만이 동생에게 투사되어 있다. 하지만 독자는 표층적인 메시지인 언니가 어린이로서 겪는 부당함과 아울러 어른인 엄마의 고단함까지 심층적으로 읽게 된다. '어른인 엄마—큰 어린이/꼬마 어른인 큰 어린이—작은 어린이'의 관계와 역할극을 통해 어른과 어린이의 관계를 다시 들여다보게 된다.

「벙어리장갑」에서는 외로운 어린이가 '어른 엄마'가 아닌 '어린 엄마'와의 만남을 통해 위로의 희망을 발견한다. 그간의 어린이 화자 논쟁을 떠올려 본다면 "나는 열두 살짜리 엄마 손을 잡을지도 몰라요"라는 어린이 화자의 말이 너무 어렵고 어른스럽고 어린이답지 못하기에 어린이 화자가 잘못 사용된 예로 제시될 법하다. 하지만 되묻고 싶다. 성인시의 화자가 어른 독자인 나의 정체성과 똑같은 경우를 몇 번이나 발견했는지, 내 정체성이나 목소리와 다른 화자라고 해도 어른인 나는 그 시를 시라고 하지 않는지, 왜 동시에서는 모든 어린이가 제 목소리로 여길 만한 화자가 아니면 동시가 아니라고 내치는지, 그것이 혹시 어린이 문학이라는 장르적 고민과 어린이 독자를 향한 배려라는 명목 아래 어린이를 옭아매는 눈 먼 사랑에서 비롯된 것은 아닌지.

엄마가 어릴 때 끼던 장갑 속에서 아이와 엄마가 만났듯 동시 속에서 어른과 아이가 만날 수 있으면 그것으로 충분히 동시라고 할 수 있을 듯하다. 오히려 그러한 동시의 품이 낡은 장갑처럼 수수하게 평화롭지 않을까.

나는 별이야 너는 달이고
넌 푸른 바다 나는 하얀 숲

너는 고양이야 나는 강아지고
난 해바라기 너는 노란 분꽃

살째기 웃음 지으며 네가 말했지
자긴, 아무것도 아니라고.

맞아, 있지 실은 나도
아무것도 아니야.
　　　　　— 방희섭 「아무것도 아니야」 전문(『열린아동문학』 2017년 여름호)

　어린이 존재에 대해 무어라고 규정하고 선언하지 말고 서로 아무것
도 아닌 사이로 만나고 싶다. 어른과 어린이가 아닌 그저 너와 나인 관
계를 보고 싶다. 그때 어른인 나도 어린이인 너도 행복하고, 나는 비로
소 어린이가 될 수 있을 것 같다.

믿어야 열릴, 뛰어들어야 얻을

동시의 세계

주제 평론의 방법론은 연역이자 귀납이다. 많은 작품을 두루 살피며 얻은 귀납적 결론을 다시 다른 작품들에 비추어 보는 연역의 과정을 여러 차례 되풀이한다. 되풀이를 통해 어느 정도 확신이 생기면 조심스레 그 주제를 세상에 내어놓고 이야기를 시작한다.

최초의 귀납적 결론은 가능한 한 많은 작품을 읽을 때 좀 더 정확하고 의미 있어진다. 귀납적 추론이라는 방법론의 특성 자체가 가능한 한 많은 사례를 필요로 하기에 그러하다. 좀 다른 이야기이긴 하지만, 연말마다 작가나 평론가가 선정하는 '올해의 책' 목록을 볼 때 의문이 드는 건 바로 그 때문이다. 과연 선정단 개개인이 얼마나 많은 책을 읽고 고른 목록일까, 얼마나 많은 책을 읽어야 목록 선정에 적합할까 하는.

이와 비교해 본다면 동시 계간평의 대상 작품은 3개월 동안 문예지에 발표된 동시 400여 편이니 꼼꼼하고 성실하기만 하면 충분히 섭렵할 만한 분량이다. 계간평의 한계는 정반대로, 작품 사례가 한정된다는 점에 있다. 사례의 한계 안에서 도출되는 결론을 수용하는 귀납적 추론 방법도 있긴 하지만 문학에 적용하기에는 적절하지 않다. 어느 한 시기의 3개월간 발표된 동시들에서 어떤 경향, 결론, 주제라는 게 도출될 리 없으며 설령 시의적 이슈 등을 발견할 수 있다 해도 큰 의미가 없기 때문이다.

그렇다고 계간평이 결론을 도출하는 주제 평론의 형식을 포기할 수 있느냐 하면 그것도 아니다. 3개월간의 작품을 감상한 독서 노트에 평론이라는 이름을 굳이 붙일 필요는 없거니와 그런 스케치야 개인의 독서록에 쓰면 그만이다. 작품 한 편, 한 편에 대한 감상을 병렬적으로 나열하는 작업은 평론이라 부르기에 부족하다. 그 감상들이 하나의 주제로 모아지는 듯 보이게 얼개를 짜 봐도 마찬가지다.

결국 계간평은 계간평 이상이 될 수밖에 없다. 3개월이 아니라 이전까지 많은 작품을 독해하며 발견해 온 귀납적 결론을 3개월간의 작품으로 연역해 보이는 것이다. 표면상으로는 언급한 작품들에서 도출된 귀납으로 보이지만 실은 연역으로 쓰인 글이다. 요건대 계간평에는 지금까지 발표된 많은 동시를 사례로 해서 도출된 귀납적 결론이 자리한다.

이 논리적 과정은 3개월간의 동시와 3년간의 동시가 크게 다르지 않기 때문에 다행히 큰 무리나 오류 없이 가능하다. 3개월간의 동시와 30년간의 동시는 다르겠지만. 이 글에서는 3년간의 동시에서 의문이 들었던 것 하나를 3개월간의 동시로 펼쳐 보이려 한다. 동시의 '발상'에 관한 이야기다.

해는 왜 하루도 빠짐없이 뜨는 거지?

나무는 왜 똑같은 잎만 내미는 거지?

똑같이
똑같이

한번쯤 곰 발을 내밀 수도 있지 않나?
해 대신 달을 내보낼 수도 있지 않나?

그래서 하루쯤 학교를
빼먹어도 되지 않냐 그 말이야

　　　　　　　—장옥관 「왜지?」 전문(『창비어린이』 2017년 가을호)

내 손이 물갈퀴처럼 생겼다면
수영도 꽤 잘하고, 좋을까?

그럼 연필은 어떻게 쥐고
젓가락질은 어떻게 하지?

어깻죽지에 팔 대신 날개가 달렸다면
하늘도 훨훨 날고, 좋을까?

그럼 비빔국수는 어떻게 먹고
고양이는 어떻게 안지?

으음, 있을 것은 다 있고
없어도 될 것은 아예 없는

이대로가 그럼 딱이네.
　　　　　── 오인태 「불만 없음!」 전문(『어린이와 문학』 2017년 10월호)

만약에 아빠가 사자로 변신해
가만히 누운 소파를 물어뜯고
내 가방을 아무렇게나 짓밟고
무서운 표정을 짓는다면

만약에 엄마가 코끼리로 변신해
기다란 코를 뻗어
냉장고에 음식을 싹싹 비운 뒤
들판을 향해 돌진한다면

눈 깜짝할 사이에
지갑에 쏙 들어가는
벼룩이 되어야지.

사자 코털을 간지럽히거나
코끼리 귀에 찰싹 붙어서
누구 편도 안 들 거야.

나는 뭐라도 될 거야.

— 박해정 「벼룩이 될 거야」 전문(『어린이와 문학』 2017년 12월호)

세 작품 모두 현실과 다른 상상에서 시의 발상이 일어난다. 해는 왜 똑같이 뜨고 나무는 왜 똑같은 나뭇잎을 내미는지. 내 손이 물갈퀴처럼 생기고 어깻죽지에 날개가 달린다면 어떨지. 아빠가 사자로, 엄마가 코끼리로 변신해 싸우면 나는 어떻게 할지. 세 작품은 현실의 정반대를 상상하거나, 공상하거나, 일어날 법한 상황을 가정한다.

세 작품에서 나타나는 상상의 형식은 아쉬운 점이 많다. 「왜지?」나 「불만 없음!」은 현실을 완전히 뒤엎는 상상이기보다는 왼쪽과 오른쪽 방향이 정반대인 거울을 보듯 다소 평면적이고 기계적인 상상이다. 「벼룩이 될 거야」 또한 현실의 대상을 동물의 이미지와 조합하는 흔한 방식으로 쓴 작품으로, 그저 잘 짜 맞춘 퍼즐 조각이나 블록을 보는 듯하다.

상상을 주조로 하는 많은 동시들이 작가 스스로 만든 상상의 바닷속으로 발가벗고 뛰어들어 첨벙첨벙 헤엄치지 못하고 파도 끝에 서서 찰박찰박 발만 담그고 서 있는 느낌을 준다. 화자의 독백으로 '이러저러한 상상을 해 보았다'고 독자에게 전달할 뿐인, 그저 화자의 사고 속 상상이다. 「불만 없음!」의 "-다면", 「벼룩이 될 거야」의 "만약에"는 가정법의 '사고'다. 이 단어들은 상상의 세계가 시의 세계가 아니라 화자의 사고 안에서 축조되고 있는 세계임을 드러낸다.

왜 동시는 상상 앞에서 머뭇거리는가. 아마 그 이유는 상상과 관련해서도 '동시'라는 장르를 규정하고 한계 짓는 편견이 작용하기 때문이 아닐까 싶다. 동시는 성인시처럼 작가가 축조한 상상의 세계 안에서 독자가 미로를 헤매든, 벽돌 한 장을 발견하고도 기쁘게 돌아가든 내버려 두지 못한다. 어린이 독자가 이해할 수 있을지 의문이 들어 작가 스스로 상상 속을 휘젓고 다니지 못한 탓에 동시 속 상상의 세계는 늘 얌전하고 납작한 모양새에 머물기 일쑤다. 그러니 그 세계 나름의 정합성에 따라 축조된 상상을 활짝 펼쳐 '보여 주지' 못하고 자꾸 차분하게 '들려주는' 형식을 취하게 되는 것이다. "만약에" "-다면"이라고 설명을 덧붙여 가면서 말이다.

상상이 대상물이나 현실과의 관계에서 지나친 정합성을 끌어오거나, 상상을 통해 제시되는 주제에 집착하는 형식 또한 어린이 독자에게 상상을 그대로 풀어놓지 못하기 때문으로 보인다.

> 넥타이를 맨 염소가
> 길 가까운 밭에서 풀을 뜯고 있다가
> 시골 버스가 다가오자 놀라
> 방죽이 있는 밭 아래로 냅다 뛰었다
> 버스가 다 지나갔는데도 멈추지 않던 염소의 발이
> 방죽에 막 빠지려는 순간
> 넥타이가 목을 꽉 붙들어 주었다
>
> 아빠는 아침마다 넥타이를 매고 풀 뜯으러 간다
> 엄마는 아빠 넥타이가 너무 길다고 다시 매어 주곤 한다
> 방죽에 빠질까 봐 걱정되기 때문일 거다
> 어떤 날 엄마는 넥타이가 너무 짧다며
> 지각하겠다고 쩔쩔매는 아빠를 억지로 붙들고 고쳐 매 준다

풀을 많이 뜯어오지 못할까 봐 그럴 것이다

—— 곽해룡 「넥타이」 전문(『어린이책 이야기』 2017년 가을호)

1연에서 염소가 매여 있는 끈이 넥타이로 연상되면서 2연에서 넥타이를 맨 아빠의 하루가 방죽 위에 매인 염소의 삶과 연결된다. 상상의 근거를 분명히 밝히고, 상상을 현실과 대응시키는 시인의 평소 작법을 이 시에서도 확인할 수 있다. 하지만 이 대응은 때로 무리수가 되거나 너무 투명한 기교로 보이기도 한다. 게다가 이 시에서는 무엇보다 아빠가 엄마에게 내몰려 홀로 생계 노동에 뛰어드는 것으로 묘사되는 상상의 방향이 문제적이다.

온천 개발로
집값 오른다는
우리 동네

마을 앞 느티나무도
그 소문 들었나 봐요

그새
까치집을
세 채나 들여 놓았어요.

—— 한상순 「소문」 전문(『동시마중』 2017년 9·10월호)

느티나무에 부쩍 늘어난 까치집을 통해 부동산 투기의 세태를 풍자

하려고 했을까. 시는 세계를 자아화하는 장르라 해도, 동시에서는 지나
치게 자연과 세계가 인간화되고 있다는 비평이 예전부터 줄곧 제기되
어 왔다. 이 시는 천박한 인간 현실을 까치집을 빌려 와 비판하고 풍자
하는 장치가 충분히 마련되어 있지 않아 자연을 왜곡한 듯한 모양새가
되어 버렸다. 「넥타이」와 아울러 상상의 방향을 돌아보게 한다.

읍내 장날 보았어
쥐 눈망울만 떼어
팔러 나온 할머니를

또랑또랑 또랑한 눈망울이
지나가는 사람들을 구경하고 있었어
새까만 눈망울이 반짝반짝 빛이 났어

시골 쥐들에게 할머니는
이렇게 꼬드겼는지도 몰라
눈망울만 떼어 주면
장 구경 시켜 주겠다고
맛있는 거 사 주겠다고

그럼 뭐 해?
맛있는 거 먹을
입을 떼어 놓고 왔는걸
그럼 뭐 해?

맛있는 거 사달라고 조를

입을 떼어 놓고 왔는걸

　　— 김철순 「쥐눈이콩 팔러 나온 할머니」 전문(『동시마중』 2017년 9·10월호)

이 작품은 '쥐눈이콩'이라는 이름에서 상상을 시작해 그 상상을 끝까지 밀고 나가며 새로운 이야기를 만들어 낸다. 시인 스스로 콩을 진짜 쥐의 눈이라 믿었기에 가능한 상상이다. 믿는 척이 아니라 정말로 믿었기 때문에 옛이야기에서 볼 수 있을 법한 생뚱맞고 기괴한 풍경 하나를 그려 낼 수 있었다.

시인 스스로 믿지 않는 상상을 어느 독자가 믿어 줄까. 시인 스스로 빠져 있지 않은 세계에 누가 들어갈 수 있을까. 새로운 지평은 두려움과 의혹을 걷어 내고 투신할 때 비로소 열린다. 캄캄한 어둠 속, 짙푸른 바닷속에 몸을 던지는 순간 익숙한 빛줄기는 사라지겠지만 익사해도 좋다는 각오로 자신의 빛을 찾아 헤매는 일이 시인의 몫일 테다.

제 3 부

이야기로 탄생하는 이야기

한 걸음씩 자박자박 걷는 길

김소연의 역사동화

김소연은 창비 '좋은 어린이책' 원고 공모 대상을 수상한 첫 장편『명혜』(창비 2007) 이후 단편집『꽃신』(파랑새 2008), 장편『남사당 조막이』(뜨인돌어린이 2011), 청소년소설『야만의 거리』(창비 2014),『굿바이 조선』(비룡소 2015) 등 역사동화를 주로 창작해 왔다.『내 짝꿍의 비밀』(사계절 2015)로 제목을 바꾸어 재출간된『선영이, 그리고 인철이의 경우』(2009)와『몇 호에 사세요?』(뜨인돌어린이 2013) 등 창작동화도 물론 있지만 김소연의 작가적 개성과 역량은 첫 책으로 시작된 역사동화에서 더욱 눈에 띈다.

자신만의 작품세계를 이루어 낸 동화작가의 작품 목록에서 역사동화 한두 편을 발견하기란 어렵지 않다. 작가들이 어린이 독자에게 간절히 전하고픈 역사가 있고, 역사라는 게 끝없이 이야기가 흘러나오는 화수분이기 때문인 듯싶다. 이러한 역사동화 사이에서 김소연의 역사동화는 유독 자신만의 자리와 색깔을 지닌다. 작가가 역사동화에 천착하며 적지 않은 작품을 꾸준히 발표했기 때문만은 아니다. 시대 배경만 옮기며 비슷한 결의 여러 작품을 창작했다면 오히려 처음의 매력과 고유성은 점차 희미해졌을 것이다.

그의 작품들을 '김소연의 역사동화'로 이름 붙여도 충분한 까닭은 작가가 자신의 작품을 끊임없이 되돌아보고, 때론 배반하고, 늘 넘어서고자 하며 한 걸음씩 끈질기게 걸어 나아가기 때문이다. 그러기에 그의 역사동화가 보여 주는 길은, 현재라는 시점에서 늘 새롭게 질문되고 재구성되고 해석되는 역사 그 자체를 닮아 있다.

1. 여성 인물과 여성 서사를 꽃피우다: 『명혜』와 『꽃신』

김소연의 초기작은 여성 인물을 주인공으로 내세우며 역사동화에서 여성 서사를 새롭게 펼쳐 보인다. 이전의 역사동화들이 대개 '소년' 주인공으로 역사를 재현하면서 '소녀'들의 목소리는 소외됐으며 여성 주인공을 등장시킨 일부 작품들조차 여성 수난사의 시각에서 벗어나지 못했다. 이에 비해 김소연의 첫 장편 『명혜』와 첫 단편집 『꽃신』의 수록작 「꽃신」 「방물고리」에 등장하는 소녀 주인공은 여성의 주체적인 삶이 불가능해 보이는 시대 상황에서도 꿋꿋하게 자신의 길을 개척해 간다.

『명혜』의 도입부는 이를 상징적으로 드러낸다. 명혜는 혼례를 올리는 사촌 언니를 바라보며 어떻게 해서든 자신의 혼례를 미루고 여학교에 입학할 궁리를 한다. 명혜가 관심을 갖는 건 어떻게 하면 '아기'라는 아명 대신 '명혜(明慧)'라는 제 이름으로 불릴까 하는 것이다. 자신의 이름, 즉 고유한 주체로서의 자신을 찾기 위한 열망은 비단 여학교 졸업에서 끝나지 않고 민족에게 널리 베풀 의술을 배우기 위해 미국 유학까지 실현하도록 이끈다.

이 작품에서 명혜가 시대 현실에 주저앉지 않고 남들이 감히 꿈꾸지도 않은 길을 가게 된 직접적인 동기는 3·1운동 중 목숨을 잃은 오빠 명규의 유언이지만 그 밖에 명혜에게 영향을 미친 인물들은 모두 여성이라는 점이 주목된다. 고향에서 야학을 일구며 독립운동과 꿈을 저버리지 않는 동급생 친구 낙경, 의사로서 모범을 보이며 명혜의 삶에 새로운 희망을 심고 격려해 주는 신데레사 선생, 그리고 종래에는 남편의 뜻을 거스르면서 딸 명혜의 유학을 지지하는 안씨 부인까지, 명혜를 자각시키고 지지하는 여성 인물들의 면모는 이 작품을 온전한 여성 서사로 완성해 준다.

명혜가 수원 제일 부자인 송 참판댁 '아씨'인 데 반해 『꽃신』에 수록된 단편 「방물고리」의 덕님은 집집마다 돌며 얻어 온 구정물로 돼지를 키우고 병든 어머니를 수발하는 가난한 평민 소녀다. 하지만 덕님 역시 자신의 삶을 스스로 개척해 나가는 모습을 보인다. 어머니가 돌아가시고 혈혈단신이 된 덕님은 팔려 가다시피 혼례하는 관습을 따르지 않고 보부상 상단을 따라 방물장수로 나선다. 부모님 제사를 무남독녀인 제가 모시겠다고 외치는 것이나 부모님 선산을 사기 위해 금녀(禁女)의 영역인 상단에 들어가는 것 모두 지금껏 여느 역사동화나 생활동화의 여성 인물에게서 보기 힘든 용감하고 도전적인 선택이다. 이 밖에도 작가는 『남사당 조막이』에서 소년 조막이가 최초의 여성 꼭두쇠(남사당패 우두머리)인 '바우덕이'와 조우하게 하는 등 여성 인물과 여성 서사에 대한 뚜렷한 자의식을 초기작 전반에서 드러낸다.

하지만 역사 배경에서 마냥 자유로울 수 없는 역사동화의 특성상 주체적인 삶을 향한 여성 주인공의 행보에 비해 그 동기는 여전히 봉건적인 사고에 머물러 있다. 「방물고리」의 덕님이 방물장수로 나서는 건 부모님의 선산을 마련하겠다는 효성 때문이었다. 또 「꽃신」의 선예와 달이가 양반과 화전민이라는 계층 차이를 넘어 우정을 나눌 수 있게 된 것역시 부모에 대한 서로의 효심을 알아보았기 때문이다. 근대 여명기를 배경으로 한 『명혜』에서는 3·1운동이라는 역사적 계기와 민족을 향한 인간애가 여성 주인공으로 하여금 새로운 삶을 개척하게 하는 동력으로 작용했지만 그 과정이 다소 낭만적으로 그려진 면이 없지 않다.

2. 개인의 성장과 역사의 발전이 겹치는 자리: 『남사당 조막이』와 『야만의 거리』

『명혜』는 양반집 '아씨'가 주인공이지만 『꽃신』의 단편들은 가난한 평민과 천민 아이가 주인공인데도 이 작품들은 모두 한 땀 한 땀 얌전하게 수놓은 규방 공예품을 마주하는 듯한 인상을 준다. 간결하고 섬세한 문체와 정갈한 묘사 때문에 더욱 그런 듯 보인다. 그런데 이후 출간된 『남사당 조막이』와 『야만의 거리』를 통해 작가는 가장 낮은 곳에서 가장 고통스럽게 살아간 민중의 삶을 역사의 격랑과 아울러 그리며 개인과 역사의 관계를 보다 면밀하게 직조해 낸다.

『남사당 조막이』는 갈 곳 없는 고아 홍수가 남사당패에 들어가 '조막이'란 이름을 얻고 초심자인 삐리에서 시작해 살판(땅재주), 어름산이(줄꾼), 꼭두쇠(우두머리)로 성장하는 이야기다. 이는 조막이 개인의 성장 서사인 동시에 당시 사회에서 가장 천대받던 계층인 남사당패를 통해 드러나는 민중의 수난사이기도 하다. 조막이는 남사당패의 우두머리인 꼭두쇠가 되는 과정에서 단지 기예를 익히는 데 그치지 않는다. 백성의 굶주림은 아랑곳없이 경복궁이 중건되는 현장을 목격하고 동학군을 만나면서 민중을 위무하겠다고 다짐하게 되고, 결국 그 꿈을 이룬다.

『명혜』에서 여성 주인공 개인의 성장 의지가 우선한 탓에 인물과 역사 현실의 만남이 다소 피상적으로 그려진 반면 『남사당 조막이』에서는 고아 조막이가 생생한 역사 현실의 한복판으로 뛰어 들어가 온몸으로 겪으며 비로소 개인의 성장을 이루었다는 점에서 차이를 보인다. 또한 명혜에게 민중은 도움이 필요한 구원의 대상이지만 조막이는 스스로 민중인 동시에 민중의 위로자이다. 명혜는 부모의 뜻을 어기며 미국 유학을 떠나면서도 결국 부모와 화해하며 봉건적 가족의 테두리에서 완전히 벗어나지 않지만 조막이는 유일한 피붙이인 형을 찾지도, 그리워하지도 않고 "마음 기대고 모여 살면 피붙이고 가족"이라며 남사당패 무리와 그 가족들과 더불어 새로운 형태의 가족을 이룬다는 차이 또한 눈여겨볼 만하다.

『야만의 거리』는 김소연의 첫 청소년 역사소설로, 1920년대 식민지 조선을 배경으로 '종첩의 자식'인 동천이 고향인 평안북도 구성을 등지고 무작정 일본으로 건너가 고학생으로 지내며 역사 현실을 자각하는 가운데 삶의 방향을 찾아가는 이야기다. 꼼꼼하고 철저하게 자료를 조사해 작품 속에 자연스럽게 녹여 내는 작가의 역량이 이 작품에서 더욱 돋보인다. 평양, 오사카, 도쿄의 거리 묘사 등 풍속은 물론이고 재일 조선 유학생의 면면, 당시 일본에서 논의되던 사회주의 사상에 이르기까지 작품 배경이 되는 사회상과 지성사까지 장악하고 서술한다.

깊이 있는 연구 조사와 고증은 당시 사회를 실감나게 재현하는 것을 넘어 주제의식과 서술 형식에도 영향을 미친다. 동천의 미래를 격려하며 동천이 일본으로 건너가는 데 영향을 미친 일본인 교사 다케다가 훗날 조선의 독립 인사들을 추적하고 검거하는 특무 부대 장교가 되어 동천을 쫓는 결말부의 반전이 대표적이다. 다케다는 산골 소학생이던 동천에게 지구의를 보이며 "지구가 둥근 것은 어느 나라든 세계의 중심이 될 수 있다는 뜻"이고 "어떤 나라가 세상의 중심을 차지하느냐는 그 나라의 힘에 달린 것"이라고 말한다. 동천은 이 조언을 자기 삶에 대입시켜 "누구든 기회를 잡고 노력하면 세상의 중심이 될 수 있다"고 받아들이며 일본행을 결심한 것이다.

학생들에게 충실하고 애정 어린 교사였던 다케다의 변심은 어쩌면 예정된 수순일지 모른다. 다케다의 생각은 곧 일본 제국주의의 시작이기 때문이다. 이를 개인 삶의 차원으로 받아들인 동천 또한 제국주의적 사고에서 자유로울 수 없다. 봉건적 신분제의 굴레에서 벗어나 세상의 중심이 되겠다며 힘든 유학 생활을 마다하지 않던 동천은 실존했던 독립운동가 박열과의 만남으로 새로운 자각에 눈뜬다. 이러한 설정은 바로 일본 제국주의와 근대에 대한 작가의 깊이 있는 고찰이 반영된 결과로 보인다. 작가는 이러한 고찰을 독자에게 마냥 주입하지 않고 다양한 관점을 있는 그대로 제시해 보인다. 동천이 소속된 '사회주의 연구 모임'에서 '동북아 진출과 반도의 재(在)문제'를 주제로 토론하는 내용을 여러 페이지에 걸쳐 매우 공들여 서술한 대목이 대표적이다. 동천을 포함하여 여러 인물이 조선이 일본에 의해 경제 발전과 근대화의 토대를 이루었다는 '식민지 근대화론'이나 일본 사회주의와 조선 독립의 상관관계를 심도 있게 논의하며 다양한 견해를 펼쳐 보인다.

이렇듯 『야만의 거리』에서는 주인공 개인의 성장이 민족국가 안에서 개인의 역할을 찾는 일로 집중된다. 가족을 떠나 민중 속으로 들어가는 『명혜』와 『남사당 조막이』의 서사가 『야만의 거리』에서 근대 국가와 관련한 고민으로 수렴되는 셈이다. 이때 개인의 삶을 공동체적 전망에서 바라보되 그것이 민족주의와 국가론에 속박되지 않고 좀 더 개인의 자유와 선택이 존중되는 방향에서 이루어질 수는 없는 것일까.

또한 『야만의 거리』를 비롯하여 역사적 사실을 배경으로 한 김소연의 작품 전반에서 개인의 성장은 역사적 진보의 문제와 중첩되기도 한다. 대부분의 역사동화 또한 역사가 진보한다는 사관을 견지하는 듯하다. 이는 아동청소년문학이 어린이 독자의 '성장'에 대해 말하기를 쉽사리 포기하지 못하는 것과 마찬가지로 보인다. 하지만 진보 사관이 18세기 계몽주의 사상에서 비롯됐고, 현대 아동청소년문학이 계몽주의를 반성하는 점을 상기한다면 역사동화 또한 이러한 관점에 대해 좀 더 고민해야 할 듯싶다.

3. 주체에서 타자로 자리 바꾸기: 『굿바이 조선』

청소년 역사소설 『굿바이 조선』은 또 다른 시선으로 구한말의 조선을 바라본다. 작품의 주인공은 러시아 황실 친위대 소속 장교 출신의 '코레야 탐사대' 대원 알렉세이 이바노비치 슈마로코프 소령으로, 그는 추가령 산맥의 산림과 천연자원에 대한 자료를 수집하는 임무를 띠고 원산에서 서울까지 탐사하며 조선을 알아 간다. 분대장 알렉세이 소령과 분대원인 우크라이나 출신 퇴역 군인 비빅, 러시아로 귀화한 조선인 통역관 니콜라이는 가마실에서 만난 말몰이꾼 소년 근석과의 여정에서 동학군, 의병대를 접하며 생생한 역사 현장 한가운데를 지나기도 한다.

작가는 조선인이 아닌 러시아 장교 알렉세이를 주인공으로 설정하여 구한말의 조선을 이방인의 시선으로 낯설게 보고자 한다. 역사의 현장을 마주할 때마다 알렉세이는 자신의 의견을 당당하게 밝히는 소년 근석을 통해 비로소 조선의 현실과 조선인의 진면목을 확인한다. 즉 이 작품의 주인공은 알렉세이지만 작가적 분신은 근석이며, 근석은 계속 단발적이지만 직접적인 발언을 통해 알렉세이의 의식을 일깨운다. 이때 알렉세이는 곧 독자인 우리 자신이기도 하다. 타자인 알렉세이를 주인공으로 내세움으로써 작가는 주체가 되지 못한 채 타자화된 우리의 모습을 자각시키고자 했던 듯하다. 슈마로코프 소령이 조선을 떠나며 "굿바이, 근석! 굿바이, 조선!"을 외치는 마지막 문장은 잘못 알았던 조선을 지우고 새롭게 알게 된 조선을 기억하겠다는 다짐이다. 이 책의 제목 '굿바이 조선'에는 이렇듯 타자화된 상태에서 벗어나 주체가 되어 우리의 역사를 다시 보자는 창작 의도가 담겨 있다.

여행기의 성격을 띤 『굿바이 조선』은 김소연의 이전 작품들과 달리 서사 전개가 빠르고 활달하게 진행되어 재미있다. 또 이방인으로 구성된 알렉세이, 비빅, 니콜라이의 캐릭터가 분명하고 매력적인 데다가 근석과 이들 세 명의 탐사대원의 관계 또한 역동적이어서 흥미롭다. 무엇보다 눈에 띄는 점은 앞서 말한 것처럼 타자화된 우리의 모습을 타자를 통해 되돌아보게 하는 데 있다. 물론 이러한 설정으로 인해 역사의식이 지나치게 두드러져 보이는 점은 아쉬운 부분이다.

최근 역사 교과서의 국정화가 논란이 되는 근본적인 까닭은 어떤 역사 서술도 '객관적인 사실'이기 힘들며, 그 어떤 것도 단지 하나의 '해석'에 불과하다는 점 때문일 것이다. 즉 '역사적 사실에 근거한 올바르고 균형 잡힌' 역사 서술이 과연 가능한지 묻게 되는 것이다. 역사학자 헤이든 화이트(Hayden White)는 『메타 역사』(1973)에서 역사적 사실주의를 회의하며 그 허구성을 지적하고, 역사를 문학과 같은 '이야기'로 분석하기까지 한다. 여기서 역사와 문학, 진실과 허구의 이분법은 해체된다.

그런 시각으로 역사동화를 다시 한번 살펴볼 필요가 있다. 우리 역사동화들은 과연 그러한 다양한 해석의 여지를 스스로 열고 있는가. 역사동화를 평가하는 잣대로 '건강한 역사의식'이 종종 언급되는 건 역사동화가 그 나름의 '올바르고 균형 잡힌' 역사의식으로 독자들을 계몽하려는 의도를 당연시 전제하는 태도 아닌가. 역사동화 역시 과거와 현재 사이에서 끊임없이 변화할 수 있는 하나의 '해석'임을 스스로 열어 놓아야 하지 않을까. 더군다나 역사동화는 학문적인 역사 서술보다 역사적 지식과 정보의 재구성에서 더욱 자유롭고 임의적이며 오히려 독자의 역사적 감수성과 상상력에 더 큰 영향을 미칠 수 있기 때문이다.

십 대들아 모여라, 언니가 이야기를 들려줄게

김혜정과 십 대의 꿈

1. 다작은 소중하다

작가마다 창작 스타일이 다를 테고 저마다의 방식이 섬세하게 존중
돼야겠지만 작품을 꾸준하게 출간하는 작가에게는 우선 신뢰가 간다.
예술 작품을 창작하며 누군들 어려움이 없을까. 저마다 슬럼프도 있을
테고 작품을 완성했다고 해도 요즘 같은 때 대부분 작가에게 출판 사정
은 그리 호락호락하지 않을 테다. 그럼에도 꾸준히 작품을 출간한다는
건 작가인 자신을 끊임없이 추스르고 있다는 증거라 믿기에 성원하고
싶은 것이다.

다작이 단지 작업 스타일이나 성실성의 척도만은 아니라고 본다. 다
작으로 작가의 창조성 여부가 드러난다고 말한다면 문학을 성과 위주
로 잘못 판단하는 걸까. 물론 다작이 뛰어난 작가임을 반드시 보장해 주
지는 않는다. 그렇다고 생산성이 창조적 재능과 관련된다는 사실마저

부인하고 싶지는 않다. 다작을 두고 '고귀한' 문학작품을 너무 안이하게 창작하는 태도라고 여기는 편견은 다시 생각할 필요가 있어 보인다.

언젠가 한 유명 소설가가 매년 가을마다 책을 내겠다고 결심했다던 인터뷰가 떠오른다. 그는 불가능에 가까운 꿈이라면서도, 독자들이 가을이 오면 자신의 소설을 기다리고 가을을 떠올릴 때마다 자신이 그해 낸 책으로 기억하면 너무나 좋겠다고 말했다. 그 말을 곱씹어 볼수록 그의 성실하고 차근한 희망이 소중하게 느껴진다.

2. 밝고 따뜻하고 명민한 이야기꾼

김혜정의 작품 목록을 정리하면서 떠오른 생각이 길었다. 그는 2008년 제1회 블루픽션상 수상으로 등단한 후 지금까지 청소년소설과 동화를 해마다 한두 권 이상 펴내며 왕성한 작품 활동을 이어 오고 있다.

작품 목록을 훑어보면 먼저 등단작인 『하이킹 걸즈』(비룡소 2008)로 시작해 『닌자걸스』(비룡소 2009), 『판타스틱 걸』(비룡소 2011)로 이어지는 '걸' 시리즈와 『다이어트 학교』(자음과모음 2012) 등 당차게 자신의 꿈을 찾는 여성 청소년의 이야기가 있다. 이야기의 소재와 범주는 점차 확장되어 평범한 남자 청소년의 사랑과 연애(『레츠 러브』, 살림프렌즈 2013), 학교 밖 청소년의 자아 찾기(『텐텐 영화단』, 사계절 2013), 부모 잃은 남매의 성장과 독립(『잘 먹고 있나요?』, 자음과모음 2014)으로 이어지다 최근 『시크릿 박스』(자음과모음 2015), 『괜찮아, 방학이야!』(와이스쿨 2015)까지 출간됐다.

김혜정의 초기작이 대부분 청소년소설이었던 데 반해 최근작 목록을 보면 동화로 장르를 꾸준히 넓혀 온 것을 확인할 수 있다. SF동화『타임

시프트』(푸른숲주니어 2013)를 비롯해『내 주머니 속의 도로시』(주니어김영
사 2013),『우리들의 에그타르트』(웅진주니어 2013),『오늘 나 아빠 버리러
간다』(계림북스 2014),『맞아 언니 상담소』(비룡소 2016) 등의 동화에서도 그
간 작가가 청소년소설에서 보여 준 개성과 매력을 다시 확인할 수 있다.

끊임없이 새로운 이야기를 들려주는 김혜정은 밝고 따뜻하고 명민한
'이야기꾼'이다. 주로 단편보다는 장편을 선보이며 읽는 사람이 쏙 빠
져들게 만드는 그는 유독 '이야기꾼' 기질이 돋보이는 작가다. 사실 작
가의 첫 작품은『하이킹 걸즈』가 아니라 장편소설『가출일기』(문학수첩
1997)로, 이 작품을 쓴 것이 중학교 1학년 때라고 하니 이야기꾼의 운명
을 타고났다고 할 수 있다. 그의 이야기 세계는 과연 어떠한지, 청소년소
설『시크릿 박스』와 동화『맞아 언니 상담소』를 중심으로 들여다보자.

3. 꿈꾸어라, 십 대니까:『시크릿 박스』

『시크릿 박스』는 십 대의 창업 이야기다. 청소년조차 삶의 유일한 목
표가 '돈'이 되고 청소년을 독자로 하는 자기계발서가 발간되는 사회에
서 십 대들의 창업이라니, 언뜻 청소년소설이 이런 이야기까지 다루어
야 하나 생각할 수 있겠다. 하지만 김혜정은 자칫 민감할 수 있는 소재
를 자신만의 또 다른 이야기로 만들어 낸다.

'시크릿 박스'는 실업계 고등학교에 다니는 여울과 그의 친구들이 그
들과 같은 십 대에게 인터넷으로 판매하는 선물 세트다. 엄마의 화장품
가게가 문을 닫게 되자 여울은 재고품을 처리하고 창업 동아리 상금도
노릴 겸 십 대용 화장품 세트가 담긴 선물상자를 친구들과 함께 인터넷

으로 판매한다. 기대 이상으로 선물상자가 잘 팔리자 이들은 본격적으로 창업에 나서 또래 친구들에게 필요한 다양한 물건을 달마다 품목을 바꾸어 배송하는 비밀의 선물상자, 즉 '시크릿 박스'란 상품으로 출시한다.

작가는 십 대의 창업을 '돈'이 아닌 '꿈'을 좇는 이야기로 전환한다. '시크릿 박스'가 유명해져 방송 쇼까지 출연한 여울은 '시크릿 박스'를 "십 대가 다 함께 만들어 가는 문화"라고 설명한다. 십 대가 십 대의 욕구를 모아 충족시키는 과정이라는 설명이다. 여울이 그런 생각을 굳건히 한 데에는 친구 지후의 할머니이자 성공한 기업가인 선우 여사의 조언이 컸다. 선우 여사는 사업을 해서 돈을 많이 벌고 싶다는 여울에게 말한다.

"여울아, 돈은 말이다. 무엇을 하기 위한 수단일 뿐이지 절대 목적이 되어서는 안 된다. 돈을 벌기 위한 목적만 가지고 사업을 하는 사람들은 결코 자신이 원하는 것을 이루지 못해. 더 많은 이윤을 내기 위해 꼼수를 부리거든. 내가 사업을 계속하는 이유도 돈을 벌기 위해서만은 아니었어. 물건을 파는 건 단순히 장사가 아니라 새로운 가치를 만들어 내는 거야." (62면)

'사업' 이야기를 통해 십 대의 '돈'과 '꿈'에 대한 질문은 보다 명료해진다. 창업 전 여울은 동생 여랑에게 무시당해 왔다. 동생 여랑의 생각으로는 미래에 정규직으로 취업해 돈을 벌고 안정된 삶을 누리기 위해서는 어떻게든 좋은 대학에 들어가야 하는데 언니 여울에게는 그럴 의지나 능력이 없다는 이유에서였다. 그런데 이 작품에서 '사업=돈'이라는 평범한 가치는 전도된다. 여랑의 공부는 안정된 삶을 위한 '돈'을 목표로 하는 데 반해 오히려 여울의 사업은 돈이 아닌 불안정한 '꿈'을 향한 것이었다. 여울과 친구들은 유통기한을 속여 화장품을 납품한 협력사에 대한 책임을 스스로 지며 '시크릿 박스'를 모두 환불 조치하는 결단을 감행한다. 그들에게 중요한 건 돈이 아니라 신뢰이며, 그 신뢰에 바탕한 '시크릿 박스'로 자신의 꿈을 키워 가는 일이었기 때문이다.

『시크릿 박스』가 그렇듯 김혜정의 작품은 모두 십 대의 '꿈'에 대한 이야기다. 자신의 길을 찾지 못해 방황하던 청소년들이 비로소 꿈을 찾아가기 시작하는 이야기(『하이킹 걸즈』『텐텐 영화단』)이며 꿈을 향해 무모할 만큼 거침없는 도전을 감행하는 이야기(『닌자걸스』『다이어트 학교』)이다. 그의 작품에서는 처음 에그타르트를 맛본 초등학교 5학년 어린이들이 원조 에그타르트를 먹기 위해 마카오행을 결심할 정도니(『우리들의 에그타르트』) 두말할 필요가 없다. 그의 작품이 밝고 유쾌하다고 평가되는 이유는 단지 서사의 성격이나 인물, 문체 때문만이 아니라 끊임없이 십 대의 '꿈'을 긍정해서다.

4. 괜찮아, 십 대니까: 『맞아 언니 상담소』

『맞아 언니 상담소』는 추리 기법을 새롭게 도입하면서도 김혜정 작품 특유의 매력을 고스란히 담고 있다. 『우리들의 에그타르트』에 이어 『맞아 언니 상담소』 또한 5학년 어린이가 주인공인데, 이들 작품을 읽다 보면 동화와 청소년소설을 가르는 경계를 다시 생각하게 된다. 그만큼 그의 작품은 어린이와 청소년의 구분 없이 십 대라면 쉽게 공감할 만한 이야기를 흥미로운 방식으로 그려 낸다.

미래, 은별, 세나, 세 명의 여자 어린이는 또래 친구끼리 서로 고민을 상담해 주는 인터넷 카페 '맞아 언니 상담소'를 만든다. 카페 모토는 다음과 같다. "네가 누구여도 괜찮아. 어떤 고민이어도 괜찮아. 너의 이야기에 귀 기울일게. 너의 말에 무조건 '맞아'라고 해 줄게." 옳고 그름을 가르지 않고 또래 친구끼리 무조건 응원하고 지지해 주고 자신의 고민을 어른이 아닌 친구끼리 털어놓게 하고 들어주겠다는 뜻이다.

어린이가 어른의 도움을 받지 않고 자신의 문제를 친구들과 함께 해결해 나가는 과정은 김혜정 작품의 주요한 특징이다. 그의 인물들은 자신의 내면 안에서 홀로 웅크리고 고민하지 않는다. 친구들, 형제들과 더불어 지내고, 서로 돕고, 함께 문제를 해결해 나간다. 그렇다고 꿈을 향한 어린이와 청소년의 도전이 쉽게 그려지거나 그들에게 닥친 문제가 쉽사리 해결되는 건 아니다. '맞아 언니 상담소'에서 어린이들은, 명백하게 잘못하고 반성해야 할 일까지도 무조건 '맞다'고 한 덕분에 곤란에 직면하게 된다.

현실은 십 대의 꿈이 단번에 실현될 정도로 만만하지 않다. 김혜정의 작품은 어린이와 청소년에게 꿈꿀 용기를 말하지만 그 꿈을 이루어 낼 현실을 마냥 장밋빛으로만 그리지 않는다. 현실을 지나치게 냉혹하거나 절망적으로 과장하지는 않지만 세상 물정에 순진한 척, 모르는 척하지도 않는다. 꿈을 이루기 위해 좌충우돌하는 인물들은 어른과 세상에 대해 '쓴맛'을 본다. 『시크릿 박스』에서 어른들은 유통기한이 지난 화장품을 납품하고도 발뺌으로 일관하고, '시크릿 박스'의 브랜드 가치를 불공정하게 거래하려고 한다. 『잘 먹고 있나요?』에서 어머니가 남기고 간 식당을 운영하던 주인공 남매는 '먹방' 브로커에게 사기당하고, 『텐텐 영화단』의 아이들은 리얼리티쇼 프로그램의 자의적인 편집으로 큰 상처를 받는다.

꿈을 향해 한 발씩 나아가는 일에는 시련이 버티고 있다. 십 대에게 꿈꿀 권리를 독려하는 유쾌하고 낙천적인 이야기가 공허하지 않은 건 바로 그러한 현실 인식 때문이다. 김혜정의 작품은 탄탄한 구성과 설득력 있는 전개로 청소년의 일상과 사회 현실의 흐름을 적절히 반영한다. 『시크릿 박스』 창업담의 경우 기업 경영이나 시장 트렌드에 대한 자료조사를 바탕으로 하여 꽤 사실적으로 그려졌는데, 그러한 현실 감각이 서사에 방해되거나 튀지 않게 엮여 있다. 청소년이 사업을 점차 키워나가는 과정 역시 매우 현실성 있게 다가온다. 김혜정의 이야기를 단박에 사랑하게 되는 이유는 특유의 밝고 따뜻함에 있지만 그 이야기에 계속 빠져드는 이유는 바로 그 명민한 현실 감각과 단단한 문학적 자질에 있다.

5. 그래도, 십 대니까

『시크릿 박스』에서 사업을 시작하거나 『잘 먹고 있나요?』에서 엄마의 식당을 물려받아 운영하는 청소년은 현실과 처음으로 직접 맞부딪히며 그들이 살아갈 사회가 그리 만만하지 않다는 걸 처절히 경험한다. 일련의 사건을 겪은 뒤, 표면적으로 그들에게 남은 것은 아무것도 없다. 『시크릿 박스』에서 아이들은 큰돈을 벌지만 브랜드 신뢰를 위한 환불 조치로 결국 처음과 똑같은 제로 상태가 된다. 『잘 먹고 있나요?』에서 남매의 식당 역시 우여곡절 끝에 처음부터 다시 시작해야 하는 상황에 놓인다. 『우리들의 에그타르트』에서 어린이들은 마카오행을 실현하기 위해 인삼밭과 식당에서 아르바이트를 하며 열심히 돈을 모으지만 작가는 끝내 그들이 비행기를 타고 떠나는 장면을 보여 주지 않는다.

그렇다고 해서 그들이 결코 원점으로 돌아간 것은 아니다. 어른의 도움 없이 친구들과 함께 문제를 해결해 나가는 과정을 통해 자신만의 꿈을 꾸어도 된다는 걸 배웠고 친구와의 우정을 얻을 수 있었다. 앞으로 닥칠 수많은 삶의 문제 앞에서, 이를 직면하고 헤쳐 나갈 소중한 첫 시도를 경험했다. 김혜정의 첫 단편집 『괜찮아, 방학이야!』에서도 다섯 아이가 중학교 3학년 여름방학 때 겪는 일상의 소소한 경험들이 그들을 훌쩍 성장시킨다.

무엇이든 '맞다'고, 무엇이든 '괜찮다'고 말하는 게 어쩌면 지금의 어린이, 청소년에게 가장 절실하게 필요한지도 모르겠다. 최소한 동화와 청소년소설은 그렇게 말해 주면 좋겠다. 어릴 적부터 경쟁의 레이스로 떠밀려 운동장 트랙이 삶의 전부인 줄 알고 죽도록 달리는 아이들에게 운동장 옆 등나무에서 쉬는 것도 '맞다'고 토닥여 준다면. 방학 때조차 자신과 타인과 세계를 탐색할 겨를이 없이 학교 보충수업과 학원 수업으로 더 바쁜 아이들에게 '방학이니 괜찮다'고 응원해 준다면. 십 대니까 괜찮다고, 마음껏 꿈꾸어도 되고, 실패해도 된다고. 아니 실패할 만하고 실패할 수 있는 꿈을 꾸라고 말이다. 너무나도 당연한 이 이야기를 우리는 그들에게 차마 시원스레 말하지 못한다. 어른의 삶이 그러하지 못하기에 아이들의 현재와 미래까지 걱정과 불안으로 붙들어 맨다. 그래서 끊임없이 꿈과 도전과 실패와 우정을 말하는 김혜정의 이야기는 여전히 필요하고 더없이 소중하다.

꿈 없는 삶에서 꿈 찾기

김혜정 『잘 먹고 있나요?』

1. 잘 먹고 잘 산다는 것

'먹는' 행위가 이토록 각종 매체와 일상 대화에서 주요 화제가 된 적이 또 있을까. '맛집'을 기행하고 '대박집'의 비결을 알려 주던 텔레비전 방송은 이제 '먹방(먹는 방송)'이라는 신조어까지 만들어 내며 연예인의 입에 음식이 들어가는 장면만으로 하나의 프로그램을 이어 간다. '맛집'으로 알려진 식당을 찾는 건 이제 식도락가의 일을 넘어 평범한 사람들의 취미가 되었고 각종 SNS에는 음식 사진이 넘친다.

이렇듯 누군가는 즐거움과 건강을 따지며 먹는 시대에 또 누군가는 여전히 단지 살기 위해 먹는다는 사실은 참으로 아이러니하다. '88만원 세대'에게 김밥과 라면은 일상의 음식이며 노량진 수험생들은 거리에 서서 '컵밥'으로 끼니를 채운다. 청소년의 식탁은 어떨까. 학교와 학원, 학원과 학원을 오가는 사이에 그들의 허기를 채워 주는 건 학교 매점과 편의점 음식이다. '밥상머리 교육' 운운하며 가족 식사의 횟수를 학업 성취도와 연결시키기도 하는데, 지금과 같이 열악한 노동환경과 입시 위주 교육제도 내에서 그것은 무척 힘든 일이다. 오늘날 청소년에게 '집밥'은 부모와 청소년 개인이 선택 가능한 사항이 아닐지도 모른다.

이렇듯 먹는 행위가 사회의 주 관심사가 된 반면 정작 먹고사는 일은 더욱 녹록지 않게 되면서 요즈음 '무엇을, 어떻게 먹느냐' 하는 문제는 계층을 구분하고 존속시키고 강화하는 역할을 하는 듯싶다. 피에르 부르디외(Pierre Bourdieu)가 개념화한 '아비투스(habitus)' 말이다. 얼마 전 들은 우스갯소리는 그러한 현상을 반영하는 것일지 모르겠다. 새로운 식당에 다녀온 사람이 그 식당에 대해 얘기하는 내용은 그의 경제적 지위에 따라 세 단계로 나뉜단다. 첫째, 그 식당 양이 참 많더라. 둘째, 그 식당 맛있더라. 셋째, 거기 분위기 괜찮던데. 이는 음식을 먹는 행위가 단순히 개인의 일상적인 선택 영역을 넘어 자본주의적 욕망과 제도에 따라 재편되는 지금 상황이 투영된 것으로 여겨진다.

이러한 흐름 속에 '잘 먹고 잘 살기'는 점차 우리 삶의 최우선 가치로 자리매김되는 듯하다. 현재 우리의 욕망을 '잘 먹고 잘 살기'로 대변할 수 있지 않을까. 부모들은 잘 먹고 잘 살기 위해 일을 하고 아이들은 잘 먹고 잘 살기 위해 공부를 한다. '잘 살기' 앞에 '잘 먹고'가 놓이게 될 때 '잘 먹고'의 탐욕과 자기중심성은 '잘 살기'의 '잘'을 지극히 현실적이고 이기적인 욕망으로 만들고 만다. '잘 살기'는 그 앞에 다른 말— 예를 들어 '열심히 일하며'라든지 '욕심 없이'라든지 —을 대신 넣어 보면 단번에 확인된다. 물론 어느 시대, 어느 사회건 경제적 안정은 삶의 중요한 가치 중 하나이며 행복의 기본 조건이다. 하지만 오늘날 우리는 혹시 경제적 풍요를 삶의 유일한 만족으로 여기고 있지는 않은가. 경제적 풍요가 점점 중시되고 여러 경제적 가치들이 더욱 강조되는 현상마저 부인할 수는 없을 것이다.

'잘 먹고 잘 살기'에 대한 우리 사회의 욕망은 청소년이 현재의 행복을 누리고 미래의 인생을 계획하는 데 지대한 영향을 미친다. '잘 먹고 잘 살기'를 꿈꾸는 사회에서 청소년은 자칫 잘못하면 못 먹고 못 살게 될 거라는 불안으로 그들의 미래를 한없이 제한시킨다. 희망 직업을 선택하는 데 있어 안정성만을 우선으로 삼아 교사와 공무원을 선호하거나 운동선수나 연예인으로 '대박' 신화를 꿈꾼다. 안정적으로 돈을 잘 버는 직업을 최고로 꼽고, 최고의 직업으로 이어지는 대학·학과가 바로 최고의 대학·학과가 된다. 바로 그곳에 입학하겠다는 꿈으로 오늘도 열심히 공부한다.

김혜정 청소년소설『잘 먹고 있나요?』(자음과모음 2014)의 주인공인 열여덟 살 재규의 고민 역시 그 테두리를 벗어나지 못한다. 내년이면 고3인 재규는 미술 전공으로 학교 예체능반에 속해 있기는 하지만, 입시 미술학원에 다니는 게 아니라 초등학생 때부터 다닌 동네 미술학원에서 그저 취미처럼 그림을 그리고 있다. 재규가 학원을 옮겨 대학 입시를 위한 그림 연습에 몰두하지 못하는 건 자신에게 대단한 재능이 없다고 여기며 미술을 계속해야 할지 말아야 할지 고민하기 때문이다.

청소년기에 자신의 적성에 맞는 진로를 결정하는 것은 매우 어렵고 두려운 일이다. 자신이 어떤 사람인지 잘 알지 못하는 어린 시절에 일생의 밑그림을 설계하고 목표를 설정해야 한다는 사실은 아이러니하다. 그런데 재규의 갈등이 힘겨운 까닭은 그것이 단지 자신의 재능과 적성에 관해 판단하는 것만은 아니기 때문이다. "그림을 그리는 게 좋긴 한데 자신이 없"는 까닭은 바로 "미대에 갈 수 있을지, 간다 하더라도 나중에 먹고살 수는 있을지"(218면) 걱정이 되어서다. 그렇다면 잘 먹고 잘 사는 일이 삶의 유일무이한 목표인 사회에서 과연 재규는 어떤 방법을 궁리할 수 있을까. 꿈과 현실 사이에서 청소년은 대체 어떤 선택을 해야 하는 걸까.

2. 사춘기에 내던져지다

그가 어떤 답을 찾았는지 살펴보기 전에 우선 이야기할 점은 재규가 고아라는 사실이다. 재규의 아버지는 그가 어렸을 적에 병으로, 어머니 는 지난해 교통사고로 갑작스럽게 돌아가셨다. 재규보다 세 살 많은 누 나 재연이 고시원 생활을 청산하고 집에 들어오면서 재규는 누나와 단 둘이 살게 된다.

부모가 없는 청소년의 이야기는 의외로 청소년소설에서 보기 드물 다. 간혹 부모의 갑작스러운 가출이나 경제적 지원의 중단으로 부모가 있어도 없는 것처럼 살아가는 청소년이 등장하기는 했지만 그 경우에 도 부모 역할을 대신할 어른이 있다거나 외국이라는 특수한 배경에서 일시적이고 돌발적으로 전개된 상황에 한정되었다.

최근 청소년소설에서 가족, 특히 부모의 비중은 압도적이다. 김혜정 작가가 한 연구논문에서 밝힌 바 있듯 최근 청소년소설은 "청소년 주인 공과 부모, 혹은 해체된 가족 자체와의 갈등이 서사의 큰 줄기이고, 해체 된 가족과의 갈등 해결을 통해 청소년 주인공이 성장하는 구도가 주를 이룬다."* 이어 작가는 이런 서사로 인해 청소년 주인공들이 몰개성화되 고, 단지 가족의 해결사 역할을 떠맡게 된다고 지적한다. 이러한 견해를 마치 자신의 작품에 반영한 듯『잘 먹고 있나요?』에는 부모가 아예 없다.

청소년소설의 청소년 주인공은 대개 부모와 불화한다. 그 부모가 좋은 부모든 못난 부모든 나쁜 부모든 간에 매한가지다. 사실 부모에게서 정서적·인격적으로 독립하는 것이 청소년기의 가장 큰 과업 중 하나이니 그 과정에서 부모와 불화하는 건 당연한 일이다. 그런데 문제는, 어린이청소년문학의 고질적인 병폐로 지적되어 왔듯 이러한 서사가 종종 성급한 화해로 마무리된다는 점이다. 즉 대다수 청소년소설에서 부모란, 청소년 주인공이 갖은 수를 써서 부정하지만 결국 서둘러 제자리로 돌아와 애써 긍정하고 이해해야만 하는 존재가 된다. 청소년은 그저 부모만을 붙잡고 싸우지만 그건 부모의 손바닥과 치맛자락 안에서 뱅뱅 도는 격이다. 그리고 이러한 성장 서사에는 응당 아버지를 정점으로 구성되는 가부장적 원리와 흔한 '가족 로맨스'가 개입하게 마련이다.*

하지만 재규에게는 그럴 부모도, 그럴 어른도 없다.(물론 누나 재연은 법적으로 성인이지만 누나일 뿐 '어른'으로 역할하지 않는다. 게다가 재연은 대학 입시 준비생이었다는 점에서 사회 통념상 '유예된 청소년기'에 해당한다고 볼 수도 있다.) 주변 어른이라고는 멀리 사는 외가 친척과, 타인에 대해 간섭할 줄 모르는 미술학원 원장님과, 돌아가신 엄마의 식당 일을 돕던, 그저 소녀 같은 마음씨의 은아 이모뿐이다. 어린이청소년문학 역사상 가장 자유로운 캐릭터라고 할 수 있는 삐삐와 톰 소여에게 부모가 부재했던 것처럼 재규와 재연에게는 거침없이 자신의 길을 찾을 수 있는 자유가 허락됐다. 재연이 미술을 그만둘지 말지 고

---

* 김혜정 「청소년문학에 나타난 가족해체서사 연구」, 『아동청소년문학연구』 제10집 2012, 178~79면.

민하는 재규에게 "왜 억지로 하고 있어? 어차피 엄마도 없는 이 마당에. 너 미술 그만두고 싶은데 엄마 때문에 못 그만둔 거잖아. 이제 네가 하고 싶은 대로 해"(54면)라고 말하듯 말이다.

이는 마치 부모의 속박과 간섭 때문에 제 인생에서 아무것도 마음대로 하지 못한다고 툴툴대는 청소년에게 되묻는 듯하다. '그래, 부모가 없다면 넌 어떻게 살고 싶은데? 네 맘대로 하고 싶은 게 대체 뭔데?' 하고. 부모와 갈등하는 청소년소설의 주인공이 부모라는 굴레에 갇혀 정작 자기 자신과 본격적으로 대면하지 못하는 데 반해 이 작품은 부모와의 물리적 거리를 통해 자신의 삶 전체를 직면하도록 한다.

사실 재규는 엄마가 살아 계실 때 질풍노도의 사춘기도 제대로 겪지 않은 '착한 아들'이었다. 식당 일로 힘든 엄마를 늘 도와주고 싶어 하고 주방에 곧잘 들어가 음식 맛을 봐 주는 다정하고 상냥한 아들이었다. 엄마와의 관계가 너무 좋았기에 사춘기도 모르고 지날 뻔한 재규는 고아가 된 후 비로소 사춘기를 겪는다. 엄마가 돌아가신 후 비로소 자신의 깊숙한 곳에 자리한 엄마의 존재를 느끼고, 유명한 화가가 되길 바랐던 엄마의 기대가 자기에게 드리운 빛과 그늘을 인식하며 그늘에서 나와 빛으로 향하는 첫걸음을 조심스럽게 내딛게 된다.

재규가 어렸을 적부터 미술을 계속해 온 것에는 엄마의 영향이 막대했다. 미술 대회에 나가서 상을 타면 엄마를 웃게 하고 엄마를 기쁘게 할 수 있기 때문이었다. "상을 받을 때는 별로 좋지 않다가, 엄마가 행복해하는 모습을 보면 그제야 상을 받은 게 기뻤다."(116면)고 할 정도였다. 하지만 자라면서 자신의 재능이 특출나지 않다는 걸 스스로 알게 된 후 그는 "내가 유명 화가가 되는 게 당연하다고 말하는 엄마의 말이 숨이 막혔"고 "엄마가 바라는 대로 되지 않을까 봐 두려웠"(201면)다. 미술을 그만두고 싶었지만 엄마의 기대 때문에 그럴 수도 없었다. 더군다나 엄마가 돌아가신 이후에는 엄마한테 죄송하다는 생각에 더욱 미술을 그만두기 힘들어한다.

이러한 상황은 자녀가 부모의 기대를 먹고 자라면서도 때론 그 기대가 자유와 성장의 족쇄가 되기도 하는 모순을 보여 준다. 나아가 사춘기 청소년이 마치 부모가 필요 없는 듯 행동하지만 마음속으로는 더 이상 부모가 자기를 사랑하지 않을까 두려워한다는 사실을 떠올리게도 한다. 하지만 부모에 대한 머무름과 떠남의 갈등 속에서도 결국 그들이 해내야 하는 과업은 '떠나는 것'이다. 재규가 엄마의 굴레에서 벗어나 자기 자신의 모습을 발견하고 다음과 같은 결론에 도달한 것처럼.

지금까지 난 계속 핑계를 대고 있던 게 아닐까. 내가 미술을 그만두지 못하는 건, 엄마 때문이 아니다. 내가 그림 그리는 걸 좋아했기 때문에 계속 학원에 다닌 거다. 엄마의 영향이 없었다고는 할 수 없지만, 나는 그림이 좋았다. 그건 지금도 마찬가지다. (207~208면)

많은 경우 부모의 법은 세상의 법이며, 부모의 기대는 세상의 기대다. 재규는 고아가 된 후 비로소 엄마나 세상이 권유하고 허락하고 때론 강요하는 꿈이 아닌 자신의 꿈을 찾는다. 따라서 재규가 미술을 계속하겠다고 결론 내린 것이 겉으로는 이전과 똑같아 보여도 결코 그렇지 않다. 외부의 기대와 시선에서 벗어나 자신만의 욕망에 충실해지는 법을 발견함으로써 얻게 된 결론이니까. 머무름과 떠남, 의탁과 독립, 두려움과 용기 사이를 방황하다 스스로 첫걸음을 내디디며 시작한 새로운 세계니까 말이다.

3. 진정 잘 먹고 잘 사는 꿈

하지만 재규의 꿈은 그리 쉽게 찾을 수 있던 것은 아니다. 엄마가 돌아가신 후 비로소 엄마의 꿈이 아닌 자신의 꿈을 알았다고 하더라도 그가 그림을 계속 그리겠다고 결심하기까지는 하나의 장애물이 또 있다. 그것은 바로 앞서 말했던, 그림을 그려서 과연 잘 먹고 잘 살 수 있을까 하는 문제다. 그러나 재규는 '꿈'을 좇는 주변 인물들 덕분에 수많은 시간과 도전의 기회를 가진 청소년 대다수가 단번에 무장해제되는 그 장애물을 뛰어넘고 나아간다.

그 첫 번째 주변 인물은 누나 재연이다. 삼수생으로 고시원에서 지내던 재연은 엄마가 돌아가시자 명목뿐인 대입 준비를 포기하고 엄마의 '행복식당'을 이어받겠다고 나선다. 요리 실력도 검증되지 않은 누나가 닭볶음탕이라는 그리 쉽지 않은 메뉴로 식당을 운영하겠다고 나서자 재규는 과연 가능할지 의문스럽게 생각한다. 하지만 재연은 메뉴를 다양화하고 인테리어를 새로 하는 등 지금껏 엄마가 해 온 것과 다른 방식으로 자신만의 식당을 만들어 간다.

스물한 살 재연의 그런 행동이 작품 속에서 현실감을 지니는 건 재연의 캐릭터 때문이다. 재연은 학창 시절 학교 일진한테 빼앗긴 물건을 집요하게 다시 받아 내고 엄마가 갑자기 돌아가셨을 때도 의연하게 장례일을 처리해 내는 씩씩하고 꿋꿋한 성격이다. 식당 일을 돕는 이모가 재규에게 "네가 딸이고, 재연이가 아들이었어야 해. 언니도 늘 그랬어. 넌 딸 같은 아들이고, 재연이는 아들 같은 딸이라고"(110면) 말하듯 말이다. 작가의 다른 작품에서 발견되는 '착한 소년'(『레츠 러브』)과 '당찬 소녀'(『넌자걸스』『판타스틱 걸』『다이어트 학교』) 캐릭터를 이 작품에서도 만날 수 있다.

이렇듯 씩씩한 재연은 여러 난관에도 불구하고 다른 이의 시선은 아랑곳하지 않은 채 카페도 편의점도 아닌 닭볶음탕집을 저돌적으로 운영해 나간다. 남들처럼 대학을 가거나 취직을 하지 않고 식당을 하는 건 엄마 때문도, 동생 때문도 아니고 그저 자신이 해 보고 싶은 일이기 때문이었다. 그런 재연을 보며 재규는 자신만의 삶을 개척해야겠다는 의지를 키워 나간다.

그러나 그 영향 관계가 반드시 일방적이지만은 않다. 재연과 재규 남매는 마치 거울을 들여다보듯 서로를 통해 자신을 본다. 엄마와 사이가 좋지 않아 집을 나갔던 재연에게도 마음속 엄마의 자리는 굳건하다. 재연 역시 돌아가신 엄마와 새롭게 관계를 정립하고 정신적으로 독립하는 일이 필요했던 것이다. 재연이 마치 엄마의 흔적을 몰아내기라도 하는 듯 자신만의 식당을 만드는 데 안간힘을 쓰며 '떠남'으로 향할 때 재규는 엄마의 식당을 그리워하며 예전 그대로의 '머무름'에 있다. 재연과 재규는 엄마가 갑자기 부재한 상황에 대해 이렇듯 처음에는 서로 상반된 태도로 대응한다. 그러나 곧 재규는 재연에게 '머무름'을, 재연은 재규에게 '떠남'을 알려 주고, 이로써 둘은 여전히 엄마를 사랑하는 마음을 간직하는 동시에 자신의 길을 찾을 수 있게 된다. 부모로부터 독립할 때 진정 부모를 사랑할 수 있다는 걸, 아니 부모와 화해할 때 비로소 부모로부터 독립할 수 있다는 걸 서로에게 가르쳐 준다.

재규의 친구 준모 역시 재규에게 자신이 진정 원하는 꿈을 향해 나아가는 일이 얼마나 소중한지를 깨닫게 하는 인물이다. 춤을 너무 좋아하는 준모는 아버지의 강력한 반대를 무릅쓰고 오직 그 꿈을 향해 돌진한다. 아버지의 폭력으로 몸을 다치고, 중요한 대회에 출전하지 못하는 상황에서도 어떻게 하면 그 상황을 전화시켜 자신의 소망을 이루는 일에 보탬이 되게 할지 생각할 정도다. 반면 준모가 흠모하는, 재연의 친구 서진은 남들이 부러워하는 명문대생이지만 자신이 원하는 삶을 아직 찾지 못한 채 그저 "고등학교 수험생의 업그레이드판"(137면)으로 살아간다. 자신의 소망이 아닌 부모와 세상의 기대에 따르는 서진은 재규에게 반면교사와 다름없다.

『잘 먹고 있나요?』는 작가의 다른 작품과 마찬가지로 결국 미래의 '꿈'에 관한 이야기다. 제 길을 찾지 못해 방황하던 청소년이 비로소 꿈을 찾아가는 이야기든(『하이킹 걸즈』『텐텐 영화단』), 자신의 꿈을 향해 거침없는 도전을 감행하는 이야기든(『닌자걸스』『다이어트 학교』) 지금까지 김혜정의 작품은 '꿈'으로 수렴된다.

발전적 세계관에 근거한 미래에의 강렬한 열망은 자칫 현실 세계의 구조에 대한 비판이 결여된 무조건적인 자기 긍정의 세계로 떨어뜨릴 위험을 지니기도 한다. 하지만 그의 작품에 등장하는 청소년 주인공은 한없이 평범하면서도 진중하고, 하나같이 순수하고 따뜻한 인물이어서 그러한 함정을 뛰어넘는다. 미래를 향한 갈등과 고민 속에서 자신의 길을 찾아 나가는 일은 청소년기의 과업이자 특권이기에 청소년소설이 꿈에 대해 이야기하는 것은 사실 지극히 온당하면서도 적절하다. 더구나 많은 청소년소설이 삶의 허무와 우울, 고뇌에 잠겨 있는 분위기에서 이는 김혜정의 작품이 고유하게 빛나는 지점으로 자리한다.

현재 우리 사회에서는 청소년에게 부여되어야 할 다채로운 꿈이 잘 허락되지 않는다는 점에서도 더욱 그 의미가 깊다. 앞서 말했듯 우리는 대개 내가 누구인지, 어떤 사람인지 잘 알지 못하는 젊은 날에 자신의 미래를 계획해야 한다. 하지만 오늘날 그 막막함보다 더욱 힘든 건 실패에 대한 불안과 결코 실패해서는 안 된다는 강박에서 온다. 내 선택이 혹시 틀린 건 아닌지, 그 선택으로 사회의 낙오자가 되지는 않을지 끊임없이 고민하고 주저한다. 많은 청소년이 겪고 있을 이러한 불안에 대해 작가는 속 시원히 대답해 준다. "우선 걱정부터 하지 말고, 뭐든 해"(220면)보라며, 그냥 오늘 하고 싶은 일을 하며 살라고 말이다. 사회가 정한, 잘 먹고 잘 사는 일에 휘둘리며 그저 꿈에 '대해서' 생각하지만 말고 바로 지금부터 꿈속에서 살고 꿈속에서 행복하라고 말이다.

잘 먹고 잘 사는 삶이 보장되는 안전한 미래, 완벽한 내일이란 없을지 모른다. 너무 뻔한 사실이지만 경제적 풍요와 행복은 정비례하지 않는다. 행복에 관한 수많은 연구는 '돈'이 아닌 '꿈'을 좇을 때 행복해질 수 있음을 같은 목소리로 이야기한다. 그러니까 진정 잘 먹고 잘 사는 길은 이 작품의 재연처럼 물려받은 가게에 프랜차이즈 커피숍을 임대해 주고 쉽게 돈을 벌 수 있는 길을 포기하고, 행복한 에너지가 담긴 음식을 손수 만드는 식당을 운영하겠다는 꿈을 꾸는 데 있을지 모른다. 몸이 아픈 누군가를 위해 죽을 끓여 주고, 바쁘다 핑계 말고 사랑하는 이들끼리 소박한 밥상에 둘러앉고, 이웃의 꿈과 슬픔에 가만히 동참하는 것이야말로 진정 잘 먹고 잘 사는 일 아닐까. 그래서 오늘도 '행복식당'에는 정겨운 행복의 냄새가 가득할 듯싶다.

실패한 앙티 오이디푸스

박지리가 본 소년과 아버지

청소년소설 속 아버지는 소년 주인공의 성장 서사에서 매우 중요한 위치에 있다. 아버지에게 반항하는 오이디스푸스적 욕망인지, 그 구조에서 이탈하려는 앙티 오이디푸스적 욕망인지에 따라 서사의 향방과 의미가 달라진다. 박지리의 청소년소설은 이러한 주제를 동시대의 어떤 작품보다 더 집중적으로 끈질기게 탐색해 왔다. 그의 청소년소설『합체』(사계절 2010),『맨홀』(사계절 2012),『다윈 영의 악의 기원』(사계절 2016)에 나타난 소년과 아버지의 관계를 살펴본다.

1. 아버지 세계로의 순조로운 편입:『합체』

『합체』에서 쌍둥이 형제 오합과 오체의 핸디캡은 작은 키다. 작품의 중심 서사는 이들이 키를 키우기 위해 여름방학 동안 계룡산에서 33일간 수련하게 되는 과정이다. 형제는 남들보다 현저하게 키가 작은 이유를 돌아가신 아버지의 왜소증 탓으로 여긴다. 오체는 아버지의 죽음도 아버지의 장애 때문이라고 생각한다. 곡마단의 코끼리를 운반하는 대형트럭이 후진하며 키가 작은 아버지를 보지 못해 사고가 났다. 따라서 오체가 의심쩍은 수련을 통해서라도 어떻게든 키를 키우고 싶어 하는 바람은 단지 이 시대 키 작은 소년의 평범한 욕망이 아니라 아버지를 벗어나려는 발버둥이다.

그런데 이 작품에서는 조세희 연작소설 『난쟁이가 쏘아 올린 작은 공』(1978)에 나오는 "아버지는 난쟁이였다."라는 문장이 여러 번 반복되는 가운데 아버지의 존재와 가르침이 끊임없이 상기된다. "합, 체, 니들은 아버지가 가지고 노는 이런 공 말고, 너희들의 공을 찾아야 해. 너희만의 진짜 공."(40면) 작품 결말의 농구 시합에서 오체는 아버지의 말을 기억하며 슛을 날리고 역전의 승리를 맛본다.

오합과 오체 형제에게 작은 키는 외모 문제를 넘어선다. "작은 건요…… 불쌍한 거예요. 초라하고요, 무시당하고요, 밟히고, 깨져서 결국 죽는 거예요."(88면) 자신들의 작은 키는 곧 장애인인 아버지, 약자인 아버지의 삶을 떠올리게 한다. 그러나 작은 키를 극복하려고 산속 수련까지 마다 않던 형제는 아버지에게서 이어진 자신의 존재와 가치를 결국 받아들인다. 형제가 수련을 중도에 포기하고 산에서 내려오는 건 유년의 판타지를 버리고 어른의 현실 세계로 투항하는 일이다.

아버지의 아들임을 받아들이고서야 형제의 키가 부쩍 커 버렸다는 상징은 이들의 성장이 아버지의 세계로 순조롭게 편입하는 가운데 이루어졌다는 의미다. 혼자서는 독립할 수 없고 '합체'해야 비로소 완전해지는 형제의 이름처럼 아버지로의 합체 과정이 곧 성장으로 그려진다.

2. 아버지 살해 욕망의 거세: 『맨홀』

오이디푸스적 욕망에서 아들은 무의식적으로 어머니와의 결합을 꿈꾸며 이를 방해하는 아버지를 살해하고자 한다. 아버지를 살해할 때 소년은 어른이 된다. 『맨홀』에는 소년이 부친 살해 욕망을 현실에서 제대로 가능하지 못한 채 성장에 실패하는 과정이 그려진다.

소년의 아버지는 의처증으로 극심한 가정폭력을 일삼으면서도 소방관이라는 의로운 직업을 가지고 있는 이중적인 인물이다. 아버지가 화재 사고로 사망하면서 소년은 비로소 폭력에서 해방된다.

그 사람은 영웅이 되어 죽었다. 번호키의 전기선이 녹아 버려 열리지 않는 문을 부수고 들어가 안에 갇힌 열여섯 명 전원을 탈출시킨 후 불길에 약해진 나무 계단에 깔려 그대로 죽었다. 집을 불길 속 공포로 몰아넣은 악인과 죽음을 무릅쓰고 타인을 구한 소방 영웅. 그 간극에 무엇이 있는지 나는 알 수 없다. 그러나 과정이야 어쨌든 내 유일한 소원대로 그 사람은 죽었다. 운 좋게도 내 손에 피 한 방울 묻히지 않고 말이다. (155면)

아버지의 죽음을 두고 소년은 혼란스럽다. "과정이야 어쨌든" 아버지가 죽었다는 사실만으로 해결되지 않는 성장의 과제가 아들에게는 여전히 남아 있다. 아버지 살해 과정을 스스로 겪지 못하고 기회를 박탈당한 아들은 아버지의 모습을 대물림한다. 폭력의 기억을 금세 잊은 채 아버지의 죽음을 애도하는 어머니와 누나에게 아버지와 똑같은 모습으로 폭력을 행사한다. 급기야 친구들과 함께 외국인노동자를 구타해 죽음에 이르게 한다.

외국인노동자의 시신을 유기하는 장소는 아버지의 폭력을 피해 숨던, 공사장의 맨홀 속이다. 아버지의 폭력에 대한 공포에 떨며 아버지 살해를 은밀히 다짐하던 장소가 아버지가 행사한 폭력보다도 끔찍한 자신의 살인을 은닉하는 곳이 되었다. 외국인노동자의 죽음은 의도치 않은 사고였지만, 맨홀이라는 공간을 통해 소년의 아버지 살해 욕망은 대리 실현된다.

경찰에 자수한 소년은 아버지의 의로운 죽음이 정상 참작되어, 실형을 받지 않고 보호처분을 받는 것에서 그치게 된다. 그는 "늘 살인을 꿈꿨고 오히려 그 사람이 죽은 후에야 살인자가 되는 망상에서 벗어날 수 있었다고 똑똑히 증언했어야 했다. (…) 10년 형이든 20년 형이든, 사형이든, 내 죄에 대한 대가를 자랑스럽게 치르겠다고 선언했어야 했다."(253~54면)라고 생각한다. 그러나 아버지 살해 욕망은 거세당했고 아버지 살해를 대리 실현한 행위조차 아버지의 그늘 아래 보호받는다. 작품 마지막 장에서 소년의 집 떠남 혹은 죽음까지도 암시하는 장면은 성장 과업이 제대로 완수되지 못했음을 보여 준다.

3. 적극적인 '아버지의 아들' 되기: 『다윈 영의 악의 기원』

아버지의 이중성과 악의 근성이 아들에게 대물림되는 과정은 『다윈 영의 악의 기원』에서 더욱 확장되고 심화된다. 이 작품에서는 아버지의 살인을 덮기 위해 아들이 다시 살인을 저지르는 과정이 삼대에 걸쳐 되풀이된다. 아들들은 아버지의 악을 비호하는 과정 중에 자발적인 선택으로 새로운 악을 저지른다. 아버지의 악을 체화하며 보다 적극적으로 '아버지의 아들'이 되기를 선택한다.

할아버지 러너, 아버지 니스, 손자 다윈을 거치며 이러한 적극성과 반도덕성, 폭력성은 악화된다. 러너는 불평등하고 억압적인 사회에 항거하며 폭동(혹은 혁명)을 일으키는 데 반해 니스는 러너의 과거를 문제 삼으며 러너를 위태롭게 했던 자신의 친구를 살해한다. 더 나아가 다윈은 자신의 친구가 과거 니스의 살인을 증명할 결정적 증거를 가지고 있다는 이유만으로 살인을 저지른다. 다윈은 아버지의 죄를 고발하겠다고 잠시 결심하기도 하지만 이내 마음을 돌려먹는다.

어떻게 내 손으로 아버지를 몰락시킬 생각을 했던 걸까. 어떻게 아버지가 쌓은 것들을 폐허로 만들 생각을 했던 걸까. 어떻게 아버지가 나에게 준 절대적인 사랑을 배신으로 갚을 생각을 했던 걸까. 다윈은 이제야 비로소 아버지의 죄를 밝히려던 자신의 결정이 결코 사랑에 기반한 것이 아니었음을 깨달았다. 그것은 냉혹한 재판관이 되어야 한다는 강박관념에서 비롯한 오만이었다. 아버지의 죄를 이용해 자신의 순결성을 드러내려는 얄팍한 이기심이었다. (770면)

여기에는 오직 '아버지의 아들'이 되어 가는 구조가 있을 뿐 가족을 벗어나 사회 안에서 사랑과 연대를 모색하는 앙티 오이디푸스적 욕망은 들어설 여지가 없다. 아버지를 구하기 위해 가장 사랑하고 신뢰하고 존경했던 친구를 살해하는 설정이 이를 극명하게 드러낸다. 이 작품은 최상위 1지구에서부터 최하위 9지구까지 구획된 사회를 통해 철저하고 교묘하게 유지되는 계급사회를 묘파하고 있지만 그 안에서 소년 다윈은 결국 아버지의 아들로 계급을 유지하는 선택을 한다. 9지구 출신의 할아버지 러너가 평등한 사회를 꿈꾸며 혁명에 참여한 일은 결국 1지구에 편입하게 되는 과정으로서의 의미만을 갖는다.

박지리는 이처럼 꾸준히 자신의 작품들에서 소년의 성장을 아버지와의 관계에서 모색해 왔다. 앞서 살펴본 세 작품에 드러난 소년과 아버지의 관계 양상은 조금씩 다르지만 소년은 결국 아버지의 그늘에서 벗어나지 못하고 온전한 독립과 성장을 이뤄 내지도 못한다. 이는 아버지 중심의 가족 구도를 벗어나 사회 속에서 이를 모색하려는 앙티 오이디푸스와도 다르다. 아버지 세계로 순조롭게 편입되고, 아버지 살해를 꾀하지 못하며, 오히려 적극적으로 아버지의 아들이 되는 소년들의 서사에는 온전히 성장하지 못하는 우리 시대 청소년과 청년의 얼굴이 겹쳐진다.

이는 비단 박지리의 세 작품에만 한정되지 않는다. 우리 청소년소설에서 주인공 소년은 아버지를 쉽게 넘어서지 못하고, 가족 구도를 벗어난 사회적 관계들과의 우정과 연대 속에서 자신을 발견하는 시야를 획득하지 못하는 경우가 대부분이다.

어떻게 하면 시원하고 자랑스러운 성장 서사를 만나 보게 될까. 박지리의 소설 중 앞의 세 편과는 확연히 다른 자리에 있는 『양춘단 대학 탐방기』(사계절 2014)에서 그 실마리를 찾을 수 있을 듯하다. 나이 일흔에, 여자여서 제대로 교육받지 못한 한을 풀기 위해 '대학'의 청소 노동자가 되는 양춘단의 이야기는 여성 서사의 새로움으로 청소년소설의 '아버지 되기'를 질문한다. 양춘단 할머니는 청소 노동자로 일하며 교수 임용 비리, 비정규직 노동 문제들을 직접 겪고 나서 대학이 자신이 상상했던 모습과 다르다는 사실을 알게 된다. 그의 이상(理想), 즉 사회적 아버지였던 대학은 무너진다. 결말에서, 상아탑의 상징인 코끼리 동상에 균열을 내고 마는 할머니의 각성은 개인의 성장이 가족 구도를 벗어나 역사와 사회의 지평을 넓힐 때 좀 더 의미 있게 완성된다는 사실을 통쾌하고 분명하게 보여 준다.

이번 겨울, 대입 수능시험이 끝나자마자 광장으로 나가 촛불을 든 우리 청소년은 이미 그 성장을 이루어 내고 있다. 그렇다면 이제 청소년소설은 어떠해야 할까.

카인의 후예들
박지리『다윈 영의 악의 기원』

청소년소설에서 '악의 기원'을 파헤쳐 보겠다니, 제목부터 심상치 않다. 책의 페이지 수는 무려 856쪽이다. 『합체』『맨홀』『양춘단 대학 탐방기』로 평단과 독자의 찬사를 받아 온 박지리의 새 책 『다윈 영의 악의 기원』이야기다.

아버지 '러너 영'이 저지른 악을 덮기 위해 열여섯 살 아들 '니스 영'은 가장 친한 친구 '제이 헌터'를 살해했다. 그로부터 13년 후 시점에서 작품은 시작된다. 과거 범행 당시 발각되지 않은 니스는 현재 도덕적이고 명망 있는 행정가이자 흠결 없이 훌륭한 아버지가 됐다. 하지만 니스의 살인 행위가 공소시효 만료를 넉 달 앞두고 드러날 위기에 처하자 그의 열여섯 살 아들 '다윈 영'은 살인의 증거를 가진 친구 '레오'를 살해한다. 니스가 제이를 살해할 때 입었던 바로 그 후드티를 입고…… . 아버지의 악을 감추기 위해 아들이 새로운 악에 빠지게 되는 상황이 되풀이된다.

니스가 누구보다 올곧게 살아오게 한 원동력은 바로 죄의식이었다. 그는 13년간 자신의 죄를 상징하는 후드티를 간직한 채 제이의 추도식을 지내 왔다. 그는 다짐한다. "내 아들 다윈, 너에게만은 절대 내 죄를 물려주지 않을 거야. 내가 저지른 죄로 네가 괴로움을 당하는 일만은 절대 없게 할 거야. 너는 아무 죄의식도 없는 가문의 선조가 될 거야."(471면) 이렇게 그는 아들의 빛으로 살아왔다.

니스의 극진함으로 순결하고 순수하게 자란 다윈은 그러나 아버지와 똑같은 악을 저지르게 된다. 따지자면 아버지보다 더 큰 악일 수 있다. 니스가 제이를 살해한 건 그가 러너의 생존에 위협적일 만한 일을 벌이려 했기 때문이다. 하지만 다윈은 단지 레오가 니스의 살인과 관련한 결정적 증거를 우연히 가지고 있는 것만으로 그를 살해한다. 다윈의 『종의 기원』에서 제목과 주인공 이름을 따오면서, 작가는 악의 기원이 아버지의 아버지의 아버지들에게로 거슬러 올라가며, 악은 계속 진화해 나간다고 말하려 했던 걸까.

누구도 기원을 끝까지 밝혀 가며 살 수는 없다. 조상을 거슬러 올라가 보면 살인하지 않은 조상을 가진 핏줄이 과연 단 하나라도 있을까? (770면)

이 구절은 가장 거룩한 책인 성서의 첫 책, 「창세기」의 '카인과 아벨'을 떠올리게 한다. 그러면서 우리는 모두 인류 최초로 살인을 저지른 '카인'의 후예라는 사실을 다시 한번 상기시킨다.

작품 안에서 다윈이 저지른 악의 기원은 아버지 니스를 거쳐 할아버지 러너에게까지 거슬러 올라간다. 그런데 러너의 악은 단지 러너 개인의 윤리적 문제가 아닌 사회 구조의 모순에서 비롯된 것이었다. 1지구에서부터 9지구까지 계급적 공간이 철저하게 분리된 사회에서 최하위 9지구 출신인 러너가 폭동(혹은 혁명)을 꾀한 과거 이력으로 생존에 위협이 닥쳤기 때문이다.

그러하기에 니스와 다윈의 악은 단지 러너 개인에게서만 기원한다고 볼 수 없다. 그들의 악은 이 세계의 수많은 죄악의 뿌리로부터 시작됐다. 제이가 러너에게 위협적인 존재였던 건 그가 도덕적 결벽주의로 악을 척결하려 했기 때문인데 제이의 결벽주의는 바로 어머니의 부정한 행동에 대한 반작용으로 생성됐다. 니스의 악은 러너뿐 아니라 제이와도, 제이의 어머니와도 닿아 있다.

작품이 추적하고자 했던 '악의 기원'은 그리스도교 신학의 '원죄'를 생각하게 한다. 성서가 아담과 하와를 통해 말하는 '원죄'란 죄로 물든 세계에서 태어난 인간 존재의 한계를 말하는 것일 테다. 인간으로 태어난 순간 '원죄'의 굴레에서 벗어날 수 없다는 건 그 누구도 죄에서 자유로울 수 없다는 말이다. 죄는 상처를 낳고, 상처는 다시 죄를 낳는 거대한 악의 세계.

작가의 탐구는 두렵고 절망적이다. 그러나 작가는 이 사슬에서 벗어날 수 있는 실마리 하나를 남겨 놓았다.

"원래 인간은 무서운 존재지. 전부 파악되지도 않고 완전히 제어되지도 않는……."

"그럼 인간은 뭘 믿으며 살 수 있는 거죠? 자기 자신조차도 파악할 수 없고 제어할 수 없다면?"

(…)

"사랑……. 사랑은 믿어도 된단다. 내 어머니가 나에게 주신 사랑, 엄마가 너에게 주고 간 사랑, 내가 다윈 너에게 주고 싶은 사랑, 거기엔 어떤 의심과 불안도 없지. 아마 너도 나중에 부모가 되면 네 자식에게 그런 사랑을 주게 될 거야."

(⋯)

"그러고 보면 재미있구나. 마음속에 알 수 없는 길을 품고 사는 무서운 인간도 결국엔 사랑으로 진화한 것이라니." (725~26면)

악의 기원을 더듬어 가던 작가는 사랑이라는, 구원의 희미한 빛을 찾아냈다. 어둡고 무겁고 힘든 이 이야기는 결국 비극으로 끝나지만 남겨진 우리는 사랑의 의무를 부여받았다.

아까시를 아카시아로 피우려면

유은실 『변두리』

여기, 도축장 근처에서 살아가는 아이들이 있다. 도축장이라면 천운영의 단편소설 「숨」(『바늘』, 창비 2001)에 등장하는 배경이 여전히 선뜩한 기억으로 남아 있다. 그런데 유은실의 『변두리』(문학동네 2014) 첫 장은 그것으로 희석되지 않을 만큼 강렬하다.

수원과 수길 남매는 학교 가기 전 이른 아침 도축장 인근 가게에서 선지를 한가득 사 온다. 열두 살 수원이 선지 들통을 들고 다니는 것만도 어찌 보면 처연한 풍경일 텐데 이들은 도로 한가운데서 들통을 쏟고 짐승의 피로 뒤범벅되기까지 한다. 그런데 또 수원은 그걸 부끄러워하기에 앞서 맛있고 영양가 높은 음식을 배불리 먹을 기회가 사라진 걸 안타까워하며 선지와 내장을 다시 쓸어 담는다.

1. 오늘의 진실, 내일의 거짓

『변두리』의 아이들은 도축장이라는, 그리 아름답고 평화롭지만은 않은 자신의 세상에 눈을 뜨며 성장한다. 수원은 도축장에 생계를 붙이고 살아가는 동네 사람들과 친구들, 그리고 자신의 세상을 알 만한 나이다. 그러나 동생 수길은 아빠가 거짓으로 만들어 들려주는 환상을 아직 그대로 믿는다.

> 소랑 돼지가 늙어서 죽으면 도살장으로 실려 와. 죽을 때가 된 소랑 돼지도 도살장에 와서 평화롭게 눈을 감지. 그러면 도살장 카우보이들이 죽은 동물에게 묵념을 해. 그러고 나서 부위별로 나눠 파는 거야. 죽은 동물도 기쁠 거야. 죽어서도 사람들에게 도움이 되니까. (12면)

현실을 감추어 두는 환상 속에서 살아가던 어린이도 언젠가는 자라게 마련이다. 수길은 우연한 사고로 다쳐 입원한 병원 옥상에서 담 너머 도축장의 충격적인 풍경을 두 눈으로 확인한다. 그제야 아빠는 사실대로 말한다.

> 우리 도축장에선 말이다, 동물을 최대한 덜 아프게 죽이려고 노력해. 망치로 이마 한가운데를 때려서 한 번에 기절시킨 다음에 도살해. 기절한 다음이라 아픈 것도 모르고 죽지. (193면)

지금껏 어린이가 믿어 온 세계는 거짓이었다. 하지만 어느 날 갑자기 어린이가 눈으로 직접 확인하고 알게 된 것이 진실의 전부는 아니다. 멀리서 바라보는 도축장의 살풍경 속에서도 동물의 목숨을 다룬다는 자각은 존재했다. 무엇보다 그건 또 다른 목숨인 가족의 생계를 위한 선택이었다. 아이가 믿은, 평화로운 목장 같은 도축장의 이미지는 무너져 내렸다. 그러나 눈으로 확인한 도축장의 풍경 역시 또 한 번 무너져 내린다. 그렇게 진실의 이면은 계속 밝혀진다.

유은실의 작품은 늘 우리가 진실이라 믿는 것들에 의문을 갖게 한다. 가령 『멀쩡한 이유정』(푸른숲 2008)의 「할아버지 숙제」에서 가족에게 떳떳할 수 없는 '주정뱅이'와 '노름꾼' 할아버지들의 삶은 다른 시선으로 재해석된다. 그 덕분에 '주정뱅이' 할아버지는 6·25전쟁 때 잃은 동생을 오래도록 그리워하는, 마음 여린 사람으로 이해할 여지가 생긴다. 어쩌면 할아버지는 잠시라도 그 슬픔을 잊기 위해 술을 마셨는지 모른다. '노름꾼' 할아버지의 이면에는 막내딸을 무척 예뻐하던 마음 따뜻한 사람이 숨어 있다.

마찬가지로 『변두리』는 오늘의 진실이 거짓일 수 있다는 것, 내가 알고 믿는 바가 진실의 전부가 아니라는 것을 말한다. 그 가능성을 열어두고 현실의 이면을 들여다보며 끊임없이 진실을 찾아 나가야 한다고 강조한다. 유년동화를 제외한 유은실의 작품에는 삶의 진실을 끊임없이 밝혀 가는 길을 어린이 독자들에게 보여 주려는 강한 의지가 내재되어 있다. 그것이야말로 문학 본연의 의무이자 가능성이겠지마는 유은실만큼 이를 작품 전면에 내세우는 이도 그리 흔치 않다. 이것이 바로 유은실 동화의 현실 인식이며 어린이 독자에 대한 작가의 태도다.

전작 『일수의 탄생』(비룡소 2013)에서 논란이 된 결말 부분도 이러한 작가 의식에 따른다. 어머니의 의지에 맞추어 살다가 용케 붓글씨로 생계를 꾸리게 된 주인공 일수, 가업인 중국집 운영을 위해 앞만 보고 달려온 친구 일석. 언뜻 제 갈 길을 찾은 듯 보이는 두 청년은 대뜸 '나는 누구인가'라고 질문하며 지금껏 만들어 온 삶의 자리를 떠난다. "전에는 모든 게 분명했는데, 요즈음은 분명한 게 하나도 없는 것 같아."라는 일석의 말처럼 타인이 아닌 자신의 눈으로 진실을 찾고 만들어 나가기 위해서다. 나만의 시선으로 삶과 마주해 줄기차게 자신과 세상을 발견하는 과정이 바로 성장이라고 작가는 말한다.

2. 변두리와 중심의 자리 바꾸기

『변두리』에서 인물들이 현실의 이면을 바라보며 진실에 다가갈 수 있었던 것은 있는 그대로 받아들이기엔 너무나 버거운 삶이 있었기 때문이다. 그들이 삶을 견디고 살아 내기 위해서는 현실을 새롭게 규정하고 해석해야 했다. 수원의 엄마는 먹고살기 위해 도축장 옆으로 이사 온 일을 맹모삼천지교에 비유하며 아이들에게 역설한다.

> "내장이랑 선지, 이런 부산물이 소에서 제일로 좋은 것이다."
> (…)
> "살코기는 껍데기야. 살도 갈비뼈도 내장을 감싸고 있는 껍데기라고. 우리 황룡동에서는 허접스러운 껍데기를 먹을 필요가 없지. 우리가 만날 먹는 이게 바로 소의 알맹이 아니냐."
> 엄마는 배에서 손을 떼곤 결연히 내장국을 가리켰다. 팔다 남은 내장과 버려진 배춧잎을 넣고 끓인 내장국이 엄마의 숙고 끝에 당당히 선택된 거라니!

그 순간만큼은 엄마가 내장 허드렛일을 하는 것도 부끄럽지 않았다. (33면)

수원의 엄마는 살코기와 내장의 지위를 바꾼다. '정육(精肉)'인 살코기는 '껍데기'가 되고, '부산물(副産物)'인 내장과 선지는 '알맹이'가 된다. '알맹이'(안)와 '껍데기'(밖)가 뒤바뀔 때 그들의 '변두리' 삶은 어쩌면 '중심'이 될 수 있을는지 모른다.

아이들이 '첫꽃날'의 의례로 소중한 '아카시아'를 일제 식민 잔재인 '아까시'라는 이름으로 받아들이려 하지 않는 것도 마찬가지다. 담임 선생님은 '아카시아'를 본래의 이름인 '아까시'로 되돌리며 격하시킨다. 그러나 아이들에게 '아까시'는 '아카시아'여야만 한다. '아카시아'일 때 강인한 생명력이 아름답게 긍정되기 때문이다. 수원이 웬만한 어른보다 힘이 센 캐릭터로 긍정되듯이 말이다.(수원을 보면 유은실의 유년동화 『나도 편식할 거야』(사계절 2011), 『나도 예민할 거야』(사계절 2013)의 씩씩한 주인공 정이가 떠오른다.)

이러한 자리 바꾸기는 수원과 수길의 '이산가족 놀이'에서도 재현된다. 수원은 자신을 피아니스트 엄마와 교수 아빠를 둔, 부자 동네에서 사는 병약한 아이로 상상한다. 부모가 다른 사람이었으면 좋겠다고 여기는 어린이의 공상은 프로이트(S. Freud)가 말한 전형적인 '가족로맨스'다.

자칫 현실 미화나 현실 부정이 될 수 있는 이 모든 행위를 넘어 결국 수원은 자신만의 중심을 만들어 나간다. 이때 수원은 중심으로 가려 하지 않고 변두리인 자신의 세상을 중심으로 만든다.

아카시아꽃 하얗게 핀 먼 옛날의 과수원 길 같은 건, 이 세상에 없었다. 어쩌면 수원성도 포클레인으로 다 부수고 아파트를 짓고 있는지 몰랐다. 다시는 동구 밖 과수원 길 노래를 부르지 않을 거라고, 이산가족 놀이도 하지 않을 거라고, 그리고 황룡동이 세상의 전부라고 믿고 살 거라고, 나는 속으로 다짐하고 또 다짐했다. (219면)

3. 전복의 문학

『변두리』에 실린 작가 소개 글은 "1974년생. 서울 변두리에서 자랐다."라는 두 문장이 전부다. 작품 첫머리에는 "내 삶의 중심, 변두리에게"라는 헌사가 담겨 있다. 작가의 다른 책들에 실린 작가 소개글과 머리말을 한데 맞춰 본 바에 따르면 작가는 독산초등학교를 다녔고 구로공단역 주변에서 오래 살았다. 지금은 정육점 거리로만 흔적이 남아 있는 독산동 도축장 근처에서 어린 시절을 보냈으니 이곳이 『변두리』의 배경인 듯하다. 그러므로 이 책은 유은실 작가의 그 어느 작품보다도 자전적 이야기에 가깝다.

『멀쩡한 이유정』의 서문에서 작가는 변두리 동네에 살면서도 다른 아이들의 처지보다는 나았던, 그러나 완전하지는 않았던 어린 시절을 고백한 바 있다. 변두리에서 중심으로 지낸 경험이 어쩌면 삶의 이면에 대한 예민함을 갖게 했는지도 모르겠다. 지금까지 유은실의 작품은 늘 그러한 경험의 근원에서 나온 듯 보였지만 근원 자체를 이야기한 것은 『변두리』가 처음이다. 작가가 '변두리'에 자신의 삶의 중심이 있다고 선언한 것처럼 말이다.

대개 정통적인 자전적 소설은 사건이나 구성의 긴밀성보다는 일상의 미세한 인식들을 치밀하게 파고드는 데 치중한다. 『변두리』가 서사의 유려함과 완결성에 집중하는 대신 기억과 감정의 조각들을 충실히 표현하고 정리하려는 것처럼 보이는 이유는 그 때문인 듯 보인다.

『변두리』가 말하듯, 변두리에는 삶의 이면을 보게 하는 힘이 있다. 주변과 중심, 안과 밖을 뒤엎는 상상이 가능하다. 더욱이 중심과 변두리를 가로막은 벽을 결코 무너뜨릴 수 없다는 생각들이 점점 확고해져 가는 요즘, 문학은 변두리가 중심이 되는 상상을 보여 주어야 한다. 수원이 저 먼 동구 밖 과수원이 아닌 자신의 터전에서 자신의 중심을 찾은 것처럼 말이다. 흔히 십 대를 '주변인'이라고 일컫듯이 어린이와 청소년은 어른이 만든 세상에서 어쩌면 늘 변두리를 맴도는 존재일지도 모른다. 아동청소년문학이 변두리로 나아가야 하는 이유가 여기에 있다.

상실에 입 맞추는 법

최상희 『바다, 소녀 혹은 키스』

최상희의 청소년소설집 『바다, 소녀 혹은 키스』(사계절 2017)에는 표제작이 없다. 흔히 하듯, 수록된 작품 중 하나를 소설집 제목으로 삼지 않은 것이다. '바다, 소녀 혹은 키스'라는 감각적인 책 제목은 어떻게 나오게 된 걸까. 최상희 스타일의 시적이고 서정적인 문장에 어려 있는 바다와 소녀와 키스를 찾으려 했다. 두 손에 움켜쥘 수 없지만 미풍에 끊임없이 밀려오는 잔물결 같은, 작가만의 이야기에 귀 기울여 보았다.

1. 바다

바다 앞에서는 모두 홀로 서게 된다. 파란 수평선을 두고는 각자의 삶을 홀로 걸어가는 단독자로 서 있다.

망망대해에선 아무리 크고 화려한 배도, 멋진 풀과 나무와 짐승이 어울려 사는 섬도 조그만 점에 불과하다. 그렇듯 이 책에 실린 여덟 편의 단편 속 인물들은 삶이라는 바다 위에 홀로 내던져진 외롭고 쓸쓸한 사람들이다.

그들이 누구보다 조금씩 더 외롭고 쓸쓸한 이유는 소중한 무언가를 상실해서다. '내'가 좋아하는 '그'는 다른 사람을 좋아하고(「한밤의 미스터 고양이」), 교통사고로 몸을 쓰지 못하게 되고(「아이슬란드」), 돌풍에 갑작스레 가족을 잃는다(「방주」). 의식을 잃은 지 십 년 만에 깨어난 '나'는, 십 년간 해온 발레를 집안 사정으로 그만둔 '소녀'와 우연히 만난다(「잘 자요, 너구리」).

> "실연한 다음에는 사귄 기간만큼 헤어진 사람을 잊어버릴 수 없대요. 한 달을 사귀었으면 한 달, 일 년을 사귀었으면 일 년 동안은 벗어날 수 없다는 거죠. 그게 회복의 최소 시간이래요."
> "그래?"
> "발레를 잊는 데는…… 얼마나 걸릴까요?"(「잘 자요, 너구리」 66면)

크나큰 상실을 겪은 이들은 이전의 평범한 삶으로 돌아가지 못한다. 아빠는 돌풍으로 엄마을 잃고 나서 어떠한 천재지변에도 안전한 최첨단 시설의 지하 방공호를 만들고 아들과 때때로 대피훈련을 한다(「방주」). 병실에서 의식이 없는 채로 십 년을 잃은 청년과, 십 년 동안 해 온 발레를 잃은 소녀는 매일 밤 잠들지 못하고 자정 넘어 달리기를 한다(「잘 자요, 너구리」). 그들은 난파된 배처럼 방향을 잃고 바다를 떠돈다. 그들에게 삶은 그저 목숨을 부지한 채 남아 있는 시간에 불과하다.

전작 『델 문도』(사계절 2014)에서 이국적 공간을 배경으로 여러 이야기를 펼쳐 낸 바 있는 작가는 이번 책에서도 지금, 여기가 아닌 무국적의 공간에서 이야기를 펼쳐 보인다. 그래서인지 「방주」에서는 미국 영화 「테이크 쉘터」(2011)가, 「굿바이, 지나」에서는 일본 영화 「공기인형」(2009)의 모티프가 연상되기도 한다. 소설 「수영장」의 공간 배경은 영화 「수영장」(2009)의 촬영지였던 태국 치앙마이의 '호시하나 빌리지'와 어린이 에이즈 환자 공동체인 '반롬사이'로 보인다.

무국적의 공간에서 펼쳐지는 이야기는 단지 먼 바다 이야기가 아니다. 전 세계 여러 바다는 저마다 다른 이름으로 불리지만 지구의 바다는 하나이듯 한 바다가 다른 바다를 부른다. 특히 이 소설집 맨 앞에 수록된 「방주」는 개인 내면의 상실이 아닌 사랑하는 관계의 상실을 그리며, 우리 가운데 아직 치유되지 않은 그날의 바다를 생각나게 한다. 이 소설집은 2014년 4월의 그 바다를 말하고 있지는 않지만 깊은 바다에 잠겨 있는 상실의 슬픔을 유구한 파도처럼 선명히 느끼게 한다.

2. 소녀

최상희는 여성 작가지만 이 책에서 이야기의 주인공을 대부분 남자 청소년으로 택했다. 여자 청소년이 주인공인 작품은 수록작 여덟 편 중 「한밤의 미스터 고양이」 한 편이다. 작품들에서 소년의 상실을 따뜻이 안아 주고 회복시키는 건 소녀다. 그렇다고 해서 이상적인 여성상을 구원의 모델로 삼는, 전형적인 여성 구원 서사로 볼 수는 없다.

작품 속에서 세상의 황포함에 소녀 역시 소년과 같이 상실을 지닌 채 살아왔다. 하나의 상실이 다른 상실을 알아보고, 즉 소녀가 소년의 상실을 발견하고 먼저 문 두드린다. 소녀가 소년에게 다가가면서 그들은 서로의 상실을 나누고 서로를 치유한다.

그때 흐흑, 하고 흐느끼는 소리가 비어져 나왔다. 내가 아니었다. 세계가 울음을 터뜨린 것이다. 얼굴이 눈물로 범벅이 된 채, 세계의 어깨가 오르락내리락하다 온몸이 다 흔들렸다. 자기 모습이 어떻게 보일지는 조금도 생각하지 않고, 누구 앞에서 울고 있는지도 전혀 상관하지 않고, 전력을 다해 울고 있었다. 엄마를 잃은 어린아이처럼, 세상에 혼자 남겨진 아이처럼, 두렵고 서럽게 울고 또 울었다.

그 모습을 보며 왜 우는지 생각할 겨를도 없이 나도 무너져 버렸다. 눈물 콧물을 흘려 가며 조금도 참지 않고 실컷 울었다. 더는 울 수 없을 때까지 나는 울고 또 울었다.

(⋯)

세계와 나는 멍하니 서로 한참을 마주 보았다. 왜 울었느냐고, 뭐가 그렇게 슬펐냐고 묻는 대신 잠자코 서로 바라보기만 했다. 묻고 대답하지 않더라도 울음을 터뜨린 순간, 우리는 아마 알고 있었을 것이다. (「방주」 37~38면)

「방주」의 '세계'는 자신의 상실을 품고 살아가면서도 내면의 힘을 잃지 않는다. 「아이슬란드」의 '오란디'는 따돌림을 당하면서도 동정은 필요 없다고 거절하고 "다락방 소공녀처럼 꼿꼿"(153면)한 자존감을 잃지 않는다. 소녀들은 그 힘으로 '상처 입은 치유자'가 되어 소년에게 먼저 다가갈 수 있었다.

「잘 자요, 너구리」의 소녀는 자기에게 주어진 삶의 조건을 거부하지 않고 기꺼이 받아들인다. 아빠의 실직으로 발레를 그만둘 수밖에 없던 소녀는 "십 년 동안 동굴 속에서 자다 세상으로 기어 나온 것"(67면) 같은 생경함에 매일 밤 잠 못 이루지만 그 상실감을 담담한 표정으로 말할 수 있을 만큼 단단하다. 「수영장」의 소녀는 자신이 일하는 리조트에 고객으로 온 소년에게 두 팔이 없는 자신의 남동생에 대해 이야기하며 "물고기가 물고기로 태어난 것처럼 쟤는 저렇게 태어난 것뿐"(211면)이라고 말한다. 「굿바이, 지나」에서 섹스돌 '지나'의 등장이 청소년소설에서는 꽤 논란이 될 만한 설정임에도 불구하고 선정적이거나 여성 혐오적으로 묘사되지 않고 소년들의 성적 호기심과 성정체성에 대한 주제로 수렴될 수 있었던 것은 바로 이러한 시선이 있었기에 가능했다.

3. 키스

고요하고 나직한 노래가 시작되었다. 휘파람 같기도 하고 바람 소리 같기도 하고 작은 새의 지저귐 같기도 한 노래는 아득한 바다 밑에서 들려오는 것 같았다. 저 바다 어딘가에 저처럼 고독한 존재가 있을 거라고, 고독한 이라면 반드시 노래를 들을 수 있을 거라고 믿기라도 하듯이. 그렇게 믿으면 소중한 것을 지킬 수 있다고 믿는 것처럼. 외로움이야말로 함께 나눌 수 있는 거라고 믿는 것처럼. (「아이슬란드」 172면)

소녀와 소년이 서로의 상실을 알아보고 치유하는 과정은 이성 간 애정과는 다른 빛깔이다. 그건 달콤한 입맞춤보다는 죽어 가는 이를 깨우기 위해 불어넣는 '숨'에 가깝다. 「한밤의 미스터 고양이」에서 사랑하는 소년과 늘 함께하고 싶었던 소녀가 '숨'으로 변한 것처럼. 소녀는 사랑하는 소년의 입에서 피어나는 민트 향이 되고 싶어 '숨'으로 변하지만 다른 누군가를 사랑한 소년은 고양이로 변해 있다. 그들의 외로움은 서로 어긋나 있지만 그들은 '숨'과 고양이로 밤공기 속을 함께 걷는다.

> 드디어 나는 고백한다. 매일매일 되뇌었던 문장을 너에게 말한다.
> "날씨가 좋다."
> 너는 눈을 동그랗게 뜨고 나를 바라본다.
> 나도 안다. 내가 너에게 말을 건 것은 오늘이 처음이다. 너도 알다시피 나는 우리 반 누구와도 한마디도 나누지 않는다.
> (…)
> 내 고백을 듣고 네가 대답해 주었으면 좋겠다.
> 응, 날씨가 좋으니까 기분이 좋네.
> 그러면 이 말을 할 수 있을지도 모른다.
> 나도 좋아.
> 또 이 말을 덧붙일 수 있을지도 모른다.
> 좋아해……, 너를.
> 해파리 이후로 처음으로 나는 문장을 말한다. 너를 본 순간부터 하고 싶었던 고백을.
> 나는 너를 좋아해. (「고백」 239~40면)

언어장애를 가진 아이가 '숨'처럼 터뜨린 고백(「고백」), 두 팔이 없는 아이가 다른 친구들처럼 절벽에서 다이빙을 하며 내지르고 싶었던 '숨'(「수영장」), 자유롭게 푸른 하늘로 날아가 버린 '공기 인형' 지나(「굿바이, 지나」)…….

소년과 소녀는 숨을 쉬고 싶어 한다. 소녀와 소년이 두 손을 잡을 때, 내가 누군가에게 손 내밀어 줄 때, 바닷속에 가라앉은 검푸른 슬픔과 외로움은 공기 방울로 떠올라 둘을 숨 쉬게 한다.

빛이 사라지면 너에게 갈게

최양선 『밤을 건너는 소년』

겨울이 오면 생각나는 영화 중 「렛 미 인」(2008)이 있다. 1980년대 스웨덴의 작은 마을을 배경으로 하는 뱀파이어 영화로, 뱀파이어 소녀 이엘리와 인간 소년 오스칼의 이야기다. 영화는 평소 공포물을 꺼리던 나를 평론가들의 별점으로 유혹하더니, 장르물에 쉽게 만족하지 못하던 마음까지 감동으로 이끌었다. 이엘리는 인간의 목숨을 앗아 가는 뱀파이어지만, 두려움과 매혹의 불안한 긴장 사이에서 움직인다. 평범한 여자아이가 아니어도 계속 좋아할 거라는 영화 속 오스칼의 약속처럼 관객 또한 이엘리의 특별한 존재를 받아들일 수밖에 없게 된다.

최양선 작가가 스스로 밝혔듯, 이 영화를 보고 뱀파이어를 소재로 글을 써 보고 싶었고 그 결과 완성한 작품이 『밤을 건너는 소년』(사계절 2017)이다. 그래서일까. 이 작품에 등장하는 소년들 또한 이엘리에게 향하는 것과 비슷한 불안과 연민을 동시에 불러일으킨다.

이 책은 '밤의 소년들'이라 할 만한, 어두운 밤거리 소년들의 이야기다. 단짝 재민이 자신을 제치고 전교 1등을 하자 '너 같은 건 사라져 버렸으면 좋겠다'고 문자를 보내는 성주, 그런 성주에게 번번이 1등을 뺏기는 스트레스를 해소하려고 철진에게 돈을 주며 아이들을 괴롭히게 하는 재민, '용호파'에게 돈을 상납하기 위해 유일하게 자신을 도와준 형 '박쥐'를 배신하는 철진, 나이트클럽에서 손님들이 남긴 안주를 훔쳐 먹으며 삶을 이어 가는 '박쥐'……. 소년들 모두 낮의 세계에서 버림받았거나, 어둠의 그늘을 지고 살아가는 인물이다.

난폭한 현실 세계에 비한다면 그다지 새롭거나 자극적이지 않아 보일지도 모를 이야기를 또 한 명의 소년 시온이 전혀 다른 이야기로 만든다. 창백한 낯빛, 왜소한 체구의 시온은 마술사의 아들이자 뱀파이어다. 마술사 아버지와 시온은 진화한 뱀파이어로, 인간의 피가 아닌 시간을 먹고 산다. SF, 판타지 장르를 자유롭게 넘나들며 독특한 문법의 동화와 청소년소설을 발표해 온 최양선 작가다운 상상이다.

작가는 장르물의 형식 안에서 줄곧 따뜻함과 아름다움이 돋보이는 작품을 창작해 왔듯 이 작품에서도 밤의 소년들을 먼발치에서 가만히 어루만지는 눈길을 보인다. 작가의 그 눈길이 독자의 안온한 경계 밖으로 그들을 밀어낼 수 없게 만든다. 낮의 세계에서 밤의 세계로 들어가 그들을 보게 한다. 어둠 속에서는 빛을 찾는 눈동자가 더욱 커지고, 서로의 작은 빛도 환히 볼 수 있게 되는 것, 그것이야말로 마술이라는 듯이.

"빛이 사라지면 너에게 갈게." 영화 「렛 미 인」에서 이엘리가 오스칼에게 남긴 쪽지에 적힌 말이다. 어둠에서만 살아갈 수 있는 뱀파이어로서 자신의 존재를 드러내는 말인 동시에 '네가 어둠에 있을 때 내가 너와 함께하겠다'는 말로도 들린다. 실제로 이엘리는 친구들에게 괴롭힘을 당하다 목숨을 위협받는 상황에 놓인 오스칼을 구해 준다. 네게 빛이 사라졌을 때, 네가 어둠 속에 있을 때, 네게 아무도 없을 때, 그때 내가 가겠다, 그때서야 나는 너에게 갈 수 있다…….

뱀파이어 시온에게 시간을 빼앗기는 소년들 역시 막막한 어둠 속에 저마다 홀로 서 있던 아이들이다. 집과 거리에서 폭력에 시달리던 철진도, 할머니와 단둘이 살아가던 일진 아이도. 마술사의 계획대로 '박쥐'에게 뱀파이어라는 새로운 운명이 주어진다면 그건 그가 마술사의 비둘기에게 선택되고, 시간상자 안에서 평온함을 느꼈기 때문만은 아니다. 손님들이 남긴 안주로 끼니를 때우며 모은 돈을 친부가 훔쳐 가고, 혼자 누명을 쓰고 범죄자로 몰리는 벼랑 끝에서 자기에게 손 내밀어 주는 유일한 사람을 붙잡을 수밖에 없을 테다. 친구가 없던 오스칼이 유일하게 자기 곁을 지킨 이엘리를 사랑하고 그와의 운명을 거부할 수 없던 것처럼.

시온과 '박쥐', 밤의 소년들의 이야기는 그래서 더욱 슬프다. 어둠 속에서 서로를 발견하고, 서로 먹고 먹히고, 서로가 서로에게 유일한 존재가 되는 소년들. 슬프고 무서운 건 뱀파이어의 마술이 아니다. 밤을 헤매는 소년들의 어둠을 밝혀 줄 현실의 마술은 어디에도 보이지 않는다는 사실이다.

찬란한 패배를 위하어

진형민『기호 3번 안석뽕』

누구나 '반장 선거'에 대한 기억 한 자락쯤은 지니고 있을 듯싶다. 반장으로 뽑혔거나 혹은 떨어졌던 갖가지 사연들, 덜컥 반장이 되었다가 교사의 은근한 눈총과 엄마의 권유(?)로 다음번 선거에는 출마를 포기하는, 가슴 한쪽이 아릿한 이야기까지. 돌이켜 보면 우리는 학교에서의 선거를 통해 민주적으로 의사를 결정하고 대표를 선출하는 과정을 배웠다기보다는 '될 만한 사람'을 후보로 내세워서 대표로 뽑는 법과 '완장' 찬 이들이 지닌 권력에 순응하는 법을 학습한 것이 아니었나 싶다.

만약 요즘도 예전과 크게 다르지 않다면 문제다. 학급 회장, 전교 회장 선거제도가 어린이들을 서열화하고 교사의 맹목적 권위를 강화시키는 데 일조하며 더욱이 선거가 학생 개인의 자질뿐 아니라 부모의 경제력과 관심도에 따라 좌우되는 경향이 조금이라도 남아 있다면 말이다. 그럴 경우『기호 3번 안석뽕』(창비 2013)의 작가 진형민의 예리한 시선과 적확한 문제의식은 더 반갑고 고마울 수밖에 없다. 가장 민주적이어야 할 선거제도를 통해 정작 그다지 민주적이지 않은 삶의 교훈을 내면화하는 일은 사라져야 한다.

일개 학급 회장도 아니고, 중산층 모범생의 전유물인 전교 회장 자리에 감히 출사표를 던지는 주인공 안석진은 재래시장에서 떡집을 하는 가정의 어린이다. 얼떨결에 석진을 선거에 내보내고 선거운동에 앞장서게 되는 석진의 친구 조지호와 김을하 역시 시장에서 살아가는 어린이들이다. 결코 모범생이랄 수 없는 이들은 선거유세부터 남다르다. 어른들을 모방해 잔뜩 진지한 폼을 잡는 대신 엿장수의 떠들썩한 좌판을 방불케 하는 한복, 가래떡, 민요 메들리의 삼박자와 각종 퍼포먼스로 종횡무진 학교를 누빈다. 선거에 대한 인식은 선거를 치르는 과정을 통해 보다 명확해지는데 결국 이들이 내세우는 선거공약은 '명품 학교, 일류 학교' 대신 '일등부터 꼴찌까지 다 좋아하는 학교'이다. 자신들이 공부 못하는 대다수 아이들 마음을 대표하겠다고, 공부 못하는 아이들이 공부 잘하는 아이들을 뽑는, 즉 계층 투표(?)를 배반하는 현실을 뒤집어 보겠다고 나선다.

성적과 가정 형편에 따라 학생들이 '일등'과 '꼴찌'로 나뉘는 현실을 자각하며 이를 타파하고자 하는 유쾌한 반란은 학교 밖으로까지 이어진다. 석진과 친구들의 삶의 터전인 문덕시장 바로 옆에 대형마트가 들어서면서 이른바 '세계 일류'를 지향하는 대기업과 소상인들 사이의 갈등이 불거지는 것이다. 학교에서의 '일등'과 '꼴찌'에 대한 어린이의 자각과 대항은 이렇듯 거대 자본의 횡포와 경제적 약자의 사회문제로 자연스럽게 확장된다.

『기호 3번 안석뽕』은 이러한 의미 있는 반란과 대항을 어깨에 힘주거나 목에 핏대 세우며 외치지 않는다. 석뽕, 조조, 기무라, 백발마녀 등은 별명만큼이나 유쾌하고 생기 넘치는 인물들이고, 막힘없이 잘 읽히는 입말체의 정련된 문장 여기저기서 해학과 위트와 풍자가 튀어나온다. 싸움의 대상을 악인으로 그리거나 마냥 미워하지도 않는다. 결국 전교 회장에 당선되는 모범생 경태나 경태의 어머니는 양심과 예의를 지킬 줄 아는 이들이고 선거를 관리하는 교감 선생님의 태도는 중립적이고 때론 오히려 석진에게 우호적이다. 대형마트의 점장 역시 그저 자기 역할에 충실할 따름이다. 사실 따지고 보면 싸움의 대상은 경태나 마트 점장이 아니니까.

흔히 다윗과 골리앗의 싸움으로 비유하는 많은 경우는 백전백패, 다윗이 지는 싸움이다. 양치기 소년 다윗이 거구의 장수 골리앗을 돌팔매 하나로 물리치는 건 옛이야기 또는 '믿음'의 영역에서나 가능한 일이다. 그걸 아는 우리는 현실에서 감히 골리앗과 맞서 싸우려 하지 않는다. 나아가 소년 다윗은 결코 현실에서 승리할 수 없다고 어린이에게 가르치기까지 한다. 하지만 이 작품은 말한다. 돌팔매 하나 던져 보라고. 대형마트는 화장실마저 너무 깨끗하고 좋아서, 백보리가 시장 골목에 있는 자기네 슈퍼를 생각하며 울듯 우리는 계속 끅끅 울게 되겠지만, 수억 년을 이겨 낸 바퀴벌레의 생존력으로 세상을 살아 내고 또 기존 질서를 교란할 수 있을 거라고.

공감하는 절망, 반전하는 희망

김태호 『제후의 선택』

불과 50일 만에 3천만이 죽었다. 아니, 3천만을 '죽였다'. 3분의 1이 몰살된 것이라 한다. 이번 겨울, 조류독감으로 '살처분'된 닭 얘기다. 3천만이라는 숫자가 사람 아닌 동물이어서 괜찮은가. 숫자로 치면 남한 인구의 절반이 넘는 생명이다.

또 한 차례의 살처분을 지켜보며 김태호의 첫 동화집 『네모 돼지』(창비 2015)가 떠올랐다. 멋모르고 도축장으로 끌려가는 소와 돼지, 조금이라도 해롭고 귀찮을 때 가차 없이 버려지는 고양이와 개의 이야기에 마음이 불편하고 무거웠다. 이 동화집은 알면서도 모른 척 살아가고 싶은 일 하나를 들여다보게 했다. 그래서 누군가는 이게 동화냐고 반문했다. 동화는 '그럼에도' 아름답고 희망찬 세계일 텐데 섬뜩하고 우울하지 않느냐고.

김태호의 두 번째 동화집 『제후의 선택』(문학동네 2016)은 『네모 돼지』와 나란히 놓고 읽을 때 의미가 더 깊어진다. 『제후의 선택』에서도 이야기가 탄생하는 상상력의 뿌리는 동물이다. 물론 『제후의 선택』에 실린 단편들의 분위기는 동물의 시선으로 인간의 잔혹성을 비판한 『네모 돼지』의 묵직함과 결을 달리한다. 「별주부전」(「남주부전」)이나 '쥐 변신 설화'(「제후의 선택」)를 차용하며 새로운 판타지 세계를 보여 주고, 이야기 화자가 모기로 밝혀지는 결말(「나목이」)이 수수께끼 서사의 재미를 자아 내기도 한다. 그럼에도 이야기 속 동물 모티프에는 『네모 돼지』에서 이어지고 나아가는 작가의 시선이 담겨 있다.

「남주부전」에서 담이 아빠는 거북이를 따라 용궁으로 들어간 토끼가 된다. 아빠는 왜 토끼 신세가 되었나. 토끼띠여서 그렇다는 건 표면상 이유고, 실직 상태에서 좋은 조건의 일자리를 제공해 주겠다는 제안에 따라나설 수밖에 없기 때문이었다. 아빠는 「별주부전」의 토끼처럼 자신에게는 간이 없다고 '용사장'에게 고한다. 땅 위 세상에서 살아가기 위해 "이 사람 저 사람한테 간이랑 쓸개랑 내주다 보니 홀라당 없어진 지 오래"라고. 「별주부전」을 패러디한 이 동화는 코믹한 반전으로 아빠의 목숨을 구해 내지만 토끼 신세가 되어 쩔쩔매던 아빠의 모습이 잔상으로 남는다. 생계에 절박했던 아빠의 상황이 목숨이 위태로웠던 「별주부전」의 토끼와 겹치기 때문이다.

「제후의 선택」에서 주인공 제후는 손톱을 깎아 쥐에게 먹이며 다른 제후들을 만든다. 이혼을 앞둔 부모 중 어느 쪽도 자신을 원치 않는 상황에서, 많은 제후들 가운데 진짜 자신을 찾아 달라고 부모를 향해 외치는 것이다. 옛이야기의 쥐 변신 모티프는 대개 자신과 똑같이 생긴 존재가 홀연 나타나 자신의 존재를 증명해야 하는 난처한 상황에 빠지는 이야기로 그려진다. 그러나 제후는 스스로 다른 제후들을 만들어 존재감을 확인받아야 할 정도로 쓸쓸하고 막막하다. 제후로 둔갑한 흰쥐는 옛이야기 속 주인 행세를 하는 얄미운 영물과 다르다. 방 한구석 보자기가 덮인 철장 속에서 살아가는 흰쥐야말로 제후가 처한 현실을 공유하는 캐릭터다.

「나리꽃은 지지 않는다」와 「꽃지뢰」는 생명에 대한 공감을 동물 외 존재에게까지 확장시킨다. 인간들은 자신에게 필요한 이용 가치를 위해 말하는 '나리꽃'을 꺾고, 다른 행성을 차지하기 위해 행성 주인인 '아토인'을 죽음으로 내몬다. 두 동화는 다른 생명의 무게를 동등하게 여기지 않는 인간을 줄곧 반성해 온 작가의 시선이 일관되게 담긴 작품들이다.

담이 아빠도, 제후도, 나리꽃도, 아토인도『네모 돼지』의 동물들처럼 존재를 위협받으며 벼랑 끝으로 내몰린다. 동물의 이야기인『네모 돼지』는 그 벼랑으로 독자들을 끌고 가 낭떠러지의 아득한 절망을 보여 준 것만으로 적절하고 유효했다. 이에 반해『제후의 선택』은 벼랑에서 솟구쳐 오르는 반전을 보여 준다. 담이 아빠는 가부장제의 편견을 넘어 '주부'로 즐거워하는 자신을 찾는다. 제후는 부모의 선택에 종속되지 않고 그들에게 선택의 공을 넘겨 버린다. 죽었던 나리꽃은 봄이 오자 다시 피어나 '사과하라'고 소리친다.

『네모 돼지』가 제기한 동물복지 문제는 단지 동물만의 일이 아니라 인간 존엄의 문제와도 연결된다. 작고 약한 생명을 대하는 태도는 곧 어린이를 대하는 태도와 직결되어 보인다.『네모 돼지』와『제후의 선택』에서 동식물을 인간과 동등한 생명으로 바라보는 공감의 상상력은 그래서 더욱 아동문학에 소중하다.『제후의 선택』이 지지한 희망으로의 반전은『네모 돼지』의 절망에서 싹틔웠을 듯싶다.

어린이는 항상 이긴다

차영아 『쿵푸 아니고 똥푸』

1. 뻔한 듯 뻔하지 않은

나는 똥을 소재로 한 이야기를 좋아하지 않는다. 어른인 나는 똥 이야기가 그리 재밌지도 상쾌하지도 않거니와 그런 이야기를 창작하는 것은 배설 행위에 흥미 있어 하는 유년 독자의 특성에 기댄 게으른 접근이라고 보는 편견 때문이다.

차영아의 동화집 『쿵푸 아니고 똥푸』(문학동네 2017) 역시 반가운 제목은 아니었다. 문학상 수상작이 똥 이야기를 되풀이하다니? 하지만 막상 읽고 보니 반드시 똥을 이야기해야만 했던 이유를, 그리고 다른 똥 이야기들과 다른 점을 알게 됐다.

"어이, 친구! 수수께끼를 내지! 어느 마을에 얼굴이 하얀 사람하고 검은 사람하고 노란 사람이 살고 있었어. 이 사람들이 싸는 똥은 무슨 색일까?"

탄이는 잠깐 생각하다가 대답했어요.

"똥이니까 똥색!"

"딩동! 그래, 얼굴이 무슨 색이건 누구나 똥 색은 다 똥색이라고." (「쿵푸 아니고 똥푸」 16면)

똥색을 빌려 인종차별을 반대하는 이 논리만으로도 똥 이야기를 가져온 이유는 충분하다. 소수자 영화 「문라이트」(2016)의 원작 희곡인 「달빛 아래에 흑인 소년들은 파랗게 보인다」라는 제목이 상징하는 서정성과 맞먹는다. 동화의 문학성이 넘실대는 비유다.

이 작품에서 똥은 단지 우스개 소재가 아니라 주인공 탄이의 절망이자 희망이다. 엄마가 필리핀 출신인 1학년 탄이는 친구들과 다른 외모에 주눅 들어 있으며 수업 시간에 화장실 가고 싶다는 말조차 하지 못해 실수를 한다. 그러나, 아니 그래서 탄이는 똥푸맨을 만나고 집안의 거름 농사를 할 수 있게 된다. 수확이 잘된 덕에 엄마는 탄이와 함께 십 년 만에 필리핀을 방문한다. 절망이던 똥이 희망으로 반전된다. "때로 멋진 일은 너무나 슬픈 날 찾아온답니다."(7면)라고 이야기가 시작되듯이.

이 희망은 거저 주어진 희망이다. 탄이가 똥푸맨을 다시 불러내기 위해 밥을 잘 먹고, 농사가 잘되라고 딸기밭 고랑을 똥푸맨과 함께 지렁이처럼 기어 다니기는 했지만, 결국 똥푸맨이 가져다준 희망이다. 어린이여서 똥푸맨을 만났고 어린이여서 희망을 건네받았다. "산다는 건 백만사천이백팔십아홉 가지의 멋진 일을 만나게 된다는 뜻"(7면)이란 말을 증명하듯 농촌 다문화 가정의 탄이에게 필요한 희망이 정확하게 주어졌다.

「라면 한 줄」에서는 하수구 시의 모든 시궁쥐가 거부하던 막중한 임무가 겁쟁이 시궁쥐 '라면 한 줄'에게 주어진다. 먹고 먹히는 관계에서 약자가 어떻게 강자에게 대적할 것인가에 대한 궁금증은 참으로 올바르고 신이 나는 결말로 완벽하게 충족된다. 시궁쥐 입장에서 강자였던 외눈박이 고양이 또한 실은 인간에게 괴롭힘을 당하고 먹이를 찾아 헤매는 약자였기에 약자끼리의 연대를 통해 서로 공생을 꾀한다.

엄마의 과보호로 넓은 세상에 나아가지 못하던 딸 '라면 한 줄'이 아빠에게 물려받은 용기와 엄마에게 전해 받은 자장가의 힘으로 '진짜, 완전, 엄청 대단한 라면 한 줄'이 되는 이야기는 '고양이 목에 방울 달기'라는 지극히 평범한 모티프에서 나왔다. 오늘날 어린이에게 들려줄 만한 이야기가 바닥난 듯 보여도 "요스요스 야호 쥬스쥬스 야하"라고 외치면 늘 새로운 이야기가 나타날 거라는 용기가 된다.

2. 비극인 세상에서 끝내 웃는

익숙한 듯 보이는 이야기에서 새로운 이야기를 만들어 낸 이 동화집에서 더욱 놀라운 점은 시대에 걸맞게 적절히 명랑한 감각과, 문어체를 완전히 탈각한 속도감 있는 문체에 있다. 탄이, 미지, 라면 한 줄 등 인물을 작명하는 감각은 물론이고 똥푸맨의 '휴지 망토' '갑티슈 망토' 등의 설정에 나타난 상상력, "만두 꼭지처럼 코를 움켜잡으며"(7면) 같은 묘사가 작품 곳곳에서 서사의 흐름을 해치지 않으면서도 반짝반짝 빛난다. "엄마와 나는 라면 한 줄을 양쪽 끝에서부터 먹기 시작해. 오물오물 먹다가 가운데서 만나면 엄마는 내 입에 마지막 조각을 쏙 넣어줘"(62면) 같은 문장은 사랑스럽고 애틋해 자꾸만 읽고 또 읽게 된다.

무엇보다 이 동화집이 특별한 것은 여느 좋은 작품이 으레 그렇듯 동화가 무엇인지에 대한 질문에 답해 주고 있다는 점이다.

언제부터가 어른인 걸까?
어른이 되고 싶은 아홉 살 미지는 분명히 정해 두었다. 껌을 씹을 때 딱딱 소리가 나거나, 큰길에서 손을 흔들었는데 택시가 서거나, 스마트폰 게임을 아무리 해도 엄마 아빠가 본체만체하거나, 자기 앞으로 온 택배 상자를 받게 된다면! 바로 그때부터가 어른인 거라고. (「오, 미지의 택배」 35면)

아홉 살 미지는 '언제부터가 어른인 걸까' 묻지만, 사실 동화는 '아홉 살 인생이란 어떤 것일까'를 물으며 탄생한다. 아홉 살은 열아홉, 스물아홉, 서른아홉과 어떻게 다를까. 미지는 "학교에선 친구들이 잘 놀아 주지 않는 인기 없는"(41면) 아이다. 유일한 친구인 강아지 봉자는 1년 전 세상을 떠났다. 그때 아홉 살 미지에게 일어날 수 있는 일은 뭘까.
동화에서 봉자는 미지에게 택배를 보낸다. 택배 상자에 담겨 온 흰 운동화를 신고 그리운 이름 봉자를 외치며 마구 달린 덕분에 미지는 "하늘나라 봉자마을"의 봉자와 재회한다. 둘은 눈물겹게 이야기를 나눈다. "봉자는 하늘나라에서도 미지가 너무 걱정이 됐대. 내가 없다고 매일 울진 않을까? 이젠 공놀이도 안 하고 혼자 방에만 있진 않을까?"(48면) 봉자가 미지의 상실을 위로하지만 만남은 30분밖에 허락되지 않았다. 그렇다면 미지는 앞으로 또 어떻게 상실을 극복해야 할까?

"미지야, 나 곧 다시 세상에 태어날 거야."
"그럼, 우리 다시 만날 수 있는 거야?"

미지 눈이 공만큼 커졌다.

"어디서 태어나는데? 내가 꼭 찾아갈게."

"그건 아무도 알 수 없어. 내가 무엇으로 태어나는지도 알 수 없으니까……."

"그럼…… 우린 어떻게 만나?"

미지 눈에서 눈물이 방울방울 떨어졌다.

"음…… 그래! 새로 핀 벚꽃한테 사랑한다고 해 줘."

"응?"

"내가 벚꽃으로 태어날지도 모르잖아." (「오, 미지의 택배」 52~53면)

그렇게 미지는 유모차에서 울고 있는 아기에게, 길고양이에게, 빗방울에게, 개미에게 사랑한다고 말할 것을 약속한다. 현실로 돌아온 미지는 다음 날 아침 학교 가는 길에 본 벚꽃에게 사랑한다고 말한다. 그리고 "학교에도 사랑해야 할 게 많이 있었다."(57면)라며 학교를 향해 뛰어간다.

세상은 비극투성이다. 미지가 봉자의 죽음을 막을 수 없었고, 탄이가 자신의 자리를 벗어날 수 없었듯 어린이도 비극을 피할 수는 없다. 그런데도 어떤 동화들은 어린이의 세상에는 비극이 없는 양, 어린이는 비극을 몰라도 되는 양 말한다.

하지만 「오, 미지의 택배」는 비극의 한가운데서 비극으로 끝나지 않는 방법을 어린이에게 일러 준다. 동화는 미지와 봉자의 사랑과 헤어짐을 가슴 아프게 보여 주면서도 끝내 이야기한다. "사랑이 항상 이긴다."라고. 봉자와의 사랑으로 미지는 세상에 한 걸음 더 다가가며 상실을 메워 갈 것이다. 「쿵푸 아니고 똥푸」는 밑바닥의 절망이 희망으로 반전하는 변곡점이 될 수 있음을 보여 준다. 「라면 한 줄」은 사랑하는 이들이 불어넣어 준 용기만 있다면 상상치 못한 삶의 지평이 열릴 것을 알려 준다.

　어린이에게, 특히 유년의 어린이에게 동화의 세계와 소설의 세계 중 어느 편을 보여 주는 것이 온당한지 묻는 것은 이 동화집 앞에서 무의미해 보인다. 『쿵푸 아니고 똥푸』는 어린이에게도 끊임없이 비극은 일어나지만 우리가 똥푸맨과 봉자를 부르는 한 삶이 오직 비극만으로 채워지는 것은 아니라고 답한다. 그것을 동화 혹은 소설 어느 한쪽만의 세계라고 말할 수 없다.

　우리의 현실은 갈수록 여기저기 포화가 빗발치는 비극이 되어 가고, 그런 비극적인 현실을 살아가는 어른들은 어린이에게 어둠을 보여 주길 두려워한다. 혹은 반대로 비극 속에 잠긴 채 비극만을 보여 주기도 한다. 하지만 어린이는 봉자를 찾던 미지처럼 흰 운동화를 신고 숨차게 달려갈 수 있기에 비극 속에서도 울음을 멈출 것이다. 울음을 멈추고 비극을 끝낼 것이다.

나와 즐겁게 놀아 주는 나, 오예!

서현 『간질간질』

서현의 그림책 『간질간질』(사계절 2017)의 발상은 마치 홍길동 같은 분신술 모티프에 닿아 있다. 어린이의 머리카락에서 여섯 명의 '똑같은 나'가 태어난다. 그림책 첫 장면에서 아이가 "머리가 간지러워 머리를 긁었더니" 이어지는 장면에서 바닥에 떨어진 머리카락 여섯 올이 떨어진 모양 그대로 여섯 명의 또 다른 '나'가 되어 바닥에 누워 있다. 특별히 분신 모티프에 대한 이해 없이도 독자는 머리카락이 곧 여러 명의 "내가 되었"다는 사실을 그림으로 읽어 낼 수 있다.

내가 "나들"과 가장 먼저 하는 일은 춤을 추는 것이다. 내 분신은 바로 나인 동시에 나와 함께 놀아 줄 내 친구이기도 하다. 내가 나를 즐겁게 놀아 준다. 내가 아닌, 즉 가짜인 분신이 아니라 말 그대로 '나들'이기 때문이다. 본래의 나와 여섯 명의 '나들'이 다른 점은 오직 하나인데, 그마저도 그림을 자세히 보지 않으면 얼른 발견하기 어렵다. '나'의 눈은 동그랗게 뜨고 있는 모습으로 그려진 데 반해 '나들'은 눈동자가 그려지지 않고 그저 선으로만 표현되었다.

일곱 명의 나는 제일 먼저 엄마에게 가서 밥 달라, 간식 달라, 용돈 달라 하며 동시에 일곱 번씩 엄마를 불러 엄마의 혼을 빼놓는다. 또 일곱 명이 한 번씩 총 일곱 번을 아빠에게 말타기 하자, 숨바꼭질 하자 하니 아빠 역시 정신없이 뻗어 버린다. 누나마저 방문을 닫고 도망가 버리고 집 안에서 더 이상 놀 거리가 없어진 나와 '나들'은 집 밖으로 나선다.

계단을 뛰어 내려가며 집 밖으로 나서는 순간 나와 '나들' 사이에 큰 변화가 생긴다. 집 안에서는 항상 내가 앞장을 서고 여섯 명의 '나들'이 내 뒤를 따랐지만 먼저 밖으로 나서는 건 '나들'이고 나는 맨 끝에서 따라간다. '나들'의 상상과 힘이 나를 이끌게끔 역전되었다.

나와 '나들'은 길을 건너고 버스를 타고 산을 오르고 새와 날고 문어섬 위에 착륙한다. 또다시 춤을 추고 머리가 간지러워 머리카락을 긁으니 수십 명의 '나들'이 태어난다. 나와 '나들'은 여느 그림책에서 쉽게 보지 못한, 거대한 타이포그래피를 타고 외친다. "오예!"

수십 명의 '나들' 속에서 나는 이제 그저 '나들' 중 하나다. 집 안에서 '나들'을 이끌고, 집 밖에서 '나들'의 뒤를 따라갈 때의 일렬종대는 이제 사방으로 확산된다. 샛노란 몸에 형광 분홍색 멜빵 반바지를 입은 똑같은 '나들' 속에서 동그란 눈이 그려진 나를 숨은그림찾기 하듯 찾아보는 건 이 그림책이 선사하는 또 하나의 작은 재미다.

이 그림책은 2017년 제58회 한국출판문화상(어린이청소년 부문)을 수상했다. 서현 작가는 수상소감(『한국일보』 2017년 12월 21일자)에서 "'간질간질'의 주인공에게 특별한 점이 있다면 분신들과 함께 오로지 즐거워하기만 한다는" 것이며 "자신의 즐거움에 집중하는, 즐거움을 들여다볼 줄 아는 아이"라고 말했다. "위로에는 다양한 방식이 있지만 제가 가장 잘할 수 있는 건 웃음으로 위로하는 일"이라고도 밝혔다.

슬픔이 없어 즐거움에 빠져 있는 게 아니다. 아동학대 사건이 심심찮게 뉴스에 오르내리고 어린이마저 심신이 극도로 피로한 '번아웃' 상태에 있다고 진단되는 요즘, 어린이에게는 더 많은 즐거움과 위로가 필요하다. 내가 오직 나로 인해 즐거울 수 있는, 노랗게 환한 기쁨과 흥겨움이 어린이에게도 어른에게도 간질간질 피어오르길 바란다.

모든 이민자, 여성, 어린이의 이야기

베라 브로스골『내 인생 첫 캠프』

베라 브로스골(Vera Brosgol)의『내 인생 첫 캠프』(김영진 옮김, 시공주니어 2019)는 그의 두 번째 그래픽노블이다. 그는 2011년 첫 그래픽노블『아냐의 유령』(원지인 옮김, 에프 2019)으로 미국 최고 권위의 만화상인 '아이스너상'을 수상하며 단숨에 촉망받는 그래픽노블 작가로 떠올랐다. 『내 인생 첫 캠프』역시 2018년『뉴욕타임스』와『보스턴 글로브』추천 도서,『페어런츠』가 뽑은 베스트 그래픽노블로 선정되며 주목받았다. 2017년에는 그림책『날 좀 그냥 내버려 둬!』(김서정 옮김, 아이세움 2017)로 칼데콧 아너상을 수상하기도 했다.

러시아 이민자 출신의 미국 작가인 베라 브로스골은『아냐의 유령』에서 미국 사립학교에 다니는 러시아 이민자 청소년의 이야기를 그린 데 이어,『내 인생 첫 캠프』에서도 역시 자전적 이야기를 그려 냈다. 아홉 살 주인공 '베라'가 모스크바에서 태어나 다섯 살 때 미국으로 이주한 후 이민자로 유년 시절을 보내는 이야기에서 이 작품이 작가의 경험에서 비롯된 것임을 짐작할 수 있다. 그러하기에 독자들은 베라 브로스 골이 들려주는 '베라'의 이야기에 더욱 귀 기울이며 공감하게 된다. 그간 출간된 그래픽노블의 주인공은 대개 십 대여서 낮은 연령의 어린이 독자가 공감하며 읽기 다소 어려운 부분이 있었는데, 이 책은 유년 시절의 이야기를 그리고 있어서 그래픽노블을 좋아하는 낮은 연령 독자의 품에도 딱 맞게 들어갈 것 같다.

작품의 첫 장면은 베라의 친구 세라의 생일 파티로 시작된다. 베라는 친구들과 친하게 지내며 재미있게 놀고 싶어 하지만 시끌벅적한 생일 파티와 파자마 파티에서 내내 외톨이 신세다. 친구들이 대단한 악의로 똘똘 뭉쳐 베라를 따돌리는 건 아니다. 베라는 그저 인형이 없어서 놀이에 끼지 못한다. 하지만 베라에게 미국 인형인 '아메리칸 돌즈'가 없는 이유는 그리 간단하지 않다. 베라가 인형을 갖지 못한 건 가난하기 때문이고, 베라가 가난한 건 이민을 왔기 때문이다. 이혼한 아빠는 양육비를 보내지 않고, 엄마는 직업을 구하려고 대학에 다니는 중이다.

문화적·경제적 차이를 두고 친구들이 베라를 점점 소외시키자 베라는 "나는 미국애들 사이에 절대 못 낄 거야."라고 체념한 후 러시아 스카우트 여름 캠프를 꿈꾼다. 같은 러시아인 아이들과는 쉽게 친구가 될 수 있을 거라고 믿으며. 하지만 캠프에서도 약자를 따돌리고 괴롭히는 행태는 여전해서 베라는 같은 텐트를 쓰는 언니들 사이에서 여전히 외톨이다. "세라네 집에서 파자마 파티를 했을 때랑 똑같아. 아무도 원하지 않는 애 하나가 똑같이 끼어 있는 것까지도."라고 절망하는 베라. 이 상황을 어떻게 헤쳐 나가야 할까.

작가는 아홉 살 베라가 한 달간의 여름 캠프에서 겪는 일을 통해 이민자 어린이가 모국이 아닌 낯선 사회에서 자신의 정체성을 찾으며 성장하는 과정을 보여 준다. 같은 이민자끼리 모인 러시아 스카우트 캠프 역시 바깥 사회와 똑같이 차별과 배제가 실재하는 공간이니, 베라가 캠프에 적응해야 하는 것은 곧 미국 사회의 구성원으로 살아가야 하는 것의 출발선인 셈이다.

베라는 인정받고 싶은 언니들에게 아첨하기도 하고, 자기보다 더 약한 이를 따돌리기도 하며, 갖은 방법으로 무리에 들기 위해 애쓰지만 모두 실패한다. 남에게 인정받기 위해 자기 본래의 모습에서 멀어지던 베라가 자신감과 자존감을 되찾게 되는 계기는 무엇일까? 깊은 숲속으로 하이킹을 떠난 밤, 보름달 아래 물을 마시며 홀로 서 있던 큰사슴과의 만남에서 존재 자체가 지닌 경이로움과 아름다움을 발견한다. 그날 밤 이후 베라는 언니들에게 잘 보이려던 마음을 버리고 "완전히 다른 사람이 된 기분"으로 도움이 필요한 어린아이 곁에 있어 주며 드디어 진정한 친구를 만난다. 자신의 정체성을 버리고 강자가 움직이는 사회에 동화되려 하지 말고, 정체성을 지키며 약자와 연대하는 사회를 만들라고, 그것이 진정 사회 구성원으로 성장하는 일이라고 작품은 이야기한다.

작가는 자신의 이야기를 '이민자' '여성' '어린이'인 베라의 이야기로 만들었다. 베라의 이야기는 곧 모든 이민자의 이야기, 모든 여성의 이야기, 모든 어린이의 이야기다. 힘들고 외로웠던 아홉 살 여름날, 잎이 무성한 나무로 자라난 베라는 소수자가 외부의 차별과 배제를 극복하고 온전한 자기다움을 누릴 수 있는 길을 우리에게 알려 준다. 소수자 정체성이야말로 차별과 배제의 사회를 변화시키는 희망의 원리라는 사실이 여름밤 깊은 숲속의 보름달처럼 환하게 스며 온다.

과거에서 온 미래의 이야기

『한낙원 과학소설 선집』

오래된 과학소설을 읽는 일은 어떤 의미가 있을까? 학술이나 연구 목적을 가지지 않은 평범한 독자 입장에서 말이다. 과학소설의 장르 특성 중 하나가 미래에 대한 상상에 있을진대, 과거의 작품이 상상해 보인 '다가올 미래'는 상당 부분 지금 독자에게 새로울 것 없는, 이미 '도래한 현재'이기 때문에 생기는 의문이다. 올더스 헉슬리(Aldous Huxley)의 『멋진 신세계』(1932)가 무려 80여 년 전에 가히 예언적으로 상상한 시험관아기가 이제 상식이 되어 버린 것처럼 말이다. 인류 기원에 대한 충격적인 가설을 소설화한 제임스 P. 호건(James P. Hogan)의 『별의 계승자』(1977) 역시 SF 영화 「프로메테우스」(2012)로 대중에게 익숙한 상상이 되어 버렸다.

그럼에도 불구하고 이들 작품이 여전히 흥미진진하다는 데 이의가 없다. 『멋진 신세계』가 유전자조작으로 결정되는 계급사회에 대해 비판적으로 제기한 질문은 현재에 이르러 더욱 현실감 있게 논의되는 윤리적 과제다.『별의 계승자』에서 인류 기원의 가설을 추론하는 과정은 인지적 새로움을 주는 한편 이야기성이 강한 여느 서사와 동일한 속도감과 박진감을 느끼게 한다. 과학소설 역시 문학적으로 이른바 '고전'의 요소를 지닌다면 비록 작품 속 미래상과 과학기술이 현재 관점에서 낡아 보인다 하더라도 좋은 작품으로 남을 수 있다는 지극히 당연한 사실 하나를 확인하는 것이다.

이러한 의문과 확인은 '작고문인선집' 시리즈로 최근 발간된『한낙원 과학소설 선집』(김이구 엮음, 현대문학 2013)을 두고도 적용해 볼 수 있겠다. 이 책에 실린 김이구의 해설에 따르면 한낙원(1924~2007)은 1950년대부터 1990년대까지 40년간 꾸준하고 활발하게 작품 활동을 하면서 수십 편의 과학소설을 남긴, 한국 과학소설의 개척자이자 선구자이다. 어린이·청소년 독자를 대상으로 하는 그의 작품은 1960년대부터 1980년대 사이에 대중적 인기를 끌었다. 대표작『금성 탐험대』의 경우 10여 년간 10쇄 이상 발행됐으며 그 밖에도 꾸준히 읽히는 작품이 여러 종 있었다. 이렇듯 한낙원은 한국 과학소설에서 독보적인 존재임에도 그의 작품은 거의 연구된 바 없으며 독자에게도 서서히 잊혀져 갔다. 과연 그의 작품은 연구자를 넘어 오늘날 어린이·청소년 독자에게 다시 환영받을 수 있을까.

선집에 실린 소설은 대부분 우주를 배경으로 한다. 단편「길 잃은 애톰」「애톰과 꿀벌」등 원자(atom)를 화자로 내세워 원자의 성질을 설명하거나 꿀벌의 세계를 관찰한 작품도 있기는 하지만, 이는 '쉽게 풀이한 원자 과학' 시리즈를 잡지에 연재하기 위해 기획된 것일 뿐 작가 스스로 미시 세계에 대해 특별한 관심을 기울이지는 않았던 것으로 보인다. 선집에 실린 작품 목록을 훑어보아도 대부분 우주를 주 무대로 하고 있는 점으로 미루어 과학소설가로서 한낙원의 주된 관심은 우주에 있었던 것으로 생각된다.

이 선집에 실린 장편 『잃어버린 소년』(1959), 『금성 탐험대』(1967, 선집에는 일부만 실림), 『별들 최후의 날』(1984)은 한낙원의 대표 작품으로 역시 우주공간을 배경으로 어린이 주인공들의 모험이 전개된다. 『잃어버린 소년』에서 한라산 우주과학연구소의 특별훈련생 용이, 철이, 현옥이는 비밀 임무를 받고 첫 우주비행을 떠나던 중 외계생물에게 납치된다. 하지만 결국 외계생물이 훔쳐 간 우주선 설계도를 되찾고 그들의 우주선 설계도까지 빼앗아, 지구를 공격하는 그들을 막아 내고 영웅이 된다. 우주개척상이 수여되는 자리에서 주인공들은 미래의 주역으로 칭송받는다. "세 소년과 같은 용감한 젊은이들이 자라는 한 인류는 우주 안에서 끝없이 번영할 것"(259면)이라고. 이와 마찬가지로 『별들 최후의 날』에서도 우주전쟁으로 멸망한 시그마성과 파라오성의 유일한 생존자로서 "새로운 후손과 새로운 미래를 개척할"(534면) 과제가 바로 젊은이들에게 주어진다. 세 작품의 서사는 이렇듯 어린(젊은) 주인공이 외계생물에게 갑자기 납치되고 우주전쟁의 소용돌이를 겪다가 결국 지구로 돌아오게 되는 비슷한 흐름을 취한다. 어린 주인공은 어른의 도움을 전혀 받지 않고 오로지 자신의 힘으로 임무를 완수한다. 그리고 이러한 모험·성장 서사를 통해 어린이는 새로운 우주 시대의 주역으로 자리매김된다.

작가는 우주에서의 모험을 이야기하며 어린이 독자가 우주와 과학기술에 관심을 갖고, 미래를 적극 개척하는 사회 구성원으로 성장하길 소망한다. 현재 시각에서 볼 때 이는 지극히 계몽적·교훈적 아동관을 바탕으로 한다는 점에서 비판의 여지가 있다. 그럼에도 한낙원의 과학소설은 어린이 주인공이 말 그대로 작품의 '주인공'으로, 미래와 우주라는 광활한 시공간에서 보다 자유롭고 진취적으로 움직일 수 있는 여지를 마련했다는 점에서 의미 있다. 오늘날 어린이청소년문학에서 작중 어린이 인물의 능동성과 모험성이 현격하게 제한되고 어른 인물의 영향력을 벗어나지 못하는 양상과 비교한다면 더욱 그러하다.

이들 세 작품에서 흥미로운 점 하나는 1950~60년대 작품 『잃어버린 소년』『금성 탐험대』와 비교해 1980년대 작품 『별들 최후의 날』이 주제나 사상 면에서 두드러지게 변화했다는 것이다. 『잃어버린 소년』과 『금성 탐험대』는 세계대전과 냉전시대 이데올로기를 반영하듯 외계생물체에 대한 막연한 공포와 적대감이 작품 곳곳에서 드러난다. 지구를 공격하는 외계생물체는 전쟁에서 제거해야 할 미지의 공포이며 일본과 소련 등 전체주의 국가 역시 외계생물체와 마찬가지로 한국의 적이자 지구의 평화를 방해하는 세력으로 그려진다. 하지만 『별들 최후의 날』에서 지구 어린이들은 외계의 두 별 사이에 벌어진 우주전쟁을 반대하며 평화를 설득시키고자 노력한다. 더구나 작가는 "우리 조상은 하나"였고 "한 형제"(534면)였기에 "반쪽을 찾아야만 하나가 되고, 새로운 별을 찾을 수 있다."(525면)라고 역설하며 한반도의 통일과 화해 메시지를 전한다.

한낙원의 작품은 한국 과학소설 분야에서 첫걸음을 내디뎠다는 점만으로도 의의가 크지만 아쉬운 점도 있다. 그중에서도 사건의 인과성과 개연성이 결여된 채 납치─탈출─전쟁─승리의 서사가 반복되는 점은 특히 아쉽다. 이번 선집 출간으로 한낙원의 작품세계에 대한 연구가 앞으로 더욱 활발해지리라 기대한다. 그동안 그의 대표작으로 여러 책에 소개된 단편 「미애의 로봇 친구」는 아이작 아시모프(Isaac Asimov)의

「로비: 소녀를 사랑한 로봇」(『아이, 로봇』 1950)의 번안작으로 짐작되는데, 방송 과학극 번안으로 시작된 그의 작품 활동에서 창작과 번안을 가르는 실증 연구가 작품 분석과 아울러 필요할 듯 보인다. 첫걸음이란 여전히 매력적인 법. 1960년대에 학생잡지 『학원』에 인기리에 연재된 후 단행본으로도 간행되어 많은 독자들에게 오랜 기간 사랑받았다는 『금성 탐험대』가 곧 출간된다고 한다.* 오랜 시간 숨어 있던 그 작품이 어서 나의 손에, 그리고 어린이·청소년 독자의 손에 가닿길 기다린다.

---

* 『금성 탐험대』는 2013년 '창비청소년문학' 시리즈로 간행되었다.

SF가 이야기하는 '어린이'와 그의 '세계'

1. 아동청소년문학, SF와 다시 만나다

최근 아동청소년문학의 흐름에서 눈에 띄는 사실 중 하나는 SF, 추리, 호러 등 장르문학의 형식과 기법, 상상력을 도입한 작품들이 부쩍 늘었다는 점이다. 그중 아동 SF이거나 SF의 특성을 일부 지닌 작품 중에는 문학상을 수상하며 주목받은 작품들도 꽤 있다. 창비 '좋은 어린이책' 수상작인 『지도에 없는 마을』(최양선, 2012)과 『엄마 사용법』(김성진, 2012), '문학동네 어린이문학상' 수상작인 『열세 번째 아이』(이은용, 2012)와 『몬스터 바이러스 도시』(최양선, 2012)가 비슷한 시기에 출간되면서 SF가 창작되고 각광받는 분위기는 더욱 고조된 듯 여겨진다. 본격 SF 청소년소설인 『싱커』(배미주, 창비 2010)를 비롯해 『거짓말 학교』(전성희, 문학동네 2009), 『델타의 아이들』(임어진, 웅진주니어 2010), 『차일드 폴』(이병승, 푸른책들 2011)에 이르기까지 최근 문학상 수상작의 상당수는 과학기술과 미래 사회를 주요 모티프로 한 작품들이었다.

SF라는 새로운 형식은 늘 새로운 작품을 갈망하는 독자의 시선을 끌기에 충분하다. 물론 문학상이라는 특성상 그 새로움이 다른 요소에 비해 다소 높게 평가됐을 수는 있다. 하지만 이를 일시적인 유행으로 볼 수만은 없다. 아동청소년문학에서뿐 아니라 일반문학에서도 2000년대 들어 SF를 비롯한 장르문학의 양식이 이른바 '본격문학'에 다양한 형태로 차용되고 있다.[1] 이제 일반문학에서도 SF는 장르문학이란 이름으로 경계 지어지지 않고 엄연히 2000년대 문학의 새로운 양상으로 자리매김되고 있다.

SF의 고전인 윌리엄 깁슨(William Gibson)의 『뉴로맨서』(1984)에서 열어 보인 가상공간(사이버스페이스)이 더 이상 가상이 아니라 우리의 주요한 실재가 된 현실에서, 또한 고도의 과학 지식을 뉴스에서 접하는 것이 낯설지 않은 일상에서, 과학기술의 발달과 궤적을 같이하는 SF의 개화(開花)는 지극히 당연한 일일지도 모른다. 게다가 어린이들은 오히려 기성세대보다 더 수준 높은 과학 지식을 일찍부터 접하고 이를 빠르게 흡수하는 일에 익숙하다. 어린이들은 지금의 성인들이 어릴 적 SF에서 꿈꾸어 왔던 '21세기'의 과학 문명에서 살아가는 존재인 것이다.

SF는 문학사적으로 볼 때에도 아동문학에 그리 낯선 장르가 아니다. 1960년대부터 국내에서 활발하게 번역되기 시작한 SF는 주로 아동물이나 아동 전집의 형태로 소개됐으며 번역가들 또한 이원수, 박홍근 등 아

---

1 일반문학에서는 이러한 현상이 심도 있게 논의됐다. 대표적인 것으로 문예지의 기획 특집 '장르문학 혹은 라이트노블'(『작가세계』 2008년 봄호), '장르문학과 한국문학'(『창작과비평』 2008년 여름호), '소설의 경계, 혼종의 문법'(『문학수첩』 2008년 가을호)이 있다.

동문학을 대표하는 작가들이었다.[2] (이러한 사실은 아쉽게도, SF 마니아와 평론가들에게는 한국 SF의 열악한 풍토와 역사를 말하기 위한 논거로 쓰인다.) 하지만 SF를 비롯한 장르문학과 아동문학의 친연성은 한동안 저 멀리 밀려나 있어야만 했다. 일반문학에서 그러했듯 본격문학의 엄중한 경계로 인한 것이었거나 혹은 순수문학과 리얼리즘의 대립 구도, 교훈주의와 동심주의의 폐해로 인한 것이었는지도 모른다.

2000년대 들어 이러한 SF 장르 서사를 우리 시대의 아동문학에서 다시 시도한 작품으로는 『제키의 지구 여행』(문선이, 길벗어린이 2000), 『씨앗을 지키는 사람들』(안미란, 창비 2001), 『지엠오 아이』(문선이, 창비 2005) 등을 떠올릴 수 있겠지만 문학적 완성도 면에서 일정 정도 한계를 지녔던 것이 사실이다. 『로봇의 별』(전 3권, 이현, 푸른숲주니어 2010), 『싱커』를 시작으로 최근 2~3년 들어서야 아동청소년문학이 SF와 비로소 본격적으로 만났다고 볼 수 있다.

최근 아동청소년문학에서 본격 SF 작품이 등장하고 SF 양식을 도입한 창작이 활발해진 까닭은 앞서 잠시 살핀 바 외에도 여러 측면에서 생각해 볼 수 있을 것이다. 일반문학에서 이른바 본격문학이 장르문학을 마냥 거부할 수 없던 이유를 살펴보면 아동문학에서 SF를 비롯한 장르문학이 부활하게 된 계기 역시 짐작해 볼 수 있다. 대체로 일반문학 논의에서는 문학 외적 요인으로 본격문학과 대중문학의 경계에 있는 중간문학(middlebrow literature) 작품들이 독서 시장에서 부각되는 상황이 주목받았다. 또한 문학 내적 요인으로 본격문학이 시대에 부응하는 새

---

2 김창식 「서양 과학소설의 국내 수용 과정에 대하여」, 『과학소설이란 무엇인가』, 국학자료원 2000, 76~77면 참조.

로운 창작의 물꼬를 트지 못하고 답보하고 있다는 점이 지적된 바 있다. 그렇다면 아동문학이 장르문학과 다시 만나게 된 배경도 '상투성'이 조심스럽게 제기되는 현재 아동문학의 상황과 연관된 것은 아닐까. 우리 아동문학은 혹시 장르문학에 기대어 새로운 모색을 하는 것일까. 그렇다면 더욱이 SF의 형식과 상상력이 하나의 흐름으로 나타나고 있는 최근 아동문학의 양상은 짚고 넘어가야 마땅하다.

문학상 수상작을 비롯한 최근의 작품들이 SF라는 새로운 형식을 빌려 이야기하는 것은 무엇인가. 지금 아동청소년문학은 SF에서 무엇을, 어떻게 끌어와 자신의 것으로 만들어 내는가. 그러한 시도는 과연 '상투성'이 제기되는 지금의 아동문학에 문학적·인식론적 새로움을 가져다주는가. 오늘날 아동청소년문학이 SF와 재회하는 풍경을 가만히 엿본다.

2. 로봇과 유전자조작 아이의 '어린이' 주체 찾기

이현의 『로봇의 별』은 「지구는 잘 있지?」(『짜장면 불어요!』, 창비 2006), 「영두의 우연한 현실」「로스웰주의보」(이상 『영두의 우연한 현실』, 사계절 2009) 등의 단편을 통해 SF적인 시도를 꾸준히 해 온 작가가 내놓은 본격 SF이다. 『로봇의 별』은 SF의 재등장이라 부를 수 있을 만큼 호기롭게 SF를 아동청소년문학 안으로 들여놓고 있다. 『제키의 지구 여행』『씨앗을 지키는 사람들』『지엠오 아이』 등 이전의 SF 작품들이 1990년대의 사회적 이슈였던 생명, 생태, 환경 문제를 소재로 삼아 왔던 것에 비해 이 작품은 SF의 주요 소재이자 어린이들에게 친숙한 로봇을 내세운다.

아이작 아시모프의 『아이, 로봇』(1950)에서부터 그러했듯 SF에서 로봇과 사이보그라는 소재는 인간의 주체성과 고유성에 대한 질문을 이끌어 왔다. '인간과 똑같이 감각하고 느끼고 생각하는 로봇이 존재한다면, 과연 인간이란 무엇인가'라는 질문이었다. 무엇이 인간을 고유한 주체로 만드는가 하는 존재론적 물음을 로봇을 통해 제시하는 것은 SF 장르의 익숙하고 오랜 질문 방식이다.

『로봇의 별』은 이러한 질문을 '어린이'라는 존재에 집중해 제시한다. '어린이형' 안드로이드 로봇 나로, 아라, 네다 캐릭터를 통해 '어린이' 독자에게 주체성을 각성하도록 독려하는 것이다. '로봇의 3원칙'[3]과 아울러 어린이 로봇에게 더해진 규칙("순종적인 태도로 주인에게 복종해야 한다. 애교 있는 태도로 주인의 기쁨이 되어야 한다. 다정한 태도로 주인의 위안이 되어야 한다. 성실한 태도로 주인의 기대에 보답해야 한다"〔1권 36면〕)을 폐기하는 일은 어른들이 규정해 놓은 착한 어린이상에 대한 거부이자 어린이의 주체 찾기를 의미한다. 따라서 세 '어린이 로봇'이 '로봇'으로서의 정체성을 찾아가는 서사는 '어린이'의 정체성을 찾아가는 여정과 겹쳐진다.[4]

이 작품에서 눈길을 끄는 것은 나로, 아라, 네다가 저마다 자기 존재의 주체로 서는 일련의 과정이 철학적·인식론적 사변에 의해서가 아니라 다양한 윤리적 문제에 대한 선택과 윤리적 행위의 실천을 통해 이루어진다는 점이다. 나로가 인간 엄마를 떠나 로봇의 별을 찾아가고, 아라가 로봇의 별에서 일어난 갈등의 소용돌이에 휘말려 들고, 네다가 병들

---

3 로봇의 3원칙은 '첫째, 로봇은 인간을 해칠 수 없다. 둘째, 1원칙에 위배되지 않는 한, 로봇은 인간의 명령에 복종해야 한다. 셋째, 1원칙과 2원칙에 위배되지 않는 한, 로봇은 자기 자신을 지켜야 한다'는 규칙으로, SF 소설가 아이작 아시모프에 의해 만들어진 뒤 수많은 SF 소설에서 활용되었다.

4 박진 「청소년문학은 SF와 결합하여 어떻게 진화하는가」, 『창비어린이』 2010년 겨울호 200~201면 참조.

고 굶주린 아이들을 돌보는 과정을 겪으며 각기 자신의 존재를 깨닫게 되는 것이다.

『로봇의 별』은 로봇과 인간을 동등한 지위에 두고, 로봇이든 인간이든 자기중심적 욕망이 아닌 공존을 위한 윤리적 결단과 행위를 할 때 비로소 참된 존재가 된다고 말한다. 이를 위해 다양한 층위의 윤리적 쟁점과 여러 주체의 갈등을 제시한다. 인간을 상대로 전쟁을 벌이는 일에 찬반으로 갈린 로봇 간의 갈등, 인공지능 컴퓨터를 자신의 뇌에 설치한 피에르 회장 내면에서의 양심과 욕망의 갈등, 돈에 따라 계급이 나뉘는 인간끼리의 갈등, 로봇이 자신들의 일자리를 빼앗았다고 여기는 인간과 로봇의 갈등……. 그중 인간과 로봇이 중합된 존재인 체와 피에르 회장을 내세워 이들이 존재 양상에서는 비슷하면서도 체가 선을, 피에르 회장이 악을 선택함을 보여 주며 선악이 인간 대 로봇의 문제가 아닌 윤리적 의지와 행위의 문제임을 강조한다.

이러한 윤리의 강조는 어린이 주체에 대한 자각을 촉구하는 작품의 의도와도 물론 연관된다. 주체야말로 윤리의 문제와 대면할 수 있으며 윤리의 문제에 대면하는 과정을 통해 주체로 성장할 수 있다는 생각이다.

『로봇의 별』이 아동문학에서 쉽게 찾아볼 수 없는 존재론적 고민과 어린이 주체에 대한 자각, 이분법적으로 판가름하기 힘든 윤리의 문제를 깊이 있게 천착할 수 있던 것은 바로 로봇이 주인공인 SF라는 장르적 특징 때문에 가능한 일이었다. 낯선 상황과 세계에 인간을 던져두고 인간 존재에 대해 성찰하게 만드는 SF의 장르적 특성이 아동문학 작품 속에 들어와 의미 있는 존재론적 질문을 새로운 방식으로 제시하고 있는 것이다.

이렇듯 『로봇의 별』이 로봇을 통해 어린이 주체의 확립을 그리고 있다면 이은용의 『열세 번째 아이』는 '맞춤형 아이', 즉 유전자조작 아이를 주인공으로 삼아 어린이 주체에 대해 묻는다. 그리고 이 작품에서도 로봇이 어린이 존재를 성찰하게 하는 중요한 계기가 된다.

주인공 시우는 로봇 과학자인 엄마의 '프로젝트'에 의해 유전자가 조작되어 감성보다는 이성이 월등히 발달하는 인자를 갖고 태어났다. 시우 엄마는 인간이든 로봇이든 "세상에 나오려면 뭐든 완벽해야" 한다는 생각으로 감정을 지닌 로봇 레오를 만들어 시우에게 선물한다. 레오는 일반 단일 감정 로봇과는 달리 인간의 모든 감정을 느낄 수 있고 주인 시우의 경험까지 기억할 수 있으므로 시우와 친하게 지내고 싶어 한다. 하지만 시우는 레오를 냉랭하게 대하고 무시할 뿐이다. 그러던 중 시우는 자신이 잉태될 때뿐만 아니라 성장 기간 중에도 호르몬 투여 등으로 자기도 모르는 사이 관리되고 통제되어 온 사실을 알게 되면서, 만들어진 아이인 자신과 만들어진 로봇 레오가 무엇이 다른가 반문한다.

필립 K. 딕(Philip K. Dick)의 『안드로이드는 전기양을 꿈꾸는가?』(1968)와 마찬가지로 『열세 번째 아이』에서는 인간과 유사한 수준의 감정과 기억을 지닌 안드로이드가 등장한다. 이로써 인간과 비인간, 인간과 기계의 경계는 더욱 희미해지고 인간 존재의 고유성에 대한 정의는 더욱 복잡해진다. 레오와 시우는 감정과 기억이 인간 고유의 영역이 아니며 오히려 감정이 인간에게서 제거될 수 있다는 가능성을 드러내기 때문이다.

인간이지만 감정이 부족한 시우, 로봇이지만 감정이 풍부한 레오는 쌍둥이와도 같다. 똑같다는 의미에서가 아니라 둘이 하나로 짝을 맞추어야 비로소 완전해진다는 의미에서다. SF에서 "안드로이드는 가장 오래된 문학적 모티프인 더블(double) 혹은 도플갱어(Doppelgänger)의 변형으로 사용되어 왔다."[5]고 하듯 시우와 레오는 서로를 비추는 거울이며 또 다른 자신이다. 모자란 부분을 서로 채우고 맞추어야만 하나가 되는 존재였기에 결국 레오가 시우의 손에 감정 칩(chip)으로 남고 시우가 비로소 감정을 인정하게 됨으로써 이야기는 마무리된다. 레오가 감정 칩을 제거한 채 그저 기계로 살 것을 거부하듯 시우도 "사람들이 만든 내가 아닌, 진짜 나를 만들어"(258면) 나가겠다고 다짐한다.

이처럼 『열세 번째 아이』는 유전자조작 아이가 자신을 찾아 가는 과정을 통해 어린이 주체의 발견을 말한다. 시우가 로봇 레오만큼도 감정이 발달하지 못하고 전혀 인간답지 못한 인간이 된 까닭은 역설적이게도 완벽하고 완전한 인간(아이)을 향한 어른의 욕망 때문이었다. 따라서 시우가 자신에게 지속된 통제를 거부하고 감정을 비로소 받아들임으로써 스스로 주체가 되기로 결심하는 것은 곧 어린이에게 투사된 어른의 욕망에 대한 반기이다.

이 작품은 자연스럽게 크리스티네 뇌스틀링거(Christine Nöstlinger)의 『깡통 소년』(유혜자 옮김, 아이세움 2005)을 떠올리게 한다. 공장에서 깡통으로 주문 배달된 "인스턴트 아이"라는, 『깡통 소년』의 아날로그적 상상력이 현대에 걸맞은 디지털적 상상력으로 변환된 듯하다. 『깡통 소년』에서도 주인공 콘라트는 주문자인 부모의 요구에 따라 착하고 똑똑하고 예의 바른 모범생으로 만들어졌지만 결국 장난치고 말썽 부리는 천방지축 '문제아'로 변화한다. 시우도 콘라트도 어른들의 기준에 따라

---

5 Joseph Francavilla, "The Android as Doppelganger," *Retrofitting Blade Runner*, ed. Judith B. Kerman, Madison: The University of Wisconsin Press 1997, 김경옥 「필립 딕의 과학소설 연구: 5,60년대 장·단편소설에 나타난 문화, 역사, 실재」, 숙명여대 박사학위 논문 (2011) 109면에서 재인용.

맞춤 제작된 아이들이지만 스스로 자신에게 주어진 한계를 지워 버리고 어른들의 굴레에서 해방되어 자신의 본모습을 되찾는 것이다.

이처럼 『로봇의 별』은 로봇을, 『열세 번째 아이』는 유전자조작 아이를 주인공으로 삼아 어린이 주체의 확립을 말하고 있다. SF라는 형식은 두 작품에서 현대 아동문학의 주요 관심사이자 존재 근거이기도 한 어린이 주체 문제를 새롭게 질문하는 장치가 됐다. 로봇과 유전자조작 아이라는 설정이 어린이에게 행해지는 어른의 억압과 통제, 욕망의 투사를 극명하게 드러내 보일 수 있기 때문이었다. 인간의 명령대로 움직이는 로봇과 철저한 계획 아래 미래가 예비되어 자신의 선택이 제한된 유전자조작 아이야말로 지금까지와는 다른 문법과 상상력으로 어린이 주체 문제를 말하기에 적절한 장치였던 것이다.

그런데 『로봇의 별』과 『열세 번째 아이』에서는 이러한 소중한 문제의식이 때로 지나치게 노출되거나 지극히 기계적으로 나타나기도 한다. SF는 근원적으로 현실의 유비라는 점에서 다소의 과장과 도식, 알레고리의 혐의를 피할 수 없는 부분이 존재한다. 그렇다고 하더라도 그간 지적된 바 있듯 『로봇의 별』과 『열세 번째 아이』 모두 어린이 독자들에게 어린이 주체의 확립을 매우 강하고 직접적인 어조로 촉발시키려는 점이 다분하다.[6]

『로봇의 별』은 어린이 독자들에게 스스로의 길을 용감하게 찾아 나서라고 끊임없이 종용하고 있으며 『열세 번째 아이』 역시 과도한 주제의식으로 작품 전체가 알레고리처럼 여겨지기도 하는 것이 사실이다.

---

6 김이구 「로봇들이여, 자유를 찾아라」, 『창비어린이』 2010년 여름호; 유영진 「이 계절에 눈길을 끄는 책」, 『창비어린이』 2012년 여름호 참조.

일반 SF가 인간의 고유성과 주체성에 대해 질문하며 회의적인 시선을 남겨 두는 데 반해 이들 작품은 주체성 회복의 메시지를 강력하게, 때론 일방적으로 외치는 듯 보인다.

그럼에도 이들이 SF적 상상력으로 어린이 주체에 대해 새롭게 말하고 있는 점은 여전히 중요하다. 인간 존재의 주체성과 고유성을 궁구해 온 SF의 문제의식으로 인해 어린이 주체에 대한 질문으로 나아갈 수 있었기 때문이다. 『엄마 사용법』에서는 이러한 SF적 상상력으로 어린이 주체 문제보다 좀 더 확장된 의식으로 나아가 급기야 어린이가 어른을 창조하고 조정하기에 이른다. 이 작품은 "생명장난감", 즉 로봇인 엄마의 성격을 아이가 만들어 나간다는 역발상을 제시함으로써 어른과 어린이의 일반적인 관계를 비틀고 전복한다.

어린이 주체 문제를 다루고 있는 최근 SF의 경향은, 1990년대 말부터 동심주의와 교훈주의가 아동문학의 폐해로 지적되고 이것이 일반적인 인식으로 확산되는 가운데 어린이 주체가 강조되어 온 근래의 상황에 대한 하나의 응답이라고 생각된다. 최근 아동 SF에 나타난 어린이상 내지 어린이에 대한 인식이 이러하다면 그와 긴밀한 관련이 있는 어린이의 '현실'에 대한 인식은 어떠할까. 요즈음 아동 SF는 어떠한 '세계'를 그리고 있는가.

3. '지금, 여기' 어린이의 현실로 재현된 디스토피아

잠시 SF의 정의에 대해 살펴볼 필요가 있겠다. SF의 정의는 학자들 사이에서 비슷하게나마 일치된 견해가 없다. 'science fiction(과학소설)'은

1960년대 뉴웨이브 SF가 등장하면서 'speculative fiction(사색소설)' 혹은 'science fantasy(사이언스 판타지)'로 풀이되기도 했다.[7] 여러 정의 중 자주 회자되는 휴고 건즈백(Hugo Gernsback)의 정의에 따르면 "SF란 과학적인 이론과 미래의 전망이 허구적인 이야기로 결합된 것"이다. 즉 SF는 유토피아든 디스토피아든 미래에 대한 전망이 작품의 필수 요소로 내재된 장르이다.

그런데 최근 아동 SF에 나타난 미래 사회는 방향을 잃은 자본과 기술 문명으로 희망을 발견하기 어려운 '디스토피아'로 제시되는 점이 매우 특징적이다. 대부분의 작품이 인간성 상실, 통제 사회, 기계문명에 대한 불안 내지 저항, 유사 인간의 등장, 전쟁과 범죄와 바이러스에 대한 공포 등 디스토피아 세계의 다양한 면모를 배경으로 하고 있다. 인간은 돈에 의해 철저하게 계급화되며 하층 계급에게는 생존에 필요한 기본적인 식량과 의료조차 제대로 공급되지 않는다(『로봇의 별』). 주거지 역시 엄격하게 분리되어 '수평적'인 공간 구획(『몬스터 바이러스 도시』)을 넘어, 일반인이나 하층민의 주거 공간인 지상과 "하늘 도시"(『로봇의 별』)와 "방주시"(구병모 『방주로 오세요』, 문학과지성사 2012) 등 상류층의 안전하고 쾌적한 첨단의 공간인 공중 도시로 '수직적'으로 분할된다. 미래 사회의 인간 계급은 중세시대만큼 공고해서 수직의 공간 분리가 상징하듯 감히 넘나들 수 없다는 설정이다.

이러한 설정은 응당 작금의 우리 사회 현실을 비판적으로 반영하는 것으로 보인다. 신자유주의 경제체제로 편입되어 자본의 위력이 거세지고 전체 인구의 20퍼센트가 전체 부의 80퍼센트를 차지하는 20대

7 박상준 「21세기, 한국, 그리고 SF」, 『오늘의 문예비평』 2005년 겨울호 52~53면 참조.

80(실은 1대 99에 가까운)의 법칙이 심화되는 사회, 그 속에서 개인은 삶의 질을 높이거나 계층 상승을 이루기는커녕 생존 자체가 불안하다. 이들 작품은 우리 사회의 현재를 끌어와 가까운 미래의 모습으로 그려 내는 것이다.

최근 아동 SF에 나타난 근미래 디스토피아가 우리 사회의 현재 내지 현재의 연장과 다름없다는 점은 작품 속에서 더욱 확연히 드러난다. 『로봇의 별』에서 "아래 도시" 사람들의 생존권은 안중에도 없이 철거 로봇이 건물을 부수는 장면이나 『몬스터 바이러스 도시』에서 폐자재로 지은 집들로 이루어진 기스카누 마을을 100층짜리 최첨단 도시 "녹슨 시" 6호로 건설하려는 장면, 『지도에 없는 마을』의 자작나무 섬과 바벨 쇼핑 센터가 만들어지는 배경에서 용산 참사를 불러일으킨 도시 개발의 광풍을 떠올리기란 어렵지 않다. SF적인 분위기를 일부 지닌 『지도에 없는 마을』은 『몬스터 바이러스 도시』를 쓴 최양선 작가의 작품으로, 물건에 대한 집착으로 물건이 되어 버린 사람들의 이야기를 통해 소비 사회의 현실과 물질만능주의를 비판하고 있다.

『몬스터 바이러스 도시』는 이러한 디스토피아가 구체적으로 어린이 독자들의 현실과 어떻게 관련되는지, 왜 최근 아동 SF들은 하나같이 미래를 디스토피아로 그리는지 살펴보기에 적절한 작품이다. 이 작품의 서사를 이끌어 가는 하나의 축은 앞서 말했듯 성장 제일 이데올로기를 기반으로 하는 도시 재개발이다. 그와 아울러 '바이러스'의 확산이라는 '재난 서사'가 교직되어 서사를 더욱 입체적으로 가공하는 가운데 어린 이의 현실을 드러낸다.

'재난(재앙) 서사'는 요즘 문학, 영화 등 문화 전반에서 유행하는 코드이다. 지진과 쓰나미, 가뭄과 홍수, 각종 기상이변, 구제역과 조류독감, 신종 바이러스, 후쿠시마 원전 사고에 이르기까지 재난은 오늘날의 일상과 매우 가까이에 있으며 여러 문화현상들은 이러한 '재난의 일상성'을 반영한다. 많은 종말론이 2012년을 지구 종말의 해로 지목함에 따라 2012년 전후 개봉된 다수의 할리우드 블록버스터 영화들이 재난과 종말을 이야기하기도 했다. 이러한 문화현상들처럼 아동 SF도 '재난 서사'를 일정 부분 활용하는 듯하다.『몬스터 바이러스 도시』는 신종 바이러스를,『방주로 오세요』는 운석 충돌 이후 변화된 삶의 양식을 모티프로 이야기를 전개해 나간다.

『몬스터 바이러스 도시』의 "난쟁이증 몬스터 바이러스"는 최첨단 도시 녹슨시의 기숙 학교에서 발생한, 난쟁이만큼 몸이 작아지고 모습이 괴물처럼 변하게 되는 병이다. 그런데 이 바이러스의 특이성은 아이들에게만 발병한다는 점이다. 한때 잠잠했다가 재창궐한 바이러스는 급기야 기숙 학교에 사는 버드뿐 아니라 기스카누 마을에서 녹슨시 입성을 꿈꾸는 미소에게까지 확산되지만 녹슨시는 도시개발을 위해 이러한 사실을 은폐하려고만 한다. 발병자를 색출하고 입막음하는 데 급급한 관리자들의 추적을 피해 주인공 레아와 버드가 찾아낸 바이러스의 원인은 바로 어린이들이 성공이라는 목표 아래 체계적이고 효율적으로 시간을 관리당한 데 있었고, 아이들이 자유롭게 해방된 시간을 갖자 병은 곧 낫게 된다.

이렇듯『몬스터 바이러스 도시』는 디스토피아의 미래상에 신종 바이러스라는 SF의 '재난 서사' 양식을 빌려 어린이들의 현실을 정밀하게 축조한다. 우리 사회를 움직이는 성공 이데올로기와 그에 따른 무한 경쟁의 입시 교육이 '아동기'라는 시간을 뺏고 어린이들을 병들게 한다고 말하는 것이다. 바이러스의 이름인 '난쟁이증 몬스터'란 곧 성장하지 못하는, 자라지 않는 아이에 대한 은유이다. 위험과 불행은 바이러스가 녹슨시 아이들뿐 아니라 가난한 기스카누 마을의 아이들에게까지 어김없이 도래하듯 계층을 초월해 우리 사회 전반에 광범위하게 존재한다. 그리고 마치 '피리 부는 사나이'를 쫓아 강물에 빠져 죽은 쥐 떼처럼 아이들은 그 끝이 무엇인지도 모른 채 달려가고 있다고 경고한다. 일반적인 '재난 서사'와 '종말 서사'는 미래의 재난과 종말을 끌어와 현재를 바라보게 하는 데 반해 이 이야기는 이렇듯 현재의 상황을 미래의 재난과 종말로 확장시키고 있다.

입시 경쟁의 승자가 되어 성공 가도에 진입하고 신분 상승을 꾀해야 한다며 어린이들을 옭아 묶는 사회 현실에 대한 인식은 다른 작품들에서도 드러난다. 『방주로 오세요』에서는 특권층의 안전한 거주지인 '방주시'에 입성하는 가장 유력한 방법이 "지상의 아이들 전형"을 통해 '방주고'에 입학하는 것이다. 『몬스터 바이러스 도시』에서 기스카누 마을 아이들이 녹슨시 장학생 시험에 합격하면 녹슨시 기숙학교에서 공부할 수 있고 가족들까지 녹슨시에서 살 기회가 열리는 것과 마찬가지다. 『열세 번째 아이』 또한 유전자조작 아이를 만든 어른들의 욕망을 통해 성공과 성취를 삶의 유일한 목표로 두고 어린이들을 관리와 통제 속에 몰아넣고 경쟁을 조장하는 현실을 다룬다.

최근 SF는 이렇듯 디스토피아라는 밑그림 위에 어린이들의 현실을 비판적으로 반영하고 있다. 문제는, 결말에 이르기까지 현실에 대한 평면적이고 직접적인 알레고리로 디스토피아가 표방될 뿐, 미래에의 희망이나 염원, 비전이 뚜렷하게 나타나지는 않는다는 점이다. 현실의 왜곡과 억압을 폭로하고 있지만 그러한 현실을 균열시키고 변화시킬 만한 동력은 발견되지 않는다. 오늘날 어린이들의 현실이 점점 더 가혹해지는 상황에서 이에 대한 비판적인 인식은 유효하고 소중하다. 하지만 이러한 현실 인식이 작품에서 새로운 상상력을 지니지 못한 채 일차원적인 반영에 그치는 현상은 곰곰이 생각해 봄 직하다. SF라는 형식을 빌려 현실의 절망을 확대하고 극대화하는 이러한 방식이 현실에 대한 비판 의식을 일깨우기보다는 무기력을 불러일으키고 오히려 현실에 순응하게 만들지는 않을까 우려스럽기 때문이다. 현실이 거대한 알레고리로 작품화될 때 개인의 선택과 의지가 들어설 공간은 매우 좁아질 것으로 생각된다. 바로 이러한 이유로 최근 SF 작품의 어린이 주인공들이 수동적이고 평면적으로 보이는 것은 아닐까. 어린이 주체에 대해 말하는 『열세 번째 아이』조차 그러하다. 어린이 주인공들에게서는 피로감과 조로(早老) 증상이 엿보인다. 현대사회의 현실을 반영하는 것에서 나아가 그러한 현실의 부조리와 불합리의 원인을 좀 더 상세하고 철저하게 분석하고 묘파하여 현실에 균열을 일으킬 수 있는 SF 서사가 필요할 것으로 생각된다.

디스토피아가 최근 아동 SF의 공식처럼 자리 잡은 듯한 지금, 이들 작품이 미래에 대해 갖는 주된 정서는 현실에서 비롯된 불안과 우울, 무기력과 절망으로 보인다. 현대의 SF는 미래를 유토피아보다는 디스토피아로 그리는 성향이 강하긴 하지만 최근 아동 SF에서는 지금의 현실이 앞으로도 별로 나아질 것 같지 않다는 체념과 실망감이 유독 짙게 느껴진다. 그것은 혹시 자본주의의 위기에 대한 불안감, 신자유주의 경제체제에 대한 무력감과 아울러 현재의 정치권력에 대한 자괴감의 무의식적인 표출은 아니었을까. 이를 어린이들에게 전달하고 있는 것은 아닐까. 한편 우리 사회문화 전반을 잠식하고 있는 이러한 절망감과 무력감은 어린이의 현실에 대한 작가들의 강박적이고 의무적인 비판과 맞물려 빈약하고 공허한 주제의식으로 직행하는 듯하다.

그렇다고 무작정 어린이들에게 '장밋빛 미래'에 대한 환상을 심어 주자는 뜻은 아니다. SF의 활달한 상상력으로 현실에 존재하지 않는 세계나 삶의 방식을 그리면서도 얼마든지 현실을 되돌아보게 할 수 있다는 것이다. SF는 '다른 세계'를 상상해 보는 '가능성의 문학'이기에 '열린 세계'를 통해 '닫힌 세계'를 돌아보자는 말이다. 하지만 지금의 아동 SF가 그리는 세계는 '다른 세계'나 '열린 세계'가 아니라 현실의 복사판 내지 확대판에 머물러 있다. 좀 더 '비현실적'인 가운데서 현실을 발견하고 현실을 묘파하고 현실을 전복하는 이야기, 현재의 절망에서 미래의 희망을 꽃피우는 씨앗이 될 이야기들을 발견하고 싶다.

4. 낯섦과 낯익음 사이에서

SF가 문학작품으로서 갖는 가장 큰 매력은 무엇일까. 우리는 다른 작품이 아닌 SF를 읽으면서 무엇을 기대하고 무엇을 얻는가. 다른 세계를 상상하는 데서 오는 해방감과 흥미진진함, 다른 세계를 통해 내가 살아가는 이 세계를 낯설게 느끼고 이 세계의 필연성을 의문하게 되는 비판적 사고, 새로운 세계를 만들겠다는 공동체적 희망에 대한 의지, 나와 타자의 존재에 대한 반성적인 고찰 등이 있을 것이다. 미루어 볼 때 SF는 문학의 기능이자 근거인 '낯설게 하기'를 가장 적극적이고 진취적으로 드러내는 속성을 지니는 듯하다.

그렇다면 현재의 아동 SF는 정서적·인식적 낯섦을 얼마만큼 담지하고 있을까. 최근 작품들에서는 앞서 말한 어린이 주체 문제의 새로운 접근 외에도 과학기술에 기반을 둔 상상력으로 가능했던 서사의 의외성이 꽤 확인된다.『로봇의 별』에서 피에르 회장이 아라의 전자두뇌를 해킹한 탓에 아라가 스파이 노릇을 한다든지, 나로와 아라가 블루투스 기능으로 모든 기억을 네다에게 넘겨줘서 세 로봇이 하나가 된다든지, 노란 잠수함이 알약 로봇 형태로 피에르 회장의 뇌 속에 들어간다든지 하는 서사의 놀라움과 재미는 바로 과학기술에 바탕을 둔 SF이기 때문에 가능했다.『로봇의 별』과『열세 번째 아이』의 소재인 로봇은 서사에 몰입하게 하는 일정 수준 이상의 재미를 지니며『몬스터 바이러스 도시』에서의 바이러스 역시 그러한 효과가 있다.『지도에 없는 마을』과『엄마 사용법』에서 사람이 물건이 되거나 로봇 엄마를 인간 엄마처럼 만들어 나간다는 상상력 또한 새롭다.

하지만 이러한 낯섦은 참신하게 느껴지는 한편 좀 더 조심스럽게 다루어야 할 필요성도 있어 보인다.『엄마 사용법』에서 조립식 '생명장난감'인 엄마는 결국 로봇이 아닌 인간이 되었고,『지도에 없는 마을』에서는 인간을 물건으로 만들었다가 다시 인간으로 불러내는데, 이러한 물건─인간 변환의 상상력이 자칫 인간을 물화시키지 않도록 주의해야 할 듯싶다. 그런 점에서 볼 때『엄마 사용법』의 '생명장난감'은 '생명'과 '장난감'이라는, 어울리지 않으며 결코 어울려서는 안 되는 단어의 조합이 전하고자 했던 아이러니가 서사에서 좀 더 명확히 드러나야 했을 듯싶다. 이와 유사한 까닭으로『지도에 없는 마을』이 해모의 행위에 대해 그에 합당한 어떠한 종류의 해명이나 책임도 묻지 않고 끝나 버리는 점은 의문스럽다. 해모는 물건에 대한 집착으로 물건이 되어 버린 사람들의 비밀을 알면서도 이를 알리지 않았고 오히려 다시 사람으로 돌아오지 못하도록 물건을 분해해 버리는 엄청난 일을 저질렀음에도 이에 대한 별다른 설명 없이 결말을 맞이하기 때문이다.

부모 자식 간의 관계나 인간관계의 묘사에서도 비슷한 우려가 든다. 최근 SF 작품들에 나타난 미래 사회는 앞서 말했듯 인간성이 상실된 디스토피아로 그려지기에 인간관계는 매우 차갑고 비정하며 이기적으로 표현된다. 작품의 SF적인 설정이라고 하더라도『열세 번째 아이』의 시우 엄마는 평소 시우에게 부모로서 어떠한 애정도 보이지 않는다. 감정이 부족한 아이인 시우도 엄마나 친구를 비롯한 모든 관계와 일에 대해 냉랭하기만 하다.

한편『엄마 사용법』의 현수는 엄마에게 일방적인 관심과 돌봄을 요구할 뿐이다. 현수가 엄마에게 바라는 건 집안일을 하는 기능적 존재로서의 엄마가 아닌 돌봄의 존재로서의 엄마이다. 물론 현수는 책 읽어 주기나 산책 등 자신이 엄마에게 원하는 바를 직접 행동함으로써 가르쳐 주기는 한다. 하지만 이는 엄밀히 말해 자신의 욕구를 충족하기 위한 것이지 타인(엄마)과의 소통이나 교감을 위한 것은 아니기에 돌봄의 과정에서 현수와 엄마 간의 따뜻하고 깊이 있는 애정이 느껴지지는 않는다.『깡통 소년』에서 콘라트가 어린이답게 변화하게 된 근원이 엄마와 아이 사이의 무조건적인 사랑이었던 것을 생각해 본다면, 인간관계를 차갑게 그리는 것이 무작정 SF적 설정에서 비롯된 것이라고 답할 일은 아닌 듯싶다.

즉 이들 작품은 '감정'(『열세 번째 아이』)과 '마음'(『엄마 사용법』)이 표백되고 그것의 거세를 강요하는 디스토피아 세계를 작품 속에서 구현하면서 이를 비판하고자 했지만 오히려 스스로 구축한 세계와 가치관 속에 함몰된 면이 없지 않다. 비록 결말 부분에서 이러한 관계가 회복되기는 하지만 비판적으로 구축한 세계를 전환하는 상상력이나 입체적인 성찰이 드러나 보이지 않는 것이다. 이는 '동화의 소설화' 경향 논쟁에서의 소설적 세계를 떠올리게도 하는데 그간 이러한 논의에서 제기된 아동문학의 가능성과 정체성에 대한 진지한 고민들이 아동 SF에서 역시 조심스럽게 궁구되어야 할 것이다. SF의 형식이라고 해서 아동문학의 축적된 문제의식들이 마냥 도외시되어서는 안 된다.

한편 이러한 낯섦에 비해 아동 SF가 그려 내는 세계는 앞서 말했듯 현실 사회의 알레고리로 매우 낯익다. 사실『몬스터 바이러스 도시』『지도에 없는 마을』『방주로 오세요』는 작품의 의도나 발생에 있어서 SF의 장르 문법을 따르기보다는 현실을 비판하기 위한 장치로 SF적 형식을 일부 빌리고 있는 것에 가깝다. 이러한 낯익음이 기계적인 도식에 머무르거나 일시적인 유행으로 그치지 않으려면 앞서 말했듯 비판하고자 하는 현실 원리를 더 깊이 있고 명확하게 인식하고 현실에 내재하는 긴장과 틈새를 찾아 이를 작품 안에 정밀하게 직조해 낼 수 있어야 할 것이다. 그러지 않으면 언뜻 새로워 보이는 SF 역시 현실을 이야기하지만 정작 현실과의 대결을 회피한 채 손쉬운 방법으로 형식상의 새로움만 꾀하는 또 하나의 '상투성'으로 전락할 가능성이 농후하다.

지금 아동문학과 다시 만나 아동문학의 새로운 영역을 선보이고 있는 SF가 '상투성'에 빠지지 않으려면 이러한 노력과 아울러 SF의 장르 문법에 좀 더 충실한 창작 시도 역시 요청된다. SF를 단지 새롭게 말하기 위한 도구로만 여길 것이 아니라 SF의 장르적 특징에 착근하고 이를 탐구함으로써 새로움을 찾는 방법 역시 가능하다. 그럴 때 아동 SF는 아동문학 고유의 미학적 자질들과 어우러져 일반 SF와는 또 다른 재미와 가치를 보여 주며 아동문학의 다양성으로 자리 잡을 수 있을 것이다.

아동청소년 SF의 세계는 다채롭다. 질 페이턴 월시(Jill Paton Walsh)

의 『패티의 초록 책』(햇살과나무꾼 옮김, 사계절 2010)처럼 지구 멸망 이후 낯선 행성에서 생존이 걸린 모험을 하는 과정을 서정적으로 그려 낼 수도 있고, 미야자키 하야오(宮崎駿)의 영화 「천공의 성 라퓨타」(1986)처럼 기계문명의 양가성과 인간의 탐욕에 대한 비판적인 메시지를 성장 서사와 훌륭하게 결합할 수도 있다. 로이스 로리(Lois Lowry)의 SF 3부작이라고 일컬어지는 『기억 전달자』(장은수 옮김, 비룡소 2007), 『파랑 채집가』(김옥수 옮김, 비룡소 2008), 『메신저』(조영학 옮김, 비룡소 2011)는 '파멸' 후 인간 공동체를 인간의 존엄성이 사라지고 생존 법칙이 최우선하는 사회로 적나라하게 묘사함으로써 인류의 문명과 문화를 비판하면서도 그것을 넘어서는 미래에 대한 비전을 결코 포기하지 않는다.

SF는 다른 장르와 융합되어 여러 장르의 문법을 차용하고 이를 전복하며 새로운 작품세계를 개척해 나가기도 한다. 아동청소년문학의 특장인 판타지의 성격이 SF와 접목된다면 장르의 경계를 넘어서는 매력적인 작품을 탄생시킬 수 있을 것이다. 또 근래 참신한 면모를 보여 주는 역사동화들을 떠올려 볼 때 SF의 하위 장르라 할 수 있는 '대체역사소설(alternative history)'의 기법 또한 역사동화의 새로운 가능성을 열어 줄 것으로 보인다. 최근 우리 아동청소년문학의 SF는 대부분 장편인 데 반해 현대 영미 SF가 단편의 형식으로 시작된 만큼, 학교와 가정을 쳇바퀴 도는 생활동화의 일상을 넘어 단편의 묘미를 한껏 살린 SF 작품들도 가능하겠다.

우주여행을 하고 외계생물체를 만난다는 설정만으로 SF를 현실 도피의 문학이라 비난하는 시대는 이미 지나왔다. 본격문학, 대중문학, 장르문학을 서열화하고 위계화하는 고답적인 문학 중심주의 시각에서는 아동청소년문학이란 '장르' 자체를 두고도 본격문학이냐 아니냐의 시빗

거리로 다룰 텐데 아동청소년문학 스스로 이러한 시각으로 내부의 편을 가르는 건 어쩌면 어불성설일지 모른다. 본격문학의 완고함과 근엄함을 넘어 독자와의 소통을 중요하게 여기는 가운데 꾸준히 문학적 완성도를 가꾸어 온 아동청소년문학이야말로 그 어떤 장르보다 자유롭고 재빠르게 SF의 장르적 문법을 차용하고 변용하며 새로운 문학을 선보일 힘을 지니고 있다고 본다. "대개의 문학들이 그렇듯 SF 또한 박진감 넘치는 오락물이기도 하며, 사회적 발언의 한 형식이기도 하고, 또는 대단히 예술적인 심미적 구조물"[8]이기도 할 것이다.『해저 2만 리』『타임머신』『투명인간』과 영화「E.T.」「백 투 더 퓨처」에 열광했던 어린 시절을 떠올리며 좀 더 자유롭고 활달한 상상력으로 '미지와 조우'하는 아동 SF를 기다린다.

---

8 조성면「과거에 태어난 미래문학, SF」,『경계를 넘고 간극을 메우며』, 깊은샘 2009, 212면.

제 4 부

되돌이표로 부르는 노래

내 맘에 동시

최종득 『내 맘처럼』

여러분은 동시를 좋아하나요?

어릴 적 저는 일기 쓸 때만 동시를 좋아했어요. 동시 몇 줄을 후딱, 쓰고 나면 밀린 일기 하루치가 번쩍, 완성됐거든요. 동시는 일기 쓰기 싫어하던 저를 구해 주던 고마운 친구였지요.

저는 밖에 나가 노는 것보다 집에서 책 읽는 걸 더 좋아하는 아이였지만 동시집은 별로 재미가 없었어요. 예쁜 말만 늘어놓는 게 시시했고 동화처럼 신나는 이야기가 펼쳐지지도 않았거든요. 꽤 오랫동안 그렇게 생각했지요.

그런데요, 언제부터인지 제가 또 일기 대신 동시를 쓰고 있는 거예요. 이제 어른이 되었으니 일기를 쓰라고 하거나 검사하는 선생님도 없는데 말이죠. 하루를 지내며 생각하고 느낀 걸 쓰고 보니 동시와 가장 닮았더라고요.

동시를 쓰면서 동시집을 다시 읽게 되었는데요. 부끄러웠어요. 제가 시시하다 생각했던 동시가 전부가 아니었거든요. 정말 좋은 동시가 많은데 제대로 모르고 그랬으니 얼마나 부끄러워요.

저는 생각해요. 어린이들이, 그리고 어른들까지 좋은 동시를 많이 읽으면 좋겠다고, 좋은 동시가 얼마나 많은지 알면 좋겠다고요. 그래서 저는 동시를 쓰고, 동시에 대한 글을 썼어요. 이 글은 그런 글이에요. 최종득 동시집 『내 맘처럼』(열린어린이 2017)에 실린 동시들이 여러분 마음에 쏙쏙, 들어가도록 가슴과 머리를 똑똑, 두드려 보는 글.

1. 시는 어디에서 태어날까요

물어볼게요. 이 동시집을 쓴 시인의 직업은 무엇일까요? 책날개에 적힌 시인 소개 글을 보지 않아도 아마 알 거예요. 이 시를 쓴 사람은 초등학교 선생님이겠구나. 맞아요. 그런데 그걸 어떻게 알게 되었죠?

당연히 시를 보고 알았죠. 학교, 수업, 교실, 선생님 얘기가 많이 나오니까 그렇게 짐작했을 거예요. 특히 제1부에 실린 시들이 그렇죠. 제3부에 「바닷가 갈매기 내 편 만드는 방법」 「빈손」 「조개껍데기」 「소녀 팬들」 「굴 까는 철에」 등 바닷가 마을 이야기가 많은 걸 보면 바닷가 학교의 선생님 같아요.

시에 나오는 선생님 모습은 참 멋지죠? 저는 이 선생님 반의 학생이 되고 싶었어요. "공부하는 학생이/가장 고생이라며/급식소 갈 때마다/선생님이 업어"(「우리 선생님」) 주신다니. 이 시의 아이는 덩치도 작고 빼빼 마른 선생님이 자기를 무거워할까 봐 "선생님 등에/몸을 찰싹 붙이고/숨을 꾹 참았다."고 했지만요, 저라면 신이 나서 엉덩이를 들썩이며 만세라도 불렀을 것 같아요.

물론 시를 쓴 선생님이 시에 나오는 선생님과 똑같지는 않을지 몰라요. 하지만 시를 쓴 선생님은 아마도 시에 나오는 선생님처럼 되고 싶어 할 것 같아요. 스스로 어떤 선생님인지 돌아보면서 때로는 있는 그대로, 때로는 반성하며, 때로는 정반대로 썼을 것 같아요. 시는 이렇게 생겨나요. 나 자신을 곰곰이 들여다보면서.

그렇다고 시가 내 얘기만 하는 건 아니에요. 다른 사람들의 생활, 생각, 마음을 헤아려 보기도 하지요.

수업 시간에
식구 이야기만 나오면
우리 선생님은
아버지, 어머니 다음에
꼭 할머니를 붙인다.

식구랑 같이 하는
숙제 낼 때도
부모님이랑 같이 하거나
할머니랑 같이 하란다.

내가 할머니랑 사는 거
우리 반 친구들 다 아는데
자꾸 할머니, 할머니 한다.

그럴 때마다

쌤이 참 싫다.

—「눈치도 없이」 전문

선생님이 할머니랑 숙제하라고 덧붙여 말씀하시는 건 부모님과 살지 않는 친구를 배려해서였을 거예요. 하지만 그 친구는 그때마다 자기 상황이 유난스럽게 드러나는 게 싫겠죠. 선생님인 시인은 그 어린이의 마음을 그 어린이가 되어 말하고 있어요.

이렇게 시는 다른 사람을 애정 어린 눈으로 볼 때, 다른 사람의 마음에 잠시 살짝 닿을 때 태어나기도 해요. 이 동시집에는 할머니, 할아버지 이야기도 많지요. 아마도 시인은 어린이뿐 아니라 할머니, 할아버지와 친할 것 같아요.

그렇다고 시가 착하고 아름다운 이야기만 하는 건 아니에요. 화내는 시들도 있고요, 무서운 시들도 있어요. 이 시를 보면 잘 알 거예요.

아버지 손잡고 구경 갔다가

네 다리 묶인 채

땅바닥에서 발버둥 치는

돼지를 처음 보았다.

숨 쉴 때마다

돼지 목 딴 곳에서

붉은 피 새어 나오고

아버지는 커다란 손으로

내 눈을 가려 주셨다.

아버지 손가락 사이로
파르르 떨던 돼지 눈과
딱 마주쳤을 때
난 도망치고 말았다.

　　　　　　　　　　—「돼지고기를 못 먹는 이유」 부분

섬뜩하고 끔찍하지요. 착하고 순한 선생님처럼 보이는 시인이 왜 이런 시를 썼을까요. 시인은 큰 소리로 외치고 싶었던 것 같아요. 등급이 매겨져 스티로폼 포장지 안에 얇게 저며진 고기들이 실은 하나의 생명이었다는 사실을요. 시는 시인이 무언가를 간절히 주장하고 싶을 때 태어나기도 해요.

2. 시는 어떻게 자랄까요

동시는 한눈에 빨리 읽을 수 있으니 쓰기도 쉽겠다, 5분이면 쓰겠다, 생각할 수 있겠지만 반드시 그렇지는 않아요. 많은 시인들은 무엇을 어떻게 말할지 엄청나게 고민하면서 세상에 내어놓기까지 시를 고치고 또 고쳐요. 아마도 여러분이 예상하는 것보다 훨씬 더 많이, 훨씬 더 오래요.

교실에서

강낭콩을 키운다.

아무도 모르게
내 강낭콩 화분을
영주 화분 옆에 뒀다.

조금씩 조금씩
줄기가 뻗더니
영주 거랑 내 거랑
서로 엉켰다.

이대로
칭칭 엉켜 있으면
참 좋겠다.

—「내 맘처럼」 전문

여러분도 이런 맘 느낀 적 있나요? 누굴 좋아하는 마음이요. 그 마음은 여러 가지로 말할 수 있을 거예요. 여기서 시인은 강낭콩 줄기처럼 그 아이와 내가 "칭칭 엉켜 있으면/참 좋겠다." 말하네요. 교실 창가에 옹기종기 나란히 놓인 화분들, 지지대를 타고 꼬불꼬불 올라가는 강낭콩 줄기……. 그걸 바라보며 영주를 생각하는 마음이 느껴지죠? '나는 영주가 참 좋다' '나는 영주와 함께 있고 싶다' 이런 말보다 '강낭콩처럼 칭칭 엉켜 있으면 참 좋겠다'는 말이 훨씬 더 절실하고 생생하게 다가오잖아요. 시인은 그런 말을 열심히 찾아 우리에게 보여 줘요.

돌아가시고 처음 맞는
할머니 생신에
아버지는 밤늦게 오셨다.

할머니 좋아하는
호두과자 사 들고
말없이 오셨다.

호두과자 건네는
아버지 손을
엄마가 꼬옥 잡아 준다.

오늘은
아버지한테도
엄마가 필요한 날.

―「오늘은」 전문

    가장 마지막 행의 "엄마가 필요한 날"에서 '엄마'는 누구일까요. 우선 돌아가신 할머니겠죠. 그런데 한 발짝 더 생각해 보면 우리 엄마, 즉 아버지의 아내일 수 있을 것 같아요. 엄마가 할머니 대신 아버지 손을 꼬옥 잡아 주니까요.

    여기서 '엄마'라는 단어가 이렇게 여러 가지를 떠오르게 하는 건 시인이 어떤 단어를, 어떤 순서로 쓸지 많이 고민했기 때문이에요. 동시를 좀 더 천천히, 여러 번, 단어 하나하나 생각하며 읽는다면 시인이 숨겨 놓은 보물을 더 많이 발견할 수 있어요.

호랑이보다 무섭다.
곶감보다 달콤하다.

우는 아기 달랠 때는
스마트폰이 최고.

짜증 낼 필요 없다.
화낼 필요도 없다.

스마트폰한테 맡기면
애 키우기 장난이다.
——「스마트폰」전문

마지막 행의 '장난'은 어린이들이 제일 좋아하는, 즐겁고 신나는 장난을 말하는 건 아니죠. 식은 죽 먹듯 '쉽다'는 뜻일 텐데요. 시인은 아기들에게 스마트폰을 보여 주는 걸 싫어하는 듯 보이죠? '장난이다'라는 말이 조금 삐딱하게 느껴지니까요. '아' 다르고 '어' 다르다는 사실이 시에서는 더 중요해져요.

이 동시집에는 아주아주 긴 시도 한 편 있어요. 제4부의「우리 동물원」은 1부터 15까지 번호로 구분된 부분이 저마다 한 편의 시이기도 하지만, 그 열다섯 편이 하나로 모여 기나긴 시 한 편으로 완성되기도 해요. 학교 앞을 서성거리던 떠돌이 개에서 시작해 결국 학교에 동물원이 생긴 이야기를 자세하게 들려주고 싶어서 이렇게 아주아주 긴 시가 생겨났을 거예요. 시가 모두 짧은 것만은 아니고 이렇게 긴 시도 있다는 거, 기억해 봐요.

3. 시는 무엇으로 빛날까요

개미가
애벌레를 물고 간다.

살아서 끌려가는 애벌레는
발버둥 치며 뻗댄다.

그럴수록 개미는
힘주어 끌어당긴다.

학원 갈 시간이 돼서
그만 일어섰다.

이제는 내 차례다.

—「애벌레와 나」 전문

4연까지는 평범한 관찰이었는데 마지막 연에 생각이 머무르네요. 개미와 애벌레의 싸움이 "내 차례"로 돌아왔다면, 나는 개미일까요 애벌레일까요. 학원에 가야 하는 상황이니 아마도 개미에게 끌려가는 애벌레겠죠. 애벌레인 내가 개미들을 물리치려면 어떻게 해야 하나요. 시에 답은 나와 있지 않아요. 하지만 시는 내가 '살아 있는' 사람이고, 내 뜻을 살피고 키울 필요가 있다고 말하는 것 같아요. 그러니 이 시를 품고, 힘을 기르는 방법을 찾아 갈 때 비로소 시는 빛날 수 있을 거예요.

우리 반 알뜰 바자회에
멸치를 들고 온 소연이.

할아버지가 직접 잡고
자기가 포장한 멸치라며
아이들 불러 모은다.

보통 때는 소심해서
친구한테 말도 잘 못 거는데
멸치 앞에서 싹 바뀌었다.

장난감과 인형에만
줄 서 있는 아이들 입에
멸치 넣어 주면서
꼬드길 줄도 안다.

비린내 난다는 애한테는

멸치볶음 해 먹으면

밥도둑이 따로 없다며

말할 줄도 안다.

소연이가 바뀐 건

작은 덩치로도

넓은 바다를 누비는

멸치의 힘 때문이다.

—「멸치의 힘」 전문

소연이의 행동이 바뀐 이유가 단지 밥도둑인 멸치볶음의 힘 때문일까요. 그 멸치에는 할아버지와 자기가 일한 시간과 노력이 들어가 있고, 그것을 소중히 여기기 때문이겠죠. 소연이의 당당한 태도는 바로 거기에서 나왔을 거예요.

여러분도 소연이처럼 씩씩하고 거침없는 어린이가 될 수 있어요. 우린 「멸치의 힘」과 「애벌레와 나」 같은 멋진 시를 읽었으니까요. 시가 여러분 마음속에서 나비처럼 날아오르길 바라요. 멸치처럼 작은 몸으로도 무지개 비늘을 반짝이며 넓은 바다를 헤엄칠 수 있기를 바라요.

좋은 동시 안에서 우리 계속 만나요. 시인 선생님이 낳고 키운 동시를 반짝반짝 빛나게 하는 건 바로 여러분이에요. 어린이만이 할 수 있어요.

좋은 시가 싹트는 삶의 자리 하나

최종득 『쪼드기 쌤 찐드기 쌤』

2000년대 중반 성인시를 쓰던 많은 시인이 동시를 쓰면서부터 우리 동시는 확연히 달라졌다. 어른의 훈계와 감상에서 벗어나 어린이의 목소리로 말하려고 애를 쓴다. 처음에는 새로운 감각과 시선이 반가웠다. 하지만 그때만 해도 '낯설었던' 그것들이 어느새 너무나도 낯익게 느껴진다. 어느 때보다 동시집이 많이 출간되는 데 비해, 시인마다 독특한 목소리는 잘 들리지 않는 듯해 더욱 그렇다. 그러다 최종득의 첫 동시집 『쪼드기 쌤 찐드기 쌤』(문학동네 2009)을 읽고, 거제 바다에서 올라온 순정한 목소리 하나를 찾았다. 그간 유행한 경쾌함과 웃음, 말놀이에 참 무심하다 싶을 정도인 이 시집은 이른바 '현실주의'의 정도(正道)를 우직하게 걷고자 하는 듯하다.

아버지가 고기 잡으러

먼 바다 나간 날엔

아홉 시 뉴스를 꼭 봅니다.

술 먹고 주정할 땐
아버지가 웬수라던 엄마도
일기예보만큼은 꼭 챙겨 봅니다.

"바다의 물결은
비교적 낮게 일고
바람도 잠잠하겠습니다."

그 소리 들어야
엄마도 나도
잠이 잘 옵니다.

——「일기예보」 전문

　도시인은 흘려듣는 바다 날씨가 이 시의 아이와 엄마에겐 어부 아버지의 안위를 좌지우지하는 목숨 줄과 같다. 그 줄을 부여잡아야만 안심할 수 있다. 가족끼리 위해 주는 단순한 걱정과 사랑보다 앞선, 그보다 더 절박한 삶의 무게가 담담하게 그려져 있다.

　이렇듯 최종득 시인이 들여다보는 현실은 가난하고 외로운 삶의 자리다. 논바닥에서 이앙기 한 대가 "새참 없다/투덜투덜/노래 없다/투덜투덜/사람 없다/투덜투덜//넓은 논 왔다 갔다/저 혼자서/투덜투덜"(「모내기」)대는 것처럼 세상이 외면하고 모두가 떠나간 뒤 묵묵히 남아 살아가는 자들의 자리다.

시인은 어린이가 살아가는 그러한 현실을 잘 안다. 하지만 그것을 필요 이상으로 엄숙하게 여기거나 과장하지 않는다. '가난'을 구실 삼아 섣부른 감동을 상투적으로 자아내려 하지도 않는다. 갯벌 속 갯지렁이를 파내 용돈벌이 하는 아이는 "손에 물집 잡히고/몸이 저려 와도/용돈벌 생각에/그저 신이 난다"(「갯지렁이 용돈」).

시인은 교사지만 무언가를 가르치려 들지 않는다. "시가 뭔지 몰라도/선생님만 보고 있으면/시가 절로 느껴"(「시 공부」)지게 그저 온 마음을 다해 시를 읽어 주는 것이 시 공부라고 생각한다. "쭌드기 쌤, 찐드기 쌤"이라 부르는 어린이에게 나쁜 별명만큼은 사양하겠다고 푸념할 뿐이다.

세련된 언어를 구사하지 않아도, 어린이의 감각을 좇으려고 욕심 부리지 않아도, '현실'이라는 발판에서는 좋은 시가 탄생할 수 있음을 이 시집은 나지막이 증명한다. 좋은 시가 싹트는 삶의 자리 하나를 발견하게도 한다. 삶과 자연과 사람이 조화를 이루며 살아가는 그 자리가 마냥 부럽고 그런 만큼 나의 자리가 부끄럽다.

하지만 도시라는 '현실'에서 살아가는 대다수 어린이의 기쁨과 희망, 슬픔과 고통을 노래하는 시의 탄생 또한 기다리고 바라야 하는 것이 나의 몫일 테다. 그러한 시의 탄생은 이 시집이 완결한, 순전한 세계 그 너머의 것이 될지도 모르겠다. 의심 섞인 희망인 만큼 어쩌면 더 어려운 과제가 놓여 있는 셈이다.

콩에 담긴 우주, 별자리로 이어진 우리

정상평『최우수 작품』

1. 콩 한 알과 닭 한 마리

농부들이 산밭에
콩을 심으며 노래해요.

한 알은 벌레가 먹고
한 알은 새가 먹고
한 알은 우리가 먹고.

나무 위에 멧비둘기
농부들 보며 노래해요.

한 알은 꿩이 먹고

한 알은 까치가 먹고

한 알은 우리가 먹겠지.

―「콩 세 알」 전문

정상평 동시집 『최우수 작품』(열린어린이 2018)에 나오는 시야. 옛날부터 농부들은 콩 세 알을 심으며 노래했다지. 한 알은 벌레가 먹고, 한 알은 새가 먹고, 나머지 한 알만 내가 먹겠다고. 힘들게 세 알을 심어 한 알만 먹겠다니 참 욕심도 없지. 그래도 한 알이 싹 트고 자라 열매 맺으면 수십, 수백 알이 될 테니 배를 곯지만 않으면 좋을 거야. 그리고 말이야, 사실 그 한 알이 자라기 위해선 벌레도 새도 있어야 하거든. 콩이 있어야 벌레가 있고, 벌레가 있어야 새가 있고, 새가 있어야 나무가 있고, 나무가 있어야 비와 구름과 햇빛이 있고, 그래야 콩 한 알이 자랄 수 있잖아. 그러니 벌레와 새에게 준 콩 두 알은 거저 준 것만도 아닐 거야.

물론 사람은 모든 생명 중에서도 가장 많이 먹어. 먹는 양이 가장 많다기보다 음…… 가장 탐욕스럽게, 닥치는 대로 먹는다고 할까. 이렇게 말하니 좀 부끄럽다. 하지만 사실이잖아. 공장 같은 사육시설에서 가축을 키워 고기를 먹고, 바다에서 온갖 해산물을 잡아 오거나 양식으로 키워 먹지. 농사도 엄밀히 말하면 풀과 나무 열매를 채취해 먹던 아주 옛날과는 전혀 다른 방식이니까. 산업혁명이나 IT혁명보다 농사를 시작한 일이 인류 역사에서 가장 큰 변화였다고 하거든.

외할아버지 오신다고

아버지는

내가 친구처럼 키우던 닭을 잡았다.

너무 화가 나고 슬퍼서
이불 속으로 들어가 한참 울었다.

그런데

얼마 뒤, 어머니가 닭을 푹 고아
상 위에 올려놓았는데,
나도 모르게 입에 침이 고이고
어느새 내 손에 닭고기가 들려 있다.

아버지가 나를 보고
씨―익 웃으신다.

나도 아버지를 보고
씨―익 웃었다.

—「닭 잡는 날」 전문

　시골에서 자란 할머니 할아버지라면 이런 경험은 많이들 했을 거야.
주변에 그런 분이 계시면 한번 물어보고 얘기를 들어 봐. 어떤 기억이
고 어떤 기분이었는지. 너는 어떤 생각이 들어? 키우던 닭을 어떻게 잡
아먹느냐고? 징그럽다고? 아님…… 맛있겠다고? 좀 불쌍할 수 있겠지
만 우리가 도시의 슈퍼에서 사 먹는, 스티로폼 팩에 깔끔하게 담긴 고기
도 사실 다 마찬가지인걸. 이런 게 싫고 잔인하다 생각해서 고기를 먹지

않는 사람들도 있긴 한데 만약 당장 그러지 못하겠다 싶으면 우선 좀 더 감사하게 여기자. 우리가 먹는 모든 음식들, 고기와 생선은 말할 것도 없고 곡식과 열매도 모두 살아 있는 생명이었음을 기억하자. 소중한 마음으로 받들어 보자.

2. 밤늦게 뉘를 가리는 사람들

그리고 또 기억해야 할 게 있어. 부모님이 차려 주시는 아침, 저녁 밥상과 학교에서 나오는 점심 급식에 올라온 음식들, 그 생명을 키워 우리에게 보내 준 수많은 손길이 있다는 사실. 이 시집을 쓴 농부 시인도 시를 매만지듯 여러 생명을 애지중지 키워 누군가에게 보냈을 거야.

우리 식구들
밤이 기울도록
쌀에 뉘를 가린다.

눈이 가물가물
뉘 가린 걸
받는 사람은 알까?

천장에 매달린
거미랑
부엌에서 뽀스락거리는

생쥐는

그냥 알겠지.

—「뉘를 가리며」 전문

국어사전을 찾아보니 뉘는 "쓿은쌀 속에 등겨가 벗겨지지 않은 채로 섞인 벼 알갱이"래. 그럼 '쓿은쌀'은 뭐고 '등겨'는 또 뭐냐고? '쓿은쌀'은 "쓿어서 깨끗하게 한 쌀"이고 '등겨'는 "벗겨 놓은 벼의 껍질"이래. '쓿다'는 단어를 또 찾아봐야겠구나. 그건 "거친 쌀, 조, 수수 따위의 곡식을 찧어 속꺼풀을 벗기고 깨끗하게 하다"라는 뜻이야. 우리가 먹는 하얀 쌀은 벼를 찧어서 누런 껍질을 벗겨 낸 거야. 뉘를 가린다니, 그 껍질이 벗겨지지 않은 채로 하얀 쌀이랑 섞여 있는 걸 일일이 골라내는 거지. 밤이 기울도록, 온 식구가.

농부 시인은 아마도 농약을 치지 않고 벼농사를 지었을 테고 이런 작업도 일일이 손으로 할 때가 있나 봐. 혹시 젓가락질 연습하느라 콩알을 세어 날라 본 적이 있어? 콩알보다 더 작은 쌀알을 일일이 고르다니, 낮에는 다른 농사일하느라 몸도 피곤할 텐데 밤늦도록 말이야. 그런 손길을 거쳐 생명이 우리 밥상에 올라왔다고 하네. 우리를 살리는 음식이 되어.

농부는 대개 모양이 성하고 맛난 건 우리에게 전해 주고 그렇지 않은 건 남기나 봐. 「햇밤 축구」에도 나오지. 이웃 아재가 비싼 햇밤을 주려고 왔는데 어머니는 한사코 밤을 받지 않으려 해. 시장에 가서 팔고 그 돈으로 자식들 공부도 시켜야 하지 않느냐며. 그러자 "아재는 농사짓는 사람도/좋은 거/맛있을 때 먹어 보자며/확 밀쳐 뿐다."고 했어. 농부가 우리에게 성하고 맛난 물건만 보내는 게 단지 돈을 많이 벌려고 하는 마음만이겠어? 좋은 걸 전해 주고 싶은 마음이겠지. 아재가 비싼 햇밤을 포대 한가득 가져와 어머니에게 건네주는 마음처럼.

3. 이팝나무가 천 년을 자라는 시간

> 오랜 옛날부터 이어 온 산밭에
> 얼마나 많은 산새들이 머물다 갔을까요?
>
> 오랜 옛날부터 이어 온 산밭에
> 얼마나 많은 산새들이 머물다 갈까요?
>
> ──「주인」전문

1연과 2연은 2행의 마지막 부분 "갔을까요"와 "갈까요"만 다르고 그 외에는 한 글자도 빠짐없이 똑같아. 그런데 "갔을까요"와 "갈까요" 사이의 시간이 너무나 아득하게 길어. 한 단어 차이가 이렇게 어마어마한 시간의 거리를 만들어 냈어. 오랜 옛날부터 지금까지, 지금부터 까마득한 미래까지 연결되는 느낌이야. 오랫동안 있어 왔던 산밭에서, 산밭에 머물다 가는 산새들 속에서, 그걸 바라보고 생각하며 산밭을 일구는 농부의 마음에서 오랜 시간이 생겨났어.「오월」이란 시에 나온 "천 년 넘은 이팝나무"의 시간처럼 말이야. 마을 들머리에 천 년 넘은 이팝나무가 있고 나뭇가지에는 새들이 날아와 노래를 부르는데 그 이팝나무를 너무 좋아해 집 들머리에도 이팝나무를 심잖아. 집 앞 이팝나무는 또 천 년을 자라고, 새들이 날아와 노래를 부르고, 지나가는 사람들이 기념사

진을 찍겠지. 새하얀 이팝나무꽃이 쌀알처럼 환히 매달리는 오월이 열 번, 백 번, 천 번을 지나겠지.

아마도 농사를 지으면 봄, 여름, 가을, 겨울 사계절을 더 깊이 느끼게 될 것 같아. 농사는 자연 속에서 살아가야만 할 수 있는 자연의 일이니까. 생명을 키우고 거두는 동안 계절이 바뀌고 시간이 흐르는 걸 온몸으로 깨달을 것 같아. 그래서 이 시들처럼 농부의 눈에는 시간이 더 잘 보이는 게 아닐까 싶어.

계속 흐르면서 계절이 반복되는 시간, 계절이 반복되며 계속 흐르는 시간. '같은 강물에 발을 두 번 담글 수 없다'는 유명한 말이 있거든. 좀 어려울지 모르겠지만 이 말은 모든 건 변화하고, 모든 게 변화한다는 그 사실만이 유일하게 변하지 않는다는 뜻이야. 흘러가는 강물처럼 흘러가는 계절과 시간도 마찬가지일 거야. 계절과 시간이 흐르는 가운데 천년이란 긴 세월은 이팝나무 한 그루로 서 있겠지. 농부인 시인은 이 사실을 누구보다 깊이 느끼고 깨달았을 것 같아.

4. 노란 산국이 한들거릴 때

이랑이 집
효준이 집
가람이 집

친구 얼굴 떠올리며
별자리처럼 이어 봅니다

별들도

서로 손잡고

깜박이는 밤에.

—「서로 손잡고」 전문

아파트에 사는 친구들을 별자리로 이어 보긴 좀 어렵겠다. 4라인 4층, 4라인 17층, 1라인 9층은 머릿속에 잘 그려지지 않아. 하지만 시골집에 사는 친구들은 별자리로 이어 볼 수 있을 것 같아. 띄엄띄엄 떨어진 집을 한 점으로 삼아 선을 그어 보면 모양이 나오겠지.

'인드라망'이라는 말 혹시 들어 봤니? '하늘의 그물'이라 말할 수 있는데 그물코마다 보석 구슬이 박혀 있고 거기서 나오는 빛들이 무수히 겹치며 신비한 세계를 만들어 낸대. 사람도 그렇고 세상 모든 생명은 그물코의 구슬처럼 다 하나로 얽혀 있대. 이 시를 보니 '인드라망'이란 말이 떠올랐어. 내 친구들은 그물코에서 저마다 빛나는 별이고 우리 모두는 하늘의 그물에서 별자리 모양으로 이어져 있는 거지.

비밀 하나를 알려 줄까. 사실 나만 알고 있을까 고민하다 말하는 건데 이 시집을 읽다가 아는 이름이 나와 깜짝 놀랐어. "산모퉁이 흙집에/산밭 가꾸며/혼자 사는", "이웃 사람 아프면/산 너머도 마다 않고/달려가 돌봐준다"(「은실 이모」)는 은실 이모는 내가 어린이일 때 내 선생님이셨거든. 황매산에서 농사지으며 사신다고 했으니 은실 이모는 김은실 선생님이 분명할 거야. 하늘의 그물인 인드라망처럼 정말로 우리 모두는 이렇게 연결되어 있는지 몰라. 이 시집에서 내가 김은실 선생님을 다시 만났듯 너와 내가, 콩 한 알과 산새가, 이팝나무와 바람이.

노란 산국이 한들거릴 때 농부 시인이 산다는 황매산 자락에 찾아가 '은실 이모'랑 시집에 나오는 이웃들 모두 만나 보게 된다면 정말 신비로울 것 같아. "여름휴가 왔다가 장맛비를 맞으며/논에서 몇 날 며칠 허리 구부려/풀을 뽑아"(「그날」)주었다는 삼촌, 이모, 누나들처럼 산밭이 부르는 일을 단 며칠이라도 조용히 하다 오고. 몸살이 날 정도로 온몸이 뻐근하고 아프겠지만 말이야. 빌딩과 가로등 불빛도 없을 깊은 산속 가을밤, 밤새도록 하늘 바라보며 보고 싶은 내 친구들 별자리도 그려 보고. 그런 강물 같은 시간이 흐르면 좋겠다.

너의 눈엔 무엇이 보이니

박은경 『진짜 나는 어떤 아이일까』

1. 내 안에는 개구리와 맹꽁이가

우린 저마다 다른 눈으로 세상을 봐. 꽃을 좋아하면 길가 작은 꽃도 볼 수 있고, 어딜 가든 꽃이 제일 처음 눈에 띌 거야. 고양이를 아끼면 동네 길고양이가 돌아다니는 길과 추위를 피하는 지붕이 어딘지 알겠지. 만약 돈을 좇는 사람이면 무엇이든 돈과 연결시키고, 돈 벌 궁리를 할 거야. 세상은 자기가 사랑하고, 아끼고, 관심 갖는 대로 보여. 어쩌면 세상 모든 게 전부 다.

동시집 『진짜 나는 어떤 아이일까』(열린어린이 2019)를 펴낸 시인의 마음에는 여러 동물과 식물이, 세상 모든 생명이 모여 있구나 싶어 그런 생각이 들었어. 시에 인간 말고 다른 생명들이 살고 있잖아. 장화 속에는 개구리가(「비 오는 날」), 콧속에는 맹꽁이가(「맹꽁이야」). 비 오는 날 장화 속 개구리는 자꾸 물웅덩이를 밟으라 하고, 콧속 맹꽁이는 코맹맹이 소리만 내는 게 아니라 발까지 꽁꽁 집에 묶어 둬.

꽃을 좋아하면 꽃을 잘 알게 되듯, 친구를 좋아하면 그 친구에 대해 점점 많이 알아 가듯, 세상 모든 생명에 관심이 많은 시인은 각자 다른 생명이 어떤 모습이고, 어떻게 살아가는지 잘 알고 있어. 지리산 반달가슴곰의 원래 이름은 '만복이'고 '천왕이 손주, 화엄이 자식'이지만 사람들은 실험용 번호처럼 'RM-02'라고 부른다는 걸. 돌고래가 한 살이 되면 몸길이·몸무게가 얼마이고, 열빙어와 고등어를 하루에 얼마나 먹는지도.

근데 중요한 건 그런 사실이 아니지. 한반도 전역에 살았던 반달가슴곰이 이제 멸종위기를 맞아, 자연번식을 하고 다시 개체수가 늘어나도록 사람들이 뒤늦게야 애쓰고 있다는 걸 시인은 말하고 싶었을 거야. 아무리 돌고래에게 맛있는 먹이를 주고 쑥쑥 크게 돌봐 준다 하더라도 돌고래의 집은 수족관이 아니라 바다여야 한다는 것도. 정말로 좋아한다면 그 존재가 사람이든 동물이든 식물이든 오롯이 자신의 생명을 누리길 바라게 되니까. 매일 수족관을 찾아가 보고 싶을 만큼 돌고래를 좋아해도, 돌고래는 바다에서 사는 게 제일 행복하다는 걸 알게 되고, 그걸 알고 나면 돌고래를 바다에 돌려보내 달라고 하지 않겠어? 다신 돌고래를 보지 못한다 해도.

2. 해와 달 사이 있던 나, 말고 흰뺨오리

이 시에선 다른 생명을 사랑하는 시인의 마음을 알게 돼. 시인이 사랑하는 생명들을 알고 생각하게 돼. 나까지 그들을 사랑하게 되면 어떨까? 태풍이 와서, 눈이 와서, 비가 와서 좋았다 말았다 하며 화가 나던 내 마음이 "답답해서 나왔다/햇볕에 말라 버린 지렁이"(「좋다가 말았다」)를 떠올리고 잠시라도 잔잔해질 수 있다면 멋진 일 아닐까. 이 세상에 내가 좋아하는 생명이 많아지면 나와 상관 있는 아주 작은 일에만 "좋다가 말았다" 하는 내 마음이 좀 더 커지겠지.

동쪽 하늘 둥근 달
서쪽 하늘 둥근 해
아주 잠깐 만나는 시간입니다.

강가에 흰뺨오리
둥근 뺨
양쪽 다 환한 시간입니다.

—「보름날 저물녘」 전문

서쪽에서 지는 해와 동쪽에서 뜨는 달을 함께 보는 건 그리 흔한 일은 아니야. 시간도 잘 맞아야 하고, 뭣보다 아파트나 빌딩에 가리니 도시에선 거의 보기 힘들지. 먼 나라에서 딱 한 번 그 광경을 본 적이 있는데 얼마나 놀랐는지 몰라. 오른쪽을 바라보면 지는 해와 노을이, 왼쪽으로 고개를 돌리면 보름달이 보이던 시공간이 신비로웠어. 줄곧 양쪽을 번갈아 가며 조금씩 해가 지고, 조금씩 달이 뜨는 모습을 지켜봤어. 마침 주변에는 아무도 없고 나 혼자였어. 해와 달 사이에 내가 있었지.
시인이 본 풍경은 어땠을까. 그 풍경 속엔 진짜 흰뺨오리가 있고, 흰뺨오리 양쪽 둥근 뺨이 불그스름한 노을빛과 희고 푸른 달빛으로 환하게 물들었을까. 무엇이었든지 상관없을 것 같아. 해와 달이 만들어 내는 짧고 유일한 시공간에 서 있는 존재가 '내'가 아니고 '흰뺨오리'라는 점이 중요하니까. 그건 바로 흰뺨오리를 소중하게 품은 마음 때문에 가능했다는 게 말이야.

3. 아프리카 정글 속 어떤 동물일까

강아지 표정에서 아기 표정을 보듯, 아기 눈빛에서 강아지 눈빛을 보듯, 내가 좋아하고 아끼는 존재는 자꾸 내 눈과 마음에 담겨. 눈과 마음에 담긴 존재는 다른 존재 앞에서도 종종 떠올라. 「춤추는 거야」에는 엄마가 외출하면 "만세!" "자유다!" 외치며 건들건들, 출렁출렁 춤추는 형제자매가 나와. 너라면 그 춤이 무엇과 닮았다 하겠니? 시인은 갯지렁이를 떠올렸어. 갯지렁이라니, 좀 이상하니? 갯지렁이는 갯벌에 물이 들면 꼬리만 구멍에 놔둔 채로 흔들흔들 나오고, 물이 빠지면 먹이를 찾는 물새를 피해 다시 갑갑한 구멍으로 들어간다고, 시에서 말하고 있잖아. 엄마가 숙제하라 시킬 땐 방에 틀어박혀 잠잠하다가 엄마가 잠시 외출하자마자 신나 하는 모습이 갯지렁이랑 닮은 것 같지 않아? 늘 엄마만 나쁜 역할을 맡는 게 좀 미안하긴 하지만.

「쌍둥이」 역시 맨날 와글와글 다투는 쌍둥이 형제를 보고, 늘 한 쌍으로 열린다는 호두 열매가 떠올라 쓴 시인가 봐. 「정글 교실」에 나오는 미림초등학교 1학년 2반 교실도 마찬가지야. 친구들이 성격에 따라 나무늘보, 치타, 코뿔소, 원숭이, 생쥐, 재규어, 사자, 앵무새로 보였네. 나무늘보는 무슨 일이든 천천히 느긋한 친구, 치타는 달리기도 잘하고 행동이 재바른 친구겠지. 「정글 교실」이란 시에서처럼 우리 반 친구들을 떠올려 볼까. 동물을 좋아하고 잘 알면 동물과 짝지을 수 있겠지. 꽃을 좋아하면 꽃으로, 애니메이션이나 웹툰을 즐겨 보면 좋아하는 캐릭터로. 잠깐, 친구의 생김새를 놀리거나 특징을 비웃는 건 절대 금지. 내가 좋아하는 존재들로만 친구를 떠올리기. 바로 다음 시와 같은 마음으로.

내가 술래라서 잡으러 갑니다
건희랑다인이랑예주랑윤덕이랑지우랑
나를 피해 달아납니다

내가 넘어져서 울고 있습니다
지우랑윤덕이랑예주랑다인이랑건희랑
나를 향해 뛰어옵니다

—「우정」 전문

1, 2연의 2행에 있는 친구들 이름을 유심히 봤니? 1연에서 내가 잡으러 가는 친구 순서랑 2연에서 내게 뛰어오는 친구 순서랑 반대지? 아마도 건희가 가장 멀리 도망가고 지우가 제일 가까이 있었을 거야. 그러니 지우가 가장 먼저 달려오고 건희가 제일 나중 뛰어오지. 순서가 그대로이지 않아도 괜찮아. 친구 이름을 주르륵 쓰고, 또 순서를 바꾸어 주르륵 쓰니 뭐가 보이지? 그래, 술래인 나를 피해 저 멀리 달아나는 친구 한 명, 한 명과 친구를 잡으러 안간힘으로 달려가는 나. 술래잡기 놀이인지 알고서도 왠지 조금 외롭고 막막하고 섭섭한 마음. 하지만 내가 넘어지자 혹시 술래로 잡힐까 잠시라도 머뭇거리지 않고, 얼른 걱정 가득한 얼굴로 달려오는 친구들 한 명, 한 명. 그래, 그걸 알 수 있어.

4. 송편이 빚은 금붕어와 고양이

송편을 빚자.

반죽을 떼어 손바닥에 놓고 둥글려
말랑말랑한 달이 되면

엄지손가락을 꾹꾹 누르고 돌려
오목한 항아리가 되면

달 달 달 항아리 무얼 담을까?

맑은 물을 담아 줘
눈이 볼록한 금붕어를 키우게.

고양이를 조심해.
어라, 달 항아리가 기우뚱

달빛이 쏟아진다.
금붕어 같은 송편이
퍼얼 떡!

—「달 항아리」전문

좋아하는 마음에선 이야기가 생겨나. 동글동글 빚은 하얀 반죽은 보름달이야. 깨며 콩이며 송편 소를 넣으려고 반죽 가운데를 오목하게 만들면 항아리로 변해. 처음에 보름달이었으니 항아리는 청자도 질항아리도 아닌, 하얀 달빛 머금은 달 항아리야. 금붕어를 좋아하는 마음은 금붕어를 불러내. 달 항아리에 키우고 싶어. 빨간 금붕어가 하얀 달 항아리 안에서 꼬리를 살랑거리며 춤을 춰. 달빛 물결에 떨어진 빨간 꽃잎처럼 동동. 그런데 이를 어째. 고양이를 마음에 담은 적이 있다 보니 고양이까지 불러냈네. 말썽쟁이 고양이는 가만히 있지를 않고 달 항아리를 기울여, 달빛 물결이 쏟아져, 금붕어가 함께 떨어져, 팔딱팔딱. 송편 반죽이 보름달이 되었다가 달 항아리가 되는 이야기, 금붕어와 고양이가 노는 이야기가 만들어졌지? 또 다른 이야기를 들어 볼까?

누가 낚싯바늘에 지렁이 대신 꽃을 꿰었지?

괜찮아
가끔 지렁이 대신 꽃을 더 좋아하는 물고기도 있을 거야.
—「제비꽃」 전문

시만 읽어선 무슨 이야기인지 잘 모르겠는데 제목을 보니 제비꽃 이야기네. 제비꽃 가는 줄기가 꼬부라진 걸 보고 낚싯바늘이라 했구나. 제비꽃 줄기 끝에 지렁이 대신 하얀, 노랑, 보라 제비꽃이 피었다 했어. 땅에서 물을 오가고, 육지와 바다를 넘나드는 상상이야.
세상 모든 생명을 겸손하게 동경하고 바라보니 내가 비워지고, 빈자리는 온 땅과 물과 하늘의 모든 생명으로 채워졌어. 나 말고 너를 향하니, 너를 발견하고, 네 이야기가 들려. 너에게 지금 세상 모든 것은 무엇으로 보이니? 무엇이 들리니?

먹이고, 입히고, 거두고, 지키는 품에 대하여

안학수 『아주 특별한 손님』

1

해름, 비라리, 고주박, 터알, 명개, 조새⋯⋯. 일상에서 자주 쓰는 낱말
조차 틀리게 표기하는 경우가 점점 더 눈에 띄는 요즘, 안학수 동시집
『아주 특별한 손님』(문학과지성사 2018)에는 흔히 만날 수 없는 낱말들을
각주까지 붙여 부려 놓았다. 『낙지네 개흙 잔치』(창비 2004)에서 새롭고
독특한 의성어와 의태어를 사용하여 일부 어린이 독자들에게는 조금
멀리 느껴질 바다와 갯벌 생물을 눈앞에 그려 낸 시인의 의지가 이 시집
에서도 보인다.

"초시초시초시 사치사치사치/츄샥츄샥츄샥 쓰가쓰가쓰가/고그고그
고그 게에게에게에" "고고르르르카아아툼"(「양치질하기」) 등 양치질 소
리를 흉내 낸 말이나, "미나리도 미라시도/대파쪽파도 도파솔파도/시
래기도 시레시도"(「양치질하기」) "모터사이클인지 못된 사이코인지"(「아

잇! 깜짝이야!」)와 같은 말놀이에서도 소리와 음성에 남다른 감각을 또다시 확인할 수 있다.

『낙지네 개흙 잔치』에서 시작해 『부슬비 내리던 장날』(문학동네 2010)로 이어지는, 작고 홀로이고 쓸쓸한 존재들을 향한 지극한 마음 역시 여전하다. "마음이야 늘/다른 새들과 놀고 싶겠지만/단 한 번도 날아 보지 못한 새"(「새조개」)에게 눈길을 둔다. "예쁜 이름 다 두고/쥐똥나무가 뭐냐고 놀리지 마라" "좋은 열매 많은데/하필 쥐똥이었냐고 비웃지 마라"(「쥐똥나무」)고 편이 되어 준다. "여치만큼 연주를 못해도/매미만큼 노래를 못해도/나비처럼 날개 춤 못 춰도" "대단하고 귀여운 강아지"(「땅강아지에게」)라고 존재 저마다의 의미를 불러 준다.

몹시 쓸쓸한 존재를 쓸쓸한 모습 그대로 보여 주는 시선도 다르지 않다. "무엇을 찾고 있는지/개울을 살펴보며/어저께부터 여태/혼자 남아 서성인다.//한참 들여다보다/물속이 뿌옇다고/눈이 침침하다고/먼 산을 바라본다.//눈자위가 벌겋다."(「두루미 홀로」)

2

『아주 특별한 손님』이 안학수 시인의 예전 시집들과 이어지면서도 확장된 지점은, 그러한 작은 존재들을 돌보는 품이 한층 따스하고 선명하게 그려진다는 데 있다.

어이 파고들었는지
바늘 가시에 찔리지 않고

어디로 들어왔는지
단단한 껍질 구멍도 없이

알밤 속에 잠든
요 작고 어린 아기 벌레

밤알이 설 때부터 이미
벌레 알일 때부터 이미
알밤이 거두어 주었다네.

가시 뭉치로 지켜 주고
단단한 가죽옷 속
보드라운 안감 털로 보듬어
엄마처럼 먹이고 있었다네.

—「밤벌레」전문

　밤을 까먹다 종종 발견하는 밤벌레는 고소한 영양이 가득 들어차 있
는 밤 한 톨을 아깝게 버리게 만드니 얄밉다. 순간 입맛이 싹 달아날 정
도로 징그럽기까지 하다. 하지만 시인은 밤벌레가 밤 한 톨에 침입했다
보지 않는다. "밤알이 설 때부터 이미/벌레 알일 때부터 이미/알밤이 거
두어 주었"으며 "지켜 주고" "보듬어" "엄마처럼 먹이고 있었다" 한다.
밤송이 가시가 밤벌레의 침입을 막는 철조망이 아니라 밤벌레를 지켜
주는 방패막이이자 울타리였다는 역설은 반성적인 깨달음을 준다. 4연

과 5연의 종결어미 "-다네" 덕분에 깨달음이 보다 따뜻하면서도 분명하게 울려 퍼진다.

> 흰 머리 갈대들이 강가를 떠나지 못하는 건
> 조기 유학 보낸 아기 개개비들 때문이다.
>
> 여름내 둥지를 안고 어르고 길러 낸 개개비
> 먼 나라에서 공부하고 봄이면 돌아온다고
> 빈 둥지 여태 들고 겨울 강을 지키는 거다.
>
> 개개비 닮은 아기 참새들 강바람이 차가워도
> 따뜻한 갈대 품이 좋아서 날마다 놀고 간다.
>
> ──「겨울 강」 전문

"조기 유학"이란 단어가 다소 생경스럽게 느껴지긴 하지만 개개비를 기르고, 성장을 축원하며 떠나보내고, 돌아오길 기다리는 '흰 머리' 갈대의 자리가 부모의 자리와 자연스레 겹친다. 알밤이 밤벌레를 엄마처럼 돌보았듯 여기서도 개개비를 길러 낸 건 갈대의 품이다. 밤벌레의 엄마는 밤벌레만이 아니고, 개개비의 엄마는 개개비만이 아니다. 갈대는 개개비도 아기 참새도 품는다. 아기의 생명을 탄생시킨 엄마의 품만이 아니라 자신의 품을 내어 주며 아기를 돌보고 기르는 모든 생명의 품에서 아기들이 자라난다.

알밤이 밤벌레를 거두어 먹이듯, 갈대가 아기 개개비와 참새를 안고 어르고 길러 내듯, 「서릿발」에서는 추운 밤 "어진 달빛"이 나무, 풀잎,

바위, 돌덩이에 솜털 옷을 입힌다. 솜털 옷을 입히는 행위는 과학의 설명과 다른, 서릿발을 비유하는 문학의 이미지일 뿐이다. 하지만 추워 떨까 봐 옷을 입힌다는 발상이 앞의 두 시에서 보았던 돌보는 품과 연결된다. 햇볕 들면 이내 벗어 버릴 솜털 옷이고 이내 벗어 던질 변덕쟁이들이라 해도, 혹시라도 상처받을 수 있는 제 마음이나 보답 따윈 생각지 않고 그에게 필요하니 내어 주는 마음이다.

3

이 동시집은 밤벌레와 개개비와 참새 등 작고 사랑스러운 아기들만 품지 않는다. 어리고 돌봄이 필요한 존재만이 아니라 쇠약하고 버려진 존재까지 품는다. 이는 어쩌면 더 넓디넓은 품이어야 가능할 테다.

> 산기슭의 고주박이
> 둥치 큰 참나무일 때
> 비바람을 참아 내며
> 벌레들도 길러 내고
> 다람쥐도 품어 주었다고
> 산그늘이 구름옷을 입혔다.
>
> 구름버섯 층층 입고
> 십구 층 구름탑이 되었다.

―「운지버섯」 전문

죽은 나무 그루터기가 참나무일 때 다른 존재들을 참아 내고, 길러 내고, 품어 준 일로 산그늘이 구름옷을 입혀 준다. 아낌없이 주었던 나무는 자신을 내어 준 존재들에게 즉시 보답받지 못할지언정 더 큰 존재에게 더 큰 선물을 받고, 더 큰 존재가 된다. "구름버섯 층층 입고/십구 층 구름탑이 되었다"는 묘사에서 참나무 그루터기에 피어난 운지버섯만이 떠오른다면, 구름탑이 운지버섯이란 이름에서 나온 발상이라 여겨진다면, 그건 너무나 빈약한 해석이다. 숫자 9는 완전수 3이 세 번 반복된, 가장 크고 가장 많은, 가장 끝의 수이다. 가장 큰 집은 99칸이고 최고의 기술은 9단이다. 장수의 숫자이기도 하다. "십구 층 구름탑"은 이 세계에 아직 뿌리박고 있으면서도 실은 세계 바깥까지 넘어서 있는 한 존재의 장엄함과 웅대함을 경탄하게 한다.

생명에서 확장된 자연의 큰 품은 물질세계에서 쓸모를 다한 물건까지 그 안에 들인다. 바다 환경을 해친다고 배척되어 온 쓰레기들 — 개펄에 박혀 녹스는 닻(「개펄 풍경」), 빈 낚싯밥그릇(「낚시꾼 앉았던 자리」), 스티로폼 쪼가리(「어떤 스티로폼의 슬픔」), 부탄가스 캔(「부탄가스 캔 하나」), 종이컵, 요구르트병, 사금파리, 비닐봉지, 그물조각(「그 이름 바다」) — 조차 파도가 '맞아 주어', 갯바람이 '쓰다듬어', 잔물결이 '띄워 주어', 그 자리에 존재하게 한다.

이렇듯 큰 품을 보고 노래할 수 있는 건 실은 작고 보잘것없는 존재를 발견하고 사랑할 수 있기 때문이다. 밤새도록 파도가 미친 듯 몰아쳤던 이유가 "어쩌다 통발 감옥에 갇힌/꼬마 꽃게 하나 꺼내 주"(「고마운 파도」)기 위해서였던 것처럼. 권두 시 「반딧불이」로 알리듯 스스로 반딧불이만큼이라도 이 세상을 밝혀 줄 수 있기를 기원하는 시인의 마음에서다.

밤에 보이는 소리

이상교 『찰방찰방 밤을 건너』

1

많은 시인의 개성적인 목소리가 어느 때보다 화려한 지금, 무려 45년이 넘는 시간 동안 꾸준히 시를 창작해 온 시인의 목소리는 어떤 특별함으로 자리할까. 작가로서 그는 고유한 '자기다움'과 시대와 독자의 변화에 조응하는 '자기 갱신'을 어떻게 작품 속에서 이루어 나가고 있을까. 동화와 동시 문단을 통틀어 가장 꾸준하고도 가장 활발히 활동하는 이상교 시인의 동시집이 나올 때마다 그러한 궁금증과 기대로 책장을 넘긴다. 이번 동시집 『찰방찰방 밤을 건너』(문학동네 2019)도 그랬다.

이른 아침 눈뜨자
마을이 온통 하얗다.
앞산, 논과 밭, 나무, 길,

하늘이 다 하얗다.

작은방 뒤꼍으로 난
문을 열자
뒷산 등성이에서 뛰어 내려오던
크고 새하얀 토끼가
우뚝 멈춰 섰다.

하얀 두 귀가
하늘에 닿았다.

　　　　　　　　　　　　　　　　　　　　—「눈 온 날」 전문

　산자락 마을에 밤새 눈이 내린 정경을 묘사한 뒤 산토끼를 만나게 되
는 순간을 포착한 1, 2연까지는 꽤 익숙하다. 청설모, 다람쥐, 고라니, 산
새 등 산속 동물과 단둘이 마주하는 순간의 경이로움은 지금까지 동시
에서 많이 보았다.

　이 시가 특별해지는 이유는 마지막 연에 있다. 산토끼가 뛰다가 우뚝
멈춰 서자 큰 귀가 솟는 듯 보이는 순간을 "하얀 두 귀가/하늘에 닿았
다"라는 짧은 두 행에 담았다. "마을이 온통 하얗"고 "하늘이 다 하얗"
게 빛나는 이른 아침에 "새하얀 토끼"는 문득 풍경 한가운데로 들어와
그 일부가 된다. 그런데 2연까지 풍경의 일부였던 토끼는 마지막 연에
이르자 정점이 되어 풍경을 완성시킨다. "하늘에 닿"은 "하얀 두 귀"가
하얀 땅과 하얀 하늘을 잇는 순간 "작은 방 뒤꼍으로 난/문"이라는 액
자에는 땅, 하늘, 산짐승 그리고 내가 하나 된, 우주의 장면이 담긴다.

2

그저 담박한 듯 보이지만 실은 평범하지 않은 "하얀 두 귀가/하늘에 닿았다"와 같은 표현을 만날 수 있는 동시는 요즘 그리 많지 않아 보인다. 서정시로서의 미학적 완성도보다는 창작 실험과 개성이 동시를 보는 기준으로 점점 더 중요하게 대두되어서일까. 이렇듯 유순하면서도 매끈한 언어의 풍경에서 누구보다 오래 동시를 써 온 시인의 공력이 빛난다.

이 동시집은 단 두 행에 우주를 담을 수 있는 문학적 역량으로 최근 동시 비평에서 강조되는 발랄할 상상을 시집 전반에 모자람 없이 펼쳐 놓는다. 비유와 상상이 시원스러우면서도 비약이 없고, 문학적 논리와 정합성이 탄탄하다. 부스럼은 "꺼멓고 딱딱한/거북이 등때기"(「부스럼」), 두 귀는 "빈 호두 껍데기"(「귀」), 화장지는 코끼리의 "하얗고 기다란 코"(「화장지」), 할아버지 등뼈는 "공룡 한 마리"(「할아버지의 공룡」) 등으로, 형태의 유사성에서 비유 대상을 발견한 후 하나의 '이야기'를 만들어 가는 가운데 비유를 정교하게 조직하고 확장시켜 나간다.

상처가 덧나지 않으려면 손대지 말아야 하는 걸 알면서도 부스럼에 자꾸 손이 가는 이유는 거북이 등딱지를 뒤집어 보려고 시비 거는 일이기 때문이란다. 거북이를 뒤집어 끝장을 본댔자 또다시 피고름이 나고 굳은 자리에 거북이 한 마리가 새로 태어나 엎드려 있겠지만 말이다. 앞으로는 화장지를 쓸 때마다 "하얗고 기다란 코를/둘둘 말고 기다렸다가" "부들부들 부드러운/코"를 길게 풀어 내주는 코끼리 한 마리를 만날 수 있겠다. 할아버지는 몸속에 공룡 한 마리를 키우고 계시고, 식탁

밑에는 '묵(!)고기'가 헤엄치니(「묵」) 집에서도 심심할 새가 없겠다.

　이러한 비유와 이미지는 신진 동시인들의 감수성이나 기법과 비교해도 결코 뒤지거나 낡지 않으니 '자기 갱신' 같은 딱딱한 말로 따질 필요가 없을 듯하다. 오히려 최근 파격을 모색한다는 이유로 일부 동시가 비유나 이미지의 형상화 등 시의 언어 형식을 경중경중 건너뛰는 데 반해, 이 동시집은 숙련된 발레리나의 유려하게 이어지는 동작처럼 아름다운 시어를 유감없이 보여 준다.

3

얼음이 언
겨울 강 가운데쯤
물은 얼지 않고
찰름찰름 뛰논다.

오늘 강의 심장은
거기다.

—「겨울 강」 전문

화장실과 다용도실 사이
좁다란 벽에
시계가 걸렸다.

재깍 재깍 재깍 재깍……
벽은 새로
숨을 얻었다.

두근 두근 두근 두근……
고른 숨소리.
살아난 벽.

—「벽」 전문

겨울 강 가운데서 심장은 얼지 않고 뛰고, 좁다란 벽은 벽시계를 달고
새 숨을 얻었다. 멈춘 듯 혹은 죽은 듯 보이는 겨울 강과 좁다란 벽에 심
장을 달아 준 시인, 그가 쓰는 시의 심장은 어디쯤일까. 어떤 심장으로
그의 시는 창작될까. 심장이 뛰어 '시'라는 맥박이 탄생한 자리, 40여 년
간 바라보고 보듬으며 키워 나갔을 '자기다움'의 자리를 조용조용 더듬
어 본다. 찰름찰름 뛰노는 심장 소리를 듣기 위해선 강 가운데까지 얼음
을 깨뜨리지 않고 조심히 걸어 들어가야 하고, 벽시계의 숨소리를 듣기
위해선 좁다란 벽에 가만히 귀를 대 보아야 할 테니.

한밤중
찰방찰방 초침 소리.

선 채 잠든 벽에 걸린
시계 초침이
혼자 깨어 있다.

복숭아뼈까지 차는

선득 차가운 시냇물을

찰방찰방 건너는 중이다.

—「초침」 전문

　문예지에 먼저 발표된 이 시를 처음 읽었을 때 마음을 가로지르던 서늘함이 여태 또렷하다. "복숭아뼈까지 차는" "선득" "차가운 시냇물"을 "건너는 중"이라니. 밤중에 자다 깨는 비슷한 소재의 동시와 전혀 다르고, 흔히 '이상교 동시'의 스타일로 규정되는 맑음이나 순정함과도 거리가 있다. "선득", 즉 '갑자기 놀라서 서늘한 느낌'이 들 만큼 차가운 물을 맨발로 건너는 이미지를 떠올리는 한밤중은 복숭아뼈가 시리도록 고독한 시간이다. 모두 평화롭게 잠들었을 한밤중에 "혼자 깨어 있"는 건 시계 초침이 아닌 화자 자신이니, 그 시간에는 오직 나 홀로 존재한다. 밤은 어둠 속에서 저마다 홀로 존재하는 시간, 그러니 그 시간을 흐르는 "차가운 시냇물"은 누구든 언젠가 건너게 될 절대 고독의 상징인 '레테의 강'일지 모른다.

　「초침」에 이어 「잠귀」 「가을 시작」에서도 '밤'과 '발'의 이미지가 계속된다. 「잠귀」에서 화자는 잠들기 전 읽다 침대 밑에 떨어뜨린 책, 그 책장을 기어가는 벌레의 발걸음 소리를 듣는다. 초침 소리에 잠 못 들고, 벌레의 "살가락살가락" 발소리에 잠이 깰 만큼 민감하다. 민감함은 생래적이니 나의 의지나 저항과는 상관없이 "깊은 잠 가운데/귀만 동동" 떠오른다. 「가을 시작」에서도 가을을 발견하는 결정적 순간은 "자다가 깬 밤"이다. 어느 가을 달밤, 방바닥에 어리는 하얀 달빛을 화자는 달의 '발'이라 부르며 "달님 발등 위에/내 발을 살몃 대" 본다. 초침 소리에 깨 차가운 시냇물에 발을 담그듯, 계절 따라 길을 바꾼 달빛에 깨 하얀 빛줄기에 발을 적신다.

제어하거나 덮어 둘 수 없는 민감함이 적막한 밤중 홀로 깨게 하고, 번잡하고 시끄러운 낮에 듣지 못한 소리를 듣게 한다. 민감한 귀는 예민한 심장이 되어 시를 꽃피웠다. 봄밤엔 생명이 "조용히도/시끄럽"게(「봄밤」) 움트는 기적을 느껴 시를 쓰게 했다. 편안하고 깊은 잠 대신 불면을 선사받았지만 불면의 고통이 시라는 선물을 주었다. 나무 냄새가 "새 움틀 적/꽃잎 필 적/비 맞을 적/햇빛에 달궈졌을 적/물들 적"마다 다른 냄새여도 모두 좋은 냄새인 건 "맵고 매운 때"가 있었기 때문이듯(「나무」).

4

「겨울 강」 「벽」 「초침」 「잠귀」 「가을 시작」은 기존의 동시에서 익숙한 발랄함이나 산뜻함과는 거리가 있다. 이를 두고 지난 10여 년간 동시의 '동시다움'에 대한 고정관념이 상당히 해제된 영향으로 볼 수도 있다. 하지만 그보다는 초기작 『우리 집 귀뚜라미』(대교출판 1988), 『나와 꼭 닮은 아이』(현암사 1996) 등에 이미 구축된 이상교 작품세계의 연장선에서 이 작품들을 보는 게 옳을 듯싶다. "난 착한 애가/아닌지도/모른다.//착한 애들은/눈물도 곧잘/흘리는 것 같던데.//슬픈 책을 읽고서도/병아리가 죽었대서도/그쯤 일 가지고도/곧잘 비죽이며 울던데,//난 아니다./그런 건 조금도 눈물이 안 난다./주인공이 나일 때만/눈물이 난다.(「눈물」, 『나와 꼭 닮은 아이』) '동심천사주의'에 물든 동시가 그저 '착한' 어린이를 노래했던 당시에도 이상교 동시는 어떤 예민함 내지 까다로움으로, 범범한 '아이다움'이 아닌 '한 아이'를 발견했다.

　　나비야, 나비야
　　부르지 마.

　　팔랑팔랑
　　노랑나비
　　배추흰나비
　　모시나비
　　호랑나비 아냐.
　　부르지 마.

　　나비야, 나비야
　　부르지 마.

　　방글방글
　　채송화
　　백일홍
　　봉숭아
　　맨드라미 아니면서
　　부르지 마.

　　나비야, 나비야

부르지 마.

먹을 거 줄 것도
없으면서
아니면서
부르지 마.

나비야, 나비야
부르지 마.

—「부르지 마」 전문

고양이 화자로 반복되는 시행을 정리하면 매우 간단하다. '나비야,
부르지 마. 꽃 아니면서, 먹을 거 줄 것도 없으면서, 아니면서'. 자신을
자꾸 나비라고 부르는 인간을 향한 고양이의 비아냥이 날카롭다. "없
으면서/아니면서"로 두 번 부정하며, 고양이를 제대로 불러 주지도 않
고 고양이에게 진정 필요한 손길을 내밀어 주지 않는 한 고양이와 진정
한 관계를 맺을 수 없다고 단언한다. 얻어먹어야 할 형편에도 이렇듯 당
당한 태도를 단지 고양이의 습성으로만 해석하고 말기엔 아깝다. 자신
의 존재와 개성에 당당한 마음과 태도를 지닌 어린이가 여기 있다. "주
인공이 나일 때만/눈물이 난다"고 자신을 솔직하게 들여다보고 말하던
그 어린이가.

콘크리트 길바닥에
민들레가 돋아났다.

그 바람에
콘크리트 길바닥이
쭈욱 갈라졌다.

우리도 거들었지,
민들레 가까이
쑥부쟁이, 꽃다지도
돋아났다.

—「봄」 전문

콘크리트 틈새에 뿌리 내리고 꽃 피운 민들레의 생명력을 예찬한 동시는 많다. 그런데 이 작품에선 반대로 민들레 때문에 갈라진 콘크리트에서 또 다른 생명을 발견한다. "우리도 거들었지"라며 작은 목소리 모아 큰 목소리로 외치는 쑥부쟁이와 꽃다지의 함성은 이 작품을 새 노래로 만든다. '생명력'이라 하면 왜 만날 민들레뿐이냐, 우리도 있다! 민들레와 쑥부쟁이와 꽃다지에게서 자기 존재를 당당하게 외치는 어린이의 목소리를 듣는다. 밤에 보이는 소리를 듣는 시인의 예민한 심장이 두근대며 외치고 있다. 고요했던 밤이 수많은 소리로 가득 차 "살아난다, 살아난다"(「살아난다, 살아난다」,『살아난다, 살아난다』, 문학과지성사 2004).

주먹이 빛과 향기가 되기까지

이안 『고양이의 탄생』

하하. 제가 써야 할 이 편지*는 아무래도 웃음으로 시작할 수밖에 없습니다. 지금껏 부탁받은 글 중 가장 당황스러운 경우였으니까요. 시인이 직접 자신의 시집에 대한 글을 써 달라 청탁하시다니. 게다가 이 글이 실리는 지면 또한 시인이 직접 편집에 참여하는 잡지가 아니던가요. 왜 하필 제게 부탁하시는 건지 난감했지만 그럼에도 크게 망설이지 않고 쓰겠다고 말씀드렸던 건, 참 재미있게 시집을 읽었고 그런 만큼 떠오르는 이야기가 많았기 때문입니다.

먼저 제목 이야기부터 해 보고자 합니다. 선생님의 첫 동시집 『고양이와 통한 날』(문학동네 2008)처럼 이번 두 번째 동시집 『고양이의 탄생』(문학동네 2012)에도 '고양이'가 들어가네요. 시인이 온 정성을 들여 펴내

---

* 이 글은 격월간 『동시마중』(2013년 3·4월호)의 '편지, 시인에게' 코너에 실린 것이다. 한 시인이 다른 시인의 시를 읽고 편지 형식으로 쓴 글을 싣는 코너다.

는 시집 제목에 같은 단어를 연달아 넣는 건 그리 흔한 일은 아니지요. 두 동시집을 두고 시인은 어떤 연속과 변화를 말씀하고 싶으셨던 걸까요. 「책머리에」에 거듭 남겨 두신 '빈칸(괄호)'의 의미는 과연 무얼까요.

언뜻 떠오르는 대로 빈칸에 우선 '동시'라고 적어 넣어 봅니다. 첫 동시집이 성인시를 쓰시던 선생님께서 동시와 '통하려고', 처음으로 동시를 알아 가고 발견하는 가운데 쓴 것이라고 한다면 이번 시집은 이안 동시의 '탄생'이라고 할 만하다는 게 제 생각입니다. 선생님만의 세계와 스타일이 『고양이의 탄생』에서 보다 명징하게 보였으니까요. 언어란, 말해짐으로써 이루어 내는 힘이 있으니 아마 선생님께서는 『고양이의 탄생』을 통해 이안 동시의 탄생을 염원하셨는지도 모르겠습니다.

이안 동시의 탄생이란 곧 이안 동시에서의 '어린이'의 탄생이기도 합니다. 그렇다면 빈칸 안의 답을 다시 '어린이'라고 채워 볼 수도 있겠네요. 첫 동시집이 어느 정도는 독백처럼 읽혔다면 이 동시집은 어린이와의 대화처럼 들립니다. 왜 그랬을까요?

우선 어린이를 바라보는 시인의 마음과 시선이 잘 드러나기 때문이 아닐까 생각됩니다. 표제작 「고양이의 탄생」에서 저마다 "길을 물고 태어나"기에 걱정할 것 없다는 것은 그저 고양이의 습성과 생태가 아니라 바로 우리 어린이를 두고 하는 이야기겠지요. 먹고살 일을 걱정하며, 교사와 공무원을 최고의 직업으로 꿈꾸는 요즘 어린이를 안타깝게 여기고 또 힘을 북돋아 주고 싶어 하는 시인의 마음이 짐작됩니다. 혼자 있고 싶을 때가 있고, 아무에게도 자신을 "보여 주고 싶지 않을 때가 있"다는 금붕어 이야기(「금붕어」)에서는 부모의 속박과 규율에 지친 어린이의 심정이 떠오르고요. 「여름방학」의 어린이는 방학을 해도 더 많은 학원 수업에 시달리는 어린이들에 비해 또 얼마나 씩씩한지요.

아이들에게 말을 건네는 시인의 목소리도 첫 시집과는 상당히 달라져 있습니다. 좀 더 밝고 가볍고 매끄러워졌네요. 문체, 문형, 종결어미가 매우 공들여 다양하게 사용된 덕에 시집이 전체적으로 생동감 있게 여겨집니다. 또한 시를 한 편씩 찬찬히 살펴보면 언어가 매우 정갈하게 정련되어 시로서의 품격을 느낄 수가 있고요. 여러모로 『고양이의 탄생』은 첫 동시집에 비해 어린이에게 한결 가까이 다가가면서도 시로서 더욱 다듬어졌다는 점에서 저는 이안 '동시'의 탄생이라 부르고 싶은 것입니다.

그런데도 많은 분들이 이 시집을 두고 어렵다고 하는 것 같습니다. 어떤 점에서 어렵게 보였을까요. 어린이 독자의 문학적 수준이 너무 높게 상정되어 있을까요. 가장 문제가 되는 부분은 제1부의 '뱀' 연작일 겁니다. 이 밖의 다른 시들은 전통적인 동시의 범주에서 크게 벗어나지도, 어렵지도 않다고 봅니다. 약간 낯설 수는 있을 법한 「새」나 「노란귀바위거북을 타고」 또한 상상의 과정을 친절히 설명하면서 시를 전개해 나가고 있기 때문에 어린이 독자가 비유와 상징을 이해하면서 아름다움을 느낄 수 있다고 믿습니다.

그렇다면 뱀 연작이 어렵다는 건 무슨 뜻일까요. 시집 마지막이 아닌 첫 장에 의도적으로 배치되면서 좀 더 시선을 끌며 강렬한 첫인상을 주고는 있지만 뱀 연작은 사실 『고양이의 탄생』에서 매우 예외적인 부분으로 보입니다. 특히 전통적인 문학의 잣대로서가 아니라 오늘날 동시의 새로운 텍스트성을 탐색한 지점에서 평가되어야 할 여지도 있고요. 뱀 연작이 어렵다는 건 이렇듯 낯선 텍스트 형식과 더불어 아마도 시인이 말하고자 하는 바를 완벽하게 이해할 수 없다는 의미일 겁니다. 저 역시 "참기름병에서 나와서 콩기름병으로 들어갔"(「뱀 1」)다는 의미가 애매모호하기는 합니다. "쌍계사 이팝나무"(「뱀 9」)나 "검룡소 이야기"(「뱀 10」)는 아마도 뱀이 나오는 설화와 관련 있는 듯한데 설화를 알아야지 해석이 풍부해지겠죠. 왜 '뱀' 연작인지, 연작으로 묶인 각 시들 간의 고리도 의문이었습니다.

하지만 문학작품이란 게 늘 명백하게 이해되는, 혹은 이해되어야만 하는 것은 아닐지도 모릅니다. 독자의 입장에서는 명확히 해석하고 분석해 낼 수 없어도 때론 그저 느낌만으로도 읽을 수 있는 것이 문학이고, 단어나 구절 하나, 비유 하나만으로도 좋아할 수 있는 것이 시일 수 있겠지요. 예를 들어 저는 「노란귀바위거북을 타고」에서 후반부의 시상 전개가 좀 더 명확하지 못한 점은 몹시 아쉬웠지만 국화가 피어 있는 바위가 '노란귀바위거북'으로 변화하고, 그 거북(바위)을 타고 바다로 나아간다는 상상력과 이미지만으로도 이 시를 마음에 담을 수 있었습니다. 어쩌면 우리는 아동문학도 문학이다, 동시도 시다, 라고 말은 하면서도 그 '문학'의 테두리를 지나치게 한정하고 있는 건 아닌지 다시금 생각해 봅니다.

저는 이 시집이 어렵다고들 하는 점에 대해 좀 더 따져 보고 싶습니다. 잠깐 이야기를 넓혀 보자면, 선생님처럼 성인시를 쓰던 분들이 동시도 쓰는 상황이 되면서, 현재 범박한 수준에서 동시를 바라보는 시각은 편협한 이분법 구도에 빠져 있는 듯합니다. 즉 '성인시인의 동시＝작가의 문학성을 중시하는 동시＝경계를 넘는 동시＝어려운 동시'와, 그와 대비되는 '동시인의 동시＝문학성보다는 어린이 독자의 수용을 중시하는 동시＝경계 안의 동시＝쉬운 동시'로 말입니다. 그리고 성인시인과 동시인들 공히 일정 부분 이러한 구도 안에서 자신의 동시를 변호하고 정당성을 부여받고자 했던 것은 아닌지 조심스레 자문해 봅니다.

하지만 임길택 시인의 '쉬운' 동시가 과연 문학적이지 않던가요. 윤석중, 권태웅, 이원수, 이문구 시인의 동시는 또 어떤가요.『고양이의 탄생』에는 '쉬운' 동시가 몇몇 '어려운' 동시와 함께 있는데 그렇다면 이 시집은 저 이분법 구도의 어느 쪽에 들어가야 하는 걸까요. 으레 선생님의 동시와 함께 이야기되곤 하는 김륭의 동시를 '성인시인의 동시'나 '문학성을 중시하는 동시' 혹은 '어려운 동시'로 뭉뚱그려 볼 수는 없을 것입니다. 저는 선생님의 동시가 임길택의 동시와 거리가 있는 것만큼이나 김륭의 동시와도 다르다고 생각합니다.

시인마다 작품의 결이 다르기 마련인데 이러한 이분법 구도에 묻혀 버리는 건 참 안타까운 일입니다.『고양이의 탄생』을 두고 '어렵다'고 하는 데에도 이러한 선입견과 편견이 없지는 않은 듯 보이는 까닭에 이야기를 길게 늘어놓았습니다. 그러한 시선에서 벗어난 다음에야 이 시집을 제대로 볼 수 있을 것이라고 생각했기 때문입니다. 성인시인의 동시 창작이 더 이상 시도나 현상에 불과하지 않기에, 동시인들 역시 늘 자신의 세계를 깨부수고 새로워지고자 하는 예술가이기에, 앞으로는 각 시인의 목소리에 좀 더 마음을 열고 정성껏 귀를 기울여야 할 것 같습니다. 물론 시인들이 어린이에게 들려줄 자신만의 목소리를 가다듬는 일이 우선일 테지만요.

끝으로 저는 이 동시집에서 부러운 것이 하나 있습니다. 바로 김세현 화가의 그림과 편집 디자인입니다. 저는 동시집에 실린 그림과 디자인도 눈여겨보는 편인데 우선 책이 아주 예쁘고, 각 부를 나누는 표지 그림을 꽃병으로 통일하고 이야기를 넣는 등 꼼꼼하게 작업이 되었네요. 동시집의 그림들이 점점 화려해지면서 시를 읽고 이해하는 걸 오히려 방해하거나, 시를 잘못 해석한 그림까지도 볼 수 있는데 이 동시집의 여백이 참 마음에 듭니다. 동시집의 그림과 디자인은 동화집보다 훨씬 더 섬세하게 계획되어야 한다고 생각하거든요. 시와 그림, 즉 언어와 이미지 사이에 일정한 거리를 두어서 독자가 언어의 울림을 스스로 느끼도록 해야 한다고 보는데, 이 시집은 그러한 방식으로 만들어져서 시와 그림이 서로 돋보입니다.

첫 동시집 『고양이와 통한 날』의 「모과」에서 "돌덩이만큼 단단한/주먹"이던 모과는, 이번 시집 『고양이의 탄생』의 「모과 한 알의 방」에서는 모과나무 밑 생쥐네 집을 가득 채우는 빛과 향기가 되었네요. 주먹이 빛과 향기가 되기까지의 시간 동안 동시에 들였을 선생님의 고민과 사랑과 열정에 경의를 표합니다. 그 빛과 향기가 어디로 가닿게 될지를 또 기다려 봅니다.

고양이에서 동물원까지

이안 『글자 동물원』을 중심으로

이안의 동시에 대해서는 「주먹이 빛과 향기가 되기까지」(『동시마중』 2013년 3·4월호)에서 이미 살핀 바 있다. 발표 당시 지면 특성에 따라 『고양이와 통한 날』과 『고양이의 탄생』에 대한 평가를 편지글 형식으로 시도해 보았는데, 오히려 '편지글 형식'이었기에 하고 싶은 말을 완곡하지만 가리지 않고 할 수 있었다.

그 글에 별달리 보탤 말이 없을 거라 여기면서도 다시 한번 이안의 동시집에 대해 글을 쓰게 된 건 일종의 책임감에서다. 이안은 최근 그간의 작업을 묶은 동시평론집 『다 같이 돌자, 동시 한 바퀴』를 내면서 어떤 평론가보다도 활발히 비평 활동을 하고 있다. 게다가 『동시마중』 편집인으로서 자신의 동시 담론을 다양한 차원에서 확장시켜 왔다. 그런데 '이안의 동시 비평'은 수다한 데 비해 '이안 동시의 비평'은 언뜻 떠오르지 않는다. '중이 제 머리 못 깎는' 이 상황에서 누군가는 나서야 하는 것 아닌가 싶었다.

지금까지 이안의 동시는 비평에서 별달리 주목되지 않은 채 은연중에 그의 비평과 담론에 비추어 해석되고 평가받아 온 듯 보인다. 하지만 작품론이 작가론과 엄연히 다르듯, 작품에 대한 평가는 그 작가의 시론이나 평론과는 구분되어야 한다. 시론과 평론은 창작의 지향이 될 수 있을지언정 창작의 실제 성취와는 분명 다르다.

이안은 자신의 평론집 책머리에 "나에게 비평은 창작을 의미 있게 밀고 나가기 위한 하나의 방편이자, 새로운 창작의 전위를 내 안에서 찾아내기 위한 몸부림이며, 아직 오지 않은 시를 맞이하기 위한 준비 단계"라고 스스로 밝힌 바 있다. 그의 비평이 이렇듯 시인으로서 신원의식을 바탕으로 했다고 해도 마찬가지다. 우선은 그의 작품을 그의 비평과 분리해서 보는 것, 그것이 이안 작품론의 시작이다. 비평과 작품을 견주어 보는 것은 나중 과제다.

1. 고양이에서 고양이로

이안의 동시집은 2017년 현재까지 『고양이와 통한 날』 『고양이의 탄생』 『글자 동물원』(문학동네 2015) 등 세 권이다. 어느 시인이든 새 시집을 낼 때에는 이전 작품세계와의 차별성을 고민할 것이나 이안의 시집들에서는 특히 이러한 노력과 기획이 매우 선명하다. 변화의 과정이야말로 이안 동시의 핵심이다. 아마도 이것이 그의 비평과 창작이 서로 영향을 주고받고 서로를 견인할 지점일 테지만 이 글에서는 각 시집의 특징과 변화를 따라가며 작품세계의 향방을 해석하는 일에 주목한다.

그의 첫 시집 『고양이와 통한 날』은 이른바 '현실주의 동시'의 문법에서 크게 벗어나지 않은 채로 이안 동시의 시작을 연다. 「냉이꽃」「제자리 민들레」「목숨」「동네 사람 먼 데 사람」 등이 노래하는 자연의 질긴 생명력과 이에 대비되는 사람들의 탐욕은 현실주의 동시의 주요 주제 중 하나이다. 첫 시집에 수록된 시 대부분은 시골 생활 경험을 소재로 삼았는데, 시인의 정돈된 언어 외에 동시로서의 그만의 언어나 시선은 잘 드러나지 않는다. 그 가운데에서는 「모두들 처음엔」이 가장 눈에 띈다.

> 대추나무도 처음엔 처음 해 보는 일이라서
> 꽃도 시원찮고 열매도 볼 게 없었다
>
> 암탉도 처음엔 처음 해 보는 일이라서
> 홰대에도 못 오르고 알도 작게만 낳았다
>
> 모두들 처음엔 처음 해 보는 일이라서
> 조금씩 시원찮고 조금씩 서투르지만
>
> 어느새 대추나무는 내 키보다 키가 크고
> 암탉은 일곱 식구 거느린 힘센 어미닭이 되었다
>
> ──「모두들 처음엔」 전문

담담한 진술로 평이한 이야기를 하고 있음에도 울림이 큰 시다. "처음엔 처음 해 보는 일이라서"라는, 동어반복의 서술이 시적인 논리와 설득력을 지니기 때문이다. 1, 2연의 대추나무와 암탉의 '처음'이 3연에 이르러 모든 존재들로 확장되고, 마지막 연에서 확인되는 그들의 늠름한 성장은 곧 모두의 성장을 다정하게 예언하고 축복한다.

또 이 시집에서는 어린이의 시선이나 목소리보다 어린이 화자가 말하는 아버지의 이야기가 더 많이 보이고 들린다. 「밥알 하나」 「아버지고향」 「고맙다」 「고수」 등이 대표적인데 이는 어른 시인이 동시에서 자신의 이야기를 풀어놓는 일반적인 형식이다. 하지만 오히려 어린이 화자를 내세우지 않은 「사진」 같은 시가 기존 동시의 문법에서 벗어나 자연스럽고 소박한 동시의 미학을 드러내는 듯 보인다.

어릴 적 사진 속에는
아직도 어머니가 나를 안고 있고
아직도 아버지가 나를 업고 있고
아직도 내가 웃고 있고

젊은 어머니와 아버지와 나어린 내가
언제나 서로 사랑하며 가난하지요
언제나 서로 사랑하며 가난하지요

——「사진」 전문

첫 시집은 이렇듯 현실주의 동시 문법을 기본으로 하고 있지만 두 번째 시집 『고양이의 탄생』에 이르러서는 전혀 새로운 언어와 형식을 선보인다. 고양이 목숨이 여럿이라고 하던가. 이 시집은 고양이가 정말로 새로 탄생한 듯, 다른 목숨으로 환생한 듯 느껴질 정도로 첫 시집과 차이를 보인다. 모과, 고양이 등 첫 시집에서와 동일한 소재도 등장하고 달, 강, 꽃, 나비, 비, 눈, 봄, 새 등 자연이 서정의 주된 원천인 점 역시 여전하지만 좀 더 가볍고 자유로우며, 세련되고 단순해졌다. 시인의 감성은 어린이의 감성과 좀 더 가까워졌다. 「금붕어」는 그러한 일치를 통해 어린이의 심정을 빼어나게 보여 주는 작품이다.

돌멩이 하나만 넣어 주면 안 될까요?

나도
혼자 있고 싶을 때가 있어요

돌멩이 뒤에 숨어,

아무에게도 나를
보여 주고 싶지 않을 때가 있어요

───「금붕어」 전문

『고양이의 탄생』은 색다른 차원의 형식 실험 또한 돋보인다. 시집 1부에 배치한 '뱀' 연작은 동시에서는 잘 언급하지 않는 뱀을 소재로 한 1, 2행의 단행시이다. 마치 그림책과 같은 문자와 이미지의 배치에서 짐작할 수 있듯 이 연작시는 동시라는 텍스트가 종래의 문학을 넘어 전혀 새로운 텍스트가 될 수 있는 가능성을 모색하는 시도로 보인다. 동시를 텍스트로 하는 그림책은 예전부터 꾸준히 출간되고 있지만 동시집 안에서 텍스트의 새로운 가능성을 선보였다는 점이 동시의 상상력을 고무시킨다.

2. 고양이에서 동물원으로

『고양이의 탄생』에서 또 하나 눈에 띄는 건 새로운 말놀이의 발견이다. 최승호의 『말놀이 동시집』 이후 언어유희나 형태시는 동시의 새로운 경향으로 자리 잡았는데 이안의 말놀이는 동음이의어를 활용하거나 시의 내용을 시각화하는 다른 동시의 경향과는 조금 다르다.

　　저놈의 똥강아지 옆집 똥강아지

　　옥수수 울타리 빠져나와 또 우리 집 마당으로 들어선다

　　코를 땅에 박고 뚤뚤 뚤뚤 똥 눌 자리 찾다가

　　모과나무 아래 똥 한 주먹 질러 놓고

　　달랑 달랑 달랑달랑 강아지 되어 돌아간다

　　저놈의 또강아지 옆집 또강아지

　　　　　　　　　　　　　　　　　　—「똥강아지 또강아지」 전문

옆집 똥강아지가 얄밉게도 꼭 우리 집 마당에 똥을 싸고 돌아갈 때 '똥강아지'는 '또강아지'가 된다. 닿소리 'ㅇ'이 강아지가 눈 '똥'의 이미지와 치환되는 것이다. 문자와 이미지의 치환과 확장이 일반적인 형태시처럼 시 전체, 행과 연, 단어가 아닌 음운 차원에서 이루어졌다. 마치 현미경으로 들여다보듯 언어를 꼼꼼하고 세세하게 관찰하며 새로움을 발견해 냈다.

「지렁이」는 닿소리 'ㅎ'을 모자 쓴 모습으로 보고 시상을 전개시킨 시인데, 모자 즉 'ㅎ'의 움직임과 이동에 따라 '질형이→질행이→지랭이→지래이'로 문자가 변화한다. 모자가 이동하는 이미지와 바뀐 문자가 정확히 들어맞지 않는다 해도 충분히 의미 있고 재미있는 실험으로 여겨진다.

문자를 변화시키는 작업을 통해 문자에서 새로운 이미지를 발견하고 이를 통해 의미를 생성해 나가는 작업은 「노란귀바위거북을 타고」까지 이어진다. '노란귀바위거북'은 '노란' 국화가 마치 '귀'처럼 바위 양옆에 피었기 때문에 붙여진 이름이다. 그렇기에 "국화꽃이 시들면/노란귀바위거북은 노란귀거북을 벗고/바위로 돌아"가게 된다. 이 작품 역시 문자와 이미지를 서로 연결시키는 가운데 의미가 발생한다는 점에서 「똥강아지 또강아지」나 「지렁이」와 같은 자리에 있다고 볼 수 있다.

이러한 시도는 세 번째 동시집 『글자동물원』에서 전면으로 부상한다. 「른자동롬원」「1학년」「하진이 1」「하진이 2」「마늘 묵찌빠」「눈덩이」 등 1부의 시들은 편수가 많지는 않지만 「른자동롬원」을 표제작으로 하고, 시집의 첫 얼굴인 1부에 구성되어 이 시집을 대표하고 있다. 『고양이의 탄생』에서 실험적인 뱀 연작시를 1부에 실었듯 여기에서도 각 시집의 지향과 특징을 차별화하려는 시인의 의도와 기획을 읽을 수 있다.

「하진이 1, 2」가 문자와 이미지의 연관을, 「마늘 묵찌빠」가 음운 단위의 문자와 이미지의 치환을 시도하며 기존의 실험을 이어받은 데 비해 「른자동롬원」과 「1학년」에서는 좀 더 과감하게 나아간다. 「른자동롬원」

은 "곰이 어떻게 동물원을 탈출했게?"('곰'이라 쓴 걸 180도 회전해 보여 주며) "문을 열고."라 말하며 놀이하는 일을 동시로 끌어와 "절대 이 책롱 거꾸로 꽂지 마시오//문이 곰롱 열고 탈출할 수도 있몽"이라며 문법을 파괴하면서까지 언어 형식을 실험한다. 물론 이는 오래전 서구 형태시에서 흔하게 찾아볼 수 있다. 그럼에도 의미 있는 건 어린이의 놀이를 동시의 언어로 가져오는 과정에서 그러한 형태시가 모색되었다는 점이다. 새롭게 고안해 낸 숫자와 문자 체계에 따라 비밀 편지를 쓰고, 온갖 기호로 암호문을 만들어 노는 어린이의 언어 세계, 문자 세계를 동시로 들여와 조직했다. 그리고 그것이 동시의 새로운 언어 형식을 탄생시켰다.

지금까지 동시가, 나아가 아동문학이 어린이들의 놀이가 되어야 한다고 꾸준히 선언되어 왔지만 그 실제가 무엇인지, 그것이 어떻게 구현될 수 있는지 등은 여전히 공백으로 남아 있다. 여기서 「른자동롬원」과 「1학년」의 실험은 어린이의 놀이 장면을 묘사하고 서술하던 이전 작품과는 분명 다른 지점에 서 있다. 물론 이 작품이 유머와 다를 것이 뭐 있느냐, 문학이라 할 수 있느냐 하는 질문은 얼마든지 제기될 수 있고, 치열하게 논의되어야 할 것이다.

3. 동물원을 지나 어디로

『글자동물원』에 수록된 작품들의 소재는 전작에서와 마찬가지로 여전히 자연물이 대부분이나 서정의 결은 이전과 사뭇 다르다. 첫 시집 『고양이와 통한 날』의 자연은 끈질긴 생명력 그 자체였고, 두 번째 시집 『고양이의 탄생』의 자연은 시인의 서정에 가까웠지만, 세 번째 시집 『글자동물원』에 이르러서는 어린이 독자를 고려한 듯 자연을 그린 방식이 돋보인다. 작품 전반이 가뿐하고 유쾌하다.

꿩은 날아가며 웃고(「꿩」) 사과는 익어 가며 웃고(「사과나무 웃음소리」) 돌사자상은 비를 맞아 가며 웃는다(「돌사자상에 비가 오면」). 배롱나무는 아예 간지럼나무여서, 내가 간지럼을 태우니 몸을 꼬며 킥킥 웃다가 나무 줄기가 배배 돌아간 거란다(「간지럼나무」). 버섯을 땅이 뀐 방귀라 부르고(「버섯 방귀」), 오리는 주둥이가 숟가락이라서 오리가 먹이를 찾으며 물속으로 목을 밀어 넣는 게 손목까지 국그릇에 집어넣는 격이라는(「오리는 배가 고파」) 상상에서도 웃음이 강조되고 있다.

세 권의 시집을 내는 동안 이안 시인은 동시의 장르적 근거를 찾다가 결국 어린이 독자에게로 좀 더 다가가려는 지점에 다다른 듯 보인다. 『고양이의 탄생』에서 시인의 지향은 '동심'이었지만 『글자동물원』에서는 '어린이 독자'에 대한 지향이 분명해졌다.

이안의 동시 비평이 '동시도 시'라는 명제에서 출발하고 여전히 이를 강조한다 해도 현재 그의 동시는 누구보다 더 '어린이'에 주목하고 있다. 그의 비평 담론에 비추어 그의 동시가 난해하다든지, 어린이 독자를 고려하지 않는다고 말하는 건 그의 비평적 입장에 대한 선입견으로 작품을 제대로 평가하지 못하는 경우다. 물론 이안에게는 자신의 창작과 평론 사이에 어떠한 균열이나 비논리, 부정합이 있는지를 되돌아보아야 하는, 남들에게는 주어지지 않은 과제 하나가 더 있다. 창작과 평론이 반드시 동일한 지향을 지녀야 한다는 게 아니라 그가 비평을 하는 한 그의 작품이 굴레를 져야 할 운명에 있다는 말이다.

동시를 창작하는 시인이라면 누구나 마찬가지겠지만 이안에게는 더욱 동시 장르 자체에 대한 고민이 결코 끝나지 않을 일로 보인다. 『글자

동물원』이 지향한 어린이 독자가 실제의 어린이 독자와 얼마나 소통할 수 있을지, 『고양이의 탄생』이 발견한 '동심'이 과연 어린이 독자에게 가닿을 수 있을지, 『고양이와 통한 날』의 서정은 어린이 독자와 만나기 힘든, 폐기되어야 할 구습인지…….

그의 동시는 '현실주의 동시, 동심, 어린이 독자' 순으로 세 번의 변곡점을 보여 주었다. 이는 고민하는 시인 개인의 발자취인 한편 동시 장르의 주요한 질문과 응답의 과정이었다. '시'가 아닌 '동시'를 꼭 붙들어 온 그가 다음에는 어떠한 질문과 응답을 보여 줄지 궁금하다.

살금살금 다가가고 가만가만 뒷걸음치고

성명진『축구부에 들고 싶다』

한 어린이가 있다. '요즘 아이들'과는 좀 다르다. 조금은 착하고 조금은 순박하고 때론 어눌해 뵈기도 한다. "그 애는 꾀죄죄해 보였다./말수도 적었다./실은 나도 그랬다"(「친구」)라고 고백하는 것처럼.

그 어린이는 소심하다. 안 그래도 "우리 개 흰이가/남수네 개 앞에서/꼼짝 못 해 속상한"데 "남수네 개가/우리 집 앞에/똥 싸 놓고" 간 걸 보니 화가 많이 난다. 그래서 고작 한다는 게 "흰이를 데리고 가/남수네 집 앞에 앉"히고 "똥 많이 싸"라고 몰래 종용하는 일이다(「어서어서」). 사실 꼼짝 못 하는 건 흰이가 아니라 아이일지 모른다. 마음껏 내지르며 대들거나 싸우지도 못하고 소심한 복수에 가슴 졸이니 말이다.

어린이는 그 때문인지 대상에게로 달려드는 법이 없다. 소심한 주인을 닮아 소심한 개 흰이가 새끼를 낳고 사나워지자 이제는 "흰이의 강아지들과/친구가 되"겠다 하질 않나(「속상해」), 친구네 집으로 보낸 개가 자길 보고 짖으니까 "나쁜 놈, 나쁜 놈/욕해 주려다가/무서워서 멀리 돌아"가 버리질 않나(「종종이 미워」). '금단의 상자'가 궁금해도 "살금살금 다가"갔다가 "가만가만 뒷걸음"치기만 여러 차례다(「가 보자」). 좋아하는 아름이와의 거리도 "아름이 웃음소리가 들리는", 하지만 "아름이가 눈치채지 못하는" 딱 그만큼까지다(「공을 튀기면서」).

성명진 동시집 『축구부에 들고 싶다』(창비 2011)의 어린이는 바로 그런 어린이다. 잘난 것도 못난 것도 없이 너무 평범해서 눈에 잘 띄지 않는. '은근 소심'이 아닌 '왕 소심'인. 그런 어린이를 이야기하는 시인의 차분하고 따스한 목소리는 세계와 사물과 사람들과의 '관계'로 나아간다. 이 시집의 시 가운데 시적 대상이 홀로 있는 경우는 거의 없다. 시적 대상은 반드시 '관계'의 의미망 안에서 표현된다. "땅 위를 걷던/새 한 마리,/날아서 도망"치는 건 "땅이 던져 주고/저쪽 나무가 받아 주"는 것이고(「숨어라」), 붓꽃이 올해도 꽃을 피운 건 땅 아래에 "다정하고 부지런한/어머니가 계시"기 때문이란다(「뿌리」). 「누구야」와 「새 가족」에서 낯선 존재가 종래의 반경 안으로 들어오는 찰나를 사진 찍듯 포착한 것 역시 관계의 시작에 대한 관심으로 읽힌다.

그리고 이 '관계'는 수선스럽거나 애쓰는 법 없이 조용하고 잔잔하다. "아까시나무 가지와/상수리나무 가지가 닿았다.//곱고도 환하게/아까시꽃이 피자/상수리나무 잎 몇이/들뜬다.//꽃 가까이/몰래/옮겨 가고 싶은 것들."(「눈독」) 이 시집에서의 '관계 맺기'는 이렇게 닿을 듯 말듯 하던 가지 끝이 살짝 가닿고 몰래 옮겨 가고 싶어 하는 양이다. "내내 함께 있던/강아지"는 근심 많은 할머니를 "뒤에서 가만히/건드"려 위로하고(「해 질 녘」), 아버지는 높은 곳을 겁내는 나를 "뒤에서 가만히 등을 도닥여" 안심시킨다(「뒤에서 가만히」).

때론 심심하고 평범해 보이기도 하지만 이러한 시선은 「불빛」과 같은 진경을 만들어 내는 힘이다. 깜깜한 밤 송아지의 탄생을 '불빛'으로 은유하고 나무, 언덕배기, 먼 산줄기까지 확장한 시선을 다시 '불빛'에 모으는 장면은 마구간에서 태어났다는 아기 예수의 탄생만큼이나 성스럽다. 「둘이는」에서 할아버지와 소가 앞서거니 뒤서거니 하며 말을 나누는 풍경은 김도연의 동명 소설을 임순례 감독이 영화로 만든 「소와 함께 여행하는 법」(2010)이나 다큐멘터리 「워낭소리」(2009)의 장면을 떠올리게 한다. 착하고 순박한 풍경이다. 점점 세련되어 가는 우리 동시에서 점점 사라져 가는 풍경이다.

팝콘 만드는 선생님

문현식『팝콘 교실』

커다란 팝콘 기계 안에
옥수수 알갱이 서른 개가
노릇노릇 익으면서
톡톡 튄다.

알갱이들아
계속 튀어라.
멈추면 선생님이 냠냠
다 먹어 버릴지도 몰라.

—「팝콘 교실」 전문

   집에서 한두 아이를 키우기도 벅찬데 한 교실에서 서른 명쯤 되는 어
린이와 함께 지내는 교사들을 볼 때마다 저 일은 참 천직이어야 하겠다

싶다. 서른 개의 옥수수 알갱이들이 튀는 소리와 움직임은 얼마나 소란스러울까. 혹 어떤 교사들은 채 팝콘이 되지 않은 옥수수 알갱이들을 팝콘 기계에서 꺼내기에 바쁠지 모른다.

하지만 교사이자 시인인 문현식은 '팝콘 교실'에서 열심히 팝콘 기계를 돌리고 있다. 그래서 그의 동시 속 아이들은 팝콘처럼 톡톡 튀어 다닌다. 태풍이 오면 "축구공을 뻥 차서 태풍에 태워/그물 찢어지는 강슛 때리고 오자."(「태풍 축구」) 하고, 다시는 친구와 싸우지 않겠다고 반성문을 쓰다가는 "다시 또 친구와 싸울지도 모르겠"(「반성문」)다며 슬쩍 문장을 바꾼다. "옷은 시커멓게 만들"고 "양말은 두 쪽 다 구멍 내"고 "하늘에 별이 보이면/가방 늘어지게 메고/슬슬 집으로 휘파람 불며" 돌아가 "킥킥 웃으면서 자자"(「놀다 가자」)는 아이는 그중 가장 멀리까지 튀어 나간다. 학원에서 학원으로 옮겨 다니느라 단 삼십 분도 맘껏 놀지 못하고, 늦은 밤까지 공부하느라 별을 보며 집으로 돌아가는 아이들에 비한다면 거대한 팝콘 모양의 저 구름 위로 훌쩍 날아가 버린 듯 아득해 보일 정도다.

문현식의 『팝콘 교실』(창비 2015)은 현실주의 동시의 '교사 시인' 계보를 잇기에 충분한 동시집이다. 이러한 규정을 시인은 탐탁지 않게 여기거나 서운해할지도 모르겠다. 그러나 이것이 시인으로서의 자질이나 가능성을 축소하거나 혹은 시의 소재와 배경이 한정되어 있다고 말하는 것은 결코 아니다. 어떤 시인이든 자기 삶의 자리를 기본 바탕으로 해서 시를 창작하게 마련이다. 교사 시인이 학교에서 만나는 어린이의 현실을 이토록 잘 그려 낼 수 있다면 그는 뛰어난 시인인 것이다. 게다가 학교는 아동문학이 늘 새롭게 어린이를 발견해야 할 중요한 공간이다.

문현식은 임길택, 김은영, 남호섭, 최종득으로 이어지는 '교사 시인'

의 자리에서 그만의 독특한 색깔로 빛난다. 앞선 시인들이 주로 산촌, 농촌, 어촌 등 시골 학교 어린이를 이야기했다면, 그는 자신이 자리한 도시 학교의 어린이를 이야기한다. 앞선 시인 몇몇이 어린이를 애지중지하며 곡진한 삶을 노래했다면, 그는 어린이와 허물없는 친구같이 굴며 '쿨하게' 같이 논다. '쩐다'라는 아이들의 유행어로 시 한 편을 만들어 내고, 삼촌이 버리고 간 담배꽁초를 앞에 두고 선택의 기로에 놓인 어린이 모습을 그리는 담대함은 그런 태도에서 비롯됐을 것이다.

'쿨한' 시선은 언뜻 시원해 보이나 꼼꼼히 살피면 무척 섬세한 시적 형식으로 완성된다.

네모난 정문을 지나
네모난 교실로 갑니다.

(…)

네모난 시계를 봅니다.
영호는 언제 올까,
책상에 걸터앉아 네모난 창밖을 바라보며
가만히 기다립니다.

저기
영호가 보입니다!
멀리서 영호가 창문 쪽으로
신발주머니 빙빙 돌립니다.

오늘 처음

동그란 아침입니다.

—「동그란 아침」 부분

이 시에는 '네모'의 세계로 표상된 학교라는 획일화된 공간과 제도가 활기찬 친구와 그 친구를 기다리는 화자의 우정을 통해 '동그라미'의 세계로 변화되는 계기가 잘 그려져 있다.

그러나 문현식 동시의 아름다움과 가치는 여기에만 있지 않다. 1학년 어린이의 엉뚱한 속담 풀이를 교정의 대상으로 여기거나 나무라지 않고(「속담 풀이」) 구구단을 못 외우는 아이를 닦달하는 대신 은근슬쩍 넘어가는 법을 가르쳐 주는(「구구단 시험」) 마음과 시선이야말로 그의 동시의 핵심 아닐까. 몹시 추운 겨울날 볼이 빨개진 채로 운동장을 가로지르는 한 어린이를 "학교의 심장"(「학교 심장」)으로 부르는, 어린이를 향한 깊은 애정이야말로 교사의 직무에 억눌리지 않은 '쿨한' 태도와 정교한 시적 자질에 앞선 것일 테다. 지금껏 뛰어난 '교사 시인'들이 모두 그러했듯 말이다.

작은 존재들의 숫구침

주미경 『나 쌀벌레야』

주미경 동시집 『나 쌀벌레야』(문학동네 2015)에는 쌀벌레부터 시작해 온갖 작은 생명이 와글와글 몰려 있다. 한번 주욱 불러 모아 볼까. 얼음 아래 깨구락지와 미꾸락지, 늘푸른공원의 거위벌레, 자벌레, 꽃등에, 비단벌레, 말매미 식구들, 떡갈나무집 왕탱이, 멸치떼 속 꼴뚜기, 주머니 속 땅콩을 노리는 곤줄박이⋯⋯.

그중에서도 가장 작디작은 것들에 눈을 뜨게 하는 건 바로 이 시다.

시골에서 얻어 온 참깨 한 줌
깨알만 하게 부스러진
티끌을 골라내다가

에효 힘들다
그냥 볶자

참깨밭에 핀 다닥냉이 꽃잎
참깨밭에 놀러 온 도깨비바늘 씨앗
참깨밭에 앉은 고추잠자리 날개
참깨밭에 들른 여치 더듬이
참깨밭에 날아온 딱새 눈썹

다글다글
다 넣고 그냥 볶자

참깨가 고소한 것은
요게 다 들어 있기 때문이지

—「엄마 마녀의 깨소금」 전문

작은 참깨에 섞인 티끌도 참깨만큼 작다. 그걸 골라내며 참깨를 볶아야 하는 사람으로서는 무척 귀찮고 짜증 나는 일이겠다. 그런데 시인은 그 작은 티끌 하나마다 이름을 붙여 준다. 요리하는 생활인에게 티끌은 그저 참깨에서 골라내야 할 불순물이지만 시인의 눈에 비친 티끌은 참깨를 함께 일구어 낸 생명들이기 때문이다. 이 세상 모든 생명이 그렇듯 참깨 한 알도 혼자서가 아니라 다른 풀들, 곤충과의 관계 속에서 자란 것이니까. 불순물에서 뭇 생명을 발견한 시인은 이제 그 생명들을 상상의 힘으로 하나씩 호명한다. 시인이 설령 마녀라 해도 다닥냉이 꽃잎과 딱새 눈썹을 구분하기는 힘들 테니 티끌에 붙여지는 이름은 모두 상상의 자리에서 가능한 일이다.

지금껏 동시는 주로 작고 여리고 힘없는 존재를 노래해 왔다. 동화도 마찬가지니 작고 보잘것없는 존재에 대한 관심과 발견을 어린이문학의 특성으로 볼 수도 있겠다. 어린이문학의 독자인 어린이가 여전히 어른의 지배와 제약을 받는 힘없는 존재이기 때문일 것이다. 사회가 달라져 억압의 양상이 달라졌다 하더라도 어린이가 어른만큼 주체적이고 동등한 존재로 존중받지 못하는 사실은 부인하기 힘들다. 그러한 어린이를 눈여겨보고, 어린이의 목소리에 귀 기울이고자 하는 어린이문학이 어린이와 같은 작은 존재들을 말하는 일은 지극히 당연해 보인다.

하지만 거기서 끝나지만은 않아야 할 것 같다. 작고 연약한 존재를 그저 묘사하는 것으로 그쳐서는 안 될 것이다. 뚜렷한 작품 경향의 하나로 자리 잡고 있는 수많은 '자연 완상'의 동시가 과연 어린이문학에서 어떤 의미와 가치를 지니는지 돌이켜 볼 때 그러하다. 그저 가볍고 따뜻하고 보드랍게 위무해 주는 이상의 의미가 있었을까. 그 위무가 어린이 독자와 소통할 수 있었을까. 어린이문학이 어린이와 같은 작은 존재들에 대해 말할 때 과연 어떠해야 할까.

어린이와 온갖 작은 존재들을 담은 동시집 『나 쌀벌레야』는 그 방법을 하나 찾은 듯하다. 바로 '솟구침'의 이미지가 지닌 역동성이다. 다음 시를 보자.

책가방 하나
벗어 놓았을 뿐인데

하늘로
저절로

솟구친다

—「놀이터에서」 전문

이 시가 『동시마중』(2012년 1·2월호)에 처음 발표될 당시에는 1연이 "책가방 하나/내려놓았을 뿐인데"로 되어 있었다. '내려놓다'와 '솟구치다'는 하강과 상승의 이미지로 좀 더 잘 대응되기는 한다. 하지만 시집에 실리면서 어린이가 책가방을 "내려"놓지 않고 "벗어"놓았다고 바뀐 덕분에 분위기가 한결 자유롭고 활기차게 살아났다.

처음 발표됐을 때부터 이 시는 평론가 김이구에게 주목받은 바 있다. 김이구는 "'놀이터에서'라는 제목 아래에 문장 하나를 슬쩍 던져 놓았을 뿐인데, 매우 인상적이다. 서늘한 물결처럼 철썩 와 닿는다. 탁, 치고 간다."고 이 시를 감상한다. 또 "'하늘로/저절로/솟구친다' 3행으로 나누었지만, 늘어지지 않는다. 막 하늘로 솟구쳐 오를 것 같다. (…) 팡 터지는 해방감이다. '책가방 하나'의 '하나', '내려놓았을 뿐인데'의 '뿐'! '하나'와 '뿐'이 딱 제자리에 왔다"라고 평가한다.*

'솟구침'과 '상승'의 역동적인 이미지는 다른 동시에서도 계속 발견된다.

윗
가지로
건너뛰어
자근자근 밟아

---

* 김이구 「닭살 돋는 동시를」, 『해묵은 동시를 던져 버리자』, 창비 2014, 61~62면 참조.

대다가 더 윗가지로

사뿐 건너뛰더니 갸웃갸웃

올려다보니까 사다리 끝은 하늘에

닿은 듯 안 닿은 듯 까치가 날개를 접고

오리나무 사다리를 타고 한 뜀 한 뜀 하늘에 오른다

—「까치」 전문

　　이 시는 까치가 나뭇가지를 하나씩 하나씩 오르는 모양새를 계단식
으로 행을 배열하여 시각화한다. 이러한 계단식 행 배열은 낭송할 때 자
연스러운 호흡을 해치지만 까치가 나무를 오르는 모양새를 상상하게
한다.

　　상승과 하강의 역동성은 "딴 가지에 앉아/딴 곳을 보고 울다가" "앞
서거니 뒤서거니/서쪽 하늘로/함께 날아가"(「밥친구」)는 직박구리 두 마
리, "염소 똥만 하다가/콕 찍은 점만 하다가/보이지 않다가/다시 점 하
나가 되어/염소 똥이 되고/새가 되어"(「염소 똥만 하다가」) 날아다니는 새
의 이미지에서도 발견할 수 있다. "납작" 엎드려 있다가 "싹둑" 베이자
"벌떡" 일어나는 풀향기(「풀 깎는 날」)나 "바가지를 타고 올라가 볼까"(「나
쌀벌레야」) 하고 말하는 쌀벌레 역시 마찬가지다.

　　이렇듯 이 동시집의 작은 존재들은 여느 동시에서처럼 얌전하게 그
려지는 정물화가 아니라 상승하고 하강하는 등 역동적으로 움직이며
살아가는 존재다. 「모과나무」는 2012년 『부산일보』 신춘문예 당선작으
로 작은 존재들과, 그것으로 표상한 어린이를 시인이 얼마나 간절한 마
음으로 바라보고 있는지 드러낸다.

휠체어 뒤에 책가방을 달고
재륜이가
학교에 갑니다

오르막길이 시작되는
모과나무 아래에서
길게 숨을 내쉴 때

모과나무는
가만히
휠체어를 내려다봅니다

무릎에 머리가 닿도록
허리를 휘었다가 젖히면서
반 바퀴
또 반 바퀴
언덕을 오르는 동안

뿌리에서 먼 가지 끝까지
잔뜩 힘을 주는
모과나무

재륜이가
언덕을 넘어

허리를 쭉 펴는 순간

뚝

모과가 떨어집니다

──「모과나무」 전문

휠체어를 탄 아이가 언덕을 오르는 동안 모과나무는 "뿌리에서 먼 가지 끝까지/잔뜩 힘을" 주고 아이를 응원한다. 마침내 아이가 언덕을 넘는 데 성공하고 허리를 펴는 순간 온 힘을 다 바친 모과는 뚝, 떨어지고 만다.

주미경의 동시는 그러한 마음을 어린이에게 '이야기'한다. '마늘 일곱 형제' 이야기를 해 주는 엄마(「마늘 일곱 형제」), '깨구락지와 미꾸락지' 이야기를 해 주는 할머니(「깨구락지가 부러운 미꾸락지」), '가새', 즉 가위의 유래를 알고 있는 할머니(「가새」) 모두 작품 속에 슬쩍 나타나는 작가의 모습 같다.

가새는 위험한 새였어

아, 부리를 벌리고 날아다니면서

노을을 남북으로 쭉 찢어 놓고

뭉게구름을 네모나게 잘라 놓고

밤하늘에 동그란 구멍을 내 놓곤 했지

(⋯)

가위는
손잡이에 손가락이 들어올 때마다 간질간질해
붉은 옷감을 자르다가 노을이
검은 색종이를 오리다가 밤하늘이 떠올라
그러다 손가락이라도 찌르면
미안, 하고 창문 너머 구름을 봐

—「가새」부분

   이 시는 가위의 방언인 '가새'에서 착안해 가위가 하늘을 자르는 새
였다고 상상한다. 하늘이나 숲 등 거대한 자연이 날카롭게 잘리는 이미
지는 칼 가는 아저씨를 묘사한 「하늘을 써는 칼」이나 솔개의 착지를 묘
사한 「흥!」에서도 찾아볼 수 있는데 이는 다른 동시에서 발견하기 힘든
매우 독특한 이미지다. 「가새」는 천지창조를 떠올리게 할 정도로 그 이
미지가 매우 광활하고 선명할 뿐 아니라 도발적인 기운까지 느껴진다.
『나 쌀벌레야』의 동시들은 세련된 한 편의 이야기임에도 때로 이야기
의 정서가 두텁지 않은 아쉬움이 남는데, 「가새」가 그 아쉬움을 상쇄해
준다. 품이 깊고 넓은 이야기로 강렬하게 시야를 확장시키는 주미경의
시를 더 많이 만나고 싶어진다.

오랜만의 리듬, 새로운 편집

장영복 『똥 밟아 봤어?』

장영복의 『똥 밟아 봤어?』(스콜라 2018)는 『울 애기 예쁘지』(푸른사상 2012)와 『고양이 걸 씨』(국민서관 2014) 이후 만나 보는 그의 세 번째 동시집이다. 자연을 향한 풍부한 지식과 감성을 보여 준 첫 번째 시집처럼, 이 시집에서도 동네를 산보하듯 자연과 만나는 목소리를 들을 수 있다. 1부에서 4부까지, 봄부터 겨울로 이어지는 발걸음은 더욱 경쾌하고 발랄해졌다.

"숲속 오솔길에선/나무들이 술래예요"로 시작하는 「동동동대문 남남남대문」에서 오솔길 양옆에 늘어선 나무들은 동시가 줄곧 말해 온 소재고 이를 놀이에 빗댄 표현도 기존에 있을 법하다. 그럼에도 이 시가 특별한 까닭은 여러 나무들의 이름이 공간에 구체성을 주기 때문이다. 또 "열두 시가 되어도 좋고/열두 시 넘어도 좋아요"라고 말하는 화자의 여유는 오솔길에서 벌어지는 '동대문 남대문' 놀이의 핵심을 전한다. 무엇보다도 간결하게 반복되는 리듬은 민속놀이의 풍경과 더불어 전래

동요의 노랫가락을 떠올리게 한다.

리듬은 시집 처음부터 끝까지 깡충깡충 어깨춤을 추며 팔랑거린다. 요즈음 동시에서는 좀처럼 볼 수 없는 대구, 대조, 반복을 통한 리듬을 만들어 낸 것은 매우 이례적이다. 이러한 리듬을 타기 위해 이 시집의 시들을 여러 번 읽게 된다.

비닐봉지 구른다
사락사락 구른다
동글동글 만다

봉지야, 김밥 마는 거니?

비닐봉지 구른다
빈 밭에 구른다
동글동글 봄바람 만다

소풍 갈 거야?

──「비닐봉지 구른다」 전문

지난겨울 푹푹 눈 쌓였던 길에
나 발랑 넘어졌던 그 자리에

제비꽃이
제비꽃이

제비꽃이

웃네

여기서 꽈당,
엉덩방아 찧던 나를

제비꽃이
제비꽃이
제비꽃이

보았나

—「보았나」 전문

「비닐봉지 구른다」의 1, 2연과 3, 4연은 대구와 반복으로 구성됐다. 1연 2행의 "사락사락 구른다"가 3연 2행의 "빈 밭에 구른다"로, 1연 3행의 "동글동글 만다"가 3연 3행의 "동글동글 봄바람 만다"로 전개되면서 2연의 "김밥 마는 거니?"는 4연의 "소풍 갈 거야?"로 자연스레 확장된다.

한편 「보았나」의 2연과 5연에서 "제비꽃이/제비꽃이/제비꽃이"라는 세 번의 반복은 '제비꽃'이 피었다는 사실을 선언할 뿐 아니라 휴지(pause)를 불러일으킨다. 그로 인해 3연과 6연의 서술어 "웃네"와 "보았나"가 강조되면서 제비꽃의 행위는 물론 각각의 행위가 발생한 지난겨울과 봄 사이의 시간 간격이 더욱 부각된다. 만약 세 번의 반복을 두고 한 송이 제비꽃이 아닌 여기저기 피어난 제비꽃 무더기를 묘사한 것이라고 본다면 겨울부터 봄까지, 아니 사계절 내내 "그 자리"를 걸었을 화자의 기억과 감각이 더욱 생생하게 전해진다.

『똥 밟아 봤어?』는 '스콜라 동시집' 시리즈의 출발을 알리는 책이어서 좀 더 특별하다. 창비, 문학동네, 사계절, 푸른책들 등에서 펴내는 기존의 동시집 시리즈에 더해 최근 2년 사이 한겨레아이들과 열린어린이에서도 동시집 시리즈가 새로 출간되었다. 각 출판사마다 저마다의 편집 방향과 원칙을 갖고 다양한 동시를 보여 주었으면 한다.

이 시집의 편집에서 드러나는 도전적인 시도는 그런 기대를 더 부추긴다. 『똥 밟아 봤어?』에 수록된 동시는 총 35편으로, 기존 동시집의 평균적인 작품 편수에 비해 조금 적은 편이지만 허전하거나 부족한 느낌은 없다. 작품 편수를 채우기보다 완성도를 갖추는 데 집중하고 시인의 개성을 드러낼 수 있는 작품을 엄선해 이 시집처럼 어린이 독자의 가슴에 온전히 들어갈 만하게 만들어도 좋겠다 싶다.

다만 특정 행의 글자에 색을 달리 입힌 편집에는 의문이 든다. 이러한 편집은 기의를 강조하는 것인데, 이는 문자가 기표에서 나아가 그 자체로 기의를 생산하는 기호가 되도록 글자의 크기나 위치를 조정하는 형태시와는 별개로 간주해야 할 시도다. 시는 그 어떤 장르보다 단어, 음절, 음운 하나가 더할 것도 뺄 것도 없는 완결성을 지니는 장르인데, 특정 부분을 강조하는 게 과연 작품 독해에 어떤 영향을 미칠까. 한 권의 '책'으로서 동시집의 새로운 스타일을 시도한 이 시리즈가 거기에 담길 동시까지도 신선하게 변화시키는 계기가 되길 기대한다.

수록글 발표 지면

제1부 아동청소년문학과 여성주의

동시와 청소년시의 여성 화자 『아동청소년문학연구』 26호 2020년 6월 30일

시대의 소녀들: 창비아동문고 속의 '몽실'에서 '세라'까지 『창비어린이』 58호 2017년 가
을호

이제 다시 시작하는 여성 서사: '나다움 어린이책' 선정작을 중심으로 〈나다움 어린이책〉
토론회 자료집 2019년 7월 2일

기억과 증언 너머를 말하는 파수꾼 『열린어린이』 172호 2017년 3월호

소녀의 몸을 구출하는 법 『열린어린이』 166호 2016년 9월호

현실의 퀴어, 퀴어의 현실 〈무지개책갈피〉 퀴어문학 포럼 자료집 2019년 11월 9일

최근 어린이청소년 SF에 나타난 여성상 『아동청소년문학연구』 22호 2018년 6월 30일

복제인간, 인공지능, 포스트휴먼에 투영된 어린이 SF의 질문들 『자음과모음』 42호
2019년 가을호

서사와 이야기, 문자와 이미지 사이에서: 최근의 유년동화 분석 『창비어린이』 62호
2018년 가을호

어린이 영웅을 찾아서 『열린어린이』 153호 2015년 8월호

제2부 동시, 아동청소년문학 장르론의 실험실

언젠가는 어린이가 되겠지: '해묵은 동시' 이후의 '어린이 인식' 『창비어린이』 70호
2020년 가을호

나와 즐겁게 놀아 주는 나, 오예!: 서현『간질간질』인터넷 신문『지금 여기』2018년 1월
12일자

모든 이민자, 여성, 어린이의 이야기: 베라 브로스골『내 인생 첫 캠프』『내 인생 첫 캠프』
작품 해설, 시공주니어 2019

과거에서 온 미래의 이야기:『한낙원 과학소설 선집』『작가들』46호 2013년 가을호

SF가 이야기하는 '어린이'와 그의 '세계'『창비어린이』39호 2012년 겨울호

제4부 되돌이표로 부르는 노래

내 맘에 동시: 최종득『내 맘처럼』『내 맘처럼』작품 해설, 열린어린이 2017

좋은 시가 싹트는 삶의 자리 하나: 최종득『쫀드기 쌤 찐드기 쌤』『창비어린이』27호
2009년 겨울호

콩에 담긴 우주, 별자리로 이어진 우리: 정상평『최우수 작품』『최우수 작품』작품 해설,
열린어린이 2018

너의 눈엔 무엇이 보이니: 박은경『진짜 나는 어떤 아이일까』『진짜 나는 어떤 아이일
까』작품 해설, 열린어린이 2019

먹이고, 입히고, 거두고, 지키는 품에 대하여: 안학수『아주 특별한 손님』『아주 특별한
손님』작품 해설, 문학과지성사 2018

밤에 보이는 소리: 이상교『찰방찰방 밤을 건너』『찰방찰방 밤을 건너』작품 해설, 문학
동네 2019

주먹이 빛과 향기가 되기까지: 이안『고양이의 탄생』『동시마중』18호 2013년 3·4월호

고양이에서 동물원까지: 이안『글자 동물원』을 중심으로『시와 동화』82호 2017년 겨울호

살금살금 다가가고 가만가만 뒷걸음치고: 성명진『축구부에 들고 싶다』『창비어린이』
33호 2011년 여름호

팝콘 만드는 선생님: 문현식『팝콘 교실』『창비어린이』50호 2015년 가을호

작은 존재들의 솟구침: 주미경『나 쌀벌레야』『어린이책이야기』32호 2015년 겨울호

오랜만의 리듬, 새로운 편집: 장영복『똥 밟아 봤어?』『창비어린이』63호 2018년 겨울호

찾아보기